环境化学实验

迟杰　齐云　鲁逸人　编

天津大学出版社
TIANJIN UNIVERSITY PRESS

内 容 简 介

本书的实验内容包括污染物在大气、水、土壤以及生物介质中存在的浓度水平和形态,在介质中和介质间的迁移转化行为,对生物和生态系统产生的效应和风险,并以环境介质为主线,涉及样品采集、处理、现代仪器分析和分子生物学技术,引进最新研究内容和研究方法,力求实验内容的基础性、实用性和先进性。

本书适合作为各高校环境类相关专业的教材。

图书在版编目(CIP)数据

环境化学实验/迟杰,齐云,鲁逸人编. —天津:天津大学
出版社,2010.4
ISBN 978-7-5618-3318-6

Ⅰ.①环… Ⅱ.①迟…②齐…③鲁… Ⅲ.①环境化学
–化学实验 Ⅳ.①X13–33

中国版本图书馆 CIP 数据核字(2010)第 047128 号

出版发行	天津大学出版社	
出 版 人	杨欢	
地　　址	天津市卫津路 92 号天津大学内(邮编:300072)	
电　　话	发行部:022-27403647　邮购部:022-27402742	
网　　址	www.tjup.com	
印　　刷	天津泰宇印务有限公司	
经　　销	全国各地新华书店	
开　　本	185mm×260mm	
印　　张	15	
字　　数	380 千	
版　　次	2010 年 4 月第 1 版	
印　　次	2010 年 4 月第 1 次	
印　　数	1–3 000	
定　　价	26.00 元	

前　言

　　环境化学实验是环境化学课程的重要组成部分,是理解和认识环境化学的相关理论、进行环境化学研究工作的有效手段。目前,在全国许多高校相继开设了环境类专业,且绝大多数都开设"环境化学实验"课程,但长期以来一直缺乏一本适合环境类各专业使用的正式教材。为了满足环境类专业对环境化学实验技术的要求,并考虑到环境化学实验方法和实验技术的不断发展,编者结合环境化学课程教学内容,编写了环境化学实验教材。

　　本书的实验内容包括污染物在大气、水、土壤以及生物介质中存在的浓度水平和形态,在介质中和介质间的迁移转化行为,对生物和生态系统产生的效应和风险,并以环境介质为主线,涉及样品采集、处理、现代仪器分析和分子生物学技术,引进最新研究内容和研究方法,力求实验内容的基础性、实用性和先进性。本书的第1章特意介绍了环境化学实验室基本知识、环境样品采集和预处理技术、环境化学研究方法,以供读者参考。

　　全书内容包括环境化学研究基础知识、大气环境化学、水环境化学、土壤环境化学、化学物质的生物效应和生态效应以及附录,共47个实验。其中,第1章第3节、第3章、第4章实验1~实验7和第5章实验7~实验8由迟杰编写,第1章第2节、第4章实验8~实验14、第5章实验1~实验6及实验9~实验15由齐云编写,第1章第1节、第2章和附录由鲁逸人编写,最后由迟杰审校定稿。

　　由于本书的涉及面较广,编者的水平有限,书中的错误和疏漏在所难免,敬请各位专家和读者指正。

编者

2010年2月

目　录

第 1 章 环境化学研究基础知识

1.1 环境化学实验室基础知识

1.1.1 实验室管理规则

①上课第一天请先熟悉实验室环境,观看灭火器、消防栓、报警器、急救箱及安全出口等设施的位置。牢记任何时候人身安全是第一位的。

②在实验室内,有条件请穿着实验衣(最好长及膝盖以下),避免穿凉鞋、拖鞋(脚趾不要裸露),个别实验还要求操作人员配戴眼镜或安全护目镜。留有长发者,戴帽套将头发卷入套内,或以橡皮圈束于背后,以防止引起着火或污染实验。

③在实验室内禁止吸烟、饮水、进食、化妆、嚼口香糖、嬉戏奔跑,食物饮料勿存放于实验室的冰箱中,实验桌上勿堆放书包、书籍、衣服外套及杂物等。严禁用嘴吸移液管和虹吸管。易燃液体不得接近明火和电炉,凡产生烟雾、有害气体和不良气味的实验,均应在通风条件下进行。

④使用任何药品,请先看清楚标示、注意事项,翻阅物质安全数据表(MSDS),或者 Merck 和 Sigma 目录,查明是否对人体造成伤害,用后请放回原位。了解危险化学药品的警告标志,危险化学药品要在通风橱中操作。

⑤所有实验仪器、耗材、药品等均属实验室所有,不得携出实验室外。每组分配的仪器、耗材请进行清点与保管,课程结束后如数清点缴回。公用仪器请加倍爱惜使用,实验前后,请把工作区域进行清理,随时保持环境清洁。

⑥实验台面、称量台、药品架、水池以及各种实验仪器内外都必须保持清洁整齐,药品称完后立即盖好瓶盖放回药品架,严禁瓶盖及药勺混杂,切勿使药品(尤其是强烈腐蚀性药品)洒落在天平和实验台面上,毛刷用后必须立即挂好,各种器皿不得丢弃在水池内。实验过程中打翻任何药品试剂及器皿时,请随即清理。

⑦实验前必须认真预习实验内容,明确本次实验的目的和要求,了解实验细节的原理及操作,注意上课所告知的注意事项,写好实验预习报告,否则不能进行实验。实验进行中有任何状况或疑问,随时发问,不要私自变更实验程序。若想改进和设计新的实验方法,必须取得教师的同意。实验时认真进行实验记录,实验完毕及时整理数据,按时上交实验报告。

⑧使用贵重精密仪器应严格遵守操作规程。使用分光光度计时不得将溶液洒在仪器内外和地面上。仪器发生故障应立即报告教师,未经许可不得自己随意检修。

⑨睡眠不足、精神不济或注意力无法集中,请立即停止实验。实验时间若延长,请注意时间的管制及自身的安全,不可自行逗留实验室过夜。

⑩实验完毕,关闭电源、水、酒精灯等,并清理实验室、倒垃圾、关闭灯光及空调,离开实验室前记得洗手。

⑪发生任何意外事件应立即报告指导教师,并应熟知相关的应变措施。

1.1.2 实验室安全知识

1. 化学试剂和药品相关安全知识

健康与安全相关法规要求研究机构为工作人员提供安全无害的工作环境,并对工作人员进行安全操作的宣传与培训。在美国,职业安全与健康委员会(OSHA)制定的《联邦危险品管理标准》要求所有使用化学品的场所,包括大学实验室在内,都要做以下工作。

①开发书面的有害物质管理方案。

②对这类场所的全部化学品都要存有材料安全数据列表(MSDS,相关知识参见 http://www.ilpi.com/msds/)。

③所有的化学品都要在其标签上标明危险性和操作步骤。

④培训职员正确使用这些化学品。尽管 MSDS 列表的格式多种多样,但都包含一些重要的化学品风险信息。例如,图 1-1-1 左图是常用化学品冰乙酸 MSDS 列表的部分内容。可以从指导教师或实验室管理员那里获得相关化学品的 MSDS 列表,也可以到 http://www.msdsonline.com/等网站进行免费查询(如图 1-1-1 所示)。

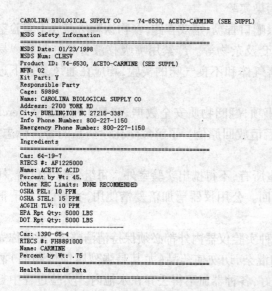

图 1-1-1 MSDS 列表

注:左图为 Carolina 公司的冰醋酸 MSDS 列表的部分信息

右图为利用网络查询 MSDS 信息

除了化学品的 MDSD 列表,查看化学试剂标签也是获得安全信息的重要途径。Sigma 等大公司的药品都有标准的标示,如图 1-1-2 所示。使用某种药品前,请仔细阅读该试剂包装上的标签。通常一种试剂都附有说明书,请保留下来以便日后追踪,没有说明书者可以在用完后把标签撕下来,贴在笔记上。

在化学药品标签上会使用各种警告标志。一些世界公认的警告标志如图 1-1-3 所示。请熟记上面的警告符号,并且小心处理有这些符号的物品。装这些药品的外盒空瓶,绝对不能随意弃置,要交给专门的危险品处理部门处置。

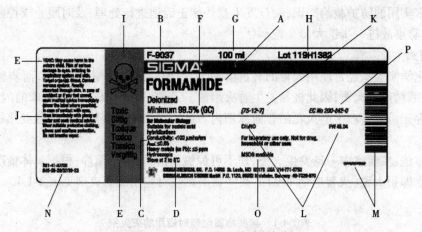

图 1-1-2 Sigma 公司的试剂标签

A—品名和描述;B—产品目录编号;C—进一步的说明;

D—推荐的处理和贮藏方法;E—危险警告;F—分析数据,如活性、纯度、含水量等;

G—包装;H—批号;I—警告标志;J—进一步的危险及防护信息;

K—CAS 编号;L—分子式和分子量;M—条形码;N—安检编号;

O—安检资料;P—EC 编号

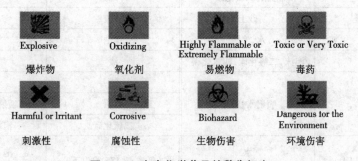

Explosive	Oxidizing	Highly Flammable or Extremely Flammable	Toxic or Very Toxic
爆炸物	氧化剂	易燃物	毒药
Harmful or Irritant	Corrosive	Biohazard	Dangerous for the Environment
刺激性	腐蚀性	生物伤害	环境伤害

图 1-1-3 有害化学药品的警告标志

2. 化学试剂的保存

保存化学试剂,要注意安全,应根据试剂的毒性、易燃性、腐蚀性、挥发性和潮解性而定。需要避光保存的试剂要外加一层黑纸贮存于无光照的柜内。

1)易爆品 受热、强烈摩擦、撞击或与氧化剂接触时,容易引起爆炸,搬运时要特别小心。

2)强氧化剂 受热、撞击或混入还原性物质时,可能引起爆炸,存放这类物质时,应避免和易燃易爆、还原性物质存放在一起,存放处要阴凉通风。

3)易燃品 有些试剂燃点低,遇到高温、猛烈撞击或火源时容易着火,应注意阴凉通风,远离火源。

4)剧毒品 采购管理要严格,配备保险柜专人负责。

5)腐蚀性药品 此类药品要注意保存,避免外溢或撞击。

3. 实验室意外事故

环境化学实验室中,着火、爆炸、中毒、触电和割伤的危险时刻存在,因此每一位在环境化学实验室工作的学生和工作人员除了要了解所用化学药品的危险性外,还要掌握相关的防范措施和丰富实用的防护救治知识,一旦发生意外能正确地进行处理,及时阻止或控制有害物品的扩散,以防事故进一步扩大。

(1)着火

环境化学实验室经常使用大量的有机溶剂,如甲醇、乙醇、丙酮、氯仿等,而实验室又经常使用电炉、酒精灯等火源,因此极易发生着火事故。乙醚、二硫化碳、丙酮和苯的闪点都很低,因此不得存于可能会产生电火花的普通冰箱内。低闪点液体的蒸气只需接触红热物体的表面便会着火。

灭火方法:实验室中一旦发生火灾,切不可惊慌失措,要保持镇静,根据具体情况正确地进行灭火或立即报火警(火警电话119)。某些物质燃烧时应用的灭火剂见表1-1-1。

表 1-1-1　某些物质燃烧时应用的灭火剂

燃烧物质	应用灭火剂	燃烧物质	应用灭火剂
苯胺	泡沫,二氧化碳	松节油	喷射水,泡沫
乙炔	水蒸气,二氧化碳	火漆	水
丙酮	泡沫,二氧化碳,四氯化碳	磷	沙,二氧化碳,泡沫,水
硝基化合物	泡沫	赛璐珞	水
氯乙烷	泡沫,二氧化碳	纤维素	水
钾,钠,钙,镁	砂土	橡胶	水
松香	水,泡沫	煤油	泡沫,二氧化碳,四氯化碳
苯	泡沫,二氧化碳,四氯化碳	漆	泡沫
重油		蜡	泡沫
润滑油	喷射水,泡沫	石蜡	喷射水,二氧化碳
植物油		二硫化碳	泡沫,二氧化碳
石油			
醚类 (高沸点,175 ℃以上)	水	醚类 (低沸点,175 ℃以下)	泡沫,二氧化碳

容器中的易燃物着火时,用灭火毯盖灭。因已确证石棉有致癌性,故改用玻璃纤维布作灭火毯。

乙醇、丙酮等可溶于水的有机溶剂着火时可以用水灭火。汽油、乙醚、甲苯等有机溶剂着火时不能用水,只能用灭火毯和砂土盖灭。

导线、电器和仪器着火时不能用水和二氧化碳灭火器灭火,应先切断电源,然后用1211灭火器(内装二氟一氯一溴甲烷)灭火。

个人衣服着火时,切勿慌张奔跑,以免风助火势,应迅速脱衣,用水龙头浇水灭火,火势过大时可就地卧倒打滚压灭火焰。

(2)爆炸

环境化学实验室防止爆炸事故是极为重要的,因为一旦爆炸其毁坏力极大,后果将十分严重。加热时会发生爆炸的混合物有:有机化合物 + 氧化铜、浓硫酸 + 高锰酸钾、三氯甲烷 + 丙酮等。

（3）中毒

环境化学实验室常见的化学致癌物有：石棉、砷化物、铬酸盐、溴乙锭等。剧毒物有氰化物、砷化物、乙腈、甲醇、氯化氢、汞及其化合物等。

（4）外伤

1）眼睛灼伤或掉进异物　眼内若溅入任何化学药品，应立即用大量水冲洗 15 分钟，不可用稀酸或稀碱冲洗。若有玻璃碎片进入眼内则十分危险，必须十分小心谨慎，不可自取，不可转动眼球，可任其流泪，若碎片不出来，则用纱布轻轻包住眼睛急送医院处理。若有木屑、尘粒等异物进入，可由他人翻开眼睑，用消毒棉签轻轻取出或任其流泪，待异物排出后再滴几滴鱼肝油。

2）皮肤灼伤　①酸灼伤：先用大量水洗，再用稀 $NaHCO_3$ 或稀氨水浸洗，最后再水洗。②碱灼伤：先用大量水冲洗，再用 1% 硼酸或 2% 醋酸浸洗，最后再水洗。③溴灼伤：很危险，伤口不易愈合，一旦灼伤，立即用 20% 硫代硫酸钠冲洗，再用大量水冲洗，包上消毒纱布后就医。④烫伤：使用火焰、蒸汽、红热的玻璃和金属时易发生烫伤，烫伤后应立即用大量水冲洗和浸泡，若起水泡不可挑破，包上纱布后就医，轻度烫伤可涂抹鱼肝油和烫伤膏等。⑤割伤：这是环境化学实验室常见的伤害，要特别注意预防，尤其是在向橡皮塞中插入温度计、玻璃管时一定要用水或甘油润滑，用布包住玻璃管轻轻旋入，切不可用力过猛，若发生严重割伤时要立即包扎止血，就医时务必检查伤口神经是否被切断。实验室应准备一个完备的小药箱，专供急救时使用。药箱内应备有：医用酒精、红药水、紫药水、止血粉、创口贴、烫伤油膏（或万花油）、鱼肝油、1% 硼酸溶液或 2% 醋酸溶液、1% 碳酸氢钠溶液、20% 硫代硫酸钠溶液、医用镊子和剪刀、纱布、药棉、棉签、绷带等。

（5）触电

环境化学实验室要使用大量的仪器、烘箱和电炉等，因此每位实验人员都必须能熟练地安全用电，避免发生一切用电事故，当 50 Hz 的电流通过人体 25 mA 电流时呼吸会发生困难，通过 100 mA 以上电流时则会致死。

1.1.3　实验室玻璃仪器的洗涤

玻璃仪器是化学实验中的常用仪器，仪器是否洗涤干净直接关系到实验的成功与否，而仪器的洗涤要根据仪器上的污物性质选择不同的方法。实验中所用的玻璃仪器清洁与否，直接影响实验的结果，往往由于仪器的不清洁或被污染而造成较大的实验误差，有时甚至会导致实验失败。做环境化学实验对玻璃仪器清洁程度的要求往往比一般化学实验的要求高。环境化学实验分析的物质往往浓度低，并且对许多常见的污染杂质十分敏感，因此玻璃仪器包括塑料器皿是否彻底清洗干净非常重要。

1. 一般洗涤方法

1）水冲洗法　玻璃仪器内壁上残存的极性物质（如酸、碱、盐等）可用重蒸水直接冲洗、振荡，一般重复冲洗 2～3 遍即可洗涤干净。

2）洗衣粉浸泡法　这是一种比较简单的方法，对于学生实验用过的大量玻璃仪器，可集中在一起，用洗衣粉溶液浸泡一段时间，再用自来水冲洗。

3）去污粉或合成洗涤剂法　去污粉是由碳酸钠、白土和细沙混合而成。细沙有损玻璃，使用时要谨慎，特别是对于精密量具尽量不用。市售的餐具洗涤灵是以非离子表面活性剂为主要成分的中性洗液，可配成 1%～2% 的水溶液（也可用 5% 的洗衣粉水溶液）刷洗仪器，温热的洗涤液去污能力更强，必要时可短时间浸泡。

4）浓碱液浸泡法　对于下列玻璃仪器上的污物，可采用浓碱液浸泡法进行洗涤，如硫单质污物、油脂、苯酚等有机物污物、Al(OH)₃等其他可溶入浓碱液的污物。具体操作方法是将这些玻璃仪器集中在一起，用浓碱液浸泡一段时间，再用自来水冲洗；必要时可先用浓碱液煮沸（如玻璃仪器上的硫），再用自来水冲洗。

5）酸液浸泡法　玻璃仪器器壁上附着的 AgNO₃等物质可用硝酸浸泡，必要时微热，然后用试管刷刷洗，自来水冲净即可，玻璃仪器器壁上附着的 MnO₂（如长时间盛装 KMnO₄溶液的试剂瓶）可用浓盐酸浸泡、微热，然后用试管刷和自来水刷洗即可，也可用草酸溶液浸泡除去玻璃仪器器壁上的 MnO₂污物，这种方法较浓盐酸浸泡法操作简单，且避免浓盐酸挥发的污染。玻璃仪器器壁上附着的碳酸盐、磷酸盐等物质可用稀盐酸浸泡，然后用试管刷刷洗，自来水冲净。

6）乙醇浸泡法　对于下列实验后的玻璃仪器，可采用乙醇浸泡法除去其器壁上的污物：苯酚性质实验（污物主要为苯酚）；酚醛脂制取实验（污物主要为酚醛脂）；乙酸乙酯制取及分解实验（污物主要为乙酸乙酯）。具体洗涤方法是：先用乙醇浸泡，然后在玻璃仪器中盛装自来水，用试管刷刷洗。

7）碱性高锰酸钾洗液　取 4 g 高锰酸钾溶于少量水，加入 10 g 氢氧化钠，再加水至 100 mL，主要洗涤油污、有机物，然后浸泡。浸泡后器壁上会留下二氧化锰棕色污迹，可用盐酸洗去。

8）洗液浸泡法　又称铬酸洗涤液浸泡法，这种洗涤液对有机物和油污的去除能力非常强，具有很强的氧化能力。配制时，称取 10 g 研细的重铬酸钾固体，加热溶于 20 mL 水中，待冷后，边搅拌边缓慢加入 180 mL 浓硫酸（特别注意：不能将溶液倒入浓硫酸中，否则引起暴沸），冷却后，转移到磨口瓶中保存。可以反复使用，直到洗液变成绿色。洗涤时，被洗涤器皿尽量保持干燥，倒少许洗液于器皿中，转动器皿使其内壁被洗液浸润（必要时可用洗液浸泡），然后将洗液倒回洗液瓶以备再用（颜色变绿即失效，有时可加入固体高锰酸钾使其再生。这样，实际消耗的是高锰酸钾，可减少六价铬对环境的污染），再用水冲洗器皿内残留的洗液，直至洗净为止。常见污物处理方法见表 1-1-2。

表 1-1-2　常见污物处理方法

污　物	处　理　方　法
可溶于水的污物、灰尘等	自来水清洗
不溶于水的污物	肥皂，合成洗涤剂
氧化性污物（如 MnO₂、铁锈等）	浓盐酸，草酸洗液
油污、有机物	碱性洗液（Na_2CO_3、NaOH 等），有机溶剂，铬酸洗液，碱性高锰酸钾洗涤液
残留的 Na_2SO_4、$NaHSO_4$ 固体	用沸水使其溶解后趁热倒掉
高锰酸钾污垢	酸性草酸溶液
黏附的硫磺	用煮沸的石灰水处理
瓷研钵内的污迹	用少量食盐在研钵内研磨后倒掉，再用水洗
被有机物染色的比色皿	用体积比为 1∶2 的盐酸-酒精液处理
银迹、铜迹	硝酸
碘迹	用 KI 溶液浸泡，用温热的稀 NaOH 或 $Na_2S_2O_3$ 溶液处理

1.1.4 溶液的量取

在各种环境化学分析技术中,首先要熟练掌握的是准确的移液技术。为此要用到各种形式的移液器具(图1-1-4),其中有一些是学生在化学实验中未用过而在环境化学实验中常用的。移液器具的选择应依量取液的体积、准确度和量取的次数而定,常见溶液量取器具的选择标准可以参考表1-1-3。

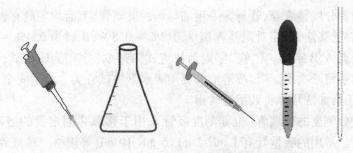

图1-1-4 实验室中各种形式的移液工具
注:从左至右分别为可调式移液器、锥形瓶、微量注射器、滴管和移液管。

表1-1-3 溶液量取器具的选择标准

计量仪器	最佳量程	准确度	重复测量效率
滴管	30 μL～2 mL	低	极方便
量筒	5～2 000 mL	中等	方便
容量瓶	5～2 000 mL	高	方便
滴定管	1～100 mL	高	极方便
移液管/移液器	5～25 μL	高	极方便
微量注射器	0.5～50 μL	高	方便
称量器	任何量度	较高	不方便
锥形瓶/烧杯	25～5 000 mL	极低	方便

1. 某些溶液量取时会发生的问题

高黏度的液体难以分液,转移较费时,操作勿快,避免量取和排液不充分。

有机溶剂挥发快,造成测量不准确,操作要迅速,密封容器要迅速。

易产生泡沫的溶液(如蛋白质和去污剂溶液)较难量取和分液,操作勿快,避免产生气泡。

悬浮液(如细胞培养物)容易形成沉淀,移取前要充分混匀。

2. 滴管

滴管可用于半定量移液,其移液量为1～5 mL,常用2 mL,可换不同大小的滴头。滴管有长、短两种,新出的一种带刻度和缓冲泡的滴管,可以比普通滴管更准确地移液,并防止液体吸入滴头。

滴管的正确使用方式为保持滴管垂直,以中指和无名指夹住管柱,拇指和食指轻轻挤压胶头,使液体逐滴滴下。使用滴管吸取有毒溶液时要小心,松开胶头前一定要将管尖移离溶液,吸入的空气可防止液体溢散。为了避免交叉污染,不要将溶液吸入胶头或将滴管横放。一次性塑料滴管使用安全,可避免污染。

3. 移液管

移液管也称吸管。移液管使用前应洗至内壁不挂水珠,1 mL以上的移液管,用移液管专用刷刷洗,0.1 mL、0.2 mL 和 0.5 mL 的移液管可用洗涤剂浸泡,必要时可以用超声清洗器清洗。由于铬酸洗液致癌,应尽量避免使用。若有大量成批的移液管需冲洗,可使用冲洗桶,将移液管尖端向上置于桶内,用自来水多次冲洗后再用蒸馏水或无离子水冲洗。

移液管分为两种,一种是无分度的,称为胖肚移液管,精确度较高,其相对误差 A 级为0.7%~0.8%,B 级为 1.5%~1.6%,液体自标线流至口端(留有残液),A 级等待 15 s,B 级等待3 s。

另一种移液管为分度移液管,管身为一粗细均匀的玻璃管,上面均匀刻有表示容积的分度线,其准确度低于胖肚移液管,相对误差 A 级为 0.2% ~0.8%,B 级为 0.4% ~1.6%,A 级、B级在移液管管身上有 A、B 字样,有"快"字则为快流式,有"吹"字则为吹出式,无"吹"字的移液管不可将管尖的残留液吹出。吸、放溶液前要用吸水纸擦拭管尖。为了安全,严禁用嘴吹移液管,可使用其他工具如洗耳球将残留液吹出。

吸量管是具有分刻度的玻璃管(也称刻度吸管),用于移取非固定量的溶液,一般只用于量取小体积的溶液。常用的吸量管有 1 mL、2 mL、5 mL、10 mL 等规格。移液管和吸量管都是用于准确移取一定体积溶液的量入式玻璃量器(量器上标有"Ex"字样),另一种是量出仪器,表示溶液至刻度线后,将溶液从自量器中倾出,体积正好与量器上所标明的体积相等。

移液管和吸量管的操作方法如下。

洗涤:移液管和吸量管一般采用橡皮洗耳球吸取洗液(如铬酸洗液)洗涤,也可放在高型玻璃筒内浸泡,取出沥尽洗液后用自来水冲洗,再用蒸馏水润洗干净。

润洗:第一次用洗净的移液管吸取溶液时,应先用滤纸将尖端内外的水吸净,否则会因水滴引入而改变溶液的浓度。然后用所要移取的溶液将移液管洗涤 2~3 次,以保证移取的溶液浓度不变。方法是:吸入溶液至刚入管膨大部分,立即用右手食指按住管口(不要使溶液回流,以免稀释),将移液管横过来,用两手的拇指及食指分别拿住移液管的两端,转动移液管并使溶液布满全管内壁,当溶液流至距上管口 2~3 cm 时,将管直立,使溶液由尖嘴放出,弃去。

量取:用移液管移取溶液时,一般用右手的大拇指和中指拿住颈标线上方,将移液管插入溶液中,移液管不要插入溶液太深或太浅,太深会使管外黏附溶液过多,太浅会在液面下降时吸空。左手拿洗耳球,排除空气后紧按在移液管口上,慢慢松开手指使溶液吸入管内,移液管应随容量瓶中液面的下降而下降。

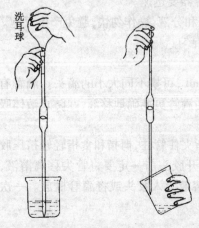

洗耳球

图 1-1-5　移液管的使用

当管口液面上升到刻线以上时,立即用右手食指堵住管口,将移液管提离液面,然后使管尖端靠着容量瓶的内壁,左手拿容量瓶,并使其倾斜 30°。略微放松食指并用拇指和中指轻轻转动管身,使液面平稳下降,直到溶液的弯月面与标线相切时,按紧食指。取出移液管,用干净滤纸擦拭管外溶液,把准备承接溶液的容器稍倾斜,将移液管移入容器中,使管垂直,管尖靠着容器内壁,松开食指,使溶液自由地沿器壁流下,待下降的液面静止后,再等待 15 s,取出移液管。管上未刻有"吹"字的,切勿把残留在管尖内的溶液吹出,因为在校正移液管时,已经考虑了末端所保留溶液的体积,移液管的使用方法参考图1-1-5。

吸量管的操作方法与移液管相同。但有一种吸量管,管口上刻有"吹"字,使用时必须将管内的溶液全部流出,末端的溶液吹出,不允许保留。

移液管和吸量管使用后,应洗净放在移液管架上。

4. 移液器

移液器是环境化学与分子生物学实验常用的小型精密设备。应用最广泛的一种移液器是如图1-1-6 所示 pipetman 可调式移液器。

可调式移液器的使用步骤如下。

选择一支量程合适的移液器,所量取液体的体积不能高于或低于移液器的量程范围,否则不能准确量取。

设置移液量:大部分移液器使用调节轮来设置移液量,所设置的体积在刻度盘上显示出来。注意调整调节轮时,动作要缓慢,不能快速旋动以免损坏移液器的调节系统。

选择合适的吸液枪头:枪头和吸液杆要相配,并且要安装正确。用力推动,并轻轻旋转吸液枪头使其套紧。吸液枪头一般装在盒子里,灭菌后使用。

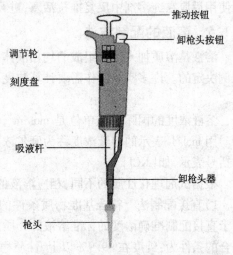

图 1-1-6　可调式移液器的结构图

吸取液体:垂直握住移液器,然后将推动按钮按至第一止点(图1-1-7 A),将吸头浸入液体中,液面恰好没过吸头,然后缓慢松开推动按钮吸取液体(图1-1-7 B),等待 1 ~ 2 s 后再离开液面。吸取时动作要缓慢,防止空气随液体吸入吸液枪头内造成量取不准确。

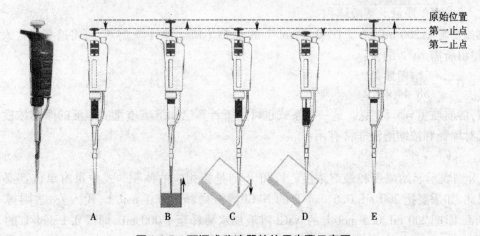

图 1-1-7　可调式移液器的使用步骤示意图

A—推动按钮按至第一止点;B—松开推动按钮吸取液体;
C—按推动按钮至第一止点释放液体;D—按至第二止点排出所有液体;E—松开推动按钮

释放液体:吸液枪头的头部靠在容器壁上,约成 10° ~ 20°倾角,慢慢按推动按钮至第一止点(图 1-1-7C),停留 1 ~ 2 s 后,按至第二止点(图 1-1-7D)排出所有液体。

退下吸液枪头:按下卸枪头按钮,退下吸液枪头。移液器必须卸掉枪头后才可以放在实验台上,因为任何残留液体都会在平放时倒流回吸液杆。

5. 注射器

使用注射器时应把针头插入溶液,缓慢拉动活塞至所需刻度处。检查注射器有无吸入气泡。排出液体时要缓慢,最后将针尖靠在器壁上,移去末端黏附的液体。微量注射器在使用前和使用后应在纯溶剂中反复推拉活塞,进行清洗。

1.1.5 溶液的配制方法

溶液是溶质加入溶剂组成的均相液体。溶液的特性是由溶质的类型及溶质相对于溶剂的比例决定的。许多实验操作需要计算浓度,例如配制一定浓度的溶液或用溶质浓度来表示数据。

溶液浓度的国际标准单位是 mol/m^3,但在大多数场合常用非国际标准单位 mol/L 来表示。用 mol/L 表示的溶液浓度称为摩尔浓度,即每升溶液中溶质的摩尔数。溶液浓度通常加方括号表示,如[KCl]。

根据试剂理化性质的不同,相应溶液的配制方法通常有两种。

1)直接配制法 符合基准物质条件的试剂均可以用来配制标准溶液。基准物质是指能用于直接配制准确浓度的标准溶液的物质或用来确定标准溶液准确浓度的物质。基准物质应符合的条件为:纯度在 99.9% 以上,性质稳定,组成与化学式相符。

2)间接配制法 凡不能满足基准物质条件的试剂一律采用间接配制法。即先粗略地配制近似浓度,再用基准物质标定,或用已知准确浓度的标准溶液标定。常用称量法或稀释法来配制指定摩尔浓度的溶液。称量配制法的过程:精确称取所需溶质的质量,用部分溶剂溶解或混匀后转入容量瓶,室温下定容至刻度线,然后充分摇匀转入试剂瓶中。要配制摩尔浓度为 c 的溶液,可使用以下公式:

$$c = \frac{溶质质量}{摩尔质量 \times 溶液体积}$$

例如要配制 200 mL (0.2 L) 0.5 mol/L 的 NaCl ($Mr = 58.44$) 溶液,可将这些值代入上述公式,得出所需 NaCl 的量:

$$0.5 = \frac{溶质质量}{58.44 \times 0.2}$$

整理得:溶质质量 = 5.84 克。这一关系式也可用于计算已知溶质质量的溶液的摩尔浓度。以下公式对稀释和浓缩溶液非常有用:

$$c_1 V_1 = c_2 V_2$$

c_1 和 c_2 分别表示起始浓度和最终浓度。V_1 和 V_2 则是指相应的体积。式中每对单位都必须相同。因此,如果要把 200 mL 0.5 mol/L 的 NaCl 溶液稀释为 0.1 mol/L,代入公式,则得 V_2 = 1 000 mL,即把 200 mL 0.5 mol/L 的 NaCl 溶液加水稀释至 1 000 mL,即得 0.1 mol/L 的 NaCl 溶液。

试剂配制和使用时的注意事项如下:

①配制试剂所需的玻璃器皿都要清洁干净,存放试剂的试剂瓶要干燥;

②配制溶液时,应根据实验要求选择不同规格的试剂;

③称量要准确;

④一般的试剂要用重蒸水或去离子水配制;

⑤试剂配制完毕后要贴标签,明确标示试剂名称、浓度、配制日期等相关事项(图1-1-8);

图 1-1-8　试剂标签

⑥试剂取用时要认清标签,并且保持药品、药匙和量具等不被污染。

1.1.6　滴定分析基本操作

1. 容量瓶的基本操作

①容量瓶是常用的测量容纳液体体积的一种量入式量器,主要用途是配制准确浓度的溶液或定量地稀释溶液。容量瓶是细颈梨形平底玻璃瓶,由无色或棕色玻璃制成,带有磨口玻璃塞或塑料塞,颈上有一标线。常用容量瓶有 50 mL、100 mL、250 mL、500 mL 等规格。容量瓶的容量定义为:在 20 ℃时,充满至刻度线所容纳水的体积,以毫升计。

②容量瓶使用前要检查瓶口是否漏水。加自来水至标线附近,盖好瓶塞后,用左手食指按住塞子,其余手指拿住瓶颈标线以上部分,右手用指尖托住瓶底,将瓶倒立 2 min,如不漏水,将瓶直立,转动瓶塞 180°后,再倒立 2 min 检查,如不漏水,即可使用。用橡皮筋将塞子系在瓶颈上,防止玻璃磨口塞粘污或搞错。容量瓶应洗涤干净,内壁应为蒸馏水均匀润湿,不挂水珠,否则应该重洗。容量瓶内只能盛放已溶解的溶液。用容量瓶配制标准溶液时,将准确称取的固体物质置于小烧杯中,加水或其他溶剂将固体溶解,然后将溶液定量转入容量瓶中,容量瓶的检查参考图 1-1-9。

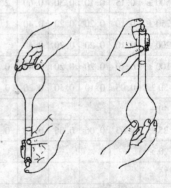

图 1-1-9　容量瓶的检查

图 1-1-10　溶液转入容量瓶

③定量转移溶液时,右手拿玻璃棒,左手拿烧杯,使烧杯嘴紧靠玻璃棒,而玻璃棒则悬空伸入容量瓶口中,棒的下端靠在瓶颈内壁上,使溶液沿玻璃棒和内壁流入容量瓶中。烧杯中溶液流完后,将烧杯沿玻璃棒轻轻上提,同时将烧杯直立,再将玻璃棒放回烧杯中。用洗瓶以少量蒸馏水吹洗玻璃棒和烧杯内壁 3～4 次,将洗出液定量转入容量瓶中。然后加水至容量瓶的 3/4 容积时,拿起容量瓶,按同一方向摇动,使溶液初步混匀,此时切勿倒转容量瓶。最后继续加水至距离标线 1 cm 处,等待 1～2 min 使附在瓶颈内壁的溶液流下后,用滴管滴加蒸馏水至弯月面下缘与标线恰好相切。盖上干的瓶塞,用左手食指按住塞子,其余手指拿住瓶颈标线以上部分,右手用指尖托住瓶底,将瓶倒转并摇动,再倒转过来,使气泡上升到顶,如此反复十多次,使溶液充分混合均匀。用容量瓶稀释溶液,则用移液管移取一定体积的溶液于容量瓶中,加水至标度刻线。溶液

转入容量瓶的操作参考图 1-1-10。

　　④容量瓶使用原则：ⓐ热溶液应冷却至室温后，才能稀释至标线，否则会造成体积误差；ⓑ需避光的溶液应以棕色容量瓶配制；ⓒ容量瓶不宜长期存放溶液，应转移到磨口试剂瓶中保存。容量瓶及移液管等有刻度的精确玻璃量器，均不宜放在烘箱中烘烤；ⓓ容量瓶如长期不用，磨口处应洗净擦干，并用纸片将磨口隔开。

　　常用玻璃量具在标准温度 20 ℃时标准容量的允差参考表 1-1-4。

表 1-1-4　在标准温度 20 ℃时标准容量的允差

容量/mL	一等容量瓶		二等容量瓶		量筒		量杯	直通活门滴管及微量滴管		侧边活门滴管及无活门滴管		吸管 无分度只有一标线者		吸管 有分度者和无分度只有二标线者		有分度完全流出式微吸管
	量入式	量出式	量入式	量出式	量入式	量出式	量出式	一等	二等	一等	二等	一等	二等	一等	二等	
2 000 ±	0.50	1.00	1.00	2.00	6.0	12.0										
1 000 ±	0.30	0.40	0.60	1.00	4.0	8.0	10.0									
500 ±	0.15	0.10	0.30	0.60	2.0	4.0	6.0									
250 ±	0.10	0.20	0.20	0.40	1.0	2.0	3.0									
200 ±																
100 ±	0.10	0.20	0.20	0.40	0.4	0.8	1.5	0.10	0.20	0.12	0.24	0.08	0.16	0.10	0.20	
50 ±	0.05	0.10	0.10	0.20	0.3	0.6	1.0	0.05	0.10	0.06	0.12	0.05	0.12	0.08	0.16	
40 ±												0.05	0.12	0.08	0.14	
25 ±	0.03	0.06	0.06	0.12	0.2	0.4	0.6	0.03	0.06	0.05	0.10	0.04	0.10	0.06	0.10	
20 ±												0.03	0.06	0.04	0.08	
15 ±												0.03	0.06	0.04	0.08	
11 ±												0.02	0.04	0.03	0.06	
10 ±	0.02	0.04			0.2	0.4	0.6	0.020	0.040			0.02	0.04	0.03	0.04	
5 ±					0.2	0.4		0.010	0.030			0.01	0.03	0.02	0.04	
4 ±												0.01	0.03	0.02	0.04	
2 ±								0.006	0.015			0.006	0.015	0.01	0.02	
1 ±								0.004	0.015			0.004	0.015	0.01	0.02	
0.5 ±												0.006	0.13	0.01		0.002
0.2 ±																0.001
0.1 ±																

　　2. 滴定管的基本操作

　　滴定管是滴定时准确测量标准溶液体积的量器。滴定管一般分为两种：一种是酸式滴定管，用于盛放酸类溶液或氧化性溶液；另一种是碱式滴定管，用于盛放碱类溶液，不能盛放氧化性溶液。酸式滴定管不能盛放碱类溶液,因为磨口玻璃经过一段时间会被碱类溶液腐蚀粘住;而碱式滴定管也不能盛放氧化性溶液,如 $KMnO_4$,I_2 等。常量分析的滴定管容积有 50 mL 和 25 mL,最小刻度为 0.1 mL,读数可估计到 0.01 mL。酸式滴定管在管的下端带有玻璃旋塞,碱式滴定管在管的下端连接一橡皮管,内放一玻璃珠,以控制溶液的流出,橡皮管下端再连接一个尖嘴玻璃管。滴定管的使用包括洗涤、试漏、涂油、排气泡、读数等步骤。

(1)滴定管的准备

酸式滴定管使用前应检查:玻璃活塞转动是否灵活;是否漏水;滴定管是否清洁。酸式滴定管活塞涂油及其相关操作参考图 1-1-11。

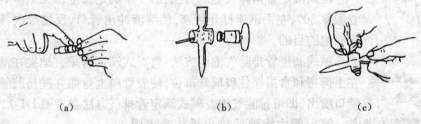

| (a) | (b) | (c) |

图 1-1-11　酸式滴定管活塞涂油

(a)活塞涂油;(b)安装活塞;(c)转动活塞

1)涂油　要使玻璃活塞转动灵活,必须在塞子与塞槽内壁涂少许凡士林。涂凡士林的方法是将活塞取出,用滤纸将活塞及活塞槽内的水擦干净。用手指蘸少许凡士林在活塞的两端涂上薄薄一层,在活塞孔的两旁少涂一些,以免凡士林堵住活塞孔。将活塞直接插入活塞槽中,向同一方向转动活塞,直至活塞中油膜均匀透明。转动活塞时,应有一定的向活塞小头部分方向挤的力,以免来回移动活塞,使孔受堵。最后将橡皮圈套在活塞的小头沟槽上。

碱式滴定管不用涂油,选择大小合适的玻璃珠和橡胶管即可。

2)试漏　酸式滴定管试漏的方法是先将活塞关闭,在滴定管内充水至 0 刻度以上,将滴定管夹在滴定管夹上。放置 2 min,观察管口及活塞两端是否有水渗出;将活塞转动 180°,再放置 2 min,看是否有水渗出。若前后两次均无水渗出,活塞转动也灵活,即可使用。否则应将活塞取出,重新涂凡士林后再使用。

3)洗涤　无明显油污的酸式滴定管,可以直接用蒸馏水或洗涤剂(但不能用去污粉)冲洗。若油污较多,可用铬酸洗液洗涤,每次倒 10～15 mL 于滴定管中,双手平端滴定管,同时不断地转动至洗液布满全管。然后打开旋塞,将洗液放回原瓶中。冲洗时先用自来水,再用蒸馏水润洗,内壁要完全被水均匀润湿但不挂水珠。

碱式滴定管要注意铬酸洗液不能直接接触橡皮管。将乳胶管内玻璃珠向上挤压封住管口或将乳胶管换成乳胶滴头,再将滴定管逐渐向管口倾斜,并不断旋转,使管壁与洗液充分接触,管口对着废液缸,以防洗液洒出。或者将碱式滴定管倒立于装有铬酸洗液的烧杯中,橡皮管接在抽水泵上,打开抽水泵,轻轻转动玻璃珠(注意不能太快),待洗液缓慢接近橡皮管口时停止。若油污较重,可装满洗液浸泡,浸泡时间的长短视沾污情况而定。洗毕,洗液应倒回洗瓶中,洗涤后应用大量自来水淋洗,并不断转动滴定管,至流出的水无色,再用去离子水润洗三遍,洗净后的管内壁应均匀地润上一层水膜而不挂水珠。

此外,碱式滴定管使用前应检查橡皮管是否老化、变质;玻璃珠是否适当,玻璃珠过大不便操作,过小则会漏水。

(2)滴定操作

1)操作溶液的装入 先将操作溶液摇匀,使凝结在瓶壁上的水珠混入溶液。用该溶液润洗滴定管 2~3 次,每次 10~15 mL,双手拿住滴定管两端无刻度部位,在转动滴定管的同时,使溶液流遍内壁,再将溶液由流液口放出,弃去。混匀后的操作液应直接倒入滴定管中,不可借助于漏斗、烧杯等容器来转移。

2)管嘴气泡的检查及排除 滴定管充满操作液后,应检查管的出口下部尖嘴部分是否充满溶液,如果留有气泡,需要将气泡排除。

酸式滴定管排除气泡的方法:右手拿滴定管上部无刻度处,并使滴定管倾斜 30°,左手迅速打开活塞,使溶液冲出管口,反复数次,即可达到排除气泡的目的。

碱式滴定管排除气泡的方法:将碱式滴定管垂直地夹在滴定管架上,左手拇指和食指捏住玻璃珠部位,使胶管向上弯曲并捏挤胶管,使溶液从管口喷出,即可排除气泡。碱式滴定管排气方法参考图 1-1-12。

图 1-1-12 碱式滴定管排气泡

3)滴定管的操作 滴定管中溶液的排出操作参考图 1-1-13。使用酸式滴定管时,左手握滴定管,大拇指在前,食指和中指在后,无名指和小指向手心弯曲,轻轻贴着出口部分,其他三个手指控制活塞,手心内凹,以免触动活塞而造成漏液。使用碱式滴定管时,左手握滴定管,拇指和食指捏挤玻璃珠周围稍上处一侧的胶管,使胶管与玻璃珠之间形成一个小缝隙,溶液即可流出。注意不要捏挤玻璃珠下部胶管,以免空气进入而形成气泡,影响读数。

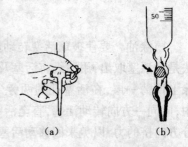

图 1-1-13 滴定管中溶液的排出
(a)活塞的转动;(b)碱管溶液的流出

滴定操作通常在锥形瓶内进行。滴定时,用右手拇指、食指和中指拿住锥形瓶,其余两指辅助在下侧,使瓶底离滴定台高出 2~3 cm,滴定管下端伸入瓶口内约 1 cm,左手握滴定管,边滴加溶液,边用右手摇动锥形瓶,使滴下去的溶液尽快混匀。摇瓶时,应微动腕关节,使溶液沿同一方向旋转。

有些样品适合在烧杯中滴定,将烧杯放在滴定台上,滴定管尖嘴伸入烧杯口内约 1 cm,不可靠壁,左手滴加溶液,右手拿玻璃棒搅拌溶液。玻璃棒作圆周搅动,不要碰到烧杯壁和底部。滴定接近终点时所加的半滴溶液可用玻璃棒下端轻轻沾下,再浸入溶液中搅拌。注意玻璃棒不要接触管尖。

4)半滴的控制和吹洗 使用半滴溶液时,轻轻转动活塞或捏挤胶管,使溶液悬挂在出口管嘴上,形成半滴,用锥形瓶内壁将其沾落,再用洗瓶吹洗,滴定操作见图 1-1-14。

5)滴定时的注意事项 最好每次滴定都从 0.00 mL 开始,或接近 0 的任一刻度开始,这样可减少滴定误差。滴定过程中左手不要离开活塞而任溶液自流。滴定时,要观察滴落点周围颜色的变化,不要去看滴定管上的刻度变化。控制适当的滴定速度,一般每分钟 10 mL 左右,即 3~4 滴/秒,接近终点时要一滴一滴加入,即加一滴摇几下,最后还要加一次或几次半滴溶液直至终点。

6)滴定管的读数 读数时将滴定管从滴定管架上取下,用右手拇指和食指捏住滴定管上部无刻度处,使滴定管保持垂直,然后再读数。读数原则:注入溶液或放出溶液后,需等待 1~2 min,使附着在内壁上的溶液流下来再读数。滴定管内的液面呈弯月形,无色和浅色溶液读数时,视线应与弯月面下缘实线的最低点相切,即读取与弯月面相切的刻度;深色溶液读数时,视线应与液面两侧的最高点相切,即读取视线与液面两侧的最高点处于同一水平面的刻度。使用"蓝带"滴定管时液面呈现三角交叉点,读取交叉点与刻度相交点的读数。读数必须读到小数点后的第二位,即要求估计到 0.01 mL。

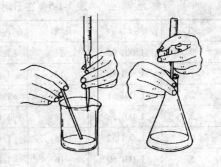

图 1-1-14　滴定操作

1.1.7　容量器皿的校准

容量器皿的实际容积与其所标示的容积往往不完全相符,而且通常的容器校正以 20 ℃ 为标准,但使用时的温度不一定是 20 ℃,温度改变时,容器的容积及溶液的体积都将发生改变,因此,精密分析时需进行容量器皿的校准。

容器校准时,根据具体情况可采用相对校准和称量校准。

1. 相对校准

在实际工作中,容量瓶和移液管常常是配合使用的。例如,要用 25 mL 移液管从 250 mL 容量瓶中取 1/10 容积的液体,则移液管与容量瓶的容积比只要 1∶10 就行了。此时,可采用相对校准的方法。其步骤如下:使用移液管准确移取 25 mL 去离子水,放入已洗净、干燥的 250 mL 容量瓶中。重复移取 10 次后,观察溶液的弯月面是否与标准线正好相切,否则,应另作一标号。相对校准后的容量瓶和移液管,应贴上标签,以便以后更好地配套使用。

2. 称量校准

滴定管、容量瓶、移液管的实际容积往往采用称量校准的方法。原理为:称取量器中所放出或所容纳 H_2O 的质量,并根据该温度下 H_2O 的密度,计算出该量器在 20 ℃(玻璃量器的标准温度)时的容积。但是,由质量换算成容积时必须考虑 H_2O 的密度、空气浮力、玻璃的膨胀系数三个方面的影响。为了方便起见,表 1-1-5 列出了三个因素综合校准后的换算系数。根据表中换算系数 f,用下式即可算出某一温度 t 时质量为 m 的纯 H_2O 在 20 ℃ 时所占的实际容积 V,即

$$V = fm$$

例如,校准移液管时,在 15 ℃ 称得纯 H_2O 质量为 24.94 g,查表得 15 ℃ 时的综合换算系数为 1.002 1,由此算得它在 20 ℃ 时的实际体积为

$$V = 1.002\ 1 \times 24.94 = 24.99 \text{ mL}$$

常见温度下纯 H_2O 体积的综合换算系数 f 见表 1-1-5。

表 1-1-5　在不同温度下纯 H_2O 体积的综合换算系数 f

$t/℃$	$f/(mL \cdot g^{-1})$	$t/℃$	$f/(mL \cdot g^{-1})$	$t/℃$	$f/(mL \cdot g^{-1})$	$t/℃$	$f/(mL \cdot g^{-1})$
0	1.001 76	11	1.001 68	22	1.003 21	33	1.005 99
1	1.001 68	12	1.001 77	23	1.003 41	34	1.006 29
2	1.001 61	13	1.001 86	24	1.003 63	35	1.006 60
3	1.001 56	14	1.001 96	25	1.003 85	36	1.006 93
4	1.001 52	15	1.002 07	26	1.004 09	37	1.007 25
5	1.001 50	16	1.002 21	27	1.004 33	38	1.007 60
6	1.001 49	17	1.002 34	28	1.004 58	39	1.007 94
7	1.001 52	18	1.002 49	29	1.004 84	40	1.008 30
8	1.001 52	19	1.002 65	30	1.005 12		
9	1.001 56	20	1.002 83	31	1.005 35		
10	1.001 61	21	1.003 01	32	1.005 69		

注：f 为不同温度下用纯 H_2O 充满 1 L(20 ℃)玻璃容器时 H_2O 质量的 0.1% 的倒数,其中 1 L = 1.000 028 dm^3。

1.1.8　电子天平的使用

随着科学技术的发展,天平的称量准确度和称量速度有了较大的提高,以往的光电天平和扭力天平逐渐有被电子天平取代的趋势,电子天平见图 1-1-15。

1. 使用方法

①天平在使用前观察水平仪,如水平仪水泡偏移,需调整水平调节脚,使水泡位于水平仪中心。

②选择合适的电源电压,将电压转换开关置于相应位置。天平接通电源,就开始通电工作(显示器未工作),通常需预热后方可开启显示器进行操作。

③ON 开启显示器键,只要轻按一下 ON 键,显示器全亮,对显示器的功能进行检查后,即可进入称量模式。OFF 关闭显示器键,轻按 OFF 键,显示器熄灭。若较长时间不使用天平,应拔去电源线。

图 1-1-15　电子天平

④天平校准键,因存放时间较长、位置移动、环境变化或为获得精确测量结果,天平在使用前一般都应进行校准操作。校准天平按说明书进行。

⑤电子天平采用轻触按键,能实行多键盘控制,操作灵活方便,各功能的转换与选择,只需按相应的按键。

⑥称量操作。

ⓐ称量:以上各模式待用户选定后(电子天平具有记忆功能,所有选定模式能保持断电后不丢失)就可用于称量,按清零键,显示为零后,置被称物于称盘,待数字稳定,即显示器左边的"0"标志熄灭后,该数字即为被称物的质量。

ⓑ去皮重:置容器于称盘上,天平显示容器质量,按 TAR 键,显示零,即去皮重。再置被称物于容器中,这时显示的是被称物的净重。

ⓒ累计称量:用去皮重称量法,将被称物逐个置于称盘上,并相应逐一去皮清零,最后移去所有被称物,则显示数的绝对值为被称物的总质量。

ⓓ加物:置 INT-0 模式,置容器于称盘上,去皮重。将被称物(液体或松散物)逐步加入容器中,能快速得到连续读数值。当加物达到所需称量,显示器最左边"0"熄灭,这时显示的数值即为用户所需的称量值。当加入混合物时,可用去皮重法,对每种物质计净重。

ⓔ读取偏差:置基准砝码(或样品)于称盘上,去皮重,然后取下基准码,显示其质量负值。再置称物于称盘上,视称物比基准砝码重或轻,相应显示正或负偏差值。

ⓕ下称:拧松底部下盖板的螺丝,露出挂钩。将天平置于开孔的工作台上,调整水平,并对天平进行校准工作,就可用挂钩称量挂物了。

ⓖ电子天平的维护与保养:天平必须小心使用,称盘与外壳须经常用软布和牙膏轻轻擦洗,切不可用强溶解剂擦洗。

2. 分析天平的使用规则

①称量前先取下天平护罩,叠好,然后检查天平是否处于水平状态;刷去秤盘上的污垢和灰尘。

②读数和检查零点时必须关好侧门,不得随意打开前门。

③试样和化学试剂均不得直接放在天平皿上称量,而应放在清洁干燥的表面皿、称量瓶或坩埚内;具有腐蚀性的气体或吸湿性物质必须放在称量瓶或其他适当的密闭容器中称量。

④绝对禁止载重超过天平的最大负载。

⑤称量数据必须记录在实验记录本上。

⑥称量完毕关好天平,及时取出被称物;指数盘和读数窗复零位后检查称量后的零点;若称量后零点变化超过 0.2 mg,应检查出原因后重新称量;若有洒落在天平盘上的试样应及时用毛刷清刷掉,然后检查天平是否关好,侧门是否关上,最后罩上天平护罩。

⑦称量的物体必须与天平箱内的温度一致,不得将过热或过冷的物体放进天平称量。

3. 称量误差分析

称量误差主要来源如下。

①被称物(容器或试样)在称量过程中的条件发生变化。

ⓐ被称容器表面的湿度变化。烘干的称量瓶、灼烧过的坩埚等一般放在干燥器内冷却到室温后进行称量,它们暴露在空气中会因吸湿而使质量增加,空气湿度不同,吸附的水分不同,故称量试样要求速度要快。

ⓑ试样能吸附或放出水分,或具有挥发性,使称量质量改变,灼烧产物都有吸湿性,应盖上坩埚盖称量。

ⓒ被称物温度与天平温度不一致。如果被称物温度较高,能引起天平臂不同程度的膨胀,且有上升的热气流,使称量结果小于真实值。应将烘干或灼烧过的器皿在干燥器中冷却至室温后称量,但在干燥器中不是绝对不吸附水分,因此坩埚等应保持相同的冷却时间后称量才易于恒重。

ⓓ容器包括加药品的塑料勺表面由于摩擦带电可能引起较大的误差,这点常被操作者忽略。故天平室湿度应保持在 50%~70%,过于干燥会使摩擦而积聚的电不易耗散。称量时要注意,如擦拭被称物后应多放一段时间再称量。

②天平和砝码不准确带来的误差。天平和砝码应定期检定(至多 1 年),方法见有关规

程。砝码的实际质量不相符属于系统误差,可以使用校正值消除,一般分析工作不采用校正值时,要注意到克组砝码的质量允差较大。

③称量操作不当是初学者称量误差的主要来源,如天平未调整水平、称量前后零点变动、开启天平过重以及吊耳脱落、天平摆动受阻未被发现等等,其中以开启天平过重,转动减码手钮过重,造成称量前后零点变动为主要误差,因此在称量前后检查天平零点是否变化,是保证称量数据有效的一个简易方法。另外如砝码读错、记录错误等虽属于不应有的过失误差,但也是初学者称量失误的主要原因。

④环境因素的影响。震动、气流、天平室温度太低或温度波动大等,均使天平变动性增大。

⑤空气浮力的影响。一般分析工作中所称物体的密度小于砝码的密度,其体积比相应的砝码的体积大,在空气中所受的浮力也大,在精密的称量中要进行浮力校正,一般工作忽略此项误差。

1.2 环境样品采集和预处理技术

在环境化学实验中,通常需要测定的物质的量是痕量的,而这样少的试样的分析结果常常要代表几吨甚至千百万吨物质组分的平均状态及组成含量。这就要求在进行测定时所使用的分析试样能代表全部物料的平均成分,即试样应该具有高度的代表性,否则分析结果再准确也毫无意义。因此,在进行分析测定之前,必须根据具体情况做好试样的采集和制备工作。

所谓试样的采集和制备,是指从大批物料中采集最初试样(原始试样),然后再制备成具有代表性的、能供分析用的最终试样(分析试样)。当然,对于一些比较均匀的物料,采样时可直接取少量作为分析试样,不需要再进行制备。

在环境化学实验中,所遇到的各种分析对象,按其形态的不同,可分为气态(一般是空气或废气)、液态(一般是水样或水溶液)、固态(一般是固体废物、土壤样品等)三种形态。不同形态的物料其采集方法也各不相同。

1.2.1 水样的采集、保存和预处理

1.2.1.1 水样的采集

采集的水样必须具有代表性和完整性,即在规定的采样时间、地点,用规定的采样方法,采集符合被测水体真实情况的样品。样品采集后容易发生变化的成分应该在现场测定。带回实验室的样品,在测定之前要妥善保存,确保样品在保存期间不会发生明显的物理、化学、生物变化。为此,必须选择合理的采样位置、采样时间和科学的采样技术。

对于天然水体,为了采集具有代表性的水样,要根据分析的目的和现场实际情况来选定采集样品的类型和采集方法。通常,对河流、湖泊等天然水体可以采集瞬时水样;而对于工业废水和生活污水,应根据生产工艺、排污规律和监测目的,针对其流量和浓度都随时间而变化的非稳态流体特性,科学、合理地设计水样采集的种类和采样方法。

1. 水样的类型

归纳起来,水样类型有六种。

(1)瞬时水样

瞬时水样是指在某一定的时间和地点,从水中随机采集的分散水样。适用于水体流量和污染物浓度都相对稳定的水体,其特点是水体的水质比较稳定。

（2）等时混合水样（平均混合水样）

等时混合水样是指某一时段内，在同一采样点按照等时间间隔采集等体积的多个水样，于同一容器内经混合均匀后得到的水样。适用于废水流量比较稳定（变化小于20%），但水质有变化的水样的采集。

（3）等时综合水样

等时综合水样是指在不同采样点，按照流量的大小同时采集的各个瞬时水样经混合后所得到的水样。适用于在河流主流、多个支流和多个排污点处同时采样，或在工业企业各个车间排放口同时采集水样的情况。

（4）等比例混合水样（平均比例混合水样）

等比例混合水样是指某一时段内，在同一采样点所采集的水样量随时间或流量成比例变化，在同一容器中经混合均匀后得到的水样。多支流河流、多个废水排放口的工业企业等经常需要采集等比例混合水样。

（5）流量比例混合水样

流量比例混合水样是指采样过程中按废水流量变化设置程序，使采样器按比例连续采集混合的水样。该方法适用于水量和水质均不稳定的污染源样品的自动采集。

（6）单独水样（单项目水样）

需要采集单独水样的指标有pH、溶解氧、硫化物、有机物、细菌学指标、余氯、化学需氧量、生化需氧量、油类、悬浮物、放射性和其他可溶性气体等。

2. 样品容器的准备

地表水、地下水、废水和污水采样前，首先要根据实验的具体要求，选择适合的采样器和盛水器。

（1）采样器

采样器应具有足够强度，且使用灵活、方便可靠，容器材料应保证水样的各组分在储存期内不与容器发生反应，且不会对水样造成污染，稳定性好，价廉易得，易清洗并可反复使用。常用的水样容器材料由不锈钢、聚四氟乙烯、聚乙烯塑料（P）、石英玻璃（G）和硼硅玻璃（BG）等制成。通常塑料容器用做测定金属、放射性元素和其他无机物的盛样容器；玻璃容器用做测定有机物和生物类的盛样容器。容器盖和塞的材料应与容器材料一致。

1）桶、瓶等简单容器　可采集表层水，一般把采样器沉至水面以下$0.3 \sim 0.5$ m处采集。

2）简单采样器　简单采样器的构造见图1-2-1。这种采样器用于采集深层水，是将一定容积的细口瓶套入金属框内，附于框底的铅、铁或者石块等重物用来增加自重。瓶塞与一根带有标尺的细绳相连。当采样器沉入水中预定的深度时，将细绳提起，瓶塞开启，水即注入瓶内。一般不宜将水注满瓶，以防温度升高而将瓶塞挤出。

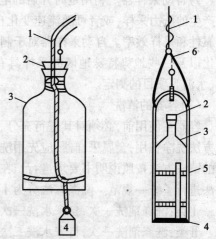

图1-2-1　简单采样器

1—绳子；2—带有软绳的橡胶塞；3—采样瓶；
4—重物；5—铁框；6—挂钩

3）急流采样器　这种采样器（图1-2-2）适用于水流湍急的河段。采样前塞紧橡胶塞，然后垂直沉入要求的水深处，打开上部橡胶塞夹，水即沿长玻璃管通至采样瓶中，瓶内空气由短玻璃管沿橡胶管排出。采集的水样因与空气隔绝，可用于水中溶解性气体的测定。

4）双瓶采样器　适用于测定水中的溶解性气体。当双瓶采样器沉入水中后，打开上部橡胶塞夹，水样进入小瓶（采样瓶）并将瓶内的空气驱入大瓶，水从大瓶短玻璃管的橡胶管排出，直到大瓶中充满水样，提出水面后迅速密封大瓶（图1-2-3）。

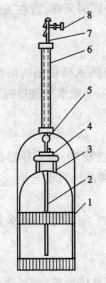

图1-2-2　急流采样器

1—铁框；2—长玻璃管；3—采样瓶；

4—橡胶塞；5—短玻璃管；

6—钢管；7—橡胶管；8—夹子

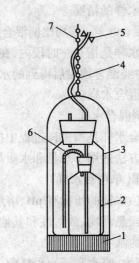

图1-2-3　双瓶采样器

1—带重锤的铁框；2—小瓶；3—大瓶；

4—橡胶管；5—夹子；

6—塑料管；7—绳子

5）自动采样器　利用定时开启的电动采样泵抽取水样，或者利用水面与表层水面的水位差产生的压力采样，或者可随流速变化自动按比例采样等。自动采样器提高了采样的代表性、可靠性和采样效率。自动采样器对于制备等时混合水样或等比例混合水样，研究水质的动态变化以及一些地势特殊地区的采样具有十分明显的优势，但不适用于油类 pH、溶解氧、电导率、水温等项目的测定。

（2）容器的清洗

容器在使用前，必须对其进行充分、仔细的清洗。塑料或玻璃采样器，要按容器的一般洗涤方法洗净备用；金属采样器，应先用洗涤剂清除油垢，再用自来水洗净，晾干备用；特殊采样器的清洗方法按照说明书要求进行。在我国颁布的《地表水和污水监测技术规范》中，对洗涤方法进行了统一规范。洗涤方法分为Ⅰ、Ⅱ、Ⅲ和Ⅳ四类，分别适用于不同的分析项目。

Ⅰ类：洗涤剂洗一次，自来水洗三次，蒸馏水一次。

Ⅱ类：洗涤剂洗一次，自来水洗二次，（1＋3）硝酸荡洗一次，自来水洗三次，蒸馏水一次。

Ⅲ类：洗涤剂洗一次，自来水洗二次，（1＋3）硝酸荡洗一次，自来水洗三次，去离子水一次。

Ⅳ类：铬酸洗液洗一次，自来水洗三次，蒸馏水一次。必要时，再用蒸馏水、去离子水清洗。

经 160 ℃ 干热灭菌 2 h 的微生物、生物采样容器和盛水器，必须在两周内使用，否则应该重新灭菌；经 121 ℃ 高压蒸汽灭菌 15 min 的采样容器，如不立即使用，应于 60 ℃ 将瓶内冷凝水烘干，两周内使用。细菌监测项目采样时不能用现场水样冲洗采样容器，不能采混合水样，应单独采样后 2 h 内送实验室分析。

3. 采样量

采样量应满足分析的需要，并考虑重复测试所需的水样量和留作备份测试的水样用量。

①当水样应避免与空气接触时（如测定含溶解性气体或游离 CO_2 水样的 pH 值或电导率），采样器和盛水器都应该完全充满，不留气泡空间。

②当水样在分析前需要振荡均匀时（如测定油类或不溶解物质），则不应该充满盛水器，装瓶时应使容器留有 1/10 顶空，保证水样不外溢。

③当被测物的浓度很低而且是以不连续的物质形态存在时（如不溶解物质、细菌、藻类等），应从统计学的角度考虑单位体积里可能的质点数目而确定最小采样量。

④将采集的水样分装于几个盛水器内，应考虑到各盛水器水样之间的均匀性和稳定性。

4. 不同类型水体的采样方法

（1）地表水的采样方法

地表水采样通常采集瞬时水样；遇有重要支流的河段，有时需要采集综合水样或平均比例混合水样。

采样时，应注意避开水面上的漂浮物，以免混入采样器；正式采样前要用水样冲洗采样器 2 ~ 3 次，洗涤废水不能直接倒回水体中，以避免搅起水中悬浮物；对具有一定深度的河流等水体采样时，应使用深水采样器，慢慢放入水中采样，并严格控制好采样深度。测定油类指标的水样采样时，要避开水面上的浮油，在水面下 5 ~ 10 cm 处采集水样。

（2）河流采样方法

在选择河流采样断面时，首先要注意它的代表性，通常需要考虑以下情况。

①污染源对水质影响较大的河段，一般设置三种断面：对照断面、控制断面和消减断面。

②在大支流或特殊水质的支流汇合处、靠近汇合点的主流与支流上以及汇合点的下游（在已充分混合的地点）布设断面。

③在流程途中遇到有湖泊、水库时，应尽量靠近流入口和流出口设置断面。

④一些特殊地点或地区，如饮用水源、生态保护区等应视其需要布设断面。

⑤水质变化小或污染源对水体影响不大的河流，可仅布设一个断面。

⑥避开死水及回水区，选择河段顺直、河岸稳定、水流平缓、无急流险滩且交通方便之处。

⑦尽量与水文断面相结合。

⑧出入国际河流、重要省际河流等水环境敏感水域，在出入本行政区界处应布设断面。

（3）湖泊、水库采样方法

①在湖泊（水库）主要出入口、中心区、滞流区、饮用水源地、鱼类产卵区和游览区等应设置断面。

②注意排污口汇入处，视其污染扩散情况在下游 100 ~ 1 000 m 处设置 1 ~ 5 条断面或半断面。

③峡谷型水库，应在水库上游、中游、近坝区及库尾与主要库湾回水区布设采样断面。

④湖泊（水库）无明显功能分区的，可采用网络法均匀布设网络，大小依湖、库面积而定。

⑤湖泊(水库)的采样断面应与断面附近水流方向垂直。

(4)地下水的采样方法

地下水是水资源的重要部分。在我国缺水的北方地区,地下水在发展经济、人民生活中都有重要作用。

地下水的水质比较稳定,一般采集瞬时水样即能有较好的代表性。

对于专用的地下水水质检测井,采集水样时可利用抽水设备或虹吸管。采样深度应在距离地下水水面0.5 m以下,以保证水样能代表地下水水质。对于无抽水设备的水井,可选择适合的专用采水器采样。

从检测井中采集水样常利用抽水机设备。其优点是真空吸入高度较大,适于液位较低的水井采样用,提升速率大,能排除井内滞水,并能用做移动的和固定的采样系统;其缺点是在采样过程中通过抽气和排气,会使水样组分受到氧化作用而变质,并可引起挥发性物质的损失,不适于金属类和对pH反应敏感项目的采样。

对于自喷的泉水,可在泉涌处直接采集水样;采集不自喷泉水时,先将积留在抽水管的水汲出,新水更替后,再进行采样。

采集自来水水样时,应先将水龙头完全打开,放水数分钟,使积留在水管中的陈旧水排出,再采集水样。

在布设地下水采样井之前,应收集本地区有关资料,包括区域自然水文地质单元特征、地下水补给条件、地下水流向以及开发利用、污染源及污染排放特征、城镇及工业区分布、土地利用与水利工程状况等。

在平原(含盐地)地区地下水采样井布设密度一般为200 km²一眼,重要水源地或污染严重地区可适当加密;沙漠区、山丘区、岩溶山区等可根据需要选择典型代表区布设采样井。

(5)海洋采样方法

海洋污染调查布点,应考虑以下原则。

①一般靠岸较密,远岸较疏。在主要入海河口、大型厂矿排污口、渔场和养殖场、重点风景游览区、海上石油开发区较密,对照区较疏。

②采样点力求形成断面,如断面与岸线垂直,河口区的断面与径流扩散方向一致或垂直,开阔海区纵横面呈网络状,海湾断面则视地形、潮流、航道的具体情况布设。

③布设方法可分为:方格状布点、扇形布点、重点区域布点。

(6)废水或污水样品的采集

工业废水和生活污水的采样种类和采样方法取决于生产工艺、排污规律和监测目的。由于工业废水是流量和浓度都随时间变化的非稳态流体,可根据能反映其变化并具有代表性的采样要求,采集合适的水样。

对于生产工艺连续、稳定的企业,所排放废水中的污染物浓度及排放流量变化不大,仅采集瞬时水样就具有较好的代表性;对于排放废水中污染物浓度及排放流量随时间变化无规律的情况,可采集等时混合水样、等比例混合水样或流量比例混合水样,以保证采集的水样具有代表性。

废水和污水的采样方法有三种。

1)浅水采样　当废水以水渠形式排放到公共水域时,用容器从堰溢流中直接采样。在排污管道或渠道中采样时,应在液体流动的部位采集水样。

2）深层水采样 适用于废水或污水处理池中的水样采集,用深层采样器或自制可沉聚乙烯塑料容器采集。

3）自动采样 利用自动采样器采集。当水深大于1 m时,应在表层下1/4处采样;当水深小于或等于1 m时,在水深的1/2处采样。

采样时应除去水面杂物、垃圾等漂浮物,但是随污水流动的悬浮物或固体颗粒,应看成是污水的组成部分,不应在测定前滤除。用水样容器直接采样时,必须用水样冲洗3次,但采油的容器不能冲洗。

（7）特殊水样的采集

1）总大肠菌群 水样容器为500 mL带金属螺帽或磨口塞的广口耐热玻璃瓶。采样前将瓶置于160 ℃干热灭菌2 h或高压蒸汽121 ℃灭菌15 min,灭菌的瓶应在两周内使用。采集的样品应在2 h内送到实验室监测。否则,应在4 ℃保存并于4 h内送实验室检验。

2）放射性样品 容器可用聚四氟乙烯细口瓶或高压聚乙烯瓶。用王水浸洗,然后分析清洗液中放射性是否在允许放射活度范围内。放射性样品的采样方法同一般水样。

3）油类 测定水中溶解或乳化油含量时,用一般项目的采样器,采样时注意避开水面浮油;测定水面厚油膜的油含量时,要同时采集水面上油膜样,测量油膜厚度和面积;测定水面薄层油膜的油含量时,可用一个已知面积的不锈钢格架,格架上布不锈钢丝网,网上固定易吸油的介质(如合成纤维、有机溶剂泡过的纸浆或厚滤纸),用不锈钢格架网放在水面上吸收浮油成分,取出钢网,用正己烷溶解油分供测定。

1.2.1.2 水样的保存

水样从采集到分析的这段时间内,由于环境条件的改变,微生物新陈代谢活动和物理、化学作用的影响,会引起水样物理参数和化学组分的变化。水样采集后,应尽快进行分析测定,能在现场做的监测项目要求在现场测定,如溶解氧、温度、电导率、pH等。但由于各种条件所限,大多数项目需送往实验室进行测定。有时因为人力、时间不足,还需要在实验室存放一段时间后才能进行分析。因此,从采样到分析的这段时间里,水样的保存技术至关重要。

有些分析项目在采样现场采取一些简单的保护性措施后,能够保存一段时间。水样允许保存的时间与水样的性质、分析指标、溶液的酸度、保存的容器和存放温度等多种因素有关。不同的水样允许的存放时间有所不同。一般认为,洁净水样可保存72 h,轻污染水样可保存48 h,重污染水样可保存12 h。

采取适当的保护措施,虽然能够降低待测成分的变化程度或减缓变化的速度,但是并不能完全抑制这种变化。水样保存的基本要求只能是尽量减少其中各种待测组分的变化。要求做到:减缓水样的生物化学作用;减缓化合物或络合物的氧化-还原作用;减少被测组分的挥发损失;避免沉淀、吸附或结晶析出所引起的组分变化。

水样有以下几种主要的保护性措施。

1. 选择合适的保存容器

不同材质的容器对水样的影响不同,一般可能存在容器吸附待测组分或容器自身杂质溶出而污染水质的情况,因此应该选择性能稳定、杂质含量低的容器,一般使用聚乙烯和硼硅玻璃材质的容器。

2. 冷藏或冷冻

水样在低温保存能抑制微生物活动、减缓物理作用和化学反应的速度。如果将水样保存

在 $-18 \sim -22$ ℃的冷冻条件下,会显著提高水样总磷、氮、硅化合物以及生化需氧量等分析项目的稳定性,而且这类保存方法对后续分析测定无影响。

3. 加入保存药剂

在水样中加入合适的保存药剂,能够抑制微生物活动,减缓氧化-还原反应发生。加入的方法可以在采样后立即加入;也可以在水样分样时,根据需要分瓶分别加入。

不同的水样、同一水样的不同分析目的要求使用的保存药剂不同。保存药剂主要有以下几种类型。

(1)生物抑制剂

生物抑制剂主要是一些重金属盐。如在测定氨氮、硝酸盐氮、化学需氧量的水样中加入氯化汞,加入量为每升水样 $20 \sim 60$ mg;对于需要测定汞的水样,可加入苯或三氯甲烷,每升水样加 $0.1 \sim 1.0$ mL;对于测定苯酚的水样,用磷酸调节水样的 pH 为 4,加入硫酸铜,可抑制苯酚菌的分解活动。

(2)pH 调节剂

加入酸或碱调节水样的 pH,可以使一些处于不稳定态的待测组分转变成稳定态。例如,对于水样中的重金属,常加酸调节水样的 pH 至小于或等于 2,达到防止重金属离子水解沉淀或被容器壁吸附的目的;测定氰化物或挥发酚的水样,需要加入 NaOH 调节其 pH 大于或等于12,使两者分别生成稳定的钠盐或酚盐。

(3)氧化剂或还原剂

在水样中加入氧化剂或还原剂可以阻止或减缓某些组分氧化、还原反应的发生。例如,在水样中加入抗坏血酸,可以防止硫化物被氧化;测定溶解氧的水样需要加入少量硫酸锰和碘化钾-叠氮化钠试剂,将溶解氧固定在水中;测定汞的水样加入硝酸和重铬酸钾,可使汞保持高价态。

对保存药剂的一般要求是:有效、方便、经济,而且加入的任何试剂不能给后续的分析测定工作带来影响。当添加试剂的作用相互干扰时,建议采用分瓶采样、分别加入的方法保存水样。

水和废水样品的保存方法相对比较成熟。表 1-2-1 列出了常用的保存药剂的作用和应用范围。

表 1-2-1　水样保存和容器的洗涤

项目	采样容器	保存剂及用量	保存期	采样量[1]/ mL	容器洗涤	建议
浊度[3]	G、P		12 h	250	I	最好在现场测定
色度[3]	G、P		12 h	250	I	
pH[2]	G、P		12 h	250	I	现场直接测定
电导[3]	G、P		12 h	250	I	最好在现场进行测定
悬浮物[1]	G、P		14 d	500		单独定容采样
碱度[3]	G、P		12 h	500	I	水样充满整个容器
酸度[4]	G、P		30 d	500	I	水样充满整个容器
COD	G	加 H_2SO_4,pH≤2	2 d	500	I	COD 值低时最好用玻璃瓶保存

续表

项目	采样容器	保存剂及用量	保存期	采样量[①]/mL	容器洗涤	建议
高锰酸盐指数[④]	G		2 d	500	I	
DO	溶解氧瓶	加入硫酸锰,碱性 KI-叠氮化钠溶液,现场固定	24 h	250	I	碘量法加 1 mL 的 1 mol/L 高锰酸钾和 2 mL 的 1 mol/L 碱性碘化钾
BOD_5[④]	溶解氧瓶		12 h	250	I	BOD 值低时,最好用玻璃容器
TOC	G	加 H_2SO_4,pH≤2	7 d	250	I	尽快测定,建议采样后及时加入分析方法中所用的萃取剂,或在现场进行萃取
F^-[④]	P		14 d	250	I	
Cl^-[④]	G、P		30 d	250	I	
Br^-[④]	G、P		14 h	250	I	样品应避光保存
I^-	G、P	NaOH,pH = 12	14 h	250	I	样品应避免日光直射
SO_4^{2-}[④]	G、P		30 d	250	I	
PO_4^{3-}	G、P	$NaOH,H_2SO_4$,调 pH = 7,$CHCl_3$ 0.5%	7 d	250	IV	
总磷	G、P	HCl,H_2SO_4,pH≤2	24 h	250	IV	保存方法取决于分析方法
氨氮	G、P	H_2SO_4,pH≤2	24 h	250	I	
$NO_2^- - N$[①]	G、P		24 h	250	I	
$NO_3^- - N$[④]	G、P		24 h	250	I	有些水样不能保存,需现场分析
总氮	G、P	H_2SO_4,pH≤2	7 d	250	I	
硫化物	G、P	1 L 水样中加 NaOH 至 pH = 9,加入 5% 的抗坏血酸 5 mL,饱和 EDTA 3 mL,滴加 $Zn(Ac)_2$ 至胶体产生,常温避光	24 h	250	I	必须现场固定
总氰		NaOH,pH≥9	12 h	250	I	
Be	G、P	1 L 水样加 10 mL HNO_3	14 d	250	III	
B	G、P	1 L 水样加 10 mL HNO_3	14 d	250	I	
Na	P	1 L 水样加 10 mL HNO_3	14 d	250	II	
Mg	P	1 L 水样加 10 mL HNO_3	14 d	250	II	
K	G、P	1 L 水样加 10 mL HNO_3	14 d	250	II	
Ca	P	1 L 水样加 10 mL HNO_3	14 d	250	II	酸化时不要用 H_2SO_4,酸化的样品可同时用于测钙和其他金属
Cr(VI)	G、P	NaOH,pH 为 8~9	14 d	250	III	不得使用磨口及内壁已磨毛的容器,以避免对铬的吸附
Mn	G、P	1 L 水样加 10 mL HNO_3	14 d	250	III	滤渣用于测定不可过滤态

续表

项目	采样容器	保存剂及用量	保存期	采样量[①]/mL	容器洗涤	建议
Fe	G、P	1 L 水样加 10 mL HNO₃	14 d	250	Ⅲ	滤渣用于测定不可过滤态
Ni	G、P	1 L 水样加 10 mL HNO₃	14 d	250	Ⅲ	滤渣用于测定不可过滤态
Cu	G、P	1 L 水样加 10 mL HNO₃	14 d	250	Ⅲ	滤渣用于测定不可过滤态
Zn	P	1 L 水样加 10 mL HNO₃	14 d	250	Ⅲ	滤渣用于测定不可过滤态
As	P	1 L 水样加 10 mL HNO₃，DDTC 法加 2 mL HCl	14 d	250	Ⅲ	不能用硝酸酸化的污水应使用这种方法
Se	G、P	1 L 水样加 2 mL HCl	14 d	250	Ⅰ	
Ag	G、P	1 L 水样加 2 mL HNO₃	14 d	250	Ⅲ	滤渣用于测定不可过滤态
Cd	G、P	1 L 水样加 10 mL HNO₃	14 d	250	Ⅲ	滤渣用于测定不可过滤态
Sb	G、P	HCl,0.2%（氢化物法）	14 d	250	Ⅲ	
Hg	G、P	HCl,1%，如水样为中性，1 L 水样中加浓 HCl 10 mL	14 d	250	Ⅲ	保存方法取决于分析方法
Pb	G、P	1% HNO₃，如水样为中性,1 L 水样中加浓 HNO₃ 10 mL[②]	14 d	250	Ⅲ	酸化时不要用 H_2SO_4
生物[④]	G、P	不能现场测定时用甲醛测定	14 d	250	Ⅰ	

注：①为单项样品的最少采样量；②如用溶出伏安法测定，可改用 1 L 水样中加 19 mL 浓 $HClO_4$；③表示应尽量做现场测定；④低温（0～4 ℃）避光保存。

Ⅰ：洗涤剂洗涤 1 次，自来水 3 次，蒸馏水 1 次。

Ⅱ：洗涤剂洗涤 1 次，自来水 2 次，(1+3) HNO₃ 荡洗 1 次，自来水 3 次，蒸馏水 1 次。

Ⅲ：洗涤剂洗涤 1 次，自来水 2 次，(1+3) HNO₃ 荡洗 1 次，自来水 3 次，去离子水 1 次。

Ⅳ：铬酸洗液洗涤 1 次，自来水 3 次，蒸馏水 1 次。

G 为硬质玻璃瓶；P 为聚乙烯瓶（桶）。

4. 过滤和离心分离

水样混浊不仅影响分析结果，还会加速水样的变化。用适当孔径的滤器可以有效地除去藻类和细菌，滤后的样品稳定性提高。一般而言，可用澄清、离心、过滤等措施分离水样中的悬浮物。

国际上通常将孔径为 0.45 μm 的滤膜作为分离可滤态和不可滤态的介质，将孔径为 0.25 μm 的滤膜作为除去细菌处理的介质，可除去藻类和细菌，提高水样稳定性，有利于保存。

若测定不可过滤的金属，应保留滤膜备用。为了减少过滤吸附损失，测定有机项目时一般选用玻璃纤维或聚四氟乙烯过滤器。泥沙型水样可用离心方法分离，含有有机物多的水样可用滤纸或砂芯漏斗过滤。

欲测定可滤态组分，应在采样后立即用 0.45 μm 的滤膜过滤，暂无 0.45 μm 的滤膜时，泥沙性水样可用离心方法分离；含有有机物多的水样可用滤纸过滤；采用自然沉降取上清液测定可滤态物质是不妥的。如果要测定全组分含量，则应在采样后立即加入保存药剂，分析测定时充分摇匀后再取样。

1.2.1.3 水样的预处理

环境水样的组成是相当复杂的，并且多数污染组分含量低，存在形态各异，所以在分析测定之前,需要进行适当的预处理,以得到待测组分适于测定方法要求的形态、浓度和消除共存组分干扰的试样体系。水样预处理分为消解、分离和富集等。

1. 消解

金属化合物的测定多采用这种方法进行预处理。消解处理的目的是破坏有机物,溶解悬浮性固体,将各种价态的待测元素氧化成单一高价态或转变成易于分离的无机化合物。同时消解还能达到浓缩的目的。消解后的水样应该清澈、透明、无沉淀。

(1)湿式消解法

1)硝酸消解法　可直接用于较清洁的水样的消解。其方法要点是:取混匀的水样 50 ~ 200 mL 于烧杯中,加入 5 ~ 10 mL 浓硝酸,在电热板上加热煮沸,蒸发至小体积,试液应该清澈透明,呈浅色或无色,否则,应补加硝酸继续消解。蒸发至近干,取下烧杯,稍冷却后加入 2% 硝酸 20 mL,温热溶解可溶盐。若有沉淀,应过滤,滤液冷至室温后于 50 mL 容量瓶中定容,备用。

2)硝酸-高氯酸消解法　对于含有机物、悬浮物较多的水样可用此法。硝酸和高氯酸都是强氧化性酸,联合使用可消解含难氧化有机物的水样,大大提高消解温度和消解效果。方法要点是:取适量水样于烧杯或锥形瓶中,加 5 ~ 10 mL 硝酸,在电热板上加热,消解至大部分有机物被分解。取下烧杯,稍冷却,加入 2 ~ 5 mL 高氯酸,继续加热至开始冒白烟,如试液呈深色,再补加硝酸,继续加热至冒浓厚白烟将尽(不可蒸发至干涸)。取下烧杯冷却,用 2% 硝酸溶解,如有沉淀,应过滤,滤液冷至室温定容备用。

3)硝酸-硫酸消解法　硝酸和硫酸都有较强的氧化能力,其中硝酸沸点低,而硫酸沸点高,二者结合使用,可提高消解温度和消解效果。常用的硝酸与硫酸的比例为 5:2。消解时,先将硝酸加入水样中,加热蒸发至小体积,稍冷,再加入硫酸、硝酸,继续加热蒸发至冒大量白烟,冷却,加适量水,温热溶解可溶性盐,若有沉淀,应过滤。为提高消解效果,常加入少量过氧化氢。

该方法不适用于处理测定易生成难溶硫酸盐组分(如铅、钡、锶)的水样,因为这些元素易与硫酸反应生成难溶硫酸盐,可以改用硝酸-盐酸体系。

4)硫酸-磷酸消解法　硫酸和磷酸的沸点都比较高,硫酸氧化性较强,磷酸能与一些金属离子如 Fe^{3+} 等络合,故二者结合消解水样,有利于测定时消除 Fe^{3+} 等的干扰。

5)硫酸-高锰酸钾消解法　该方法常用于消解测定汞的水样。高锰酸钾是强氧化剂,在中性、碱性、酸性条件下都可以氧化有机物,其氧化产物多为草酸根,氮在酸性介质中还能继续氧化。消解的要点是:取适量水样,加适量硫酸和 5% 高锰酸钾,混匀后加热煮沸,冷却。高锰酸钾特有的颜色可能干扰后续测定,消解结束后还需滴加盐酸羟胺溶液破坏过量的高锰酸钾。

6)多元消解方法　为提高消解效果,在某些情况下需要采用三元以上酸或氧化剂消解体系。通过多种酸的配合使用,克服一元酸或二元酸消解所起不到的作用,尤其是在众多元素均要求测定的复杂介质体系中。例如,处理测总铬的水样时,用硫酸、磷酸和高锰酸钾的多元消解体系;进行背景值调查需要进行全元素分析,采用 HNO_3HCl-HF 消解体系效果最好。

7)碱分解法　碱分解法适用于按上述酸消解法会造成某些元素的挥发或损失的环境样品。其方法要点是:在水样中加入氢氧化钠和过氧化氢溶液,或者氨水和过氧化氢溶液,加热煮沸至近干,稍冷后加入水或烯碱溶液温热溶解。若有沉淀,应过滤,滤液冷却至室温后于 50 mL 容量瓶中定容,备用。

（2）干灰化法

干灰化法又称高温分解法，多用于固态品如沉积物、底泥、土壤样品的消解。用于水样消解时，应先将样品放入白瓷或石英蒸发皿中，在水浴或红外线灯下蒸干，移入马弗炉内，于450～550 ℃灼烧至残渣呈灰白色，使有机物完全灰化。取出蒸发皿，冷却，用适量2%硝酸（或盐酸）溶解样品灰分，过滤，滤液定容后供测定。本方法不适用于处理测定易挥发组分（如砷、汞、镉、锡、硒等）的水样。

（3）紫外光消解

紫外光消解是一种将紫外光辐射和氧化剂结合使用的方法。在紫外光的激发下，氧化剂光分解产生氧化能力更强的游离基（如氢氧自由基），从而可以氧化许多单用氧化剂无法分解的难降解有机污染物。紫外光和氧化剂的共同作用，使得光催化氧化无论在氧化能力还是反应速率上，都远远超过单独使用紫外辐射或氧化剂所能达到的效果。其特点是氧化在常温常压下就可进行，不产生二次污染，能使多数不能或难于降解的有机污染物完全消解，且省时、节能，设备简单。

2.分离和富集

在水质分析中，由于水样中的成分复杂，干扰因素多，而待测物的含量大多处于痕量水平，常低于分析方法的检测限，因此在测定之前必须进行水样中待测组分的富集或浓缩；当有共存干扰组分时，就必须采取分离或掩蔽措施。

常用的方法有过滤、挥发、蒸馏、溶剂萃取、离子交换、吸附、共沉淀、层析、低温浓缩等，要结合具体情况选择使用。

（1）挥发和蒸发浓缩

挥发分离法是利用某些污染组分挥发度大，或者将待测组分转变成易挥发物质，然后用惰性气体带出而达到分离目的的方法。例如，用冷原子荧光法测定水样中的汞时，先将汞离子用氯化亚锡还原为原子态汞，再利用汞易挥发的性质，通入惰性气体将其带出并送入仪器测定；用分光光度法测定水中的硫化物时，先使之在磷酸介质中生成硫化氢，再用惰性气体载入乙酸锌-乙酸钠溶液吸收，从而达到与母液分离的目的，该吹气分离装置示意见图1-2-4；测定废水中的砷时，将其转变成 H_3As 气体，用吸收液吸收后供分光光度法测定。

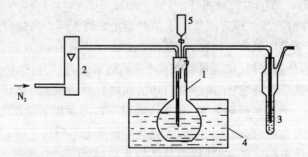

图1-2-4　测定硫化物的吹气分离装置

1—500 mL平底烧瓶（内装水样）；2—流量计；3—吸收管；

4—50 ℃恒温水浴；5—分液漏斗

蒸发浓缩是指在电热板或水浴中加热水样，使水分缓慢蒸发，达到缩小水样体积、浓缩待测组分的目的。该方法无须化学处理，简便易行，尽管存在缓慢、易吸附损失等缺点，但无更适宜的富集方法时仍可采用。据有关资料介绍,用这种方法浓缩饮用水,可使铬、锂、铜、钡、铁、锰和钴的浓度提高30倍。

（2）蒸馏法

蒸馏法是利用水样中各组分具有不同的沸点而使其彼此分离的方法。最常用的方法是在水样中加入试剂使待测组分形成挥发性的化合物,并将水样加热至沸腾,然后使蒸汽冷凝,收集冷凝液,可达到待测组分与样品中干扰物分离的目的。

测定水样中的挥发酚、氰化物、氟化物时,均需在酸性介质中进行常压蒸馏分离。测定氨氮时,需要在微碱介质中进行常压蒸馏分离。蒸馏具有消解、富集和分离三种作用。图1-2-5为挥发酚和氰化物蒸馏装置示意图。氟化物可用直接蒸馏装置,也可用水蒸气蒸馏装置;后者虽然对控温要求较严格,但排除干扰效果好,不易发生暴沸,使用较安全,如图1-2-6所示。图1-2-7为测定水中氨氮的蒸馏装置示意图。

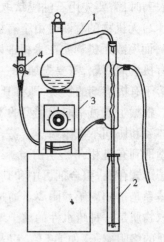

图 1-2-5　挥发酚、氰化物的蒸馏装置

1—500 mL 全玻璃蒸馏器;2—接收瓶;
3—电炉;4—水龙头

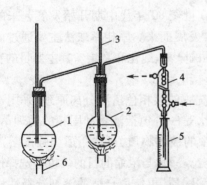

图 1-2-6　氟化物水蒸气蒸馏装置

1—水蒸气发生瓶;2—烧瓶(内装水样);3—温度计;
4—冷凝管;5—接收瓶;6—热源

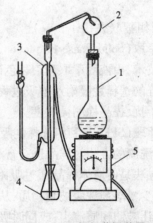

图 1-2-7　氨氮蒸馏装置

1—凯氏烧瓶;2—定氮球;
3—直形冷凝管及导管;
4—收集瓶;5—电炉

（3）溶剂萃取法

有机化合物的测定多采用此法进行预处理,溶剂萃取法是基于物质在不同的溶剂相中分配系数不同,从而达到组分的富集与分离的目的的方法。

1）有机物质的萃取　分散在水相中的有机物质易被有机溶剂萃取,利用此原理可以富集分散在水样中的有机污染物质。常用的溶剂有三氯甲烷、四氯甲烷和正己烷等。例如,用4-氨基安替比林分光光度法测定水样中挥发酚时,若酚的含量低于0.05 mg/L,则水样经蒸馏分离后需要再用三氯甲烷进行萃取浓缩;用紫外光度法测定水中的油和用气相色谱法测定有机农药时,需要先用石油醚萃取等。

2)无机物的萃取　由于有机溶剂只能萃取水相中以非离子态存在的物质(主要是有机物质),而多数无机物质在水相中以水合离子的状态存在,故无法用有机溶剂直接萃取。为实现用有机溶剂萃取,需要先加入一种试剂,使其与水相中的离子态组分相结合,生成一种不带电、易溶于有机溶剂的物质,即将其由亲水性变成疏水性。该试剂与有机相、水相共同构成萃取体系。根据生成可萃取物类型的不同,可分为螯合物萃取体系、离子缔合物体系、三元络合物萃取体系和协同萃取体系等。螯合物萃取体系是利用金属离子与螯合剂形成疏水性的螯合物后被萃取到有机相,广泛用于金属阳离子的萃取。金属阳离子在水溶液中与水分子配位,以水合离子形式存在,螯合剂可中和其电荷,并用疏水端取代与金属阳离子配位的水分子。离子缔合物体系是指阳离子和阴离子通过较强的静电引力相结合形成化合物。在这类萃取体系中,被萃取物质是一种疏水性的离子缔合物,可用有机溶剂萃取。许多金属离子(如 $Cu(H_2O)_4^{2+}$)、金属的络阴离子(如 $FeCl_4^-$)以及某些酸根离子(如 Cl^-)都能形成可被萃取的离子缔合物。离子的体积越大,电荷越高,越容易形成疏水性的离子缔合物。

水质监测中,双硫腙比色法测定水样中 Cd^{2+}、Hg^{2+}、Pb^{2+}、Zn^{2+} 等用的就是螯合物萃取体系;氟试剂比色法测定氟化物时,用的就是三元络合物萃取体系。

溶剂萃取在水质监测中应用广泛,美国 EPA 推荐其为水中有机污染物分离富集的标准方法之一,对于 114 种优先监测有机污染物,除可气提化合物外,绝大部分用溶剂萃取法进行提取。

(4)固相萃取法

固相萃取(Solid Phase Extraction,SPE)是从 20 世纪 80 年代中期开始发展起来的一项样品前处理技术,由液固萃取和液相色谱技术相结合发展而来。固相萃取法主要通过固相填料对样品组分的选择性吸附及解吸过程,实现对样品的分离、纯化和富集。其主要目的在于降低样品基质干扰,提高检测灵敏度。

固相萃取(SPE)是利用选择性吸附与选择性洗脱的液相色谱法分离原理,采用选择性吸附、选择性洗脱的方式对样品进行富集、分离、纯化,是一种包括液相和固相的物理萃取过程。较常用的方法是使液体样品通过吸附剂,保留其中的被测物质,再选用适当强度溶剂冲去杂质,然后用少量溶剂洗脱被测物质,从而达到快速分离净化与浓缩的目的。也可选择性吸附干扰杂质,而让被测物质流出;或同时吸附杂质和被测物质,再使用合适的溶剂选择性洗脱被测物质。

固相萃取装置分为柱形和盘形两种,图 1-2-8 是柱形萃取管示意图。常用的固相萃取剂有 C_{18}、硅胶、氧化铝、硅胶镁、高分子聚合物、离子交换树脂、排阻色谱吸附剂等。固相萃取技术可以方便地在野外萃取水样,将萃取后的介质送往实验室,不但极大地缩小了样品的体积,方便运输,且污染物吸附于固相介质更为稳定。如烃类物质在固相介质中可保存 100 d,而在水样中只能稳定几天。

固相萃取操作一般有四步(见图 1-2-9):

①活化,除去柱子内的杂质并创造一定的溶剂环境;

②上样,将样品用一定的溶剂溶解,转移入柱并使组分保留在柱上;

③淋洗,最大程度除去干扰物;

④洗脱,用小体积的溶剂将被测物质洗脱下来并收集。

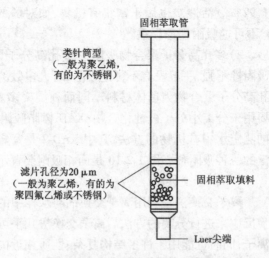

图 1-2-8　柱形固相萃取管示意图

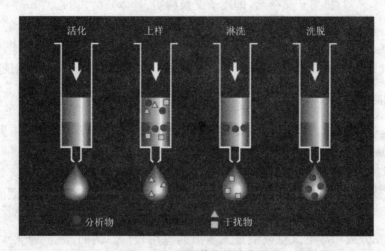

图 1-2-9　固相萃取操作步骤

目前,美国 EPA 在建立水质分析方法时,已经将该法纳入标准方法之列。比如饮用水中含氯杀虫剂、除草剂和有机卤化物、多环芳烃等推荐采用 C_{18} 固相萃取技术进行样品的分离和富集;废水中有机氯杀虫剂和多氯联苯化合物推荐采用氧化铝、硅胶固相萃取分离和富集技术。

(5)吸附法

吸附法是用多孔性的固体吸附剂处理流体混合物,使其中所含的一种或多种组分被吸附于固体表面上以达到分离的目的。按照吸附机理可分为物理吸附和化学吸附。常用活性炭、多孔性聚合物树脂等具有大的比表面和吸附能力的物质进行吸附富集痕量污染物,然后用有机溶剂或用加热的方法解吸后测定。吸附法富集倍数大,一般可达 $10^5 \sim 10^6$,适合低浓度有机污染物的富集,溶剂用量较少,可处理大量的水样,操作比较简单。

1)活性炭吸附　活性炭比表面大($800 \sim 1~000~m^2/g$),吸附能力强,pH 为 $4.5 \sim 8$,能从水溶液中定量吸附铜,50 mg 活性炭能吸附几微克铜。其他金属离子,如 Ag^+、Cd^{2+}、Pb^{2+} 等采用活性炭富集,回收率大于 92% 。活性炭也用于富集有机物,如对酚的吸附效率达 90% 以上。但活性炭吸附选择性差,不可逆吸附现象严重。

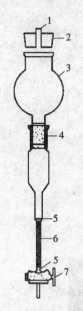

图 1-2-10 固相吸附
装置示意图
1—气源入口;2—容器盖;
3—2 L 容器;4—标准接口;
5—硅烷化玻璃面;
6—树脂填充物;
7—聚四氟乙烯旋塞

2)多孔高分子聚合物吸附 多孔高分子聚合物对水的亲和力小,吸附性不强,一般没有不可逆吸附,对大多数的有机物回收率较高。多孔高分子聚合物因单体材料不同而种类繁多。如 Porapak 系列树脂主要用于分离小分子极性化合物;XAD 树脂吸附-GC 法是美国 EPA 推荐的测定水中有机物的方法,其中 XAD-2 是富集水体中有机物应用最广泛的一种吸附剂。图 1-2-10 是固相吸附装置示意图。

(6)离子交换法

离子交换法是利用离子交换剂与水样中的阳离子或阴离子发生交换反应来进行分离的方法。离子交换法几乎可以用来分离所有的无机离子,同时也能用于许多结构复杂、性质相近的有机化合物的分离。在水样预处理中常用做超微量组分的分离和富集。目前广泛使用的是有机离子交换剂,即离子交换树脂,具体分类如下。

1)阳离子交换树脂 活性基团是酸性基团,常用的有:强酸性基团,如硫酸基;弱酸性基团,如羧基、酚基;中等酸性基团,如磷酸基等。强酸性树脂应用广泛,在酸性、中性和碱性溶液中都能使用,交换反应速度快,简单或复杂的无机与有机的阳离子都可以交换。

2)阴离子交换树脂 活性基团为碱性基团,常见的有:强碱性基团,如季铵基;弱碱性基团,如伯铵基、仲铵基和叔铵基。其中强碱性树脂应用广泛。

3)螯合型离子交换树脂 活性基团为螯合官能团,如巯基型螯合树脂就是将巯基接在天然纤维大分子或树脂的骨架上而制得的。螯合型离子交换树脂具有良好的选择性吸附能力。

离子交换在分离和富集微量或痕量元素方面应用较广。例如,测定天然水中 K^+、Na^+、Ca^{2+}、Mg^{2+}、SO_4^{2-}、Cl^- 等组分,分别流过阳离子、阴离子交换柱,经稀盐酸溶液洗脱阳离子,稀氨溶液洗脱阴离子,这些组分的浓度能增加数十倍至百倍;欲分离 Mn^{2+}、Ca^{2+}、Fe^{3+}、Zn^{2+}、Cu^{2+},可加入盐酸将它们转变为络阴离子后通过强碱性阴离子交换树脂,再用稀盐酸洗脱,可达到彼此分离的目的。

(7)冷冻浓缩法

冷冻浓缩法是取已除悬浮物的水样,使其缓慢冻结,随之析出相对纯净和透明的冰晶,水样中的溶质保留在剩余的液体中,残留的溶液逐渐浓缩,液体中污染物的浓度相对增加。其主要优点是对于由挥发或化学反应及某些沾污所引起的误差可降低到最低水平,不会导致明显的生物、化学或物理变化。采用这种技术可将几十毫升到几升的溶液浓缩 10 ~ 100 倍。冷冻法不复杂,但需要注意操作技术,否则会出现各种不透明冰而失败或降低回收率。冷冻全过程需搅拌,避免过冷现象,避免瞬间产生大量树枝状疏松冰。

1.2.2 大气样品的采集和预处理

为了使大气样品具有代表性,能准确地反映大气污染的状况,必须控制好以下步骤:首先要根据分析目的进行调查研究,收集必要的基础资料;然后经过综合分析,确定分析项目,设计布点网络,选择采样频率、采样方法和分析技术,建立质量保证程序和措施。

1.2.2.1 大气样品的采集

1. 采样点的布设

(1)调查

确定采样点布设之前,应进行详细的调查研究。

(2)布设采样点的原则和要求

采样点应设在整个监测区域的高、中、低三种不同污染物浓度的地方。在污染源比较集中、主导风向比较明显的情况下,应将污染源的下风向作为主要监测范围,布设较多的采样点,上风向布设少量点作为对照;各采样点的设置条件要尽可能一致或标准化,使获得的数据具有可比性;采样高度根据分析目的而定。特殊地形地区可视实际情况选择采样高度。

2. 采样点的数目

采样点的数目设置应根据监测范围大小、污染物的空间分布特征、人口分布密度、气象、地形、经济条件等因素综合考虑确定。国家环境保护局规定,按城市人口确定大气环境污染例行监测采样点的设置数目如表1-2-2所示。

表1-2-2 我国大气污染监测采样点的设置数目

市区人口/万人	SO_2、NO_x、TSP	灰尘自然降尘量	硫酸盐化速率
<50	3	≥3	≥6
50 ~ 100	4	4 ~ 8	6 ~ 12
100 ~ 200	5	8 ~ 11	12 ~ 18
200 ~ 400	6	12 ~ 20	18 ~ 30
>400	7	20 ~ 30	30 ~ 40

3. 采样点布点方法

大气采样点布点方法可按照功能区布设,这种方法多用于区域性常规监测。一个城市或一个区域可以按其功能区分为工业区、居民区、交通稠密区、商业繁华区、文化区、清洁区、对照区等。根据功能区设置不同的采样点数目。还可按照几何图形布点法,常见的几何图形布点分为以下几种布设方法:①网格布点法,对于多个污染源,如果污染源分布较均匀,通常采用此布设法;②放射式(同心圆)布点法,此种布点方法主要用于多个污染源构成的污染群,或污染集中的地区;③扇形布点法,在孤立源(高架点源)的情况下此法使用。以上几种采样布点方法,可以单独使用,也可以综合使用。

4. 采样时间和采样频率

不同污染物的采样时间要求不同,我国大气质量分析方法对每一种污染物的采样时间都有明确规定。采样时间可分为短期采样、长期采样和间歇性采样。短期采样一般只适用于某种特定的目的或在广泛测定前作初步调查,因时间较短,其采集样的代表性较差,其结果不能反映总体变化规律。长期采样是在一段较长的时间范围内,连续自动采样分析测定。这种方法所得到的数据能很好地反映污染物在这段时间内的变化规律,从中也可选取任何时段的代表值。这是一种最佳采样方式,在目前情况下,这种采样方式已在环保部门被广泛地采用。间歇性采样是指在需要将样本带回实验室分析测定的情况下,为了使结果具有较好的代表性,每隔一定时间采样测定一次,用多次测定的平均值作代表值。这种采样的可靠性介于以上两种方法之间。

采样频率是指在一定时间范围内的采样次数。采样频率的高低,直接关系着分析数据是否有代表性。目前我国许多城市建立了空气质量自动监测系统,自动监测仪器 24 小时自动在线工作,可以比较真实地反映当地的大气质量。对于人工采样监测,应做到:在采样点受污染最严重时采样;每日监测次数不少于 3 次;最高日平均浓度全年至少监测 20 天,最大一次浓度样品不得少于 25 个。

1.2.2.2　大气样品的采样

大气样品的采集方法一般分为直接采样法和富集(浓缩)采样法两种。直接采样法适用于大气中被测组分浓度较高或者所用监测方法十分灵敏的情况,此时,直接采集少量气体就可以满足分析测定要求。直接采样法测得的结果反映大气污染物在采样瞬时或者短时间内的平均浓度。富集(浓缩)采样法适用于大气中污染物的浓度很低、直接取样不能满足分析测定要求的情况,此时需要采取一定的手段,将大气中的污染物进行浓缩,使之满足分析方法灵敏度的要求。

1. 直接采样法

常用的采样容器有注射器、塑料袋、采样管、真空瓶(管)等。

(1)注射器采样

常用 100 mL 注射器。样品存放时间不宜过长,一般应当天分析完。

(2)塑料袋采样

选择与气样中污染组分不发生化学反应、不吸附、不渗漏的塑料袋。常用的有聚四氟乙烯袋、聚乙烯袋以及聚酯袋等。为减少对被测组分的吸附,可在袋的内壁衬银、铝等金属膜。

(3)采气管采样

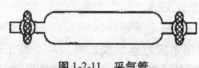

图 1-2-11　采气管

采气管是两端具有旋塞的管式玻璃容器,容积为 100 ~ 500 mL(图 1-2-11)。采样时,打开两端旋塞,将二联球或抽气泵接在管的一端,迅速抽进比采气管容积大 6 ~ 10 倍的欲采气体,使采气管中原有气体被完全置换出来,关上两端旋塞,采气体积即为采气管的容积。

(4)球胆采样

要求所采集的气体与橡胶不起反应,不吸附。用前先试漏,取样时同样先用现场气体冲洗球胆 2 ~ 3 次后方可采集封口。

(5)真空瓶采样

真空瓶是一种用耐压玻璃或不锈钢制成的采气瓶,容积为 500 ~ 1 000 mL(图1-2-12)。采样前先用抽真空装置将采气瓶内抽至压力为 1 330 Pa 左右。如瓶内预先装入吸收液,可抽至溶液冒泡位置,关闭旋塞。采样时,打开旋塞,被采空气即充入瓶内;关闭旋塞,则采样体积为真空采气瓶的容积。由于真空瓶瓶塞磨口处容易漏气,采气瓶也可以做成如图 1-2-12(b)所示的形状,抽真空后瓶口拉封,到现场采样时,从瓶口断痕线处弄断,空气即充进瓶内,然后套上橡皮小帽,带回实验室分析。

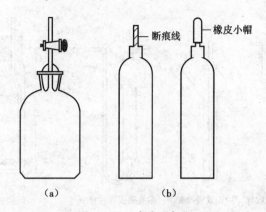

图 1-2-12　真空采气瓶

(a)带磨口塞的采气瓶;(b)瓶口拉封的采气瓶

采样体积按照下式计算

$$V = V_0 \frac{P - P_1}{P}$$

式中:V 为采样体积,L;

　　V_0 为真空瓶容积,L;

　　P 为大气压力,kPa;

　　P_1 为真空瓶中剩余气体压力,kPa。

2. 富集(浓缩)采样法

富集采样法是对大气中的污染物进行浓缩的采样法,采样时间较长,测定结果的代表性较好。富集采样法适用于被测组分浓度较低,或分析方法灵敏度不高的情况。这种采样方法有溶液吸收法、固体阻留法、低温冷凝法以及自然沉降法等。

(1)溶液吸收法

这种方法是采集大气中气态、蒸发态及某些气溶胶态污染物质的常用方法。用抽气装置将待测空气以一定的流量抽入装有吸收液的吸收管(或吸收瓶),被测气体分子就与吸收液发生化学反应或溶解作用,采样后,测定吸收液中待测物质的量,再根据采样体积即可计算大气中污染物的浓度。

溶液吸收法的吸收效率主要决定于吸收速度和样气与吸收液的接触面积。

要提高吸收速度,应根据被测组分的性质选择效能好的吸收液。常用的吸收液有水、水溶液和有机溶剂等。吸收液吸收污染物的原理分为两种:一种是气体分子溶解于溶液中的物理作用,例如用水吸收甲醛,用 5% 的甲醇吸收有机农药,用 10% 乙醇吸收硝基苯等;另一种是基于发生化学反应的吸收,例如用碱性溶液吸收酸性气体,用四氯汞钾溶液吸收二氧化硫等。

增大被采气体与吸收液接触面积的有效措施是选择结构适宜的吸收管(瓶)。根据吸收原理不同,常用吸收管可分为气泡式吸收管、冲击式吸收管、多孔筛板吸收管,各类吸收管见图 1-2-13。

1)气泡式吸收管　这种吸收管主要用于吸收气态或蒸气态物质,管内可装吸收液 5 ~ 10 mL。对于气溶胶态物质,因不能像气态分子那样快速扩散到气液界面上,因此吸收效率差。

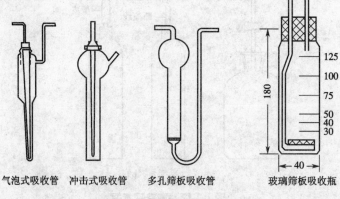

气泡式吸收管　　冲击式吸收管　　多孔筛板吸收管　　　玻璃筛板吸收瓶

图 1-2-13　气体吸收管(瓶)

2)冲击式吸收管　主要用于采集气溶胶样品或容易溶解的气体样品。冲击式吸收管不适合采集气态和蒸气态物质,因为气体分子的惯性小,在快速抽气情况下,容易随空气一起跑掉。

3)多孔筛板吸收管(瓶)　这种吸收管(瓶)既适合采集气态和蒸气态物质,又适合采集气溶胶态物,该吸收管可装 5~10 mL 吸收液,吸收瓶有小型(装 10~30 mL 吸收液,采样流量 0.5~2.0 L/min)和大型(装 50~100 mL 吸收液,采样流量 30 L/min)两种。

(2)固体阻留法

1)滤纸滤膜阻留法　将滤纸或滤膜夹在采样夹上,采样时,用抽气装置抽气。分子状的气体物质能通过滤纸或滤膜,颗粒物被阻留在滤纸或滤膜上。称量滤纸或滤膜上富集的颗粒物质量,根据采样体积,即可计算出空气中颗粒物的浓度。这种方法主要用于大气中的气溶胶、降尘、可吸入颗粒物、烟尘等的测定。如图 1-2-14 所示。

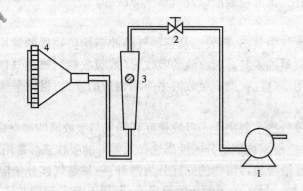

图 1-2-14　滤膜采样装置
1—泵;2—流量调节阀;3—流量计;4—采样夹

图 1-2-15　采样管

2)采样管法　用一个内径 3~5 mm、长 6~10 cm 的玻璃管,内装颗粒状固体填充剂(见图 1-2-15)。填充剂可用吸附剂,或在颗粒状的担体上涂上某种化学试剂。当大气样品以一定流速被抽过采样管时,大气中被测组分因吸附、溶解或化学反应等作用,而被阻留在填充剂上。采样后,可将采样管插入到一个加热器中,迅速加热解吸,用载气将样品吹出来,通入测定仪器中分离和测定。

采样管法有很多优点:可长时间采样;选择合适的固体填充剂,对于气体、蒸气和气溶胶都有较好的采样效率;污染物浓缩在填充剂上比较稳定,有时可以放置几天甚至几周不变;在现场采样非常方便,样品发生再污染或洒漏机会很少。

(3)低温冷凝法

这种方法是用制冷剂将大气中的某些低沸点的物质冷凝成液态物质,达到浓缩的目的。适用于采集低沸点的有机物,如烯烃类、醛类等。

低温冷凝采样法是将 U 形或蛇形采样管插入冷阱中(图1-2-16),当大气流经采样管时,被测组分因冷凝而凝结在采样管底部。如用气相色谱法测定,可以将采样管与仪器进气口连接,移去冷阱,在常温或加热情况下汽化,进入仪器进行测定。

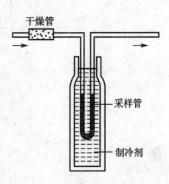

图1-2-16　低温冷凝法采样

常用的冷凝剂有:冰-盐水(– 10 ℃)、干冰-乙醇(–72 ℃)以及液氧(–183 ℃)等。

用低温冷凝法采集空气样品,比在常温下填充柱的采气量大得多,浓缩效果较好,对样品的稳定性更有利。但是用低温冷凝法采样时,空气中水分和二氧化碳等也会同时被冷凝,若用液氮或液体空气作制冷剂时,空气中氧也有可能被冷凝阻塞气路。另外,在汽化时,水分和二氧化碳也随被测组分同时汽化,增大了汽化体积,降低了浓缩效果,有时还会给下一步的气相色谱分析带来困难。所以,在应用低温冷凝浓缩法时,在采样管两端装置选择性的过滤器(内装过氯酸镁、碱石棉、氯化钙等),消除空气中水蒸气、二氧化硫、氧等物质的干扰。

(4)自然沉降法

这种方法是利用物质的自然重力、空气动力和浓差扩散作用采集大气中的被采物质,如自然降尘量、硫酸盐化速率、氟化物等大气样品的采集。这种方法不需要动力设备,简单易行,且采样时间长,测定结果能较好反映大气污染情况。

3. 采样仪器

直接采样法采样时用采气管、塑料袋、真空瓶即可。富集采样法需要使用采样仪器。采样仪器主要由收集器、流量计和采样动力三部分组成,如图1-2-17 所示。

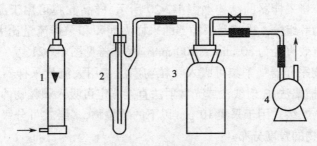

图1-2-17　采样器组成部分
1—流量计;2—收集器;3—缓冲瓶;4—抽气泵

收集器即前面介绍的气体收集管(瓶)、填充柱、滤料、冷凝采样管等。常用的流量计有皂膜流量计、孔口流量计、转子流量计、临界孔稳流器、湿式流量计和质量流量计等。采样动力为抽气装置,有电动抽气泵,如薄膜泵、电磁泵、刮板泵及真空泵等。

(1)气态污染物采样器

用于采集大气中气态和蒸气态物质,采样流量为 $0.5 \sim 2.0$ L/min,可用交、直流两种电源。工作原理如图 1-2-18 和图 1-2-19 所示。

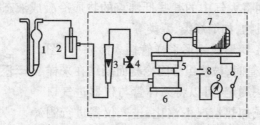

图 1-2-18 携带式采样器工作原理

1—吸收管;2—滤水井;3—流量计;4—流量调节阀;5—抽气泵;

6—稳流器;7—电动机;8—电源;9—定时器

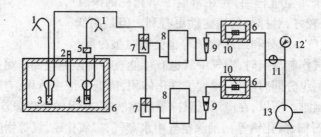

图 1-2-19 恒温恒流采样器工作原理

1—进气口;2—温度计;3—二氧化碳吸收瓶;4—氮氧化物吸收瓶;

5—三氧化铬-沙子氧化管;6—恒温装置;7—滤水井;8—干燥器;

9—转子流量计;10—尘过滤膜及限流器;11—三通阀;12—真空表;13—泵

(2)颗粒物采样器

颗粒物采样器有总悬浮颗粒物(TSP)采样器和可吸入颗粒物(PM_{10})采样器。

1)总悬浮颗粒物采样器 总悬浮颗粒物采样器按其采气流量大小分为大流量采样器和中流量采样器。大流量采样器的结构如图 1-2-20 所示,样品滤膜可用于测定颗粒物中金属、无机盐及有机污染物等组分。中流量采样器的采样夹面积和采样流量比大流量采样器小,我国规定的采样夹的有效直径为 80 mm 或 100 mm。采样器见图 1-2-21。

2)可吸入颗粒物采样器 采集可吸入颗粒物广泛使用大流量采样器。在连续自动监测仪器中,可采用静电捕集法、β 射线法或光散射法直接测定可吸入颗粒物的浓度。它们又可分为二级式和多级式。二级式用于采集 10 μm 以下的颗粒物,多级式可分级采集不同粒径的颗粒物,用于测定颗粒物的粒度分布。

1.2.2.3 大气样品预处理

大气样品的预处理主要是对收集的大气进行浓缩和分离。浓缩方法与采样方法相同。分离技术可根据不同的分析指标采用不同的方法。

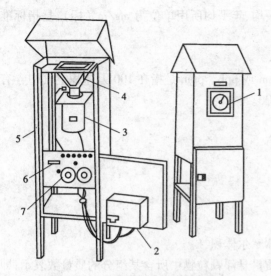

图 1-2-20 大流量采样器结构示意图

1—流量记录器;2—流量控制器;3—抽气风机;4—滤膜夹;
5—铝壳;6—工作计时器;7—计时器程序控制器

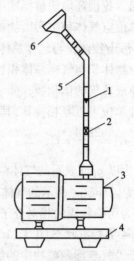

图 1-2-21 中流量 TSP 采样器

1—流量计;2—调节阀;3—采样泵;
4—消声器;5—采样管;6—采样头

Nutech 大气采样与样品预处理系统是目前世界上最先进的空气 VOCs 分析仪器(图 1-2-22)。作为气相色谱(GC)和气质联用(GC/MS)系统前处理装置,可提供大气环境空气、室内空气或工业场所空气中的 VOCs 的定量全分析,灵敏度可达 ppb 级,系统操作稳定。目前此项技术已能对空气中一百五十余种 VOCs 进行定性定量分析。

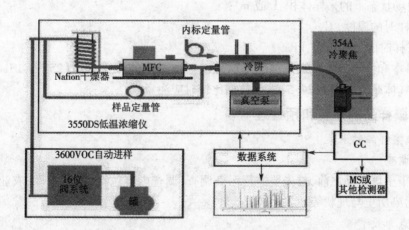

图 1-2-22 Nutech 大气采样与样品预处理系统

1.2.2.4 大气中污染物浓度的表示方法和气体体积的换算

1. 污染物浓度表示方法

大气中污染物浓度有两种表示方法,一种是单位体积内所含污染物的质量数,另一种是污染物体积与气样总体积的比值,根据污染物的存在状态选择使用。

(1)单位体积内所含污染物的质量数

单位体积所含污染物的质量单位常用 mg/m^3 或 $\mu g/m^3$。这种表示方法对任何状态下污染物都适用。我国环境质量标准中日平均、小时平均、年平均所用单位为 mg/m³（标），是指标准状态下单位空气体积中污染物的质量。

（2）污染物体积与气样总体积的比值

污染物体积与气样总体积比值的单位为 ppm 或 ppb。ppm 是指在 100 万体积空气中含有有害气体或蒸气的体积数，ppb 是 ppm 的 1/1 000。

两种单位可以互相换算，其换算式如下：

$$C_{\mathrm{p}} = \frac{22.4}{M} \times C$$

式中：C_{p} 为以 ppm 表示的气体浓度；

　　C 为以 mg/m³ 表示的气体浓度；

　　M 为污染物质的相对分子质量，g；

　　22.4 为标准状态（0 ℃，101.325 kPa）气体摩尔体积，L。

对于大气悬浮颗粒物中的组分，可用单位质量悬浮颗粒物中所含某组分的质量数表示，即 μg/g 或 ng/g。

2. 气体体积换算

气体体积受温度和大气压的影响，为使计算出的浓度具有可比性，需要将现场状态下的体积换算成标准状态下的体积。根据换算方程，换算式如下：

$$V_0 = V_{\mathrm{t}} \times \frac{273}{273 + t} \times \frac{P}{101.325}$$

式中：V_0 为标准状态下的采样体积，L 或 m³；

　　V_{t} 为现场状态下的采样体积，L 或 m³；

　　t 为采样时的温度，℃；

　　P 为采样时的大气压力，kPa。

美国、日本和世界卫生组织开展的全球环境监测采用的参比状态（25 ℃，101.325 kPa），此状态下的气体摩尔体积为 24.5，进行数据比较时应注意。

1.2.3　土壤样品的采集和预处理

1.2.3.1　土壤样品的采集

1. 污染调查

采集污染土壤样品之前，首先要进行污染调查，调查内容包括：自然条件；农业生产情况；土壤形状；污染历史与现状等。

2. 采样点布设

在对土壤进行调查的基础上，选择一定数量能代表被调查地区的地块作为采样单元（0.13～0.2 hm²）。在每个采样单元中，布设一定数量的采样点。同时选择对照单元布设采样点。采样地点的选择应具有代表性。因为土壤本身在空间分布上具有一定的不均匀性，故应多点采样、均匀混合，以使所采样品具有代表性。采样布点的原则要有代表性和对照性。几种常用采样布点方法见图 1-2-23。

①对角线布点法（见图 1-2-23（a)）：该方法适用于面积小、地势平坦的废水灌溉或受污染的水灌溉的田块。

②梅花形布点法（见图 1-2-23（b)）：该方法适用于面积较小、地势平坦、土壤较均匀的田

（a）　　　　　　　（b）　　　　　　　（c）　　　　　　　（d）

图 1-2-23　土壤采样布点方法
（a）对角线布点法；（b）梅花形布点法；（c）棋盘式布点法；（d）蛇形布点法

块。

③棋盘式布点法（见图 1-2-23（c））：该方法适用于中等面积、地势平坦、地形完整开阔，但土壤较不均匀的田块。

④蛇形布点法（见图 1-2-23（d））：该方法适用于面积较大、地势不太平坦、土壤不够均匀的田块。采样点数目较多。

为全面客观评价土壤污染情况，在布点的同时要做到与土壤生长作物监测同步进行布点、采样、监测，以利于对比和分析。

3. 采样深度

如果只是一般了解土壤污染情况，采样深度只需取 20 cm 的耕层土壤和耕层以下的土层（20~40 cm）土样。如果了解土壤污染深度，则应按照土壤剖面层次分层取样。

4. 采样时间

采样时间随测定项目而定。如果只了解土壤污染情况，可随时采集土壤测定。有时需要了解土壤上生长的植物受污染的情况，则可依季节变化或作物收获期采集土壤和植物样品。

5. 采样量

具体需要多少土壤数量视分析测定项目而定，一般只要 1~2 kg 即可。对多点均量混合的样品可反复按四分法弃取，最后留下所需的土量，装入塑料袋或布袋中。

6. 土壤背景值样品采集

对于这类样品采集，首先要摸清土壤类型和分布规律，采样点选择应包括主要类型土壤，并远离污染源。同一类型土壤应有 3~5 个以上采样点。土壤背景值调查采样要特别注意成土母质的作用，因为不同土壤母质常使土壤的组成和含量差异很大。与污染土壤采样不同之处是：同一采样点并不强调采集多点混合样，而是选取发育典型、代表性强的土壤采样。

7. 采样方法

（1）采样筒取样

采样筒取样适合表层土样的采集。

（2）土钻取样

土钻取样是用土钻钻至所需深度后，将其提出，用挖土勺挖出土样。

（3）挖坑取样

挖坑取样适用于采集分层的土样。

1.2.3.2　土壤样品的制备与保存

1. 土样的风干

除测定游离挥发酚、氨态氮、硝态氮、低价铁等不稳定项目需要新鲜土样外，多数项目需要用风干土样。因为风干土样比较容易混合均匀，重复性、准确性都比较好。

从野外采集的土壤样品运送到实验室后,为避免受微生物的作用而引起发霉变质,应立即将全部样品倒在塑料薄膜上或瓷盘内进行风干。当达到半干状态时把土块压碎,除去石块、残根等杂物后铺成薄层,经常翻动,在阴凉处使其慢慢风干,切忌阳光直接曝晒。样品风干处应防止酸、碱等气体及灰尘的污染。

2. 磨碎与过筛

进行物理分析时,取风干样品 100~200 g,放在木板上用圆木棍碾碎,经反复处理使土样全部通过 2 mm 孔径的筛子,将土样混合均匀贮存于广口瓶内,作为土壤颗粒分析及物理性质测定。

3. 土样保存

将风干土样、沉积物或标准土样等贮存于洁净的玻璃或聚乙烯容器内,在常温、阴凉、干燥、避阳光、密封(石蜡涂封)条件下保存。一般土样通常保存半年至一年,以备必要时查核。标样或对照样品,则需长期妥善保存。

1.2.3.3 土壤样品的预处理

土壤样品的预处理非常复杂。土壤样品的预处理主要有消解法和提(浸)取法。前者一般适用于元素的测定,后者适用于有机污染物和不稳定组分的测定。

1. 土壤样品的消解方法

测定土样中重金属成分时,溶解土壤样品有两种方法:一种是碱熔法,另一种是酸溶法。

(1)碱熔法

碱熔法是利用碱性熔剂在高温下与试样发生复分解反应,将被测组分转变为易溶解的反应产物。常用的有碳酸钠碱熔法和偏硼酸锂熔融法。碱熔法的优点是样品分解完全,缺点是添加了大量可溶性盐,在原子吸收仪的喷燃器上会有盐结晶析出并导致火焰的分子吸收,使结果偏高;有些重金属如 Cd、Cr 等在高温熔融条件下容易损失。

(2)酸溶法

测定土壤中重金属时常用酸液进行土壤样品的消解,消解的作用是溶解固体物质、破坏和除去土壤中的有机物,将各种形态的金属变为同一种可测态。为了加速土壤中被测物质的溶解,除了使用混合酸外,还可在酸性溶液中加入其他氧化剂或还原剂。消解时常用的酸及混合酸有以下几种。

1)王水　可用于消解测定 Pb、Zn、Cu 等组分的土壤样品。

2)HNO_3-H_2SO_4　消解效果好,处理土样时,应先将样品润湿,再加 HNO_3 消解,最后加 H_2SO_4。如先加 H_2SO_4,容易引起碳化,样品碳化后不易溶解。消化过程中如发现溶液呈棕色时,可再加 HNO_3,至溶液清亮为止。

3)HNO_3-$HClO_4$　通常先用 HNO_3,冷却后再加入 $HClO_4$,缓慢加热。消解必须在通风橱内进行,且应定期清洗通风橱,避免因长期使用 $HClO_4$ 引起爆炸。

4)H_2SO_4-H_3PO_4　这两种酸的沸点都比较高,H_2SO_4 具有氧化性,H_3PO_4 具有络合能力,能消除 Fe^{3+} 等离子干扰。表 1-2-3 为土样中某些金属、非金属组分的消解与测定方法。

测定土壤中可溶性组分、有机物、农药时,避免用强酸、强碱处理样品,常用溶剂萃取分离法。如测定酚时,可用水与30%乙醇将含量较低的游离酚直接从土壤中提取出来;又如有机氯农药,如六六六、DDT 可用石油醚-丙酮混合液提取。

表1-2-3 土壤样品中某些金属、非金属组分的溶解、测定方法

元素	溶解方法	测定方法	检出限/(μg·kg^{-1})
As	HNO$_3$/H$_2$SO$_4$ 消解	二乙基二硫代氨基甲酸银比色法	0.5
Cd	HNO$_3$/HF/HClO$_4$ 消解	石墨炉原子吸收分光光度法	0.002
	HCl/HNO$_3$/HClO$_4$ 消解	萃取-火焰原子吸收法	0.25
Cr	HNO$_3$/H$_2$SO$_4$/H$_3$PO$_4$ 消解	二苯碳酰二肼比色法	0.25
	HNO$_3$/HF/HClO$_4$ 消解	原子吸收分光光度法	2.5
Cu	HCl/HNO$_3$/HClO$_4$ 消解	原子吸收分光光度法	1.0
	HNO$_3$/HF/HClO$_4$ 消解	原子吸收分光光度法	1.0
Hg	H$_2$SO$_4$/KMnO$_4$ 消解	冷原子吸收分光光度法	0.007
	HNO$_3$/H$_2$SO$_4$/V$_2$O$_5$ 消解	冷原子吸收分光光度法	0.002
Mn	HNO$_3$/HF/HClO$_4$ 消解	原子吸收分光光度法	5.0
Pb	HCl/HNO$_3$/HClO$_4$ 消解	原子吸收分光光度法	1.0
	HNO$_3$/HF/HClO$_4$ 消解	石墨炉原子吸收分光光度法	1.0
氟化物	Na$_2$CO$_3$/Na$_2$O$_2$ 熔融法	氟离子选择电极法	5.0
氰化物	Zn(AC)$_2$/酒石酸蒸馏分离法	异烟酸-吡唑啉酮分光光度法	0.05
硫化物	盐酸蒸馏分离法	对氨基二甲苯胺比色法	2.0
有机氯农药	石油醚/丙酮萃取分离法	气相色谱法(电子捕获检测器)	40
有机磷农药	二氯甲烷萃取分离法	气相色谱法(氮、磷检测器)	40

2. 土壤样品的提取方法

分析土壤样品中的有机氯、有机磷农药和其他有机污染物时,由于这些污染物质的含量多数是微量的,如果要得到正确的分析结果,就必须在两方面采取措施,一方面要尽量使用灵敏度较高的先进仪器及分析方法;另一方面是利用较简单的仪器设备,对环境分析样品进行浓缩、富集和分离。常用的方法是溶剂提取法。用溶剂将待测组分从土壤样品中提取出来,提取液供分析用。提取方法有以下几种。

(1)振荡浸取法

将一定量经制备的土壤样品置于容器中,加入适当的溶剂,放置在振荡器上振荡一定时间,过滤,用溶剂淋洗样品,或再提取一次,合并提取液。此法用于土壤中酚、油类等的提取。

(2)索氏提取法

索氏提取器(见图1-2-24)是提取有机物的有效仪器,它主要用于提取土壤样品中苯[a]并芘、有机氯农药、有机磷农药和油类等。将经制备的土壤样品放入滤纸筒中或用滤纸包紧,置于回流提取器内。蒸发瓶中装入适当有机溶剂,仪器组装好后,在水浴上加热。此时,溶剂蒸气经支管进入冷凝器内,凝结的溶剂滴入回流提取器,对样品进行浸泡提取,当溶剂液面达到虹吸管顶部时,含提取液的溶剂回流入蒸发瓶内,如此反复进行直到提取结束。选取什么样的溶剂,应根据分析对象来确定。例如,极性小的有机氯农药采用极性小的溶剂(如己烷、石油醚);极性强的有机磷农药和含氧除草剂用极性

提取器
支管
虹吸管
蒸发瓶

图 1-2-24 索氏提取器

强的溶剂(如二氯甲烷、三氯甲烷)。该法因样品都与纯溶剂接触,所以提取效果好,但较费时。

(3)柱层析法

一般是当被分析样品的提取液通过装有吸附剂的吸附柱时,相应被分析的组分吸附在固体吸附剂的活性表面上,然后用合适的溶剂淋出来,达到浓缩、分离、净化的目的。常用的吸附剂有活性炭、硅胶、硅藻土等。

1.2.3.4 底质(沉积物)样品的采集

1. 样品的采集

由于底质比较稳定,受水文、气象条件影响较小,故采样频率较低,一般每年枯水期采样一次,必要时可在丰水期增采一次。样品采样量一般为 1~2 kg,如样品不易采集或测定项目较少时,可酌情减少。

从河床或湖床取样,现有多种挖掘器。为了取样时保持沉积物的分层结构,可以采用泥芯采样器。采得的样品立即放入塑料袋内(需保留层次者除外),于低温冷藏。采样要尽可能具有代表性,不要使之混入沙石、木屑、动植物的残体。

2. 底质样品的制备

底质样品送至实验室后,应尽快处理和分析,如放置时间较长,应放于 −20~−40 ℃的冷冻柜中保存。在处理过程中应尽量避免沾污和污染物损失。

(1)脱水

底质中含有大量水分,必须用适当的方法除去,不可直接在日光下曝晒或高温烘干。常用脱水方法有:在阴凉通风处自然风干(适用于待测组分比较稳定的样品);离心分离(适用于待测组分容易挥发或易发生变化的样品);真空冷冻干燥(适用于各类物品,特别是测定对光、热、空气不稳定组分的样品);无水硫酸钠脱水(适用于测定油类等有机污染物的样品)。

(2)筛分

将脱水干燥后的底质样品平铺于硬质白纸板上,用玻璃棒等压散(勿破坏自然颗粒)。剔除砾石及动植物残体等杂物,使其通过 20 目筛,筛下样品用四分法缩至所需量。用玛瑙研钵研磨至全部通过 80~200 目筛,装入棕色广口瓶中,贴上标签备用。但测定汞、砷等易挥发元素及低价铁、硫化物等时,不能用碎样机粉碎,且仅通过 80 目筛。测定金属元素的试样,使用尼龙材质网筛;测定有机物的试样,使用铜材质网筛。

对于用管式泥芯采集的柱状样品,尽量不要使分层状态破坏,经干燥后,用不锈钢小刀刮去样柱表层,然后按上述方法处理。如欲了解各沉积阶段污染物质的成分和含量变化,可沿横断面不同部位对样品分别处理和测定。

3. 底质样品的预处理

底质样品预处理方法随分析目的的不同而各异。常用的分解方法有全量分解(硝酸-氢氟酸-高氯酸或王水-氢氟酸-高氯酸)、硝酸分解、水浸取、有机溶剂提取法等。全量分解测定底质中全量重金属;消化分解可测定由于水解或悬浮物吸附而沉淀的重金属;水浸取可了解底质二次污染水质的情况;有机溶剂提取主要测定有机污染物组分的底质样品。

1.2.4 生物样品的采集、保存和预处理

1.2.4.1 生物样品的采集

生物样品的采集常分为植物样品采集和动物样品采集两种。

1. 植物样品的采集

(1)样品采集的一般原则

采集的植物样品具有代表性、典型性和适时性。代表性是指采集能代表一定范围污染情况的植株为样品;典型性是指采集的植株部位能充分反映所要了解的情况(常根据污染物在植物体内的分布规律确定采集部位);适时性是指在植物不同生长发育阶段,施药、施肥前后,适时采样监测,根据要求分别采集植株的不同部位,如根、茎、叶、果实,不能将各部位样品随意混合,以掌握不同时期的污染状况和对植物生长的影响。

(2)布点方法

在划分好的采样小区内,常采用梅花形五点采样法或交叉间隔取样法确定代表性植株,见图 1-2-25 和图 1-2-26。

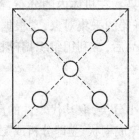

图 1-2-25 梅花形五点取样

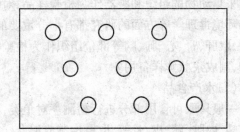

图 1-2-26 交叉间隔取样

(3)采样方法

选择优势种植物在采样区内按图 1-2-25 或图 1-2-26 方式采集 5～10 处的植株的根、茎、叶、果实等,混合组成一个代表样品;或者整株采集,再进行分部位处理。

若采集根系部位样品,应尽量保持根系的完整,对一般旱作物,在抖掉附着的泥土时,不要损失根毛。带回实验室后,要及时用水洗净,但不要浸泡,并用纱布擦干。如要进行新鲜样品分析,则在采样后要用清洁、潮湿的纱布包住或注入塑料袋中,以免水分蒸发而萎蔫。对水生植物,如浮萍、藻类等,应采集全株。采集果树样品时,要注意树龄、株型、生长态势、载果数量和果实着生的部位及方向。从污染严重的水体中捞取的样品,需要用清水洗净,挑去其他水草等杂物。

(4)样品的保存

将采集好的样品装入布袋或聚乙烯塑料袋中,贴好标签,注明编号、采集地点、植物种类、分析项目,并填写采样登记表。

带回实验室后,如用新鲜样品进行测定,应立即处理和分析。当天不能分析完的样品,可暂时保存在冰箱内。如用干样品进行测定,则将新鲜样品放在干燥通风处晾干,去掉灰尘、杂物、脱壳、磨碎,通过 1 mm 筛孔,贮存在磨口广口玻璃瓶内备用。

2. 动物样品的采集

根据污染物在动物体内的分布规律,常选择性地选择动物的尿、血液、唾液、胃液、乳液、粪便、毛发、指甲、骨骼或脏器等作为样品进行污染物分析测定。

(1)尿液的采集

尿液中的排泄物一般以晨尿中浓度较高,可一次性收集,也可收集 8 h 或 24 h 的总排尿量,测定结果为收集时间内尿液中污染物的平均含量,例如铅、锰、钙、氟等的测定。

（2）血液的采集

一般用注射器抽取 10 mL 血样于洗净的玻璃试管中,盖好、冷藏备用。有时需要加入抗凝剂如二溴酸盐。采集血液常用于分析血液中所含金属毒物及非金属毒物,如铅、汞、氟化物、酚等。

（3）毛发和指甲的采集

毛发和指甲样品的采集和保存比较方便,因而在环境分析中应用较广泛,主要用于汞、砷等含量的测定。样品采集后,用中性洗涤剂洗涤,去离子水冲洗,最后用乙醚或丙酮洗净,室温下充分晾干后保存备用。

（4）组织和脏器采集

采集动物的组织和脏器作为检验样品,对调查研究环境污染物在机体内的分布、蓄积、毒性和环境毒理学等方面的研究都有十分重要的意义。组织和脏器的采集对象,常根据研究的需要,取肝、肾、心、肺、脑等部位组织作为检验样品。采集到样品后,常利用组织捣碎机捣碎、混匀,制成浆状鲜样备用。

（5）水产食品

一般只取可食用部分进行检测。对鱼类,先按照种类和大小分类,取其代表性的尾数,去除鱼鳞、内脏、鳍、皮、骨等,取厚肉制成混合样,切碎、混匀或捣碎成糊状,立即分析或贮存于样品瓶中,置于冰箱内备用。对于海藻类,如海带,选取数条洗净,沿中央筋剪开,各取其半,剪碎混匀制成混合样,按四分法缩分至 100 ~ 200 g 备用。

1.2.4.2　生物样品的制备

对于液体状态的动物样品(如尿、血等)常无须制备,对动物组织和脏器主要是采用捣碎的方法制成浆状鲜样备用,而对植物样品常根据不同情况,利用不同方式进行样品的制备。

从现场带回来的植物样品称为原始样品。要根据分析项目的要求,按植物特性采用不同方法进行选取。例如,块根、茎、瓜果等样品,洗净后可切成四块或八块,再按需要量各取每块的 1/8 或 1/16 混合成平均样。粮食、种子等充分混匀后平铺于玻璃板或木板上,用多点取样或四分法多次选取得到平均样。最后,对各个平均样品进行处理,制成待检样品。

1.新鲜样品的制备

测定植物内容易挥发、转化或降解的污染物质(如酚、氰、亚硝酸盐等)以及多汁的瓜、果、蔬菜等样品,应使用新鲜样品。其制备方法如下。

①将样品用清水、去离子水洗净,晾干或擦干。

②将晾干的新鲜样品切碎,混合均匀,称取 100 g 于电动组织捣碎机中,加与样品等量的蒸馏水或去离子水,开动捣碎机捣碎 1 ~ 2 min,制成匀浆。对含水量大的样品可不加水;对含水量少的可加两倍于样品的水。

③对于含纤维多或较硬的样品,可用不锈钢刀或剪刀切成小片或小块,混匀后在研钵内研磨。

2.干样品的制备

分析植物中稳定的污染物,如某些金属和非金属元素、有机农药等,一般用风干样品,其制备方法如下。

①洗净晾干(或烘干)。将鲜样品用清水洗干净后立即放在干燥通风处风干(茎秆样品可

以劈开),也可放在 40~60 ℃鼓风干燥箱中烘干,以免发霉腐烂,并减少化学和生物变化。

②样品的粉碎。将风干或烘干的样品用剪刀剪碎,放入电动粉碎机粉碎。谷类作物的种子如稻谷等,应先脱壳再粉碎。

③过筛。一般要求通过 1 mm 的筛孔,有的分析项目要求通过 0.25 mm 筛孔,一般用 40 目分样筛过筛。制备好的样品贮存于磨口玻璃广口瓶或聚乙烯广口瓶备用。

3. 分析结果的表示

为了便于比较各种样品中某一成分含量的高低,常以干重为基础表示植物样品中污染物质的分析结果(单位为 mg/(kg·干重))。

1.2.4.3 生物样品的预处理

处理生物样品的方法有消解法(又称湿法氧化或消化法)、灰化法(又称燃烧法或高温分解法)、提取法(包括振荡浸取、组织捣碎、索氏提取器提取)、分离法和浓缩法。

1. 湿法消解法

又称消化法或湿法氧化法。它是利用强酸如浓硫酸、浓硝酸、高氯酸等与生物样品共同煮沸,将样品中有机物分解成二氧化碳和水除去。为了加快氧化的速度,常添加过氧化氢、高锰酸钾和五氧化二钒等氧化剂和催化剂。

湿法消解生物样品常用的消化试剂体系有浓硝酸-高氯酸、浓硝酸-浓硫酸、浓硫酸-过氧化氢、浓硫酸-高锰酸钾、浓硝酸-浓硫酸-五氧化二钒等,消解方法与水样预处理方法相同。此外,还可以用增压溶样法对生物样品进行消解。增压溶样法利用密封的消化装置来分解有机物和难分解的无机物样品,此法与常规消化法相比,由于其密封体系压力高,具有温度适中,效率高,可防止易挥发组分如砷、汞等外泄损失以及酸雾的污染等优点,是近年来发展起来的一种很有前途的消化方法。

2. 灰化法

与水样预处理方法相同。

3. 提取法

湿法消解法和灰化法对污染物在生物内的存在形式有破坏作用,故这两种预处理方法只能进行生物体内污染元素含量分析。测定生物样品中的农药、酚、石油烃等有机污染物时,需要用溶剂把待测组分从样品中提取出来。提取效率的高低直接影响测定结果的准确度。选择溶剂的原则是根据"相似相溶"的原则,即提取极性较小的被测组分时,选用极性小的溶剂作提取液;反之,选用极性较大的溶剂作提取液。常用的提取方法有振荡浸取法、组织捣碎提取法、直接球磨提取法、索氏提取法、微波萃取法和超声波提取法等。

(1)振荡浸取法

对于蔬菜、水果、谷物等都可以采用这种方法,一般是将切碎的样品加入适当的提取液,在振荡器中振荡提取 1 h 或静置过夜,过滤出溶剂后,再用提取剂洗涤滤渣一次或数次,合并提取液后进行浓缩净化。

(2)组织捣碎法

一般是将样品切碎,放入组织捣碎机中,加入适当的提取剂,快速捣碎 3~5 min,过滤,滤渣重复提取一次,合并提取液。此法是一种效果较好的方法,特别对从动植物组织中提取有机污染物更为方便。

（3）索氏提取器提取法

此法提取效率高,但比较费时,通常作为研究方法对照用。

如果提取液中存在杂质干扰或待测组分浓度低于分析方法的最低检测浓度等问题,还要进行分离和浓缩。

4. 分离和浓缩

在提取被测组分的同时,也可能将其他干扰组分提取出来,如用石油醚提取有机磷农药时,会将脂肪、蜡质和色素一同提取出来,干扰测定。因此,必须将农药与杂质分离,才能对农药进行测定。同时,在测定之前必须对样品进行分离,除掉杂质。常用的分离方法主要有以下几种。

（1）柱层析法

柱层析法是一种应用最普遍的提纯方法,基本原理是先使提取液通过装有吸附剂的吸附柱,农药和杂质均被吸附在吸附剂上,然后用适当的溶剂进行淋洗。只要淋洗剂选得合适,一般均是农药先被淋洗出来,而脂肪、蜡质和色素则滞留在吸附剂上,从而达到分离的目的。

采用柱层析法成败的关键因素是吸附剂和淋洗剂的选择。常用的吸附剂有硅酸镁、氧化铝、硅藻土、活性炭等。硅酸镁适用于脂肪含量高的样品,是有机氯农药常用的吸附剂。常用的淋洗剂有乙醚-石油醚、二氯甲烷-乙腈-正己烷。分离农药时,最常用的吸附剂是在 650 ℃下活化过的硅酸镁单体,而用乙醚-石油醚作淋洗剂。氧化铝是国内外广泛使用的一种吸附剂。有机氯、有机磷农药宜用中性或酸性氧化铝。用 10% 乙醚-正己烷作为淋洗剂;对于极性较强的有机磷农药也可以用 2% 丙酮-正己烷淋洗剂。

（2）液-液萃取法

液-液萃取法是以分配定律为基础的分离方法,即用两种互不相溶的溶剂,根据农药与杂质在不同溶剂中溶解度的差别将它们分离。例如,将农药与杂质的己烷提取液与极性溶剂乙腈混合振荡后,极性弱的脂肪、蜡质和色素大部分则留在己烷层中,经几次萃取后,就将农药净化。常用的溶剂有:正己烷-乙腈、己烷-丙酮、己烷-二甲基亚砜等。

（3）磺化法

磺化法是利用脂肪、蜡质等与浓硫酸发生磺化反应的特性,在农药与杂质的提取液中加入浓硫酸,脂肪、蜡质等与浓硫酸反应,生成极性很强的物质,从而将农药与杂质分离。

（4）低温冷冻法

不同物质在同一溶剂中的溶解度,除了与它们本身的性质有关外,还随温度的不同而不同。例如在 -70 ℃的低温下,用干冰-丙酮作制冷剂,可使生物组织中的脂肪和蜡质在丙酮中的溶解度大大降低,并以沉淀形式析出,而农药则残留在冷的丙酮中,经过滤就可将其分离。

经提取、分离后所得的溶液,虽然是纯净的待测溶液,但因含量很低,一般还不能用于测定,这就需要浓缩。常用的浓缩方法有蒸馏或减压蒸馏法、K-D 浓缩器浓缩法及蒸发法等。其中 K-D 浓缩器浓缩法是浓缩有机物的常用有效方法,可在常压或减压下操作,温度不超过 80 ℃,一般浓缩后的体积可达 2～3 mL。如采用改进后的微型 Snyder 柱浓缩,可将提取液浓缩至 0.1～0.2 mL。对热不稳定组分可用减压蒸馏或 K-D 浓缩器。

1.2.5 新技术在环境样品预处理中的应用

1.2.5.1 吹扫捕集（Purge-Trap）

在环境有机化学中,应用吹扫捕集技术分析挥发性有机物是应用最广泛的痕量分析方法。

因其取样量少、富集效率高、速度快、受基体干扰小、容易实现在线检测等优点,自 1974 年 Bellar 和 Lichtenber 首次发表有关吹扫捕集色谱法测定水中挥发性有机物论文以来,吹扫捕集技术一直受到环境科学与分析化学界的重视。美国 EPA601,602,603,624,501.1 与 524.2 等标准方法均采用吹扫捕集技术。特别是随着商业化吹扫捕集仪器的广泛使用,吹扫捕集法在挥发性和半挥发性有机化合物分析、有机金属化合物的形态分析中起到越来越重要的作用。迄今为止,它仍然是高灵敏度的分析方法之一。目前的主要改进是浓缩技术的应用,其已成为整个分析过程中的关键所在。

吹扫捕集的原理是使吹洗气体连续通过样品,将其中的挥发组分萃取后在吸附剂或冷阱中捕集,再进行分析测定,因而是一种非平衡态连续萃取。这种方法几乎能全部定量地将被测物萃取出来,不但萃取效率高,而且被测物可以被浓缩,使方法灵敏度大大提高。

低温吹扫捕集装置见图 1-2-27。装置由吹扫瓶、水冷凝器、热解吸管、冷阱、毛细管及进样口六部分组成。吹扫瓶 1 用于盛放样品;水冷凝器 2 用于冷却除去水蒸气,以防水蒸气冷凝在冷阱中堵塞管路;热解吸管 3 温度保持在 250 ℃,使吹出样品全部气化;冷阱 4 通液氮控制捕集温度;毛细管 5 放在冷阱中,用于捕集吹出的挥发物;进样口 6 在吹扫结束后吹出物经此进入气相色谱毛细管中分离。

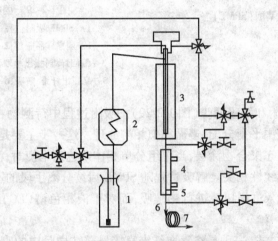

图 1-2-27　低温吹扫捕集装置图
1—吹扫瓶;2—水冷凝器;3—热解吸管;4—冷阱;5—毛细管;6—进样口;7—色谱柱

吹扫捕集方法可用于多种样品基质分析,诸如:生物样品、废气废水和土壤中挥发性有机物的分析,还可用于测定药品中残存溶剂,分析饮用水中有机物等。

1.2.5.2　固相微萃取(Solid Phase Microextraction,SPME)

固相微萃取是近年来国际上兴起并迅速发展的新型的、环境友好的样品前处理技术,无须有机溶剂,操作也很简便。1990 年由加拿大 Waterloo 大学的 Arhturhe 和 Pawliszyn 首创,1993年由美国 Supelco 公司推出商品化固相微萃取装置,1994 年获美国匹兹堡分析仪器会议大奖。

固相萃取是目前最好的试样前处理方法之一,具有简单、费用少、易于自动化等优点。而固相微萃取是在固相萃取基础上发展起来的,保留了其所有的优点,摒弃了其需要柱填充物和使用溶剂进行解吸的弊病,它只要一支类似进样器的固相微萃取装置即可完成全部前处理和进样工作(图 1-2-28)。该装置针头内有一伸缩杆,上连有一根熔融石英纤维,其表面涂有色谱固定相,一般情况下熔融石英纤维隐藏于针头内,需要时可推动进样器推杆使石英纤维从针头内伸出。

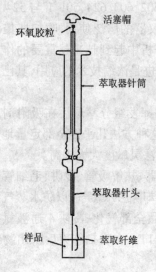

图 1-2-28 固相微萃取(SPME)
萃取器

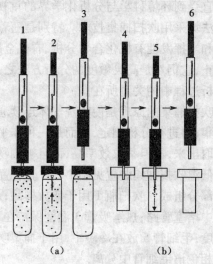

图 1-2-29 固相微萃取步骤
(a)SPME 吸附过程;(b)SPME 解吸过程
1—刺穿样品瓶盖;2—暴露出纤维,萃取;
3—缩回纤维,拔出萃取器;4—插入 GC 气化室;
5—暴露出纤维,解吸;6—缩回纤维,拔出萃取器

SPME 方法包括吸附和解吸两步(图 1-2-29)。吸附过程中待测物在样品及石英纤维萃取头外涂渍的固定相液膜中平衡分配,遵循相似相溶原理。这一步主要是物理吸附过程,可快速达到平衡。如果使用液态聚合物涂层,当单组分单相体系达到平衡时,涂层上吸附的待测物的量与样品中待测物浓度线性相关。解吸过程随 SPME 后续分离手段的不同而不同。对于气相色谱(GC),萃取纤维插入进样口后进行热解吸,而对于液相色谱(LC),则是通过溶剂进行洗脱。

SPME 有两种萃取方式,一种是将萃取纤维直接暴露在样品中的直接萃取法,适于分析气体样品和洁净水样中的有机化合物;另一种是将纤维暴露于样品顶空中的顶空萃取法,广泛适用于废水、油脂、高分子量腐殖酸及固体样品中挥发、半挥发性的有机化合物的分析。

固相微萃取的优点主要是快速,完成从萃取到分析的整个过程一般只需十几分钟,甚至更快。整个过程实现了无溶剂化,减轻了环境污染,有助于提高气相色谱的柱效,缩短分析时间。由于整个方法的核心是一只携带方便的萃取器,所以特别适于野外的现场取样分析。如使用该萃取器可以直接将萃取纤维暴露于空气中,进行大气污染物的测定;直接置于河流、湖泊中进行水质的有机污染物分析。不仅如此,使用固相微萃取法取样后还可以很方便地带回实验室,进行检测器分析,避免了传统方法中环境样品在运输及保存中的变质与干扰问题。检测器可以是质谱(MS)、氢火焰离子化检测器(FID)、火焰光度检测器(FPD)、电子捕获检测器(ECD)、原子发射光谱检测器(AED)等,方法的最低检测限可达 ng 甚至 pg 水平。

SPME 主要用于分析挥发、半挥发性有机物,其中较为典型的有 BTEX、PAHs、氯代烃等多种化合物,样品基质包括了气体、液体和固体等多种形态。带有二甲基硅氧烷聚合物萃取头的

SPME 装置已成功用于从饮用水中提取挥发性有机物,其检测限相当于甚至优于美国环保局的要求,而且精确度好。通过顶空取样法,SPME 已用于从废水、淤泥、土壤和其他复杂的基质中提取有机物。当二甲基硅氧烷聚合物固定液的厚度为 15 μm 时,甚至可以从水样中提取多氯联苯等半挥发性有机物。利用聚丙烯酸萃取头,SPME 可用于从水中提取酚类物质,其检测限、线性范围和精确性等也优于美国环保局标准。此外,SPME 还可以有效地从水中提取除草剂和杀虫剂以及表面活性剂等。对水中长链的有机脂肪酸的提取也可达到 1×10^{-12} g。根据样品体积、待测物种类和性质以及涂层厚度的不同,一次萃取操作的提取水平,对于血样中的有机磷农药为 0.03% ~ 10.6%,而对于 BTEX 类化合物(苯、甲苯、乙基苯、二甲苯),提取水平在 1% ~ 20% 之间。虽然 SPME 的一次提取水平大大低于常用的液-液萃取方法,但绝对进样量远远大于液-液萃取方法,灵敏度很高。该方法也易于掌握,对美国、加拿大、德国、意大利等 6 个国家 11 个实验室进行的一次含量在 mg/kg 级有机氯、有机磷、有机氮农药考核中,无论是曾用过还是第一次使用该方法,分析结果均无差异。

SPME 是一项极具吸引力的样品前处理技术,但也存在一定的局限性。首先固相微萃取的装置价格昂贵。其次由于商品化纤维种类较少,且容易破碎,在很大程度上限制了该技术的应用范围。目前固相微萃取技术主要使用在分析挥发性、半挥发性有机物质,而对于无机物却很少涉及。

1.2.5.3　超临界流体萃取(Supercritical Fluid Extraction, SFE)

超临界流体萃取是近年来发展很快、应用很广的一种样品预处理技术。1986 年超临界流体萃取开始用于环境分析,1988 年国际上就推出了第一台商品化的超临界萃取仪器,美国环保局 1990 年提出利用 SFE 技术在 5 年内停止 95% 的有机氯溶剂的使用,并已将方法定为几类物质常规的分析方法。

超临界流体萃取与通常液-液或液-固萃取一样,超临界流体萃取也是在两相之间进行的一种萃取方法,所不同的是萃取剂不是液体,而是超临界流体。超临界流体是介于气液之间的一种既非气态又非液态的物质。这种物态只能在物质的温度和压力超过临界点时才能存在。超临界流体的密度大,与液体相似,所以它与溶质分子的作用力很强,像大多数液体一样,很容易溶解其他物质;它的黏度较小,接近气体,所以传质速率很高;加之表面张力小,很容易渗透固体颗粒,并保持较大的流速,可以使萃取过程在高效、快速又相对经济的条件下完成。所以超临界流体是一种十分理想的萃取剂。超临界流体的溶剂强度取决于萃取的温度和压力。流体在临界点附近的压力和温度只要发生微小的变化,流体的密度就会发生很大的变化,这将会引起溶质在流体中溶解度发生相当大的变化。即超临界流体可在较高的密度下对萃取物进行超临界流体萃取,同时还可以通过调节温度和压力,降低溶剂的密度,从而降低溶剂的萃取能力,实现溶剂与被萃取物的有效分离,因此超临界流体萃取过程是由萃取和分离组合而成的。

可作为超临界流体的物质很多,如二氧化碳、一氧化亚氮、六氟化硫、乙烷、甲醇、氨、丙烷、乙烯和水等。其中 CO_2 因其临界温度低($T_c = 31.3℃$),接近室温;临界压力小($P_v = 7.15$ MPa),扩散系数为液体的 100 倍,溶解能力很强,且无色、无味、无毒、不易燃、化学惰性、低膨胀性、价廉、易精制、易回收等特点,是目前用得最多的超临界流体,用于萃取低极性和非极性的化合物。对于极性较大的化合物,通常使用氨或氧化亚氨作为超临界流体萃取剂。从溶剂强度考虑,超临界氨气是最佳选择,但氨很易与其他物质反应,对设备腐蚀严重,而且日常使用太危险。超临界甲醇也是很好的溶剂,但由于它的临界温度很高,在室温条件下是液体,提取后还需要复杂的浓缩步骤而无法采用,低烃类物质因可燃易爆,也不如 CO_2 那样使用广泛。

超临界流体萃取的工艺流程一般是由萃取(CO_2 溶解溶质)和分离(CO_2 和溶质的分离)两步组成。它包括高压泵及流体系统、萃取系统和收集系统三个部分。流程如图 1-2-30 所示。

①超临界流体发生源,由萃取剂贮槽、高压泵及其他附属装置组成。其功能是将萃取剂由常温常压态转化为超临界流体。

②超临界流体萃取部分,由样品萃取管及附属装置组成。处于超临界态的萃取剂在这里将被萃取的溶质从样品中溶解出来,随着流体的流动,使含被萃取溶质的流体与样品基质分开。

③溶质减压吸附分离部分,由喷口及吸收管组成。萃取出来的溶质及流体,必须由超临界态经喷口减压降温转化为常温常压态,此时流体挥发逸出,而溶质吸附在吸收管内多孔填料表面,用合适溶剂淋洗吸收管就可以把溶质洗脱收集备用。

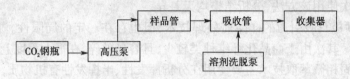

图 1-2-30 超临界流体萃取流程图

超临界流体萃取技术已广泛应用于沉积物、大气、土壤中有机污染物的萃取分离。表 1-2-4 列出了超临界流体在萃取分离环境样品中有机物方面的应用。

表 1-2-4 SFE 萃取分离出的部分环境样品中的有机物

样品来源	萃取出的有机物	超临界流体	萃取条件	萃取时间/min
气溶胶颗粒	大部分挥发性有机物	CO_2	46 MPa,90 ℃	20
土壤	磺酰脲类除草剂	CO_2 改性剂:甲醇 + 水	37 MPa,50 ℃	8
底泥	S-三嗪类除草剂	CO_2 改性剂:甲醇	23 MPa,48 ℃	30
含水 11% ~50% 的底泥	多氯联苯	CO_2	35 MPa,100 ℃	21
土壤	多环芳烃	CO_2 改性剂:甲苯	41 MPa,140 ℃	75

超临界萃取技术还可以分离环境样品中的痕量金属离子,如重金属离子、镧系和锕系元素以及有机金属离子等。

此外,应用超临界萃取技术还萃取分离出了汽车尾气中的烷烃、苯、多环芳烃,香烟烟雾中的尼古丁,木柴燃烟中的邻甲氧苯酚、香草醛 9-芴酮。应用超临界萃取技术对土壤中的油类污染物及农药残留物等也都成功地进行了萃取分离。

超临界流体萃取还可以与其他仪器分析方法联用,从而避免了样品转移的损失,减少了各种人为的偶然误差,提高了方法的精密度和灵敏度,还可实现对样品的现场检测。在各种与超临界流体萃取联用的仪器分析中,以色谱分析最多,如超临界流体萃取-气相色谱(SFE/GC)、超临界流体萃取-超临界流体色谱(SFE/SFC)及超临界流体萃取-高效液相色谱(SFE/HPLC)等。其中以 SFE/GC 和 SFE/SFC 使用更为普遍,而 SFE/HPLC 相对较少,这是由于适用于 SFE 技术处理的样品,绝大多数均可用 GC 或 SFC 分析,而且它们的分离效率一般比 HPLC 高,在 SFE/GC 与 SFE/SFC 之间的选择,主要取决于样品的性质,凡能用 GC 分析的样品均可优先考虑选用 SFE/GC 技术,其次再考虑 SFE/SFC,因为前者比后者操作更为简单和方便。除了色谱分析联用外,还出现了超临界流体萃取-傅里叶红外光谱、超临界流体萃取-四极距质谱、超临界流体萃取-流动注射分析、超临界流体萃取-免疫测定等联用技术。

但是,目前人们对临界流体本身还缺乏透彻的理解,对超临界流体萃取热力学及传质理论的研究远不如传统的分离技术(如有机溶剂萃取、精馏等)成熟。此外高压设备价格较昂贵,工艺设备一次性投资大,在成本上也难以与传统工艺进行竞争。超临界流体萃取技术应用的对象多数是非极性或低极性物质,应用到极性物质仍比较困难,尽管可以在萃取剂中加入其他改性试剂来提高萃取剂的极性,从而增大对极性物质的溶解度,但是应用范围比较有限。

1.2.5.4　微波消解

自 1975 年 Abu-Samra 报道微波技术用于生物样品的湿法消解后,微波消解用于元素分析得到了迅速发展,这一技术现已被作为常规的样品处理方法。随着科学技术的发展,化学元素成分分析的方法和手段不断更新,分析速度越来越快。微波消解样品具有高效、快速、易于控制、化学试剂用量少、空白值低、不污染工作环境等优点,已经用于大气、水体、土壤、生物等样品的消解。

微波是一种频率范围为 300 ~ 3 000 000 MHz(波长在 1 mm ~ 1 m 之间)的电磁波,介于红外和无线电波之间,具有内加热及吸收极化作用。

微波消解技术与传统的加热方法不同,它不是利用热传导使试样从外部受热分解,而是直接以试样和酸的混合物为发热体,从内部进行加热。通常将样品放入含酸的密闭消解容器内,该容器则置于微波炉的微波场中,一般采用的微波频率是 915 ± 25、2 450 ± 13、5 800 ± 175 和 22 125 ± 125 MHz。实际应用中,常用的频率是 2 450 MHz。微波系统输出的功率是 600 ~ 700 W、在 5 min 内约放出 180 kJ 微波能。密闭容器内的酸分子直接接收微波能,微波使粒子间发生局部的内加热并引起酸与样品之间较大的热对流,搅动并清除样品表面已溶解的成分,促进酸与样品较好地接触,导致样品迅速地被消解。另外,密闭容器内产生的高压(最高可达 830 kPa)提高了溶样酸的沸点,所以密闭消解能得到较高的温度(可达 270 ℃左右),使消解时间明显缩短,其热量几乎不向外部传导,因此热效率非常高,并能利用微波将试样充分混合,激烈搅拌,加快了试样的分解。

微波消解主要用于水中常规指标(如 COD、总磷、总氮、金属元素等)的测定、土壤及底质中金属元素的分析(如砷、汞含量)以及大气颗粒物中污染元素的分析。

微波消解样品的能力强,特别是一些难溶样品和生物试样,传统的消解方式需要数小时甚至数天,而微波消解只需要几分钟至十几分钟。溶剂用量少,用密封容器微波溶样时,溶剂没有蒸发损失,一般只需溶剂 5 ~ 10 mL,测定空白值低。操作简单,减轻了劳动强度,改善了操作环境,避免了有害气体排放对环境造成的污染。由于样品采用密闭消解,在消解过程中损失和交叉污染的可能性小,尤其是对易挥发元素的测定准确性较湿法高。

1.2.5.5　微波辅助萃取(Microwave Assisted Extraction, MAE)

微波辅助萃取是指利用微波能强化溶剂萃取效率,利用微波产生的场加速萃取溶剂界面的扩散速率,使溶剂和被萃取物质充分接触,加速溶剂对固体样品中目标萃取物(主要是有机化合物)的萃取过程。

微波消解技术是在酸条件下利用微波辐射能量作用于分子上,使之离子化,目的是破坏化学键。而微波萃取则是利用微波辐射能量在溶剂的辅助下使分子从样品基体上分开,在剥离过程中不能破坏分子结构和化学键。因此两者对微波能量发射要求是不同的,萃取时微波能量发射要尽可能微量低调,温度控制要十分准确。

20 世纪 90 年代初,由加拿大环境保护部和加拿大 CWT-TRAN 公司合作开发了微波萃取系统,他们还与中国环境科学院和南开大学合作开发该项技术。到 1995 年,国外已授权给两家中国公司开展工业规模的微波萃取技术的应用。

微波萃取体系根据萃取罐的类型可分为两大类:密闭型微波萃取体系和开罐式萃取体系。

密闭式微波萃取体系是由一个磁控管、一个炉腔、监视压力和温度的监视装置及一些电子器件所组成。图 1-2-31 显示了密闭式微波辅助萃取装置的示意图。该体系的优点是待分析成分不易损失,压力可控。当压力增大时,溶剂的沸点也相应增高,这样有利于将待分析成分从基体中萃取出来,且待分析成分不易损失。国产 MK21 型压力自控微波系统属于密闭式微波萃取体系。可以实现定时、压力自控,但不能实行温度控制,最多可同时处理 9 个样品。国外的商品化密闭式微波辅助萃取仪器主要有美国 CEM 公司的 MARS 系列、MDS 系列、MES-1000。国内商品化密闭式微波辅助萃取仪器有上海新仪公司的 MDS 系列、北京美诚公司的 WR 系列和北京雷明公司的 MSP-100D。密闭式微波辅助萃取装置已广泛应用于环境分析。已报道的分析对象有多环芳烃、多氯联苯、二噁英、除草剂、杀虫剂、酚类、有机金属化合物、添加剂、多糖等。与加热回流、索氏提取等方法相比,MAE 高效快速,节省溶剂。

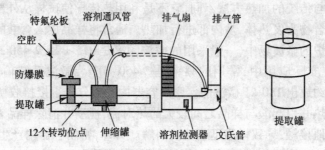

图 1-2-31 密闭式微波萃取体系和萃取罐

开罐式聚焦微波萃取系统与密闭微波萃取系统基本相似,只是其微波是通过一波导管将其聚焦在萃取体系上,其萃取罐是与大气连通的,即在大气压下进行萃取(压力恒定),所以只能实现温度控制。与密闭式微波辅助萃取装置相比,该装置具有操作安全、节约能源、微波能更好的利用等优点。该系统将微波与索氏抽提结合起来,既采用了微波加热的优点,又发挥了索氏抽提的长处,同时免去了过滤或离心等分离的步骤。但不足之处在于一次处理的样品数不能太多。其结构如图 1-2-32。目前国外商品化的 FMAE 仪器主要有美国 CEM 公司的 STAR 系列以及意大利 Milestone 公司的 Ethos MOD 系列。国内有代表性的仪器有上海新仪公司的 MAS-Ⅰ、上海屹尧公司的 WF-4000C 和南京三乐公司的 WCD 系列等。

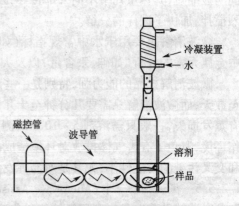

图 1-2-32 开罐聚焦式微波辅助萃取装置

MAE 技术的优点在于选择性高,可以提高收率及提取物质纯度,快速高效,节省溶剂,有利于萃取对热不稳定的物质,可以避免长时间的高温引起样品的分解,特别适合于处理热敏性组分中提取有效成分,设备简单,操作容易,可实行多份试样同时处理,也特别适合于处理大批量样品。

微波辅助萃取技术可用于检测多氯联苯及农药,如采用微波碱解法将土壤样品中的有机氯农药碱解,在优化后的条件下能完全消除六六六(HCH)、滴滴涕(DDT)、滴滴滴(DDD)的干扰,DDE、艾氏剂(Aldrin)、狄氏剂(Dieldrin)的干扰也减少,经浓硫酸处理后狄氏剂的干扰完全消除。

1.2.5.6 液膜分离法(Liquid Membrane Separation)

液膜分离法,又称液膜萃取法(Liquid Membrane Extraction)是 20 世纪 60 年代中期诞生的一种用于样品预处理的新技术。它吸收了液-液萃取具有富集与选择的优点,又结合了透析过程中可以有效除去基体干扰的长处,具有高效、快速、简便、易于自动化等优点。

液膜是乳状液滴分散在另一水相或油相中聚集成平均直径为 1 mm 的聚集体时形成的(W/O)/W 或(O/W)/O 型复相乳液体系。在前一种情况,两种不同的水相(分别称为内相、外相)被一层油膜隔开,后一种情况是两种不同的油相被一层水膜隔开,液膜本身的厚度为 $1 \sim 10$ μm。由于液膜的厚度只有人工固体薄膜的十分之一,所以物质穿过液膜的迁移速度更快。

液膜萃取的基本原理是由浸透了与水互不相溶的有机溶剂的多孔聚四氟乙烯薄膜把水溶液分隔成两相——萃取相与被萃取相;其中与流动的样品水溶液系统相连的相为被萃取相,静止不动的为萃取相。样品水溶液中的离子流入被萃取相与其中加入的某些试剂形成中性分子。这种中性分子通过扩散溶入吸附在多孔聚四氟乙烯上的有机液膜中,再进一步扩散进入萃取相。一旦进入萃取相,中性分子受萃取相中化学条件的影响又分解为离子(处于非活化态)而无法再返回液膜中。其结果使被萃取相中的物质——离子通过液膜进入萃取相中。

液膜萃取法与液-液萃取相比,液膜萃取使用有机溶剂少很多(不到 1 mL),不容易污染环境,操作易于自动化,萃取相与被萃取相之比很容易达 1:1 000,而传统液-液萃取要达到 1:50 都很困难,所以液膜法的萃取比要高很多;与透析法相比,其优点主要是可以富集被测物质,液膜萃取不仅可以使分子大小不同的化合物分离,而且可以选择性地分离特定的化合物,如胺、酸类等;液膜萃取与固相萃取相比,多数柱状的液相萃取剂只能用一次,而且以手工操作居多,而液膜萃取可以连续使用,易于自动化,可以减少固相萃取中出现的诸如超载、竞争吸附、污染等问题。

液膜萃取技术在环境样品前处理中的应用概括起来分为以下三类:以扁平膜为基础的支撑液膜萃取(Supported Liquid Membrane Extraction, SLME)和微孔膜液液萃取(Microporous Membrane Liquid-liquidextraction, MMLLE),以中空纤维膜为基础的液相微萃取(Hollow Fibre-based Liquid Phase Microextraction, HFLPME)。

液膜萃取法作为一种环境预处理技术可以用于各种污染物的测定,如野外采样,大气中微量元素的测定,水中金属离子以及水体中酸性农药的测定等。对于基体复杂的环境样品,液膜萃取技术的高选择性、高净化效率更显示出极大的优势。对于环境中的痕量污染物,该方法可与气相色谱(GC)、高效液相色谱(HPLC)、毛细管电泳(CE)、原子吸收(AAS)、等离子体(ICP)等仪器联用,测定环境样品中的有机污染物、农药、金属离子和金属有机化合物等。SLME 主要应用于极性化合物如有机酸(酚,羧酸)、有机碱(胺及其衍生物)、三嗪类除草剂、带电荷的化合物(金属离子等)等的分析测定,而 MMLLE 则应用于非极性或弱极性有机化合物的萃取测定,如多氯联苯、多环芳烃等。若将 SLME 和 MMLLE 联用,可同时萃取富集极性化合物和非极性或弱极性化合物。

经过 30 多年的发展,目前液膜萃取在机理探讨和应用研究方面都有很大的进展。但是也存在一些问题,如每次测定只能应用于特定的某些物质,而且在应用之前,需进行大量的优化试验来确定操作条件,需要特殊装置或材料,液膜萃取过程中的不同相之间可能存在的相互渗透,大面积支撑液膜的形成与支撑液体的流失等问题难以解决。到目前为止,液膜稳定性和破乳技术仍然是制约液膜技术工业化的关键因素。

1.3   环境化学研究方法

环境化学的研究对象是一个多组分、多介质的复杂体系。化学污染物在环境中的含量很低,一般只有 mg/L 或 μg/L 级水平,甚至 ng/L 级水平,且形态多歧,又随时随地发生迁移和形态间的转化。为了获得化学污染物在环境中的污染程度,不仅要对污染物进行定量检测,而且要对其毒性和影响做出鉴定,研究化学污染物在环境中的迁移、转化和归趋,特别是污染物在环境中的累积、相互作用和生物效应等问题,需要应用化学、生物和地质学等许多学科的基础理论和方法来进行研究。环境化学的研究方法主要有直接测定、理论推算、模拟实验三种,每一种方法都不能充分反映环境体系的真实状况,因而总是互相补充,综合运用。

1.3.1   分析及监测技术

环境化学通常研究污染物在极低浓度下的行为,形态多歧,又随时随地发生迁移和形态间的转化,所以需要以非常准确而又灵敏的环境分析监测手段为工作基础。对于许多结构不明的有机污染物,经常需要用强有力的结构分析仪(如红外光谱仪、色质联用仪等);对于污染物在环境介质中的相间平衡或反应动力学机理研究常需要高灵敏度的同位素示踪技术等。

1.3.1.1   形态分析

传统分析化学只测定样品中待测元素的总量或总浓度。但是生物分析与毒性研究证明,环境中某个元素的生物可给性,或在生物体中的积累能力,或对生物的毒性,与该元素在环境中存在的物理形态及化学形态密切相关。

形态分析可以分为物理形态与化学形态两大类。化学形态又可以分为筛选形态、分组形态、分配形态与个体形态。根据形态分析的特点及试样的复杂性,在一般情况下,均要求采用化学分离与仪器检测相结合的技术——联用技术。而在诸多的联用技术中,高灵敏度的原子光谱质谱检测与高选择性的色谱分离的组合是其中的佼佼者,被公认为是最有发展前景的联用技术。

1. 气相色谱-原子光谱/质谱联用技术

(1)气相色谱-原子吸收光谱法

原子吸收光谱法(AAS)由于其自身特点:选择性高、灵敏度较好、与气相色谱(GC)之间联用接口简单,在早期的元素形态分析中得到了广泛的应用。

GC 与火焰原子吸收(FAAS)之间的连接很容易实现,一般是将色谱流出物直接送入雾化器或直接引入加热点的火焰上,后一种连接方法因避免了色谱流出物经喷雾器的稀释而获得较高的灵敏度。GC-FAAS 具有连续操作、仪器普遍等优点,但由于原子蒸气停留时间短而灵敏度较低,不能满足目前形态分析的要求,因而目前应用极少。

石英炉原子吸收光谱(QFAAS)由于灵敏度高,因而是 GC 与原子吸收光谱联用的主流。石英炉由一个 T 形石英玻璃管组成,T 形管的两端开口,外面绕有 Ni-Cr 电阻丝,通过加热石英管到 600~900 ℃使有机金属化合物分解并原子化。连接色谱柱出口和石英炉的传输管一般使用不锈钢管,传输管应加热以防止分析物冷凝。石英炉可以连续工作、重现性好、制作简单、灵敏度略低于石墨炉。石英炉的不足之处是有时溶剂吸收峰很大,用氘灯无法扣除,影响分析物的测定,需要预先进行处理。另外,当石英管壁出现一层金属氧化物薄膜时,灵敏度降低,这时需要清洗或更新石英管。

尽管石墨炉原子吸收(GFAAS)灵敏度很高,但其接口装置耐高温性能不佳,而 GC-GFAAS 要求石墨管在整个色谱过程中维持 1 500~2 500 ℃的高温而使石墨管的使用寿命有限(一般为 10~15 h),运行成本高。另外,随着石墨管的使用,其灵敏度逐渐降低;不断地更换石墨管又容易带来灵敏度变化和重现性变差等问题,使该技术的应用受到限制。表 1-3-1 给出 GC-QFAAS 和 GC-GFAAS 测定有机金属化合物的检出限及在环境和生物试样分析中的应用。

表 1-3-1　GC-AAS 在环境和生物试样中元素形态分析应用

元素形态	试样	试样制备/富集	衍生方法	检出限
As(Ⅲ)	水、沉积物、土壤	土壤和沉积物以水提取	$NaBH_4$	10 ng/L
As(Ⅴ)				10 ng/L
MMA				2 ng/L
DMA				3 ng/L
TMA				6 ng/L
Hg^{2+}	角鲨	250 mg 试样中加入 5 mL 25%(质量浓度)KOH/MeOH,室温下过夜,然后 50 ℃超声浴 60 min	$MaBEt_4$	400 pg
$MeHg^+$				290 pg
MeHg				180 pg
TBT	沉积物	TBT 和 TPhT 与 8-羟基喹啉形成离子缔合物后,环庚三烯酮萃取	—	95 pg/g
TPhT				145 pg/g
MBT	水	自来水以 NaAc-HAc 调 pH 5,$NaBEt_4$ 衍生后,正己烷萃取	$NaBEt_4$	0.11 ng
DBT				0.14 ng
TBT				0.17 ng
DPhT				0.25 ng
TPhT				0.50 ng
Me_3Sb	植物	—	$NaBH_4$	—
Me_2SbH				—
$MeHg^+$	土壤	0.1 mol/L HAc-NaAc(pH 4)提取 24 h,SPME 制样	KBH_4	16 ng
$EtHg^+$				12 ng
$PhHg^+$				7 ng
Hg^{2+}	全血	$SnCl_2 + H_2SO_4$ 还原,顶空取样 AAS 测 Hg^{2+};2 mL 全血中加入 10 mg 碘乙酸,0.4 mL 浓 H_2SO_4,顶空注入 GC 测 $MeHg^+$	—	0.6 μg/L
$MeHg^+$				0.2 μg/L

（2）气相色谱-原子荧光光谱法

原子荧光（AF）是原子吸收（AA）的逆过程。与原子吸收相比，原子荧光谱线简单，干扰少，某些元素的灵敏度优于 AAS，仪器简单、价廉；其中，冷蒸气原子荧光分析技术是目前应用最多的测定汞的技术。衍生冷阱捕集-GGAFS 联用技术已经被证明是测定不同环境试样中无机汞和甲基汞的最具潜力的技术。氢化物发生适用于表面水样，而乙基化则适用于沉积物样品。表 1-3-2 是 GC-AFS 在环境和生物试样中金属有机化合物形态分析中的应用。

表 1-3-2　GC-AFS 在环境和生物试样中金属有机化合物形态分析中的应用

元素形态	试样	试样制备/富集	衍生方法	检出限
Hg^{2+}	水		$NaBH_4$ 氢	0.13 ng/L
$MeHg^+$			化物发生 Na-	0.01 ng/L
Hg^{2+}	沉积物		BEt_4	0.22 ng/g
$MeHg^+$				0.02 ng/g
Hg^{2+} $MeHg^+$	水	炉干燥试样，5 mol/L HCl 超声 5 min，3 500 r/min 离心 10 min。4 mL 试样提取液中加入 1 mL 0.01 mol/L $Na_2S_2O_3$，振荡 20 min 后，3 500 r/min 离心。水相中加入 30 μL KBr/$CuSO_4$ 和 30 μL CH_2Cl_2，振荡 1 min 取有机相 GC-AFS 分析	—	1.2 pg
Hg^{2+} $MeHg^+$	食品	TMAH/MeOH 提取，CH_2Cl_2/己烷（3:2）萃取	—	200 ng/L
Hg^{2+}	鱼肝	25% KOH/MeOH 80 ℃ 加热 3 h 提取	$NaBEt_4$	0.02 ng/g
$MeHg^+$				
Hg^{2+} $MeHg^+$	人发	50～100 mg 洁净剪细的人发置于 5 mL Pyrex 管中，加入 2 mL 2mol/L HCl，轻轻盖上管塞于 100 ℃ 加热 15 min，冷却至室温后，1 mL 试液中加入 3 mL 乙酸缓冲液（pH 4.5），加入 $NaBEt_4$ 顶空 SPME 10 min	$NaBEt_4$	50 ng/g 80 ng/g

（3）气相色谱-电感耦合等离子体质谱法

电感耦合等离子体质谱（ICP-MS）作为 GC 元素特效检测器自 1986 年开创以来，已经引起分析化学家们的极大关注，成为目前复杂基体试样中有机金属化合物形态分析的一个理想方法。GC-ICP-MS 联用技术之所以得到如此迅猛的发展是由于该联用技术将 GC 的高分辨率和高分离效率与 ICP-MS 的高灵敏度（检出限达 1 fg）、高基体耐受量、同位素比测定能力（使之可以进行同位素稀释准确定量）有机地结合在一起。由于引入到等离子体中的试样为气态，其试样从 GC 到等离子体中的传输效率近于 100%，这导致极低的检出限和好的分析物回收率。由于分析物以气态形式引入到 ICP 中不需去溶和蒸发，分析物的电离更有效。由于不存在水流动相，GC-ICP-MS 比 LC-ICP-MS 具有更少的同量异序干扰。在 GC 中不再使用高盐含量的缓冲溶液，因而，ICP-MS 中取样锥和分离锥的腐蚀不像 LC-ICP-MS 中那样严重。GC-ICP-MS 在不同基体样品中元素形态分析的应用如表 1-3-3。

表 1-3-3　GC-ICP-MS 元素形态分析应用

元素形态	试样	色谱柱	衍生方法	检出限
挥发性锡、汞、硒和铅有机金属化合物	天然水	10% SP-2100 固定相, Chromosorb WHP 担体, 填充柱(40 cm×6 mm)	—	10~15 fmol/L(Se) 0.4 fmol/L(Sn) 1.0 fmol/L(Hg) 0.4~0.8 fmol/L(Pb)
MBT				0.03 pg
DBT				0.08 pg
TBT	沉积物、贻贝组织	SE-54 自制玻璃多毛细管柱($N \approx$ 1 200, 20 cm×38 μm)	$NaBEt_4$	0.10 pg
MPhT				0.07 pg
DPhT				0.16 pg
TPhT				0.18 pg
$MeHg^+$	鱼	SE-30 多毛细管柱($N=919.1$ m×40 μm×0.2 μm)	$NaBEt_4$	0.08 pg
$MeHg^+$	鱼	Bp-1 毛细管柱(15 m×0.53 mm×1.5 μm)	$NaBEt_4$	2.6 mg/g
丁基锡化合物	沉积物	PDMS 毛细管柱(30 m×0.25 mm×0.5 μm)	$NaBPt_4$	52~170 ng/L
烷基汞				210 ng/L
烷基铅				36~85 ug/L

(4)气相色谱-质谱元素形态分析

自 1952 年 GC-MS 成功地联用以来, GC 高效的分离能力与 MS 提供的高度结构信息的结合使 GC-MS 成为表征有机分子, 包括不同基体试样中有机金属化合物的强有力工具。与目前有机金属化合物元素形态分析中使用最多的 GC-ICP-MS 相比, GC-MS 仪器已经商品化, 且仪器成本较 GC-ICP-MS 低, 另外, GC-MS 还可以进行化合物的识别和证实。有关 GC-MS 在环境和生物体系中元素形态分析应用见表 1-3-4。

表 1-3-4　GC-MS 元素形态分析应用

元素形态	试样	色谱柱	衍生方法	检出限
MBT	葡萄酒	DB-5 MS 毛细管柱(60 m×0.25 mm)	$NaBEt_4$	0.05~0.1 μg/L
DBT				0.02~0.1 μg/L
TBT				0.01~0.05 μg/L
MBT	沉积物	PET-5 毛线管柱(30 m×0.32 mm×0.25 μm)	$NaBEt_4$	730 pg/g
DBT				969 pg/g
TBT				806 pg/g
MBT	贻贝组织	DB-5 毛细管柱(15 m×0.25 mm×0.25 μm)	$NaBEt_4$	10 ng/g
DBT				23 ng/g
TBT				48 ng/g
MPhT				78 ng/g
DPhT				4 ng/g
TPhT				6 ng/g

元素形态	试样	色谱柱	衍生方法	检出限
Se(Ⅳ)	饮用水	HP 624 毛细管柱(30 m × 0.25 mm × 0.25 μm)	NaBEt$_4$	81 ng/L
MeHg$^+$	土壤	Supelcowax 10 毛细管柱(30 m × 0.32 mm ×0.25 μm)	NaBEt$_4$	5.0 ng/g
Pb^{2+}	水	SPB-5 毛细管柱(15 m × 0.25 mm × 0.25 μm)	NaB(C$_2$D$_5$)$_4$	95 ng/L
TML				130 ng/L
TEL				83 ng/L
TeEL				90 ng/L
Pb^{2+}	雨水	5%苯基甲基聚硅氧烷熔融石英毛细管柱(30 m × 0.25 mm × 0.25 μm)	丙基氯化镁	8 ng/L
TML				10 ng/L
DML				8 ng/L
TEL				4 ng/L
DEL				15 ng/L
MMA	人尿	Supelco SPB-5 毛细管柱(15 m × 0.25 mm × 0.25 μm)	TGM (thioglyco methylate)	0.29 ng/mL
DMA				0.12 ng/mL
Hg^{2+}	人尿	VA-5 MS 毛细管柱(30 m × 0.25 mm ×0.25 μm)	NaBEt$_4$	18 ng/L
MeHg$^+$				22 ng/L
TML				7 ng/L
MBT				9 ng/L
DBT				13 ng/L
TBT				9 ng/L

2. 液相色谱-原子光谱/质谱联用技术

（1）液相色谱-原子光谱法

由于 FAAS 和 ICP 的进样过程都是将样品转化成溶液后进入雾化器，雾化后再进入原子化器。为了提高某些元素的灵敏度，也可将样品转化成溶液后进入氢化物发生器，产生的氢化物直接进入原子化器。这样的进样方式为实现液相色谱-原子光谱（FAAS，ICP-AES）的联用提供了方便。

1° 液相色谱-火焰原子吸收光谱联用

LC 与 FAAS 连接的最简单的方法是用一根低扩散蛇形管作为接口将两者连接起来，蛇形管在管长 49 cm，内径 0.25 cm 的保护管内，蛇形管的峰-峰距离为 1 mm。

氢化物发生器也可以作为接口连接 LC 和 AAS。新型的热化学氢化物发生器常用来测定有机砷和无机砷化合物。LC 分离后的流出物通过热喷雾喷嘴雾化，然后在甲醇/氧火焰中热解，热解产物在过量氢的作用下生成气相氢化物（AsH$_3$）。产生氢化物的冷扩散火焰原子化器接到石英池上，这一石英池固定在原子吸收光谱仪的光路上。用这种接口的 LC-AAS 成功地分离了偶砷基三甲铵乙内酯、砷胆碱和四甲基砷的混合物，这三种砷化合物的绝对检出限分别为 13.3 ng、14.5 ng 和 7.6 ng。

2° 液相色谱-等离子体原子发射光谱联用

液相色谱-等离子体原子发射光谱（LC-ICP-AES）联用是解决元素化学形态分析的最有效

的方法之一,而且 LC-ICP-AES 具有同时多元素选择性检测的能力,这是 LC-AAS 等联用方法所无法相比的,所以,这方面的研究报道较多,所使用的接口种类也较多。

常规气动雾化器接口:当 ICP 采用常规的气动雾化器时,可以将来自液相色谱柱分离后的流出物用一段聚四氟乙烯管直接接到雾化器上。这种接口的主要优点是:结构简单易得,便于推广应用;主要缺点是 LC 的死体积大(雾室体积是死体积的一大部分),使得 ICP-AES 记录的色谱峰变宽,检出限也比直接进样时差 1~2 个数量级。

无雾室气动雾化器接口:由于 LC 的进样量一般较小,分离后的流出物可以充分雾化,这样不用雾室可以减小 LC 的柱外死体积,使得 ICP-AES 记录的色谱峰变窄,提高了分辨率,同时也可以使 ICP-AES 的信号增强,提高检出能力。

热喷雾化器接口:由于热喷雾化器具有较高的雾化效率和其所要求的流速适合等离子体对有机溶剂的要求等特点,使得热喷雾化器用于 LC-ICP-AES 联用将能克服联用中所遇到的两大难题——因雾化效率低而引起的灵敏度低的问题和有机相溶液引入引起等离子体炬不稳定的问题。这是 LC-ICP-AES 和流动注射(FIA)-ICP-AES 联用中最具有前景的研究方向之一。

氢化物化学发生气化接口:氢化物化学发生气化(HG)进样技术已广泛用于 Ge、Sn、Pb、As、Sb、Bi、Se、Te 和 Hg 的原子吸收光谱,原子荧光光谱和 ICP-AES 的测定,其中前 8 个元素在还原剂(如硼氢化钠)作用下生成易挥发的氢化物进入原子化器,而汞盐则被还原为金属汞而挥发进入原子化器。与相应的气动雾化法相比,在 ICP-AES 中氢化物法的检出限可低 2 个数量级。因此,用氢化物化学发生器作为 HPLC 和 ICP-AES 联用的接口去检测上述 9 个元素是一个好方法。

(2)液相色谱-电感耦合等离子体质谱法

LC-ICP-MS 联用技术是元素形态分析的强有力的工具,因为它反映了高选择性分离与高灵敏度检测的结合。然而,要实现两者之间真正的、有机的组合,其接口是一个关键性的因素,有时甚至涉及形态分析方法的成败。基于这一点,文献中有关接口技术的报道是非常多的,接口技术已成为痕量成分形态分析中的研究热点之一。

一个理想的 LC-ICPAES/MS 接口应该满足以下几点要求:

①产生的气溶胶平均粒径应很小,且分布范围很窄;

②能在较宽的液流范围内产生稳定的气溶胶;

③适用于不同的介质(水及有机溶剂),由它们形成的气溶胶的性质应相近;

④传输效率高,分析信号的损失应尽量小;

⑤在分离柱与雾化器之间的死体积应非常小,在 1~2 pL 级,这样就可以保证不发生色谱峰变宽的现象;

⑥雾化体系与色谱分离体系的溶液流速应相匹配;

⑦操作简便,适合在线检测。

为了满足上述要求,人们提出了基于不同原理或结构的接口技术。最普遍使用的是气动或超声雾化的接口。其中,又可细分为带雾化室和不带雾化室的两大类,但其共同点是将经液相色谱分离后的待测液先转化为气溶胶,接着传输至 ICP 中,完成原子化或离子化过程。还有基于化学反应原理将液相中的待测物转化为气体化合物(如氢化物)的接口。此外,也可将微升级的分离液相转入电热蒸发器(如石墨炉)中的电热蒸发型接口,不过采取这类接口时,难以实现分离与检测体系的在线分析。以下我们将逐一介绍和讨论上述几种不同类型的接口装置,并对其分析性能及应用情况进行一般性评价。

原子质谱检测技术与原子光谱检测技术不同,它是依据离子质量对电荷的比值来鉴定和定量检测气态离子的。在这里,质谱仪的作用与单色仪相似,不同的是前者是离子的质量数,而后者是光发射的波长。

电感耦合等离子体质谱(ICP-MS)是在 ICP-AES 的基础上发展起来的。人们发现,当检测模式发生改变,即从光子转至离子时,方法的分析灵敏度可以改善几个数量级。这个理想的实现来自于"电火焰"——ICP,正是它被用做质谱分析(MS)的离子源。

ICP-MS 具有诸多的优点,如高灵敏度、高选择性、多元素检测能力、可测元素覆盖面广及线性范围宽等;此外,该技术还可用于测定试样中元素的同位素比。应当强调指出,在上述的优点当中,最为突出的优点是具有极为出色的检测能力。与 ICP-AES 相比,它对许多元素的检出限降低了 2 ~ 3 个数量级,达 ng/L 水平。正是这一点,ICP-MS 在痕量元素的成分或形态分析中占有特殊的地位,成为诸多联用技术中最有发展前景的高灵敏检测手段。表 1-3-5 对 ICP-AES 和 ICP-MS 两种检测技术的性能做了全面的对比。

表 1-3-5 ICP-AES 检测器和 ICP-MS 检测器性能的比较

性能	ICP-AES	ICP-MS
灵敏度	高/(μg/L)	超高/(ng/L)
分辨率	较高/($\lambda/\Delta\lambda$)	最高可达 10 000 的质谱分辨率/(质量分数)
覆盖面	宽的波长覆盖	元素质量的覆盖面从 1 ~ 250 u
检测噪声	较低	低
线性响应范围	宽,4 ~ 5 个数量级	极宽,6 ~ 8 个数量级
能否多元素同时检测	多元素同时或顺序检测	真正的同时多元素检测
是否要求校正背景	是	否

然而应当看到,ICP-MS 分析技术同样也存在一些问题,诸如质谱干扰、基体效应、不适宜高盐试样分析等,而且,其仪器昂贵、运行成本高以及对操作技术的高要求也成为阻碍该技术普遍应用的重要因素。

3. 超临界流体色谱-ICP-MS 联用技术

当物质在高于它的临界温度和压强下加热且不能仅仅通过压力凝结成液体时,超临界流体就产生了。典型的超临界流体是 CO_2,在温度高于 31.1 ℃和压强高于 72.8 atm 时,CO_2 以超临界流体存在。这时化合物的单个分子以类似于气体的较小限制性分子间力和分子运动连在一起。超临界流体色谱(SFC)较 LC 和 GC 具有更的优点,这些优点来源于超临界流体的特殊的溶剂特性。超临界流体与液体相比具有更大的扩散系数,从而导致相对快的洗脱和更高的复杂混合物的分辨率。与 GC 相比,它具有增溶热不稳定和非挥发性分析物的优点,因而可以测定 GC 不能测定的化合物,同时它产生的色谱峰与 GC 相比具有较小的带扩宽。由于 SFC 流动相的低黏度和分析物高扩散系数,SFC 分离较 LC 快。另外,在 GC 中,仅仅温度梯度可以加强分离,LC 中流动相缓冲强度的改变是加强分离的主要变量,而 SFC 可以用一系列梯度来改善分离(梯度洗脱可以通过调整 SFC 中压力,使用流动相梯度和温度梯度获得最优的分离)。密度和压力程序可以改变所用的超临界流体流动相的溶剂特性,温度和流动相组成的变化都可以改善其分离,获得良好的容量因子(k)和分辨率。表 1-3-6 是 SFC-ICP-MS 的元素形态分析应用。

表 1-3-6　SFC-ICP-MS 的元素形态分析应用

元素	元素形态	注入体积/nL	检出限
Sn	TeMT、TeBT、TePhT	10	35 ~ 43 fg
Sn	TeBT、TBT、TPhT、TePhT	50	200 ~ 800 fg
Pb	TeBL、TBL	50	0.5 ~ 10 pg
Hg	Et_2Hg	50	3 pg
As	TMA、TPhA、TPhAsO	150	0.4 ~ 4.8 pg
Sb	Ph_3Sb	150	10 fg
Hg	Ph_2Hg	150	50 fg
Cr	PDC、MHDC、MCCD		0.9 ~ 3 pg
Sn	TBT、TeBT	67	25 ~ 35 fg
Sn、As、Fe	TPhT、TBT、TeBT、TPhA、二茂铁	200	25 ~ 35 fg(Sn)
Fe	二茂铁、乙酰二茂铁、苯甲酰二茂铁	500	7.5 ng
Fe	二茂铁	200	60 pg
Si	有机硅	100	5.8 ng

注:TeMT,四甲基锡;TePhT,四苯基锡;TeBL,四丁基铅;TPhAsO,三苯基胂氧化物。

1.3.1.2　结构分析

紫外光谱、红外光谱、核磁共振谱及质谱被称为四大谱。综合四种波谱方法可以对有机化合物的结构进行鉴定和分析。实际上这四种方法在结构分析中所起的作用并非同等重要。通常,利用红外光谱法确定含有哪些官能团;核磁共振法确定质子的种类、数目及排列顺序;质谱法可确定分子的局部结构及全部结构;在这些分析的基础上再利用紫外光谱确定分子是否含有不饱和键,特别是处于共轭基团的分子,紫外光谱才呈现出它的特性。

1. 紫外光谱

紫外-可见吸收光谱是分子吸收紫外-可见光区 10 ~ 800 nm 的电磁波而产生的吸收光谱,简称紫外光谱(UV)。由于技术上的困难,远紫外区的光谱研究较少,大量的工作集中在对近紫外区和可见光区的光谱研究,特别是近紫外区的光谱涉及绝大多数共轭的有机分子中价电子跃迁能量范围,对分子结构鉴定有着十分重要的意义。

一般的紫外光谱仪都包括紫外和可见光两部分(200 ~ 800 nm),有的更宽至 190 ~ 1 000 nm,也有的与近红外或红外光谱联用。紫外光谱以吸收波长(nm)对吸收强度(吸收度 A 或摩尔吸收系数 ε)作图所得到的吸收曲线表示。吸收谱带的特征通常用其最大吸收位置 λ_{max} 和该位置相应的最大吸收强度 ε_{max} 标志。与同一化合物的红外光谱比较,紫外光谱是很简单的,但它却能较准确地给出这个化合物确定的共轭骨架结构信息。

在有机化合物分子中,价电子主要有三种类型,即 σ 电子、π 电子和未成键的 n 电子。这些价电子在受到光的照射时,可吸收一定能量的光子变为激发态,发生跃迁。

对大多数饱和化合物来说，由于仅有 $\sigma—\sigma^*$、$n—\sigma^*$ 两种跃迁，而这两种跃迁产生的吸收带均落在远紫外区（$\lambda_{max} < 200$ nm），因此，这些化合物在紫外区域测试的意义不大，但个别带有 n 电子的饱和化合物，如胺、卤代烃等，可在 200 nm 以上有吸收带。

含有孤立双键的化合物，由于它们都含有 π 电子不饱和体系，当分子吸收一定能量的光子时，可以发生 $\sigma—\sigma^*$、$\pi—\pi^*$、$\pi—\sigma^*$ 的跃迁。带有未共用的 n 电子的还会发生 $n—\sigma^*$ 及 $n—\pi^*$ 的跃迁。$\pi—\pi^*$ 跃迁大部分在 200 nm 以下，如乙烯的 $\pi—\pi^*$ 跃迁的两个吸收带分别是 $\lambda_{max} = 165$ nm，$\lambda_{max} = 182$ nm；乙醛中羰基的 $\pi—\pi^*$ 跃迁为 $\lambda_{max} = 182$ nm。$n—\pi^*$ 跃迁吸收带很弱，但出现在近紫外区，在羰基化合物中，随着烷基或助色团的加入，$n—\pi^*$ 跃迁吸收带发生蓝移，见表 1-3-7。

表 1-3-7　一些羰基化合物的 $n—\pi^*$ 跃迁吸收带

化合物	λ_{max}/nm	ε_{max}	溶剂
甲醛	310	5	异戊烷
乙醛	289	17	己烷
丙酮	279	15	己烷
乙酸	204	41	乙醇
乙酰胺	214	—	水
乙酰氯	235	53	己烷

共轭体系的化合物的 $\pi—\pi^*$ 跃迁带由于能量降低而发生明显的红移，大多数出现在 200 nm 以上的区域，如乙烯的 $\pi—\pi^*$ 跃迁在 182 nm，而 1,3-丁二烯在 217 nm。共轭体系化合物的紫外光谱研究得很深入，吸收谱带发生的一些规律性的变化可对一些结构的 λ_{max} 进行预测，如共轭双烯及多烯化合物、α, β-不饱和羰基化合物。

在芳香族化合物中以苯型芳烃最重要。苯有三个吸收带，E_1 带（$\lambda_{max} = 184$ nm），E_2 带（$\lambda_{max} = 204$ nm），B 带（$\lambda_{max} = 254$ nm），均由 $\pi—\pi^*$ 跃迁形成。其中 B 带可观测到一个多重峰，很易识别，是苯的典型特征带。单取代苯视取代基的不同，苯的谱带发生不同程度的红移。一般来说，连有推电子基团的单取代苯的红移强弱顺序为：

$$CH_3 < Cl < Br < OH < OCH_3 < NH_2 < O^-$$

吸电子基团：$^+NH_3 < —SO_2NH_2 < COO^- < CN < —COOH < —COCH_3 < CHO < NO_2$

对于芳香醛、酮、羧酸和酯类的 λ_{max}，可根据经验规则计算。

具有芳香性的杂环化合物在紫外光谱中有明显吸收带。五元杂环化合物如吡咯、呋喃、噻吩等与苯环吸收曲线不特别相似，但仍在 200 ~ 230 nm 区域内出现吸收，见表 1-3-8。

表 1-3-8　杂环化合物的 λ_{max} 和 ε_{max}

化合物	λ_{max}/nm	ε_{max}	溶剂
⬡ O	207	9 100	环己烷

续表

化合物	λ_{max}/nm	ε_{max}	溶剂
(结构图 S)	231	7 100	环己烷
(结构图 N—H)	208	7 700	己烷

吡啶与苯是等电子的,各个谱带几乎是重叠的,但由于 N 上的 P 电子,在己烷中吡啶会出现 270 nm 的 π—π^* 吸收带。

2. 红外光谱

红外光谱是当分子受到红外区域的电磁辐射后,吸收一部分红外光,使分子中原子的振动能级与转动能级跃迁所产生的分子吸收光谱。因此,红外光谱也称作红外吸收光谱。红外区处于可见区和微波区之间,是波长 0.5~1 000 μm 范围内的电磁辐射,分为远红外区(波长 25~1 000 μm)、中红外区(2~25 μm)与近红外区(0.78~2 μm)。其中应用最广的是从 2.5 μm(相应波数 4 000 cm^{-1})到 15.4 μm(650 cm^{-1})的中红外光谱。大多数有机化合物及许多无机化合物的化学键振动均落在这一区域。由于振动能级跃迁所需的能量(0.05~1 eV)比转动能级跃迁所需能量(<0.05 eV)大,因此,在振动能级跃迁时,也伴随着转动能级的跃迁。在中红外区振动谱带中可以显示出转动的精细谱带,因此,称为振-转跃迁。

在红外光谱中,某些化合物的基团在固定区域内出现一定强度吸收带,这些吸收带可作为鉴定官能团的依据,这样的吸收带称为官能团的特征吸收带或特征频率。由于分子中的 X—H,C=X,C≡X 伸缩振动频率高,因此受分子其他部分的振动影响小,所以在 4 000~1 350 cm^{-1} 区域内基团吸收频率较为稳定,故称上述区域为基团频率区,又称官能团区。利用这一区域的特征吸收带可以推测化合物中可能存在的官能团。低于 1 300 cm^{-1} 的区域,主要含有 C—X 伸缩振动和 X—H 弯曲振动的频率区,这些键的振动容易和分子其他部分的单键发生偶合,分子结构发生微小变化时,可以引起此区域内吸收带的位置和形状不同,就像人们各自有特征的指纹一样,结构不同的分子在此区域内显示不同的图谱,所以将 1 500~600 cm^{-1} 区域称为指纹区。利用指纹区的光谱可以识别特定分子的特征结构。

一个未知化合物仅用红外光谱解析结构是十分困难的。一般在进行光谱解析前,要做一些简单的化学分析,如未知物的颜色、气味、灼烧、元素分析、溶解度试验等,这些分析可以给光谱的解析提供更有价值的结构信息。通常,解析红外光谱应注意以下问题。

①首先观察官能团区的频率谱带,确定可能存在的官能团,然后用指纹区确定精细结构。

②不需要对每个谱带都做出解释,有机化合物仅需图谱中 10%~20% 谱带提供的信息做出判断。

③通过某些特殊区域无吸收带,可以排除某些基团的存在。否定某个基团的存在比肯定一个基团的存在对红外来讲更为有效,例如在 1 900~1 600 cm^{-1} 区域没有强吸收带,可以推知分子中不会含有羰基,那么这个未知物不可能是醛、酮、羧酸及其衍生物等含羰基的化合物。

④注意取代基电子效应所引起的基团频率的变化。

⑤同一样品用不同制样技术所得的谱图往往不同,尤其是在聚集状态与非极性溶剂的稀

溶液处理样品的图谱带所带来的差距,这些差距可以辨别缔合效应、分子间氢键及分子内氢键的特征。

⑥样品中的杂质及样品介质中水分的增加对谱带的干扰,必要时可对样品进行纯化后测定。

红外光谱的基团频率很多,表1-3-9是主要基团特征频率的大致范围,利用这个表可以初步估计未知物的归属。

表1-3-9　主要基团的特征频率

$(\bar{\nu})/cm^{-1}/(\mu m)$	基　团	可能的化合物
X—H振动(3 700~2 400)		
3 700~3 100(2.70~3.23)	—OH	醇,酚,半缩醛,肟,羧酸(3 300~2 500)
	—NH	胺,酰胺
	≡C—H	炔烃
3 100~3 000(3.23~3.33)	Ar—H	芳香化合物
	=C—H	烯及不饱和环状化合物
3 000~2 800(3.33~3.57)	—C—H , —C— ,—CH₃ (H)	脂肪族
2 800~2 700(3.57~3.70)	O ‖ —C—H	醛
2 700~2 400(3.70~4.17)	P—OH	磷的含氧酸
	—S—H	硫醇,硫酚
	P—H	膦
X≡Y , X=Y 振动		
2 400~1 550(4.17~6.45)		
2 400~2 000(4.17~5.20)	C≡N	腈
	—N≡N	叠氮化合物
	C≡C	炔
1 870~1 650(5.35~6.06)	C=O	酸酐、酰卤、酯、醛、酮、酰胺、氨基酸、内酯、内酰胺、醌
1 650~1 550(6.06~6.45)	C=C　C=N	芳香族及脂肪族不饱和化和物,芳杂环,胺类、酰胺及氨基酸等
指纹区		
1 550~1 200(6.45~8.33)	—N=O ,B—O	
	B—N	硝基化合物,硼化合物
	—CH₃ ,—CH₂	烷烯
1 300~1 000(7.69~10.0)	C—O, S=O , P=O ,C—F	醇、醚、糖,有机硫化合物,有机磷,氟化合物
1 100~800(9.09~12.5)	Si—O,P—O	有机硅、有机磷化合物
1 000~650(10.0~15.4)	=C—H , —N—H	烯、芳烃,脂肪胺
800~650(12.5~15.4)	C—Cl,C—Br	有机氯和溴化物

3.核磁共振谱

最早研究的是¹H—NMR(质子核磁共振),20世纪70年代以来,由于¹³C—NMR具有谱域宽,分辨率高和直接确定分子碳骨架等优点,在国内外,它已作为研究分子结构的主要手段之一而被广泛使用。

（1）核磁共振基本理论

不同型号的核磁共振仪使用的检测技术虽然各不相同，但是它们依据的基本理论，对各种仪器和各种原子核（$^1H,^{13}C,^{19}F,^{15}N,^{31}P$……）都是相同的。

原子核的基本性质是核自旋，用自旋量子数 I 来描述，I 可取 $0,\frac{1}{2},1,1\frac{1}{2},2$……。当自旋数 $I\neq0$ 的原子核，置于恒定的外加磁场强度 H_0 中，核磁矩 μ 与 H_0 相互作用使核磁有不同的排列，共有 $2I+1$ 个取向，每个取向可由一个磁量子数（m）表示。如图 1-3-1 所示，^{1}H，$I=\frac{1}{2}$ 有 2 个取向；^{14}N，$I=1$ 有 3 个取向。核磁矩在磁场中出现不同取向的现象称为能级分裂。在 $m=-\frac{1}{2}$ 的取向与 H_0 方向相反为高能级，$m=\frac{1}{2}$ 的取向为低能级。

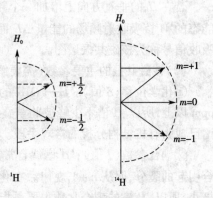

图 1-3-1　核磁的取向

核磁化的另一种现象是，由于核磁的自旋轴与外加磁场（H_0）方向有一定的角度，自旋的核受到一定扭力而导致自旋轴绕磁场方向发生回旋，如图 1-3-2 所示。

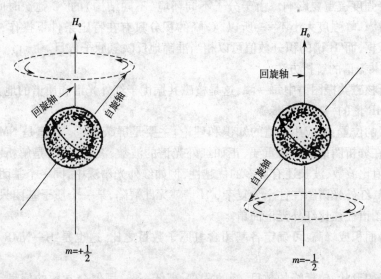

图 1-3-2　^{1}H 原子核的自旋与回旋

核回旋的频率（υ_0）与外加磁场强度成正比

$$\upsilon_0=\frac{\gamma}{2\pi}H_0 \tag{1-3-1}$$

由于核外电子的运动产生对抗的感应磁场，使核受的磁场强度（H）比外加磁场强度 H_0 小，即所谓核受到屏蔽。屏蔽作用的大小以屏蔽常数 σ 表示，因此式（1-3-1）应写作

$$\upsilon_0=\frac{\gamma}{2\pi}H=\frac{\gamma}{2\pi}H_0(1-\sigma) \tag{1-3-2}$$

式中：γ 为磁旋比。

^{1}H 核两个能级间的能量差为

$$\Delta E = h\upsilon_0 = \frac{\gamma h}{2\pi}H_0(1-\sigma) \tag{1-3-3}$$

若在 H_0 的垂直方向上增加一个频率为 υ_1 的交变磁场,即射频。调节 $\upsilon_1 = \upsilon_0$ 时,即可使低能态的 ^{1}H 核吸收射频场的能量 ΔE 而跃迁到高能态,这种现象称为核磁共振,被记录下来的吸收信号称为核磁共振谱图。

(2)核磁共振的主要参数(需要解释一下概念的含义)

①化学位移(δ 值):^{1}H—NMR 的 δ 值一般不超过 20 ppm,^{13}C—NMR 的 δ 值可高达 600 ppm 以上,所以 ^{1}H 谱不少峰彼此重叠,而 ^{13}C 谱一般是宽带去偶谱,它的峰不易重叠,因此 ^{13}C 谱已成为有机结构分析的常规手段。δ 值是核磁共振最重要的参数。

②耦合参数(J 值):^{1}H 谱偶合常数一般在十几个 H_2 范围以内,对于一级 ^{1}H 谱图,自旋偶合引起的裂分,服从 $n+1$ 规律。在化合物中,由于 ^{13}C 的自然丰度很低,两个 ^{13}C 相邻的几率极小,所以 ^{13}C 谱的耦合常数主要是指与 ^{13}C 直接相连的 ^{1}H 之间的耦合大小即 ${}^1J_{C-H}$ 值,${}^1J_{C-H}$ 值为 100~200 Hz,因此造成 ^{13}C 谱图的谱线容易发生重叠,在 ^{13}C—NMR 实验中双共振及去偶技术应用十分广泛。双共振及去偶技术也是 NMR 发展较快的一个领域。

③弛豫时间(T_1, T_2):是用 NMR 技术得到的另一个重要参数。^{13}C 的弛豫时间比 ^{1}H 长得多,对 ^{13}C 谱峰强度有重要影响。由于分子不同环境(不同结构)的 ^{13}C 弛豫时间很不相同,去偶操作时造成 ^{13}C 峰强度大小不一,所以 ^{13}C 峰的积分只有在特定条件下操作,才能用做碳数定量测定的依据,而 ^{1}H 谱的积分数值可以相当准确地反映氢原子数目。

(3)核磁共振谱的解析方法

可以解析核磁共振图谱中每一峰,这是核磁共振优于红外光谱和质谱的地方。

1°H—NMR 谱的一般解析步骤

①观察峰的位置:要应用 δ 值的知识和理论,主要是屏蔽理论。δ 值是 NMR 谱提供的最重要的参数,在分析图谱时极为重要,正如红外光谱的波数、波长一样,是解析 ^{1}H 谱最有力的依据,而且 δ 值比波数、波长还有更多的优越性,例如红外光谱法中,同一个基团可在不同波数处出现吸收峰,红外光谱图往往十分复杂,^{1}H 谱就无此缺陷,某一个质子基团只在一个 δ 值位置出现,而且图谱往往比红外光谱简单。

②计算峰面积或峰高:可确定各基团含氢原子数目之比,这也是 ^{1}H—NMR 的一个突出优点。

③观察峰的形状,包括峰的数目、峰的宽窄、高低……,用偶合常数的信息,确定各基团之间的相互偶合关系,需要用 $n+1$ 规律。

④解析顺序:用 δ 值、J 值及积分知识,先确定简单的、特征的基团。例如首先解析高场部分的甲基,尤其是孤立的甲基峰,比如 CH_3OCOR、CH_3OR、$CH_3C_6H_5$、CH_3COR、CH_3CN 等分子中的甲基都是孤立的单峰,不与其他基团发生耦合;低场的羧基或醛基 ^{1}H 的信号,苯环上的信号都是比较特征的,易于判别。其次到繁,先高场后低场,先孤立后耦合,先两端后中间。

2°C—NMR 谱的解析

①解析图谱以前,要清楚记录图谱的实验条件,各种参数,以便有可靠的分析基础,否则所得结论就是完全错误的。

②需要与其他信息相配合,提供尽可能多的结构信息,特别是分析复杂分子结构的图谱

时,更是如此。

③要借助上述确定谱峰归属的各种实验技术,尤其是各种双照射技术,以便获取尽可能多的碳谱信息,并结合积累的 δ 值、J 值及弛豫时间等知识进行综合分析。

④用 DEPT 技术确定分子中伯、仲、叔及季碳原子的数目。在解析复杂有机化合物的谱图时,确定季碳原子显得十分重要,确定季碳除了用 DEPT 方法外,还可以用 T1 值,低功率宽带去耦技术,当然对于不能进行 DEPT 技术操作的仪器,也可用旧的偏共振技术来确定伯、仲、叔碳的数目。

⑤综上所得,写出结构单元,并将它们进行合理组合,写出各种可能的结构式,进而排除不正确的结构式,最后推导出唯一合理的结构。

⑥如果对最后得出的结构还有怀疑或尚感证据不足,不能"定性",应测弛豫时间或寻找更多的旁证资料,直到所得结论正确无误为止。

4. 质谱

有机分子在高真空条件下,受到强电子流轰击后,可以失去外层电子生成分子离子;同时,分子中的化学键也发生有规律的裂解,生成各种具有一定质量的碎片离子。这些带正电荷的离子,由于它们的质量不同,在电场和磁场的作用下使其分离,收集并记录这些离子的质量及强度的方法称为质谱法。利用此种方法可以获得该化合物的精确分子量和分子结构的排序。因此,此方法已广泛用于有机化合物的结构分析中。

(1)质谱仪及其工作原理

有机质谱仪基本上属于两大类型:双聚焦质谱仪及四极质谱仪。它们都是由五个部分组成的,可用方框示意图 1-3-3 表示。

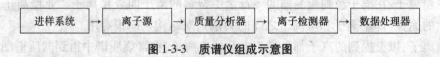

图 1-3-3　质谱仪组成示意图

四极质谱仪与单聚焦、双聚焦质谱仪的主要差别就是图 1-3-3 的第三部分,即质量分析器不相同,其他四个部分基本上是相同或者大同小异。因此质谱仪的工作原理也是相同或者基本相同的,即进样系统将被分析的样品送进离子源,样品分子在离子源中电离成带电的离子,质量分析器使离子按量质荷比(m/z)的大小分离开,并经过检测器测量,记录离子流的强度,最后通过数据处理系统给出质谱图及其他重要信息。

离子源和整个质谱仪的灵敏度、分辨率等主要指标有密切关系,因此人们常常把它称为质谱仪的心脏。离子源中采用的电离方法至少有十多种,最早采用的也是用得最普遍的方法是电子轰击方法,简称 EI 法,它是用高能热电子流(50~100 eV)"轰击"样品分子,使分子失去一个电子,形成带电荷的离子。这种电离方法对大多数有机化合物都有效,但是对热稳定性差、难气化、极性大的分子(例如氨基酸、蛋白质、糖等)得不到满意的结果,阻碍了质谱技术的发展,于是人们集中精力研究发展了各式各样的较缓和的电离技术,其中较成熟的是化学电离及快速原子轰击(分别简称为 CI 及 FAB)两种"软"电离方法。

质量分析器是质谱仪的主体,早期都是单聚焦质谱仪,分辨率差,现在生产的高分辨质谱仪都是双聚焦质谱仪,分辨率最高可超过十万。四极质谱仪属于低分辨质谱仪,分辨率一般在 2 千以下。它是采用随时间而变化的电场构成质量分析器,体积小,重量轻。单聚焦、双聚焦质谱仪则采用稳定的电场、磁场,并按照空间位置把不同 m/z 的离子区分开。

数据处理系统是近代有机质谱仪的重要组成部分,它不仅可以快速采集质谱数据,进行数据处理,扣除本底,而且还能控制质谱仪进行多离子检测、亚稳离子扫描、谱图检索等等。

(2)质谱谱图解析

1°质谱中常见的几种离子

①分子离子:进入质谱离子源的物质在电离过程中失去一个电子而形成的单电荷离子,它代表该物质的分子量。

②碎片离子:电离后有过剩内能的分子离子能以多种方式裂解生成碎片离子,碎片离子还可能进一步裂解成更小质量的碎片离子。这些碎片离子是解析质谱图、推断物质分子结构的重要信息。

③多电荷离子:指带有 2 个或更多电荷的离子。在 LC-MS 联用中使用电喷雾接口时可产生一系列多电荷离子,电荷数可达数十个,这使得我们可以使用质荷比范围只有 1 000 ~ 2 000 的质量分析器(四极质量分析器、离子阱质量分析器等等)测定分子量达数十万 u 的大分子物质。

④同位素离子:各种元素的同位素基本上是按照它们在自然界中的丰度比出现在质谱中,这对于利用质谱确定化合物及其碎片的元素组成有很大作用。如某一质谱峰 M + 与(M +2) + 的强度比 M +/(M +2) + 近似为 3:1 时,其相应的化合物或碎片中(即 M 中)就可能含有 1 个 Cl 原子。含有 2 个 Cl 原子的化合物或碎片其同位素峰的强度比 M +:(M +2) +:(M +4) + =9:6:1。利用同位素离子强度比可以较容易地判断化合物中是否含氯、溴、硫和硅等原子及含有数量。

⑤亚稳离子:在离子源到检测器的飞行途中裂解的离子叫亚稳离子。亚稳离子可以指示离子产生的途径(即子离子和母离子之间的关系),对结构判断很有用。

⑥负离子:以上提到的离子都是带正电荷的正离子,在常规质谱中得到的质谱图也都是记录正离子得到的。在电离过程中也会产生一部分带负电荷的负离子。在常规质谱中负离子浓度比正离子浓度约低 2 ~3 个数量级。质谱仪器作相应的变化后可记录负离子的质谱图。近年来对负离子的质谱研究日益活跃,某些带有强电负性原子(如 Cl,F,O 等)的化合物在进行负离子化学电离和快原子轰击电离时,产生的负离子浓度大大高于正离子浓度,这时负离子质谱的灵敏度可比正离子质谱高 2 ~3 个数量级,在实际中得到广泛应用。

⑦奇电子离子和偶电子离子:带有未成对电子的分子离子或碎片离子称为奇电子离子 (OE) 或游离基离子,以符号"$\overset{+}{\cdot}$"表示。外层电子完全成对的离子称为偶电子离子(EE),以符号" + "表示。把离子分为奇电子离子(游离基离子)和偶电子离子对离子分解反应的解释和分类极为方便、有用。

当知道离子的元素组成时,可利用环加双键数,立即给出该离子是奇电子离子还是偶电子离子。对于通式为 $C_x H_y N_z O_n$ 的离子,其环加双键的总数应等于 $x - \frac{1}{2}y + \frac{1}{2}z + 1$,当这一数值为整数时,该离子为奇电子离子,如 $C_5 H_5 N + \cdot$ 环加双键数为 $5 - 2.5 + 0.5 + 1 = 4$,是一个整数,故 $C_5 H_5 N + \cdot$(吡啶)是奇电子离子,而 $C_7 H_5 O$ 的环加双键数为 $7 - 2.5 + 1 = 5.5$,不是整数,故 $C_6 H_5 CO +$(苯甲酰离子)是偶电子离子。

2° 质谱图解析的一般程序

质谱是具有极高灵敏度的分析方法,为有效地应用这种技术,获得一张能真实反映样品分子结构状况的谱图是非常重要的。

确定分子离子峰在谱图解析中至关重要。应注意实验条件的选择,采用恰当的轰击电压或合适的气化温度等条件以得到并识别出分子离子峰。对用 EI 离子源不能观察到分子离子峰的样品,则需要考虑配合使用其他软电离离子源或用制备衍生物的方法得到分子离子的信息。另外,过高的离子化温度和气化温度会出现热分解产物的谱线,过低的离子化温度又导致样品分子重新凝聚。进样量过大,造成样品气压增高,会出现 M + 1 峰,通过用贮气器进样又容易引起催化脱氢等化学反应……以上种种实验条件选择不当都会不同程度地造成谱图变形,对正确地解析图谱和与标准图谱核对都是不利的。

对质谱谱图解析的一般程序通常包括以下几点。

①详细了解被分析样品的有关信息,包括样品的来源和样品的理化性能(如:熔点,沸点,形态,颜色,溶解性,酸碱性,可燃性,气味等)。

②确认所得质谱图是否是纯物质的质谱图。直接进样的样品要了解样品是否经过纯化;色谱-质谱联用时可根据峰前沿、峰顶和峰后沿处的三张质谱图是否一致来判断峰的纯度。

③利用"差谱"技术扣除本底和杂质的干扰,得到一张"干净"的质谱图,用此图作下一步解析。

④根据同位素峰强度比的情况判断 Cl,Br,S,Si 等元素存在的情况。如有高分辨质谱数据可定各谱峰的元素组成。

⑤根据分子离子的一些必要条件在质谱图中确认分子离子,如无法确认时可采用一些软电离技术进行分子离子的确认。确认分子离子后给出合理的中性碎片丢失。

⑥从质谱图概貌推断分子稳定性,从一些特征的、"重要"的离子峰判断化合物的类型。

⑦利用前面第③点中得到的干净的质谱图进行计算机检索,并利用第①~⑥点所得到的有关信息从计算机检索给出的一系列化合物中确认被分析样品的分子式和结构式。

⑧根据给出的结构式和分子裂解机理说明质谱图中所有"重要"的离子峰是如何形成的。如有"重要"的离子峰的形成得不到说明,则要对质谱图进行重新解析。

⑨通过前面程序还无法确定被分析样品的结构,则需用红外光谱、核磁共振谱等分析方法帮助解析。

1.3.1.3　同位素示踪

由于同位素示踪技术具有独特的优点,因此广泛应用于环境科学技术领域。同位素示踪包括放射性示踪和稳定同位素示踪。利用放射性同位素不断地放出特征射线的核物理性质,就可以用核探测器随时追踪它在体内或体外的位置、数量及其转变等,放射性同位素作为示踪剂不仅灵敏度高(可测到 $10^{-14} \sim 10^{-18}$ 克水平),还具有测量方法简便易行,能准确地定量,准确地定位及符合所研究对象的生理条件等特点。稳定性同位素虽然不释放射线,但可以利用它与普通相应同位素的质量之差,通过质谱仪、气相层析仪、核磁共振等质量分析仪器来测定。稳定同位素技术的应用包括两方面:自然丰度测定和作为示踪物。在环境科学中,同位素示踪技术已应用于研究污染物来源,污染物在多介质环境中的运转规律,污染物在生物链的转移规律,污染修复等方面。

1. 污染物质来源的判别

铅（Pb）同位素由于其质量大，外界条件变化对其组成的影响很小。因此，Pb 同位素组成具有明显的"指纹"特征，环境污染物质与其源区的 Pb 同位素组成一致，可用其研究污染来源。Pb 同位素的组成变化不仅遵循放射性衰变规律，而且还与其形成环境有关。由于现有不同的环境介质的物质来源、成因机制、形成环境及形成时间不一，因而就具有不同的同位素标记特征。因此，环境物质的 Pb 同位素组成、环境信息、混合模型和源区参数的有机结合，可强有力地示踪环境物质来源和运移规律。

Charalampides 等（2002）用 Pb 同位素作示踪剂研究了希腊一个农村地区的 Pb 污染来源。通过分析当地作物、土壤、大气以及希腊、澳大利亚、欧洲汽油中 $w(^{206}Pb)/w(^{207}Pb)$ 的比值，结果表明作物吸收的 Pb 主要来自大气污染物，并且推断它是从澳大利亚运移过来的。朱赖民等（2002）利用 Pb 同位素示踪率先研究了北极楚科奇海海洋大气中 Pb 的可能来源。通过与美国西部、加拿大的典型工业气溶胶的 $w(^{206}Pb)/w(^{207}Pb)$ 比值、前苏联地表含 Pb 矿物和工业排放物中 $w(^{206}Pb)/w(^{207}Pb)$ 比值以及西欧诸国使用的石油中的 $w(^{206}Pb)/w(^{207}Pb)$ 比值的比较，认为此处大气中 Pb 可能是加拿大和前苏联工业释放的，也可能是美国西部工业活动和海洋释放的 Pb。Sr 同位素与 Pb 同位素类似，也可用做环境污染的指示剂。$w(^{87}Sr)/w(^{86}Sr)$ 的比值可用来监测土壤-植物系统的污染，土样、煤飞灰中 Sr 同位素质量分数比值可指示煤飞灰在土壤中的分布、转移。因为煤飞灰中的 Sr 一旦进入土壤就极易被植物吸收。

2. 污染元素在多介质环境中迁移、转化示踪

在环境地球化学研究中，特别是模拟实验中，为了追踪分析元素在各种环境要素中的分布、分配和迁移过程，常选择适当的放射性同位素作为示踪剂，加入模拟系统中，然后测定它们的浓度在各要素中随时间和空间的变化，以及在上述过程中的吸收系数、解吸系数、扩散系数、累积系数等重要参数，为环境评价提供重要依据。

Dai 等（1998）采用同位素示踪技术研究了 ^{14}C 标记的三丁基锡化合物（TBT）在模拟海河河口环境的微宇宙中的迁移、转化与归趋，发现当一定量的 TBT 引入到微宇宙中的一相（如水相）后，TBT 可以很快地在微宇宙各相中进行分布，因此，那些影响 TBT 在各相中迁移速率的因素，如水的流速、潮汐作用以及生物扰动等对 TBT 在水环境中各相的分布具有重要影响。微宇宙实验还证明了 TBT 确实可以在表面微层中富集；水体中的 TBT 主要通过降解和底泥吸附来去除；在微宇宙中底泥是 TBT 的一个重要的汇，然而 TBT 分配到底泥中的过程是可逆的，吸附到底泥中的 TBT 可以通过解吸和底泥再悬浮等作用返回到水体中，造成二次污染；罗非鱼可以从水中富集 TBT 并对 TBT 进行较快的代谢；悬浮物中 TBT 的浓度受水中悬浮物的浓度、溶解态 TBT 的浓度、悬浮物的沉降和底泥再悬浮的速率等因素影响；在微宇宙中 TBT 的降解产物二丁基锡（DBT）和一丁基锡（MBT）的量没有明显增加，说明 DBT 和 MBT 可以较快地降解为无机锡。

Ciuffo 等（2002）在意大利一个半天然草原上研究了 ^{137}Cs 和 ^{40}K 从土壤到植物的转移，发现高活性的 ^{137}Cs 存在于土壤表层，达到 10 cm 深度时，就降低一个数量级，^{40}K 与此相反；尽管土壤中 ^{137}Cs 的活性完全一致，但草样中却大不相同。^{137}Cs 的转移因数变化较大，而 ^{40}K 的转移因数变化较小；转移因数与土壤中核素的活性无关。Malek 等（2002）比较了两个受切尔诺贝利事故污染地区的植物经由三种方式（叶吸收、根吸收和污染物黏附在叶表面）对 ^{90}Sr 和 ^{137}Cs 的吸收情况，结果表明，放射性核素被吸附到土壤颗粒上时，Sr 的可利用性比 Cs 的高几个数量

级;对 Sr 而言,叶子吸收系数比根吸收系数大;通过食物链循环,人体内的^{90}Sr 累积效应大于^{137}Cs。离事故点较远的地区,核素在植物中的活度、植物的吸收率、人体内累积效应剂量与离事故点较近的地区相反,^{137}Cs > ^{90}Sr。Fircks 等(2002)研究了^{137}Cs 和^{90}Sr 在切尔诺贝利事故污染区所种植的蒿柳植物中的吸收和分布情况,结果表明,^{90}Sr 在叶中的活度最高,而^{137}Cs 在毛细根中的活度最高,并且,叶中^{137}Cs 和^{90}Sr 的活度随季节而变化;土壤中钾肥的可利用性对植物中^{137}Cs 的活度影响很大,钾肥的可利用性越低,植物中^{137}Cs 的活度越大;^{137}Cs 从土壤转移到植物茎中的转移系数较低。Brambilla 等(2002)用^{134}Cs、^{85}Sr、^{65}Zn 作示踪剂,研究了西红柿生长过程中这些元素从土壤到果实和从叶到果实的迁移过程。发现^{134}Cs 从土壤到果实的转移系数比^{85}Sr 高两个数量级,比^{65}Zn 高一个数量级,并且不同土壤环境下迁移系数不同。^{134}Cs 主要在果实富集,^{85}Sr 主要在叶中富集,而^{65}Zn 主要在茎中富集。他们还利用同位素技术建立了这些核素从西红柿叶转移到果实的动力学模型。史建君等(2002)用^{141}Ce 作为示踪剂研究了放射性铈在水-植物体系中的行为及迁移富集规律,发现水生植物对水体中的^{141}Ce 具有较强的富集能力,其中金鱼藻的富集系数最高(可达 3 473.7),金鱼藻可作为净化水体中放射性铈的首选植物;底泥对于水体中的^{141}Ce 也具有较强的吸附和固着能力。

3. 污染元素在动物有机体内的迁移累积示踪

丰伟悦等(1997)用^{51}Cr 作为示踪剂通过灌胃方式研究了 Cr(Ⅲ)在 Wistar 体内的代谢规律。他们发现铬在雄性大鼠体内的累积量次序是肝 > 肌肉 > 胰 > 骨骼 > 肾;胰脏中铬的质量分数最高,表明胰脏可能是体内铬的敏感器官;Cr(Ⅲ)在大鼠体内吸收及在组织脏器中的分布速率很快,在某些脏器及组织中的蓄积稳定,消除缓慢。Labonne 等(2002)用^{66}Zn、^{111}Cd、^{207}Pb 作为示踪剂,研究了在贝类动物贻贝体系中 Zn、Cd、Pb 的迁移富集规律,发现贝类的壳、腮和消化腺对每种金属的吸收动力学相似但各有特点。

4. 稳定同位素标记法在生物修复中的应用

(1)磷脂脂肪酸稳定同位素标记法(PLFA-SIP)

磷脂是构成生物细胞膜的主要组分,约占细胞干重的 5%。在细胞死亡时,细胞膜很快被降解,磷脂脂肪酸(PLFA)被迅速地代谢掉,因此它只在活细胞中存在,十分适合于微生物群落的动态监测。另一个重要因素是脂肪酸具有菌属特异性,特殊的甲基脂肪酸已经被作为微生物分类的依据。PLFA 分析法首先将磷脂脂肪酸部分用 Bligh 和 Dyer 法提取出来,然后用气相色谱分析,得出 PLFA 谱图,分析群落的微生物结构发生的变化。PLFA、脂肪酸以及甲基脂肪酸酯在群落动态分析上的应用十分广泛。

Boschker 等(1998)报道了在淡水底泥沉积物中,应用稳定同位素技术鉴定了氧化作为温室效应之一的 CH_4 的微生物。将稳定同位素标记的 CH_4 混入底泥沉积物中,这些标记物进入到吸收甲烷的微生物中的极性脂肪酸中(PLFA),抽提这些微生物的极性脂肪酸,应用同位素比率质谱仪,分离和分析^{13}C 的富集情况,SIP 富集标记 PLFA 的某种微生物是主要应用甲烷作为碳源的优势菌,通过对标记的 PLFA 进行鉴定,认为利用甲烷的两株菌为甲基杆菌属和甲基微球菌属。最后较肯定地得出结论,这些微生物与环境中甲烷的氧化有重要的关系。

Hanson 等(1999)首次使用 PLFA-SIP 技术,采用^{13}C 标记甲苯分析 PLFA 中富集的^{13}C,研究甲苯的生物降解,探讨了微生物在强化自然界中甲苯生物修复中的作用。Pelz 等在 2001 年报道了应用 PLFA-SIP 技术在石油烃污染水体的底泥沉积物中进行甲苯的生物降解性研究。Alexandrino 等在 2001 年也报道了应用 PLFA-SIP 技术鉴定苯乙烯降解微生物,利用 SIP 标记的苯乙烯气体处理生物滤膜,在该滤膜上富集并寻找鉴定降解微生物。与其他研究方式所不同的是,他们应用 ^2H 而不是 ^{13}C 标记底物,这也是首次应用 SIP 技术对工业污染进行生物修复研究。

(2)DNA 稳定同位素标记法(DNA-SIP)

由于稳定同位素标记的原子与未标记的原子在浮力密度上存在差异,因此向 DNA 片段中掺入高比例的天然丰度很低的稳定同位素能够增加标记与未被标记的 DNA 片段的浮力密度差异,使其在密度梯度离心中得到分离。

Radajewski 等(2000)用 ^{13}C 标记甲醇后,将标记底物投加到橡树林土壤中,培养一段时间后,经密度梯度离心分离 ^{13}C 标记的 DNA 带,经 16Sr RNA 扩增后,鉴定出这些微生物是可利用甲醇作为碳源的微生物种群,为寻找甲醇的生物降解菌提供了依据。Morris 等(2002)应用 DNA-SIP 技术在泥炭土壤中鉴定了可利用甲烷的微生物。Whitby 等(2001)在淡水沉积物中应用 DNA-SIP 技术寻找到氨氧化微生物。DNA-SIP 技术在生物修复中对于微生物的寻找和鉴定起着重要的作用。

(3)RNA 稳定同位素标记法(RNA-SIP)

RNA-SIP 与 DNA-SIP 的根本不同在于前者用的是活跃的微生物"转录组",因此,其突出优点是微生物活跃的 RNA 是生物合成的,而不是用 PCR 等方法体外合成的;并且,在微生物高密度生长的生物反应器中 RNA 被 ^{13}C 标记的速度比 DNA 快得多,表明 RNA-SIP 可能比 DNA-SIP 具有更高的灵敏性。在 RNA-SIP 中,有可能减小底物的量或浓度,可以缩短培养时间,它们都与微生物功能和分类鉴定有关,比 DNA-SIP 有更大的优势。最近,Manefield 等(2002)在运转的工业苯酚降解的生物反应器中寻找鉴定降解苯酚的微生物,用 ^{13}C 标记苯酚,在生物修复过程中利用 RNA-SIP 技术,结果表明,在好氧生物反应器中 Thauera 菌种是主要的苯酚降解菌种。

(4)原位荧光杂交和二次离子质谱仪(FISH-SIMS)

Orphan 等在 2001 年采用了稳定同位素原位荧光杂交和二次离子质谱仪(FISH-SIMS)技术研究群落功能,用 ^{13}C 标记的甲烷混入海洋沉积物,通过 FISH 方法进行鉴定,最后应用 SIMS 分析标记的 ^{13}C 的含量。天然 ^{13}C 的丰度是非常低的,测定结果表明 $^{13}C/^{12}C$ 比例明显增高。实验结果发现了特殊性分解甲烷的厌氧菌甲烷八叠球菌目(Methanosarcinales)古菌耗尽了 ^{13}C 标记的甲烷,通过 FISH-SIMS 方法分析,表明在深海沉积物中消耗海洋甲烷的是甲烷古菌。目前应用 FISH-SIMS 进行生物修复研究尚未得到推广。

(5)小亚基核糖体 RNA 同位素比率质谱仪(SSU rRNA-IRMS)

小亚基核糖体 RNA(SSU rRNA)有特殊的微生物系统发生信息,应用同位素比率质谱仪(IRMS)测定 SIP 标记的 SSU rRNA,对研究种间关系具有重要的作用。MacGregor 等(2002)应用生物素标记的靶序列磁珠探针与特殊功能的 rRNA 分子杂交,捕获 SSU rRNA 分子,该方法对研究实验室条件下生长培养的微生物具有潜在的作用。SSU-IRMS 技术所面临的关键点和难点在于分离到足够的 SIP 标记的 rRNA。

1.3.1.4 遥感监测技术

遥感监测就是用仪器对一段距离以外的目标物或现象进行观测,是一种不直接接触目标物或现象而能收集信息,对其进行识别、分析、判断的更高自动化程度的监测手段。遥感技术具有监测范围广、速度快、成本低,且便于进行长期的动态监测等优势,还能发现用常规方法往往往难以揭示的污染源及其扩散的状态,因此遥感技术正广泛地应用于监测水污染、大气污染等环境问题。

1. 环境污染遥感监测技术

根据所利用的波段,遥感监测技术主要分为光学遥感监测技术和微波遥感技术两种类型。当前,遥感的应用已深入到农业、林业、渔业、地理、地质、海洋、水文、气象、环境监测、地球资源勘探、城乡规划、土地管理和军事侦察等诸多领域,从室内的工业测量到大范围的陆地、海洋、大气信息的采集以至全球范围的环境变化的监测。

遥感技术在环境污染监测中的应用发展很快,现在已可测出水体的叶绿素含量、泥沙含量、水温、水色;可测定大气气温、湿度、CO、NO_x、CO_2、O_3、ClO_x、CH_4 等主要污染物的浓度分布;可测定固体废弃物的堆放量、分布及其影响范围等,还可对环境污染事故进行遥感跟踪调查,预报事故发生地点、污染面积、扩散程度及方向,估算污染造成的损失并提出相应的对策。近几年来,随着全球环境问题日益突出,具有全球覆盖、快速、多光谱、大信息量的遥感技术已成为全球环境变化监测中一种主要的技术手段。

(1)光学遥感监测技术

①可见光、反射红外遥感技术。用可见光和反射红外遥感器进行物体识别和分析的原理是基于每一物体的光谱反射率不同来获得有关目标物的信息。该类技术可以监测大气污染、温室效应、水质污染、固体废弃物污染、热污染等,是比较成熟的遥感技术,目前国际上的商业和非商业卫星遥感器多属此类。该类遥感技术用于环境污染监测,目前主要是要提高传感器多个谱段信息源的复合,发展图像处理技术和信息提取方法,提高识别污染物的能力。重点发展其在大气污染、温室效应、水质污染、固体废弃物污染、热污染等监测中的应用。

②热红外遥感技术。在热红外遥感中,所观测的电磁波的辐射源是目标物,采用波长范围为 8～4 μm。热红外遥感主要探测目标物的辐射特性(发射率和温度)。利用热红外遥感技术可以在短时间内重复观测大范围地表的温度分布状况,这种观测是以"一切物体辐射与其本身温度和种类相对应的电磁波"为基础的。

③高光谱遥感技术。高光谱遥感技术的发展是人类在对地观测方面所取得的重大技术突破之一,是当前乃至下一世纪的遥感前沿技术。高光谱遥感数据的特点是波段多、高光谱分辨率、高空间分辨率,它将传统的图像维与光谱维信息融合为一体,在获取地表空间图像的同时,得到每个地物的连续光谱信息,从而实现依据地物光谱特征的地物成分信息反演及地物识别,因此可以在不同的环境污染物监测中发挥主要作用。进入 20 世纪 90 年代后期,伴随着高光谱遥感应用的一系列基本问题,如高光谱成像信息的定标和定量化、成像光谱图像信息可视化及多维表达、图像-光谱变换、大数据量信息处理等的解决,高光谱遥感已由实验研究阶段逐步转向实用阶段。在该项技术中,通过建立不同污染物的光谱数据库,开展光谱数据处理和光谱匹配技术,建立污染物光谱识别模型,从而发展成像光谱环境污染监测技术系统。

(2)微波遥感监测技术

微波遥感与光学遥感相比较,除了具有光学遥感不具备的全天候和全天时观测能力外,它的特征信号丰富,含有幅度、相位和极化等多种信息,它对地球覆盖层的穿透能力也较红外波段强。微波在传播途径中,由于媒介质的不连续性、不均匀性、各向异性以及损耗等因素,将在遥感目标区产生反射、散射、透射、吸收和辐射等各种现象。目标与散射电磁波的相互作用,使电磁波产生空间、时间、幅度、频率、相位和极化等参数的调制,从而使回波载有信息,通过标定和信号处理技术,把这些信息变换成各种特征信号,例如散射系数、极化系数、相对相位量、发射率、表观温度、亮度温度、多普勒频谱、功率谱、角谱,以及时域统计的各阶矩等。通过建立半经验公式或数学模型,在特征信号与被测目标的物理量之间建立起严格的对应关系,从而推知遥感目标的物理特性和运动特性,达到辨认目标和识别目标的目的。

1°成像雷达技术

该技术是一种主动微波遥感技术,具有不受大气状况影响的全天时、全天候成像能力和对地物表面粗糙度状况精细的探测能力,在海洋石油污染监督中发挥着重要作用。在海洋污染中,油井溢油、船舶海上事故等带来的海洋石油污染居各类海洋污染事故的首位,在海洋表面风速不大(小于 3 ~ 4 m/s)的情况下,分辨率很低(100 m 左右分辨率)的雷达传感器就能有效地监测到油层厚度很薄的污染物,因此成像雷达技术是探测海洋石油污染的有力工具。

2°激光雷达遥感技术

通过发射光波,从其散射光、反射光的返回时间及强度、频率偏移、偏光状态的变化等测量目标的距离及密度、速度、形状等物理性质的方法及装置叫光波雷达。由于实际上使用的几乎都是激光,所以又叫激光雷达,简称光雷达。

激光雷达是主动型微波遥感器的一种,它主要用于测量大气的状态及大气污染、平流层物质等大气中物质的物理性质及其空间分布等。根据它测量的种类及目标的不同,可分为多种类型,如米氏光雷达、瑞利光雷达、荧光雷达、拉曼光雷达、差分光吸收雷达、多普勒光雷达等。在环境污染监测中,激光雷达技术不仅能探测大气污染中的各种成分,而且能监测大气中臭氧的分布和水体中的石油污染或植物的叶绿素含量等。

3°微波辐射计监测技术

微波辐射计是一种无源微波遥感器。它接收并测量由地面目标产生的热辐射功率,以便掌握目标在微波波段的特性,区分不同目标,并推导出目标的某些参数。辐射计观测的亮度温度用瑞利-金斯辐射定律表示,通常它是地表的各种性质及途中的传播媒介的复合影响结果。为此要从观测量中推算出特定的物理量就要利用能够把消除各自影响的频率极化组合起来的多通道辐射计。

微波辐射计可用来观测海面状态和大气状态,如海面温度、海风、盐度、海冰、水蒸气量、云层含水量、降水强度、大气温度、风、臭氧、气溶胶、氮氧化物等。

2. 遥感在环境监测中的应用

(1)水环境污染遥感监测

对水体的遥感监测是以污染水与清洁水的反射光谱特征研究为基础的。总的看来,清洁水体反射率比较低,水体对光有较强的吸收性能,较强的分子散射性仅存在于光谱区较短的谱段上。故在一般遥感影像上,水体表现为暗色色调,在红外谱段上尤其明显。为了进行水质监测,可以采用以水体光谱特性和水色为指标的遥感技术。

遥感监测视野开阔,对大面积范围内发生的水体扩散过程容易通览全貌,观察出污染物的排放源、扩散方向、影响范围及与清洁水混合稀释的特点。从而查明污染物的来龙去脉,为科学地布设地面水样监测提供依据。在江河湖海各种水体中,污染物种类繁多。为了便于遥感方法研究各种水污染,习惯上将其分为泥沙污染、石油污染、废水污染、热污染和水体富营养化等几种类型。

1)水体浑浊度分析　水中悬浮物颗粒会对入射进水里的光发生散射和反射,增大水体的反射率。浑浊度不同的水体其光谱衰减特性也不同,随着水的混浊度即悬浮物质数量的增加,衰减系数增大,最容易透过的波段从 0.50 μm 附近向红色区移动。随着浑浊水泥沙浓度的增大和悬浮沙粒径的增大,水的反射率逐渐增高,其峰值逐渐从蓝光移向绿光和黄绿光。所以,定量监测悬沙浓度的最佳波段为 0.65 ~ 0.8 μm。此外,若采用蓝光波段反射率和绿光波段反射率的比值,则可以判别两种水体浑浊度的大小。

2)石油污染监测　海上或港口的石油污染是一种常见的水体污染。遥感调查石油污染,不仅能发现已知污染区的范围和估算污染石油的含量,而且可追踪污染源。石油与海水在光谱特性上存在许多差别,如油膜表面致密、平滑,反射率较水体高,但发射率远低于水体等等,因此,在若干光谱段都能将二者分开。此外,根据油膜与海水在微波波段的发射率差异,还可利用微波辐射法测量二者亮度温度的差别,从而显示出海面石油污染分布的情况。如前面所述,成像雷达技术也是探测海洋石油污染的有力工具。

3)城市污水监测　城市大量排放的工业废水和生活污水中带有大量有机物,它们分解时耗去大量氧气,使污水发黑发臭,当有机物严重污染时呈漆黑色,使水体的反射率显著降低,在黑白像片上呈灰黑或黑色色调的条带。使用红外传感器,能根据水中含有的染料、氢氧化合物、酸类等物质的红外辐射光谱弄清楚水污染的状况。水体污染状况在彩色红外相片上有很好的显示,不仅可以直接观察到污染物运移的情况,而且凭借水中泥沙悬浮物和浮游植物作为判读指示物,可追踪出污染源。

4)水体热污染调查　使用红外传感器,能根据热效应的差异有效地探测出热污染排放源。热红外扫描图像主要反映目标的热辐射信息,无论白天、黑夜,在热红外相片上排热水口的位置、排放热水的分布范围和扩散状态都十分明显,水温的差异在相片上也能识别出来。利用光学技术或计算机对热图像作密度分割,根据少量同步实测水温,可正确地绘出水体的等温线。因此热红外图像能基本上反映热污染区温度的特征,达到定量解译的目的。

5)水体富营养化　水体里浮游植物大量繁生是水质富营养化的显著标志。由于浮游植物体内含的叶绿素对可见和近红外光具有特殊的"陡坡效应",使那些浮游植物含量大的水体兼有水体和植物的反射光谱特征。随浮游植物含量的增高,其光谱曲线与绿色植物的反射光谱越近似。因此,为了调查水体中悬浮物质的数量及叶绿素含量,最好采用 0.45 ~ 0.65 μm 附近的光谱线段。在可见光波段,反射率较低;在近红外波段,反射率明显升高,因此在彩色红外图像上,富营养化水体呈红褐色或紫红色。

(2)大气污染遥感监测

大气遥感是利用遥感器监测大气结构、状态及变化。大气遥感器除了测量气温、水蒸气、大气中的微量成分气体、气溶胶等的三维分布以外,还用来进行风的测量及地球辐射收支的测量等。

影响大气环境质量的主要因素是气溶胶含量和各种有害气体。这些物理量通常不可能用遥感手段直接识别。水汽、二氧化碳、臭氧、甲烷等微量气体成分具有各自分子所固有的辐射和吸收光谱,所以,实际上是通过测量大气的散射、吸收及辐射的光谱而从其结果中推算出这些微量气体的成分。通过对穿过大气层的太阳(月亮、星星)的直射光、来自大气和云的散射光、来自地表的反射光以及来自大气和地表的热辐射进行吸收光谱分析或发射光谱分析,从而测量它们的光谱特性来求出大气气体分子的密度。测量中所利用的电磁波的光谱范围很宽,从紫外、可见、红外等光学领域一直扩展到微波、毫米波等无线电波的领域。大气遥感器分为主动式和被动式,主动方式中有代表性的遥感器是激光雷达,被动式遥感器有微波辐射计、热红外扫描仪等。

气溶胶是指悬浮在大气中的各种液态或固态微粒,通常所指的烟、雾、尘等都是气溶胶。气溶胶本身是污染物,又是许多有毒、有害物质的携带者,它的分布在一定程度上反映了大气污染的状况。对于大气污染,需定性或定量地发现大气中的有害物质,可以用可调谐激光系统作主动探测,也可用多通道辐射计探测,因为绝大部分空气污染分子的光谱都在 $2 \sim 20\ \mu m$ 的红外波段,这些光谱可用作吸收或辐射测量。测定气溶胶含量可采用多通道粒子计数器,它能反映出大气中气溶胶的水平分布和垂直分布。利用遥感图像也可分析大气气溶胶的分布和含量。

有害气体通常指人为或自然条件下产生的二氧化硫、氟化物、光化学烟雾等对生物有机体有毒害的气体。有害气体通常不能在遥感图像上直接显示出来,只能利用间接解译标志——植物对有害气体的敏感性来推断某地区大气污染的程度和性质。除植物的颜色以外,还可通过植物的形态、纹理和动态标志加以综合判断。

对城市环境而言,城市热岛也是一种大气热污染现象。红外遥感图像能反映地物辐射温度的差异,可为研究城市热岛提供依据。根据不同时相的遥感资料,还可研究城市热岛的日变化和年变化规律。总结城市热岛与下垫面性质的相关关系,可从城市规划入手,制约那些形成城市热岛的因素,防止城市环境的进一步恶化。

对于地面污染,例如农田遭受污染之后,作物的生长将起特殊变化,地下水的污染也会引起地面植被的变化,与正常生长区的作物有不同的光谱表现。多光谱成像仪能监测这些变化,从而圈定地面污染分布范围,进一步对地面污染作出预防规划。

1.3.2 微宇宙生态系模拟实验

实际环境中,各种因素是复杂多变的,且多种过程交互重叠、互相影响,为了弄清化学污染物在环境中的迁移、转化和各种效应如何,人们在实验室发展了一种模拟生态系统,又称微宇宙系统。这种微宇宙系统是目前环境化学研究中常用的一种实验室装置。

微宇宙系统具有覆盖大量实验室研究的潜力,可以用来研究生态系统的全部或部分内容,并对该生态系统进行比较合理的模拟。这就是说,通过控制某些诸如环境物理参数的季节变化这样的生态系统变量,使用简单设计的辅助实验和系统的过程分析而获得对自然系统所出现的各种过程作出快速而完整的解释。由此可见,微宇宙系统的优点应该是:

①可以进行重复实验,并易于控制;

②在实验状态下可以改变系统内介质的化学组分和物理参数(如 pH、盐度和温度等),所产生的影响易于监测;

③可以通过不同方式来扰动系统,以便创造接近于实际生态系统的状态;

④可在有限的范围内控制系统的营养结构,使其更接近于自然条件;

⑤对于污染物效应的检验能包容大规模的环境污染,并在对化学和生物污染进行环境风险评价时节省时间。

1.3.2.1 微宇宙的类型

微宇宙总体可分为三大类,即陆生、水生和湿地微宇宙。

1. 陆生微宇宙

通常是在容器内装入土壤,移植陆生植物和动物。系统中含有空气,能与外界交换,O_2 和

CO_2水平保持与外界相通,主要用于考查农药、食品添加剂和工业化学品对陆地生态系统的影响。但是,总的来说,很严密的典型的陆生微宇宙研究较少。由于陆生微宇宙的试验生物数量有限和生物对污染物暴露历史的差异性,较难获得有效的统计意义的毒性数据,如半致死剂量LC_{50}值。陆生微宇宙平衡稳定期较长,在几年的研究期间,很难得出具有代表性的生态系统变化过程。应用陆生微宇宙还需仔细了解边界条件对系统的影响。

2. 湿地微宇宙

湿地微宇宙即人工沼泽系统。早先主要用于研究农药在农业湿地环境中的持久性,近年来利用湿地微宇宙研究污染物的迁移和转化,并研究湿地系统用于处理污染物的可能性与条件。同时,对于了解地表径流对水域生态系统的影响也有重要意义。

3. 水生微宇宙

水生微宇宙包括模拟河流、湖泊、河口及海洋生态系统的各种类型。

1)水族箱系统　水族箱系统是模拟水生生态系统的最早应用的微宇宙,曾用于放射性物质、农药等毒物的降解性研究和大气中重金属粒子进入水体表面微层的规律性研究。水族箱系统的设计和操作简单,在全世界的数量多得惊人。然而,也许正因为它过于简单,真实性差,严格进行研究的并不多。

2)溪流微宇宙　溪流微宇宙是用来模拟河流生态系统的微宇宙,主要有水渠系统和循环水系统。循环水系统结构紧凑、占地面积小,可作为化学品危险性评价的有用实验设施,能满足建立有毒物质控制法规的要求。现在,美国、德国、加拿大、日本等国家广泛采用这类微宇宙研究化学污染物慢性暴露的行为及其生态学效应。循环式溪流微宇宙比较经济,但真实性较差。

3)池塘与水池式微宇宙　池塘与水池式微宇宙的特点是其直径远远大于深度,多用于模拟湖泊、水库和河口等生态系统,以了解它们的自组织过程、系统特征、富营养化过程以及污染物的生态效应等等。这类微宇宙结构简单、规模小,条件易于控制,因此得到较多的研究和较广泛的应用。普遍认为这类微宇宙可用作化学品危险性评价中的中间或较高层次的试验与研究的模拟系统。

4)围隔水柱微宇宙　在海洋中的围隔水柱即所谓"大袋子",也称远洋微宇宙,一般不含沉积物,水柱体积与土表面积的比例不少于 $2\sim4\ m^3/m^2$。这类微宇宙真实性强,但耗费大,难于维持很长时间。

5)陆基海洋微宇宙　陆基海洋微宇宙是指在陆地上构建的模拟海洋生态系统的微宇宙,它较"大袋子"系统费用低,条件相对容易控制,运行时间长,当然真实性差一些。

6)珊瑚礁和底栖生物微宇宙　海洋珊瑚礁和湖泊、河口沉积物是多种水生生物栖息的地方,构建珊瑚礁和底栖生物微宇宙对于研究生物多样性、保护生物多样性具有重要意义。

1.3.2.2　微宇宙在环境化学中的应用

微宇宙提供了在生态水平上研究污染物对生态系统影响和生态系统对污染物适应能力的有用工具。

1. 用于化学物质在环境中的迁移与归宿的研究

微宇宙中化学污染物的迁移转化是一重要特征。因此,利用放射性标记物可跟踪污染物的时空分布、迁移转化过程及其转化产物。这方面比较典型的例子是梅特卡夫(Metcalf)的微宇宙研究。

梅特卡夫等人首次建立的是模拟陆生和水生环境的微生态系统,研究农药的生物降解和生态过程。整个微生态系统为包含陆生和水生环境在内的一个38 L水族箱,并有石英砂斜坡延伸到体积为7 L的水中。蜀黍种子种植在砂中,蜗牛、蚤类和藻类加入水中。大约在20天之后,把放射性标记化合物施于10 cm左右高的黍类植物上,然后引入盐土沼泽毛虫来吃掉黍类植物。当毛虫在箱内运动时,它们将以其身体和排泄物污染水质。在黍类植物经放射性化合物处理后26天,加入蚊幼虫。在处理后的30天,取蚊虫和蚤类的样品进行分析,并加入食蚊鱼类,3天后终止系统,对所有仍保留着的有机体进行分析。在实验过程中,还对水进行周期性的取样分析。这个系统基本上能定性和定量地描述化学物质从陆生环境到水生环境的运动和降解以及现实化学品母体及其转化产物通过水生食物网的运动。

然而,梅特卡夫生态模型本身的局限性限制了它的使用。首先,把化学物质引入水中的方法(即通过毛虫的消化道排泄)没有模拟通常的实际过程,这样难以把微生态系统的数据外推到真实环境;其次,仅在实验结束前三天才把鱼放进微生态系统,对于某些化学物质达到平衡来说,这段时间可能太短,并且实验结束时与开始时相比较,鱼处于大量的新陈代谢产物中。随后,梅特卡夫等人建立的陆生-水生环境的微生态系统经反复构建和修正,实验了约200种化学物质的归宿及生态效应。结果积累了相当数量的有关化学基团在生态中的信息,而这些基团的物理、化学性质和环境行为是已知的,因此可以这些数据为基础,对一个新的化学物质,依其在现实环境中的可能行为,很容易对它在微生态系统中的行为做出估价。如梅特卡夫等人把辛醇-水分配系数K_{ow}与全体生物体的生物累积联系起来,可以根据K_{ow}的对数值$\log P$安全地预测生物浓缩效应EM值。再有,生物降解是化学物质归宿的一个重要方面;而该系统对于测量生物降解指数BI和生态放大指数EI非常有用。

实验室微生态系统的另一类研究是测定某一已知群落对于试验化学品的感受性和对其功能的影响。其理由在于化学污染物在平衡的群落中能引起敏感而又重要的变化。但在现行的大多数实验微生态系统或简单的单种类生物分析体系中不能测定这种变化。陶布设计的系统用于模拟在池塘和湖泊浅水区域常见的各种食肉群落。所用的有机体包括各种各样的细菌、藻类、原生动物、甲壳类、轮虫类动物,这些动物已被广泛地研究过,并且易于培养和维护。群落的制备包括把几种生物组合起来,例如,把几种藻类和一种摄食习性(特别喜食某种藻类)已知的原生动物联合起来。然后,把模拟群落置于可控制的强化条件下或无胁迫的情况下进行监测,以详细地确定系统是如何起作用的。一旦群落的功能已知,那么该群落对试验化学品的反应给出外推到自然群落的信息。这类系统较小,范围在0.5~3 L,模仿和控制比较容易,它被广泛地用于确定各种有机体组合的功能。

2.用于毒物的生态毒理学效应研究

中国科学院动物所和植物所曾成功地运用实验室循环水生微宇宙、池塘微(中)宇宙、水陆生中宇宙和陆生中宇宙研究了农药及其他污染物对生态系统结构与功能的影响。中宇宙是一种规模较大的室外模型生态系统,其性质与微宇宙相同,人们习惯上把它们统称为微宇宙。他们的结论是:含有多种水生生物种子、孢子、卵子的干河泥与自来水组成的池塘微(中)宇宙和水陆生中宇宙,对外来化学污染物质均具有生态系统水平上的效应,且具有各自的代表性。池塘微宇宙体积小,结构简单,条件易于控制,适用于室内作较细致的机理研究;池塘中宇宙规模较大,结构复杂,功能稳定,较接近自然实际,适用于化学物质的环境行为和生态效应趋势分析;水陆生中宇宙适用于研究农药等化学污染物质通过地表径流对水域生态系统的影响;陆生中宇宙可用于研究农药对陆生生态系统结构与功能的影响,且研究结果与现场农地生态系统的研究结果一致,可较全面地评价农药进入陆生生态系统后对其结构和功能的影响程度,摸清农药在作物-土壤系统的残留特点,进行农药危害性的预测,提出合理使用农药的措施。总之,微宇宙系统的组建与管理技术简便,费用较低,是生态系统水平上研究化学污染物质生态效应评价及预测的良好工具,可根据不同目的和条件选择使用。

微(中)宇宙还用于研究生物遗传性的改变,植物生长、初级生产力和产量的变化,生物行为和种间相互作用的变化,对生物多样性的影响,剂量效应关系,反应与恢复,化学品的预评价等诸多生态毒理学问题。

3. 生态风险评价

由于微宇宙系统比单一生物实验提供的信息更完整,可同时提供暴露和归宿的信息;它不仅能提供母化合物的信息,而且能提供降解产物的信息。所以,近年来在农药及其他毒物的生态风险评价中,微宇宙系统的应用越来越普遍。确定一种试验方法是否适用,其敏感性是一重要标准,敏感的试验方法得出的 NOEC 值更有助于保护物种和群落。为发展可用于 2 级风险评价的水生毒性试验方法,欧洲共同实验室研究计划对单一生物种实验室方法和微(中)宇宙试验作了比较,发现用单一生物种实验室方法测得的二氯苯胺的慢性 NOEC 值比微(中)宇宙试验高约 200 倍。这说明微宇宙试验方法对特定化合物可能更敏感。

4. 用于修复生态工程的研究与参数设计

近年来,微宇宙技术还广泛用于原位修复生态工程或治理工程的研究与参数设计。Huddleston 等(2000)精心构建了 2 个湿地微宇宙,对炼油厂废水进行净化处理实验。结果表明,48 h 内,炼油厂废水平均 BOD_5 去除 80% 以上,NH_3 去除 90%,同时,对湿地特征参数设计提供了有用的参考。

1.3.3　数学模拟

1.3.3.1　有机污染物定量结构-性质/活性关系

定量结构-性质/活性关系(QSPR/QSAR)是指对有机污染物分子结构与性质/活性之间定量关系的研究。这里的性质/活性是一个广义的概念,不仅包括污染物对不同生物物种和不同层次的测试终点的生态毒性及对人类的健康效应,还包括污染物的物理化学性质以及表征污染物在不同介质之间迁移行为、转化反应的特征。定量结构-性质/活性关系研究是有机污染化学和生态毒理学的一个前沿领域,是化合物环境生态风险评价和人体健康分析评价的重要组成部分和值得信赖的重要手段之一。

1. 发展历史

定量构效关系是在传统构效关系的基础上,结合物理化学中常用的经验方程的数学方法出现的,其理论历史可以追溯到 1868 年提出的 Crum-Brown 方程,该方程认为化合物的生理活性可以用化学结构的函数来表示,但是并未建立明确的函数模型。最早的可以实施的定量构效关系方法是美国波蒙拿学院的 Hansch 在 1962 年提出的 Hansch 方程。Hansch 方程基于1935 年英国物理化学家哈密顿提出的哈密顿方程以及改进的塔夫托方程。哈密顿方程是一个计算取代苯甲酸解离常数的经验方程,这个方程将取代苯甲酸解离常数的对数值与取代基团的电性参数建立了线性关系,塔夫托方程是在哈密顿方程的基础上改进形成的计算脂肪族酯类化合物水解反应速率常数的经验方程,它将速率常数的对数与电性参数和立体参数建立了线性关系。

Hansch 方程在形式上与哈密顿方程和塔夫托方程非常接近,以生理活性物质的半数有效量作为活性参数,以分子的电性参数、立体参数和疏水参数作为线性回归分析的变量,随后,Hansch 和日本访问学者藤田稔夫等人一道改进了 Hansch 方程的数学模型,引入了指示变量、抛物线模型和双线性模型等修正,使得方程的预测能力有所提高。

几乎在 Hansch 方法发表的同时,Free 等人发表了 Free-Wilson 方法,这种方法直接以分子结构作为变量对生理活性进行回归分析。Hansch、Free-Wilson 等方法均是将分子作为一个整体考虑其性质,并不能细致地反映分子的三维结构与生理活性之间的关系,因而又被称作二维定量构效关系。

由于二维定量不能精确描述分子三维结构与生理活性之间的关系,1980 年代前后人们开始探讨基于分子构象的三维定量构效关系的可行性。1979 年,Crippen 提出"距离几何学的3D-QSAR";1980 年 Hopfinger 等人提出"分子形状分析方法";1988 年 Cramer 等人提出了"比较分子场方法"(CoMAF)。20 世纪 90 年代,又出现了在比较分子场方法基础上改进的"比较分子相似性方法"以及在"距离几何学的 3D-QSAR"基础上发展的"虚拟受体方法"等新的三维定量构效关系方法,但是 CoMAF 依然是使用最广泛的定量构效关系方法。

2. 研究方法及结构参数

(1)二维定量构效关系

二维定量构效关系方法是将分子整体的结构性质作为参数,对分子生理活性进行回归分析,建立化学结构与生理活性相关性模型的一种方法,常见的二维定量构效关系方法有 Hansch 方法、Free-Wilson 方法、分子连接性方法等,最为著名和应用最广泛的是 Hansch 方法。

1)活性参数 活性参数是构成二维定量构效关系的要素之一,人们根据研究的体系选择不同的活性参数,常见的活性参数有:半数有效量、半数有效浓度、半数抑菌浓度、半数致死量、最小抑菌浓度等,所有活性参数均必须采用物质的量作为计量单位,以便消除分子量的影响,从而真实地反映分子水平的生物活性。为了获得较好的数学模型,活性参数在二维定量构效关系中一般取负对数后进行统计分析。

2)结构参数 结构参数是构成定量构效关系的另一大要素,常见的结构参数有:疏水参数、电性参数、立体参数、几何参数、拓扑参数、理化性质参数以及纯粹的结构参数等。

①疏水参数:化合物在体内吸收和分布的过程与其疏水性密切相关,因而疏水性是影响化合物生物活性的一个重要性质,在二维定量构效关系中采用的疏水参数最常见的是脂水分配系数,其定义为分子在正辛醇与水中分配的比例,对于分子母环上的取代基,脂水分配系数的对数值具有加和性,可以通过简单的代数计算获得某一取代结构的疏水参数。

②电性参数:二维定量构效关系中的电性参数直接继承了哈密顿公式和塔夫托公式中电性参数的定义,用以表征取代基团对分子整体电子分配的影响,其数值对于取代基也具有加和性。

③立体参数:立体参数可以表征分子内部由于各个基团相互作用对化合物构象产生的影响以及对化合物和生物受体结合模式产生的影响,常用的立体参数有塔夫托立体参数、摩尔折射率、范德华半径等。

④几何参数:几何参数是与分子构象相关的立体参数,因为这类参数常常在定量构效关系中占据一定地位,故而将其与立体参数分割考虑,常见的几何参数有分子表面积、溶剂可极化表面积、分子体积、多维立体参数等。

⑤拓扑参数:在分子连接性方法中使用的结构参数,拓扑参数根据分子的拓扑结构将各个原子编码,用形成的代码来表征分子结构。

⑥理化性质参数:偶极矩、分子光谱数据、前线轨道能级、酸碱解离常数等理化性质参数有时也用做结构参数参与定量构效关系研究。

⑦纯粹的结构参数:在 Free-Wilson 方法中,使用纯粹的结构参数,这种参数以某一特定结构的分子为参考标准,依照结构母环上功能基团的有无对分子结构进行编码,进行回归分析,为每一个功能基团计算出回归系数,从而获得定量构效关系模型。

3)数学模型 二维定量构效关系中最常见的数学模型是线性回归分析,Hansch 方程和 Free-Wilson 方法均采用回归分析。

经典的 Hansch 方程形式为

$$\lg\left(\frac{1}{C}\right) = a\pi + b\sigma + cE_s + k$$

式中:π 为分子的疏水参数,其与分子脂水分配系数 P_x 的关系为 $\pi = \lg\left(\frac{P_x}{P_H}\right)$;$\sigma$ 为哈密顿电性参数;E_s 为塔夫托立体参数;a, b, c, k 均为回归系数。

日本学者藤田稔夫对经典的 Hansch 方程作出一定改进,用抛物线模型描述疏水性与活性的关系:

$$\lg\left(\frac{1}{C}\right) = a\pi + b\pi^2 + c\sigma + dE_s + k$$

这一模型拟合效果更好。

Hansch 方程以双直线模型进一步描述疏水性与活性的关系:

$$\lg\left(\frac{1}{C}\right) = a\lg P - b\lg(\beta P + 1) + D$$

式中:P 为分子的脂水分配系数;a、b、β 为回归系数;D 代表方程的其他部分。双直线模型的预测能力比抛物线模型进一步加强。

Free-Wilson 方法的方程形式为

$$\lg\left(\frac{1}{C}\right) = \sum_i \sum_j G_{ij} X_{ij} + \mu$$

式中:X_{ij} 为结构参数,若结构母环中第 i 个位置有第 j 类取代基则结构参数取值为 1,否则为 0;μ 为参照分子的活性参数;G_{ij} 为回归系数。

除了回归分析,遗传算法、人工神经网络、偏最小二乘分析、模式识别、单纯形方法等统计分析方法也会应用于二维定量构效关系数学模型的建立。

(2)三维定量构效关系

三维定量构效关系是引入了化合物分子三维结构信息进行定量构效关系研究的方法,这种方法间接地反映了化合物分子与生物受体之间相互作用过程中两者之间的非键相互作用特征,相对于二维定量构效关系有更加明确的物理意义和更丰富的信息量,因而 1980 年代以来,三维定量构效关系逐渐取代了二维定量构效关系的地位,成为基于机理来设计新的化合物的主要方法之一。目前应用最广泛的三维定量构效关系方法是 CoMFA 和 CoMSIA,即比较分子场方法和比较分子相似性方法,除了上述两种方法,还有 3D-QSAR、DG 3D-QSAR、MSA、GERM 等众多方法。

CoMFA 和 CoMISA 是应用最广泛的设计新的化合物的主要方法之一。这种方法认为,化合物分子与受体间的相互作用取决于化合物周围分子场的差别,以定量化的分子场参数作为变量,对化合物生物活性进行回归分析便可以反映化合物与受体之间的相互作用模式,进而有选择地设计新的化合物。

比较分子场方法将具有相同结构母环的分子在空间中叠合,使其空间取向尽量一致,然后用一个探针粒子在分子周围的空间中游走,计算探针粒子与分子之间的相互作用,并记录下空间不同坐标中相互作用的能量值,从而获得分子场数据。不同的探针粒子可以探测分子周围不同性质的分子场,甲烷分子作为探针可以探测立体场,水分子作为探针可以探测疏水场,氢离子作为探针可以探测静电场等等,一些成熟的比较分子场程序可以提供数十种探针粒子供用户选择。

探针粒子探测得到的大量分子场信息作为自变量参与对分子生物活性数据的回归分析,由于分子场信息数据量很大,属于高维化学数据,因而在回归分析过程中必须采取数据降维措施,最常用的方式是偏最小二乘回归,此外主成分分析也用于数据的分析。

统计分析的结果可以图形化地输出在分子表面,用以提示研究者如何有选择地对先导化合物进行结构改造。除了直观的图形化结果,CoMFA 还能获得回归方程,以定量描述分子场与活性的关系。

CoMSIA 是对 CoMFA 方法的改进,它改变了探针粒子与化合物分子相互作用能量的计算公式,从而获得更好的分子场参数。

3. 典型环境有机污染物的定量构效关系研究

(1)有机农药

有机农药是当前人们主动投放于环境中数量最大、毒性最广的一类化学物质。农药的 QSAR 研究主要针对各类农药的环境化学和生态毒理学的行为,通过对分子结构的特征分析,进行农药各种性质的预测。国内外的农药学家在这方面都做了大量的工作,对各类农药建立了许多 QSAR 模型以指导新农药的设计、合成和活性评估,使合成新农药不仅高效、低毒,而且环境友好。

拟除虫菊酯类农药是在研究天然除虫菊酯结构和药效基础的上发展起来的高效、安全的新型杀虫剂,张子丰等(1999)建立起此类化合物结构-毒性相关的定量构效模型,用该模型对相关化合物的计算值与测量值吻合较好,从而为开发新型高效低毒的拟除虫菊酯类农药提供了指导。含氟农药因其生物活性相对较高、对环境影响较小而应用广泛,陈海峰等(2000)合成了一系列含氟农药分子,通过 CoMFA 方法进行定量构效关系,研究得到了 3D-QSAR 模型,并在此基础上设计了一系列结构新颖的抗小麦赤霉病的新农药分子。氯过氧化物酶是应用最广的一种过氧化物酶,能催化一系列底物的氧化,Bello-Ramrez 等(2000)用 PM3 半经验算法研究了氯过氧化物酶对有机磷农药反应活性与磷原子电荷之间的关系,通过一元线性回归得到一个相关系数为 0.82 的模型;而卢桂宁等(2006)则以 HF/6-31G (d) 从头算方法计算的磷原子电荷与反应活性进行线性回归得到相关系数为 0.837 的模型,同时他们运用偏最小二乘法得到了相关系数为 0.910 的模型,该模型具有较高的拟合精度且较强的预测能力。

(2)多环芳烃

多环芳烃(PAHs)是指两个或两个以上的苯环以链状、角状或串状排列组成的化合物,是有机质不完全燃烧或高温裂解的副产品。环境中的 PAHs 主要来源于人类活动,如木材加工、石油冶炼、运输业、煤气制造、军事设施、危险物处理和填埋地等。PAHs 进入环境后,由于其化学稳定性好,很容易在环境中积累起来;又由于其具有低水溶性和高亲脂性,比较容易分配到生物体内并通过食物链进入生态系统,从而对人类健康和生态安全构成很大的危害,因而成为国际上备受关注的一类持久性有机污染物。

相比于有机农药、药物等人工合成有机物,人们对 PAHs 的 QSAR 研究相对薄弱,主要集中于 PAHs 光解活性方面的研究。Chen 等(1996)根据前线分子轨道最高占有轨道的能量(E_{homo})和最低非占有轨道能量(E_{lumo})得到了 PAHs 光降解速率常数 k_{exp} 和 $E_{\text{lumo}} - E_{\text{homo}}$ 之间的 QSPR 方程。此后他们用偏最小二乘法和某些从 MP3 计算得到的基本量子化学算符建立了在太阳光照射下的 PAHs 直接光降解的 QSPR 模型,并用此模型预测了未报道过的 PAHs 的直接光降解量子产率和半衰期,还用同样的方法建立了在紫外光照射下 PAHs 在大气气溶胶上直接光降解的 QSPR 模型。这些模型主要采用半经验算法来获取建模参数,获得了较好的效果,但采用忽略大部分排斥积分以减少计算量的半经验计算方法有其自身的不足。因而卢桂宁等(2007)用从头算方法研究了 PAHs 的光解活性,发展和完善了 PAHs 光解活性的预测模型。此外,还有一些关于 PAHs 的土壤吸附系数、溶解度、正辛醇-水分配系数、熔沸点、色谱保留指数等涉及污染物环境分配行为的研究,为了解 PAHs 在环境中的迁移转化行为提供了简便的途径。

(3)多氯联苯

多氯联苯(PCBs)是人工合成的有机化合物,已造成全球性环境污染。从实验直接测定多氯联苯的分配系数是最为有效的,然而由于种种原因,例如多氯联苯的水溶性极低、脂溶性极强,实验值并非总可以得到,这就使得预测和估算该类有机化合物的分配系数变得非常有用。林治华等(2000)探索在烷烃分子距离边数矢量的基础上,以基团为基准扩展分子距边数矢量 MDE,将实验测定的分配系数与其 MDE 矢量联系起来,借助多元线性回归建立描述 PCBs 的正辛醇-水分配系数与其分子结构参数之间的 QSAR 模型,其复相关系数高达 0.990 8,结果良好。肖忠柏等(2006)根据分子中原子的结构特征和键的连接性,提出了一个新的结构信息指数 ^mB_t,并运用逐步回归分析方法和最佳变量子集算法对变量进行压缩,获得了比较好的相关模型;对于正辛醇-水分配系数模型的线性相关系数在 0.99 以上,对于水溶解度模型的线性相关系数在 0.95 以上。量子化学参数近年也被应用于 PCBs 的定量构效研究,Zhou 等用密度泛函方法在 B3LYP/6-31G(d)水平下计算了所有 209 种 PCBs 的量子化学参数,建立了 PCBs 的正辛醇-水分配系数的三参数(平均分子极化率、最高占有轨道能量和最低空轨道能量)预测模型,其相关系数平方达 0.948 4。邹建卫等(2005)则用分子轨道理论在 HF/6-31G(d)水平上对所有 209 个 PCBs 分子进行了结构优化,获得建模参数,运用多元线性回归方法对 PCBs 的水溶性、正辛醇-水分配系数、正辛醇-空气分配系数、土壤吸附性、水溶液活度系数、298 K 超冷流体蒸气压、总分子表面积、色谱保留指数、升华焓、蒸发焓、熔融焓、PCBs 结合芳烃受体活性、生物降解度以及生物降解速率等参数与分子结构参数进行了全面的关联,建立了定量预测模型。

(4)苯取代物

苯醛、苯胺类化合物是化工生产中应用广泛的有机毒物,是环境中重要的有机污染物。硝基苯类也是一类来源复杂、种类繁多、应用广泛的有毒有机化学品。安丽英等(2006)详细综述了定量构效关系应用于这些苯取代物的研究情况。此外,Chu 等(2002)研究了部分卤代苯、卤代苯酚、硝基苯和硝基苯酚等苯取代物的水中溶解度、土壤吸附系数及正辛醇-水分配系数等环境分配参数之间的相互关系。在 Chu 等的基础上，Basak 等（2005）则用拓扑指数建立了这些参数的定量预测模型。

1.3.3.2 有机污染物多介质模型

建立多介质环境数学模型的目的之一，是为了模拟和预测污染物在不同环境介质单元间的分布状况，一般将不同的环境介质看做均匀的介质单元，然后通过对污染物在各相邻介质单元间的迁移转化规律进行数学描述，建立起污染物在整个环境系统各组成单元间的质量平衡方程。

对于不同的环境系统，介质单元的组成也不尽相同，通常是有几个环境介质单元，就有几个子模型。

1. 多介质环境的箱式模型

多介质环境的箱式模型最初是由 Cohen 和 Ryan（1985）在多介质环境中三氯乙烯分布的研究中提出来的。后来将该模型进行了改进，并用于对苯并（a）芘在气/水环境介质中动态分布行为的模拟。该模型的主要功能是给出污染物在多介质环境的均匀单元内的动态分布（图1-3-4）。

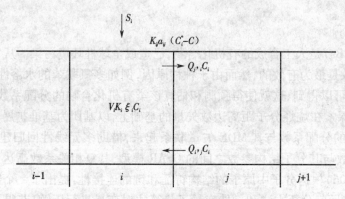

图 1-3-4 多介质环境箱式模型示意图

在该模型中主要包括了气/水界面气体的质量迁移；气体污染物的雨水淋洗；束缚在颗粒物上污染物的雨水淋洗以及由于干沉降而污染物到达地表水面的迁移等四个子模型，其数学表达式是

$$V_i \frac{\mathrm{d}C_i}{\mathrm{d}t} = \sum_{j=1}^{N} K_{ij} a_{ij} (C_{ij}^* - C_i) + V_i K_i \xi_i C_i + \sum_{j=1}^{N} Q_{ji} C_i - \sum_{j=1}^{N} Q_{ij} C_i + S_i \quad i = 1, 2, \cdots, N, i \neq j$$

式中，C_i 是介质单元 i 中污染物浓度，$\mathrm{mol/m^3}$；S_i 是单元 i 的污染源强，$\mathrm{mol/h}$；K_{ij} 是单元 i 和单元 j 之间污染物的迁移系数；a_{ij} 是单元 i 和单元 j 之间的界面积，$\mathrm{m^2}$；V_i 是单元 i 的体积，$\mathrm{m^3}$；C_{ij}^* 是单元 i 与单元 j 达到平衡时，单元 i 中污染物的浓度。假定该平衡关系具有线性形式 $C_{ij}^* = C_i H_{ji}$，H_{ji} 是污染物从单元 i 到单元 j 的无量纲分配系数，对于颗粒物 C_{ij}^* 就变为零，这时 K_{ij} 则表示干沉降速率常数；ξ 表示污染物生成或消失的符号，当反应生成污染物时，$\xi = 1$，当反应使污染物消失时，$\xi = -1$。

2. 农药根区模型

作为非点源负荷，农药从农田的沥析可导致地下水的污染。随着降雨和农业灌溉，农药会沥析到作物根区以下的位置,可以用在此过程中发生明显变化的负荷来表征非点源污染。由于这种非点源污染的区域性和广布性,要使已被污染了的环境得到修复是相当困难的。在任何情况下,事先了解化学物的性质、土壤系统的特征以及气候和农业活动之间的相互关系,对于采取防治和控制农药对地下水污染的措施是十分必要的。

对于农药在作物根区的运动规律,目前已经发展了在稳态的、瞬时的、均匀的和多层的多孔介质中溶质运动的数值模型。在这些模型中,包括了线性和非线性吸附、离子交换以及其他一些特定的化学反应。已经证明,这些研究在解释实验数据、阐明基本迁移过程、识别迁移和转化中的控制因子等方面,具有重要的价值。但是,这些模型成功的应用需要大量而详细的现场测定数据,这在一定程度上限制了模型的应用。

严格地讲,农药根区模型是一个一维动态箱式模型,用来模拟化学物在作物根区内或根区以下不饱和土壤系统中的运动规律。该模型是由水文和化学物的迁移两部分组成。水文部分主要用来模拟地表径流和土壤侵蚀,是根区模型的基础。化学迁移部分是用来模拟植物对化学物的吸收和代谢。这种模型允许用户模拟用于土壤和作物叶的潜在有毒有害化学物,如农药的环境行为和归趋,其模拟预测可以按天进行,也可以按月和年进行。特别是动态模拟允许考虑脉冲负荷、突发事件的预测以及随时间变化的质量排放或浓度分布的估算。这就克服了通常所用稳态模型的局限性。

农药根区模型的局限性首先表现为,在该模型中一般是以天为时间步长进行水力学的计算。这对于模型中所涉及的某些过程(如蒸发、径流、侵蚀等)的模拟会产生较大的误差。例如,模型中是在径流最大速率的基础上,通过径流来模拟侵蚀过程的,而径流的最大速率在某种程度上又与径流的水文过程曲线有关,即侵蚀过程与降雨持续的时间有关,而降雨持续时间可能大于 1 天,也可能小于 1 天,因此以天为时间步长进行侵蚀过程的模拟计算会带来较大的误差。

其次,该模型只能模拟水在系统中的平流向下运动,而对于因土壤中水的分布梯度而引起的扩散运动则无能为力。这就意味着,农药根区模型不能模拟由于蒸发导致的水在土壤中的向上运动。

第三,对于在以平流为主的系统中,农药根区模型的求解技术也存在一定的缺陷。平流项的后向差分算式会产生较大的数值弥散,从而给出比实际偏高的计算结果。

最后,该模型所使用的水体和化学物的迁移参数都是现场测定的数据平均值,并假设土壤在空间上是均匀的。这就导致了农药根区模型计算的突发时间要比用随机方法所观察的结果偏低。

农药根区模型主要包括化学物在土壤中的迁移、土壤间隙水的运动、土壤侵蚀、土壤和作物表面化学物的挥发以及灌溉方式等几个子模型,这些子模型是由若干个微分方程组成。图 1-3-5 表示农药根区模型所模拟过程之间的相互关系。

根据图 1-3-5,可以写出农药在土壤中作物根区运动的质量平衡方程,即

$$\frac{A\Delta zd(C_w\theta)}{dt} = J_D - J_V - J_{DW} - J_U - J_{QR} + J_{APP} - J_{FOF} + J_{TRN} \tag{1-3-4}$$

$$\frac{A\Delta zd(C_s\rho_s)}{dt} = -J_{DS} - J_{ER} \tag{1-3-5}$$

$$\frac{A\Delta zd(C_g a)}{dt} = J_{GD} - J_{DG} \tag{1-3-6}$$

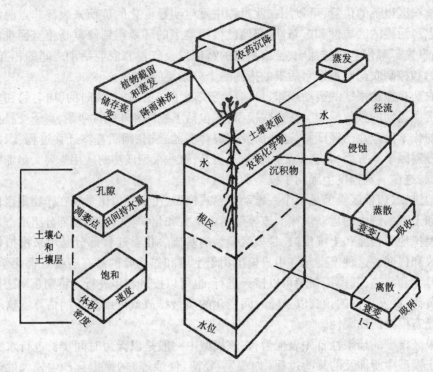

图 1-3-5　农药根区模型示意图

上三式中,A 是土柱的横截面积,cm^2;z 是研究单元的深度,cm;C_w 是农药的溶解相浓度,g/cm^3;C_s 是农药吸附态的浓度,g/g;C_g 是农药在气体中的浓度,g/cm^3;θ 是土壤中水的体积含量,cm^3/cm^3;a 是土壤中空气的体积含量,cm^3/cm^3;ρ_s 是土壤的密度,g/cm^3;t 是时间,d;J_D 是溶解相弥散和扩散的贡献,g/d;J_V 是溶解相平流的贡献,g/d;J_{GD} 是蒸气相弥散和扩散的贡献,g/d;J_{DW} 是溶解相中农药降解的质量损失,g/d;J_{DG} 是蒸气相中农药降解的质量损失,g/d;J_U 是在溶解相中由于植物的吸收而农药的质量损失,g/d;J_{QR} 是由于径流的去除造成的农药的质量损失,g/d;J_{APP} 是由于降沉到土壤表面而农药的质量增加,g/d;J_{FOF} 是由于从植物冲洗到土壤而农药的质量增加,g/d;J_{DS} 是由于吸附相的降解而农药的质量损失,g/d;J_{ER} 是由于沉积物的侵蚀而农药的质量损失,g/d;J_{TRN} 是由于农药或其降解产物的转化而引起的质量增加或损失,g/d。

对于土壤的次表区的方程,除了 J_{FOF} 和 J_{ER} 外,完全与方程(1-3-4),(1-3-5)和(1-3-6)的形式相同。对于作物根区下的次表层,J_V 也可以不用。

3. 逸度算法的多介质环境模型

将逸度概念引入多介质环境数学模型可以使模型的计算大大地简化。随着研究工作的不断深入,这类模型已被应用于野生动物的模拟,植物从土壤和大气中吸收化学物的模拟以及无机化学物在水体中动力学行为的研究。

在多介质环境的逸度模型中,化学物的浓度 C 和逸度 f 之间的联系是通过参数 Z(称为逸度容量)来实现的,其表达式是

$$C = fZ$$

当化学物在两个相邻的环境介质间处于平衡状态时,它们的逸度应相等,即

$$C_1/C_2 = fZ_1/fZ_2 = Z_1/Z_2 \tag{1-3-7}$$

式中：C_1 和 C_2 分别是化学物在介质 1 和介质 2 中的浓度，mol/m^3；Z_1 和 Z_2 分别表示介质 1 和介质 2 的逸度容量。式(1-3-7)表示在平衡体系中相邻两个介质间的浓度与逸度成正比。由于逸度是以热力学原理为基础的，所以对于多介质环境，逸度容量 Z 可以通过化学物的物理化学性质和环境的某些参数来计算(如表 1-3-10 所示)。

表 1-3-10　逸度容量的定义

环境介质	表达式	说明
大气	$Z = 1/RT$	R 是气体常数，$R = 8.314\ Pa \cdot m^3/(mol \cdot K)$ T 是绝对温度，K
水	$Z = 1/H$ 或 $Z = C_w P_v$	H 是享利定律常数，$Pa \cdot m^3/mol$ C_w 是化学物的水溶度，mol/m^3 P_v 是化学物的蒸气压，Pa
土壤或沉积物	$Z = K_{gw}\rho_s/H$	K_{gw} 是土壤或沉积物/水分配系数，L/kg； ρ_s 是土壤或沉积物密度，kg/L
生物体	$Z = K_{bw}\rho_b/H$	K_{gw} 是生物对化学物的浓缩因子 ρ_b 是生物体的密度，kg/L

图 1-3-6 给出一个多介质逸度模型的示意图。图 1-3-6 中，D_{AL}、D_{LS}、D_{SR} 和 D_{RE} 分别是化学物从大气到植物叶、从植物叶到植物茎、从植物茎到植物根和从植物根到土壤的迁移参数；D_{ER}、D_{RS}、D_{SL} 和 D_{LA} 分别是与上述相反方向的迁移参数；D_{LM}、D_{SM} 和 D_{RM} 分别是化学物在植物叶、茎和根中的代谢速率常数。

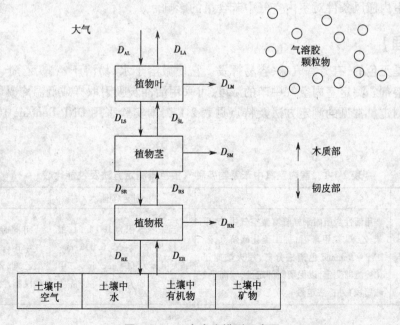

图 1-3-6　一个逸度模型示意图

第 2 章　大气环境化学

实验 2-1　室内空气中苯的污染分析

苯是比较常见的一类污染物。室内空气中的苯通常来自室内用品中溶剂的挥发和有机物燃烧产生,有资料证明苯是一种致癌物质。室内空气质量卫生规范规定室内空气中苯的限值是 $0.09\ mg/m^3$。

通常气体中苯的测定方法有两种,可以简称为溶剂解吸法和热解吸法。前面一种是活性炭吸附二硫化碳解吸气相色谱法,这种方法灵敏度低,并且所用的二硫化碳中常含有不易去掉的苯。但该方法不需要特殊前处理设备,一次采样可以多次分析,尤其是分析苯之间浓度相差比较大或者浓度较高的时候更具有优越性。后面一种是热脱附进样气相色谱法,该方法是样品被吸附剂吸附后,用加热的方法将苯从吸附剂上脱附,然后用载气将苯带到色谱柱中进行分离分析,该方法灵敏度高,但无法确定样品浓度时需要多次取样分析。

【实验目的】

①学习气相色谱的基本操作方法。

②学习建立色谱法测定室内空气中苯的方法。

③了解室内通风条件对室内空气中苯含量的影响。

【实验原理】

苯通常是无色的,有芳香气味,容易挥发。它们微溶于水,易溶于乙醇、乙醚、氯仿和二硫化碳等有机溶剂。测定室内空气中苯的浓度,可采用活性炭吸附取样或低温冷凝取样,然后用气相色谱法测定。常见的测定方法及特点见表 2-1-1,本实验采用 DNP-Bentane 柱(CS_2 解吸)法。

表 2-1-1　室内空气中苯系物各种气相色谱测定方法及性能比较

测定方法	原理	测定范围	特点
DNP + Bentane 柱(CS_2 解吸)法	用活性炭吸附采样管富集空气中苯、甲苯、乙苯、二甲苯后,加二硫化碳解吸,经 DNP + Bentane 色谱柱分离,用火焰离子化检测器测定,以保留时间定性,峰高(或峰面积)外标法定量	当采峰体积为 100 L 时,最低检出浓度:苯 $0.006\ mg/m^3$,甲苯 $0.004\ mg/m^3$,二甲苯及乙苯均为 $0.010\ mg/m^3$	可同时分离测定空气中丙酮、苯乙烯、乙酸乙酯、乙酸丁酯、乙酸戊酯,测定面广

续表

测定方法	原理	测定范围	特点
PEG-6000 柱（CS₂ 解吸进样）法	用活性炭管采集空气中苯、甲苯、二甲苯,用二硫化碳解吸进样,经 PEG-6000 柱分离后,用氢焰离子化检测器检测,以保留时间定性,峰高定量	对苯、甲苯、二甲苯的检测限分别为: 0.5×10^{-3}、1×10^{-3}、2×10^{-3} μg（进样 1 μL 液体样品）	只能测苯、甲苯、二甲苯、苯乙烯
PEG-6000 柱（热解吸进样）法	用活性炭管采集空气中苯、甲苯、二甲苯,热解吸后进样,经 PEG-6000 柱分离后,用氢焰离子化检测器检测,以保留时间定性,峰高定量	对苯、甲苯、二甲苯的检测限分别为 0.5×10^{-3}、1×10^{-3}、2×10^{-3} μg（进样 1 μL 液体样品）	解吸方便,频率高
邻苯二甲酸二壬酯-有机皂土柱	苯、甲苯、二甲苯气样在 -78 ℃浓缩富集,经邻苯二甲酸二壬酯及有机皂土色谱柱分离,用氢火焰离子化检测器测定	检出限,苯 0.4 mg/m³,二甲苯 1.0 mg/m³（1 mL 气样）	样品不隐定,需尽快分析

【实验仪器和试剂】

1. 仪器

①气相色谱仪,配有氢火焰离子化检测器。

②色谱柱:2 m × 3 mm 的不锈钢柱,柱内填充涂覆 2.5% Bentane 的 Chromosorb W HP DMCS（80 ~ 100 目）。

③空气采样器:流量 0.2 ~ 1 L/min。

④微量注射器:1 支,10 μL。

⑤容量瓶:5 mL、100 mL 各 10 个。

⑥吸管:若干,1 ~ 20 mL。

⑦采样管:15 只,长 15 cm、内径 8 mm 的玻璃管,内装 20 ~ 50 目粒状活性炭 0.6 g（活性炭预先在马弗炉内经 350 ℃灼烧 3 h,放冷后备用）,或者使用前在 300 ~ 350 ℃用氮气吹 10 min,分成 A,B 两段,中间用玻璃棉隔开,两端密封保存。

2. 试剂

①苯:色谱纯试剂。

②二硫化碳（CS₂）:使用前必须纯化（纯化方法见"注意事项"）,并经色谱检验。进样 5 μL,在苯与甲苯峰之间不出峰方可使用。

③苯标准贮备液:吸取苯 10.0 μL 于 90 mL 经纯化的 CS₂ 溶液中并稀释至 100 mL,再取此标液 10.0 mL 于装有 80 mL CS₂ 的 100 mL 容量瓶中,并稀释至标线。此贮备液每毫升含苯 8.8 μg。在 4 ℃可保存 1 个月。

【实验步骤】

1. 采样

①用乳胶管连接采样管口与空气采样泵的进气口,并垂直放置,以 0.5 L/min 流量,在窗口（室内侧）采样 40 L 气体。采样后,用乳胶管将采样管两端套封,10 天内测定。记录采样点的气温和大气压力。

②平行采样：另取两只管，按照①的方法平行采样、测定，求出 3 次测量的平均值。

③室内其他位置采样点测定：另取采样管，将其分别放置在门口（室内侧）、家具内、卧室内、客厅内设置采样点，用上述同样的方法采样并加以测定。

2. 测定

①色谱条件。

柱温：64 ℃

气化室温度：150 ℃

检测室温度：150 ℃

载气（氮气）流量：50 mL/min

燃气（氢气）流量：46 mL/min

助燃气（空气）流量：320 mL/min

②标准曲线的绘制：分别取各苯贮备液 0、5.0、10.0、15.0、20.0、25.0 mL 于 100 mL 容量瓶中，用 CS_2 稀释至标线，摇匀。

另取 6 支 5 mL 容量瓶，各加入 0.25 g 粒状活性炭及 0~5 号的苯标液 2.00 mL，振荡 2 min，放置 20 min 后，在上述色谱条件下，各进样 5.0 μL，按所用气相色谱仪的操作要求测定标样的保留时间及峰高或峰面积。绘制峰高或峰面积与含量之间关系的标准曲线。

③样品的测定：将采样管两段活性炭分别移入 2 只 5 mL 容量瓶中，加入纯化过的二硫化碳 CS_2 2.00 mL，振荡 15 min，放置 20 min 后，吸取 5.0 μL 解吸液注入色谱仪，记录保留时间和峰高或峰面积。以保留时间定性，峰高或峰面积定量。

【数据处理】

空气中苯的含量按下面公式计算：

$$\rho = \frac{m_1 + m_2}{V_N}$$

式中：ρ 为空气中苯的含量，mg/m^3；

m_1 为 A 段活性炭解吸液中苯系物的含量，μg；

m_2 为 B 段活性炭解吸液中苯系物的含量，μg；

V_N 为标准状态下的采样体积，L。

【思考题】

①测定空气中的苯有哪些方法？各自优缺点是什么？

②使用气相色谱法测定空气中的苯时应注意从哪些方面减少测定误差？

③请比较室内不同采样地点所取样品中苯含量的大小，说明室内不同通风条件对苯含量的影响。

【注意事项】

本法同样适用于空气中丙酮、苯乙烯、乙酸乙酯、乙酸丁酯、乙酸戊酯的测定。在以上色谱条件下，其比保留时间见表 2-1-3。

表 2-1-3　各组分的比保留时间

组分	丙酮	乙酸乙酯	苯	甲苯	乙酸丁酯	乙苯
比保留时间	0.65	0.76	1.00	1.89	2.53	3.50
组分	对二甲苯	间二甲苯	邻二甲苯	乙酸戊酯	苯乙烯	
比保留时间	3.80	4.35	5.01	5.55	6.94	

②空气中苯浓度在 0.1 mg/m³ 左右时,可用 100 mL 注射器采气样,气样在常温下浓缩后,再加热解吸,用气相色谱法测定。

③市售活性炭、玻璃棉须经空白检验后,方能使用。检验方法是取用量为一支活性炭吸附采样管的玻璃棉和活性炭(分别约为 0.1 g 和 0.5 g),加纯化过的 CS_2 2 mL,振荡 2 min,放置 20 min,进样 5 μL,观察待测物位置是否有干扰峰。无干扰峰时方可应用,否则要预先处理。

④市售分析纯 CS_2 常含有少量苯与甲苯,须纯化后才能使用。纯化方法:取 1 mL 甲醛与 100 mL 浓硫酸混合。取 500 mL 分液漏斗一支,加入市售 CS_2 250 mL 和甲醛-浓硫酸萃取液 20 mL,振荡分层。经多次萃取至 CS_2 呈无色后,再用 20% Na_2CO_3 水溶液洗涤 2 次,重蒸馏,截取 46~47 ℃ 馏分。

实验 2-2　空气中氯苯的污染评价

氯苯类有机物(Chlorobenzenes,CBs)可用作除臭剂、农药、溶剂等,在染料、制药、油漆等化工生产中应用广泛。其理化性质稳定,不易降解,是室内广泛存在的疏水性氯代有机污染物,在土壤、空气中均检出过氯苯类化合物,都是毒性很高的化合物,被美国环保局列为优先控制的污染物。空气中的氯苯通常浓度比较低,但在一些农药、化工等企业周围,通常氯苯浓度超标。本实验采用吸附剂富集气体中的氯苯类化合物,检测评价重点地区的氯苯浓度,分析方法采用气相色谱法。

【实验目的】

①了解氯苯类有机物的来源和危害。
②掌握氯苯类有机物的种类和常用测定方法。
③熟悉气相色谱法测定氯苯类有机物的操作条件。

【实验原理】

利用吸附剂富集气体中的氯代苯、二氯苯和三氯苯,然后用二硫化碳淋洗,用气相色谱法分析,氢火焰离子化检测器检测,峰高外标法定量。本方法适用于室内空气及排放废气中氯苯类化合物的测定。当采样 30 L,用 3 mL CS_2 解析时,方法的最低检出浓度为氯苯 0.04 mg/m³,1,4-二氯苯 0.1 mg/m³,1,2,4-三氯苯 0.4 mg/m³。

【实验仪器和试剂】

1. 仪器
①气相色谱仪,配有氢火焰离子化检测器。

②色谱柱:填充玻璃柱长 2 m,内径 3 mm。填料:10% silicone GESE-30/Chromosorb W Gc DMCS (60~80 目)。

③采样管:10 cm×6 mm 玻璃柱填装 0.3 g GDX-502 (60~80 目),如图 2-2-1 所示。

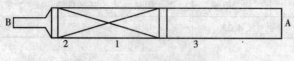

图 2-2-1　采样管结构示意图
1—GDX-502;2、3—玻璃棉

2. 试剂

①标准溶液:氯苯,1,4-二氯苯,1,2,4-三氯苯均为色谱纯,用二硫化碳配制,储备液浓度为氯苯 1.1 mg/mL,1,4-二氯苯 2.0 mg/mL,1,2,4-三氯苯 5.8 mg/mL。也可购买商品氯苯标准。

②二硫化碳:分析纯,色谱检测无干扰峰。

③GDX-502(60~80 目):在索氏提取器中回流处理 5 h,晾干后,55 ℃烘干 2.5 h,装入玻璃瓶中备用。

【实验步骤】

1. 样品采集

用乳胶管将两支吸附管的 A 端与 B 端以最短距离串联,再用乳胶管连接其中一支吸附管的 B 端与采样器的进气口,另一支吸附管 A 端水平或竖直向上安放在采样位置,以 0.5~1 L/min 的流量采气 20~60 L,同时记录采样流量、采样时间及采样点的环境温度和气压。采样后迅速用衬有氟塑料薄膜的胶帽密封吸附管的两端,常温下保存。

2. 色谱条件

柱温:100 ℃;气化室温度:200 ℃;检测器温度:200 ℃;载气流速:50 mL/min;空气流速:450 mL/min;氢气流速:50 mL/min。

3. 标准曲线的绘制

分别取不同体积的标准贮备液配成标准系列,取此标准系列 1 μL 在色谱条件下进行分析,按浓度和峰高回归得到氯苯类化合物标准曲线方程。

4. 样品的预处理

去掉吸附管密封胶帽,将吸附管采样口进气端(A 端)竖直向上固定,下端接 5 mL 具塞比色管。用滴管从上端滴加二硫化碳进行解吸,解吸速率以 CS_2 不溢出吸附管为宜。收集解吸液 3 mL,备用。

5. 进样方式及进样量

注射器进样,进样量 1 μL。

【数据处理】

外标法定量分析:标准样品进样体积与实际样品进样体积相同,标准样品的响应值接近实际样品的响应值,标准样品与实际样品应同时进行分析。

计算公式:

$$C_i(\text{mg/m}^3) = \frac{h_1}{V_N} \times K \times F$$

式中：h_1 为扣除程序试剂空白峰高后的样品峰高，mm；

V_N 为标准状态下的采样体积，L；

K 为校正因子 $\dfrac{V_s C_{si}}{h_s} \times 10^{-3}$，$\mu$g/mm；

C_{si} 为标准溶液中测试组分 i 的浓度，μg/mL；

h_s 为标准溶液的峰高，mm；

V_s 为标准溶液进样体积，μL；

F 为解吸液定容体积与进样体积之比。

【思考题】

①根据计算所得结果，如采样地点在污染源附近，对比大气污染综合排放标准二级、三级氯苯的含量标准，评价空气中的氯苯是否超标。排气筒各要设置多高才能达标？

②本方法测定氯苯有哪些局限性？举例说明。

③试分析采集气体样品时应注意的要点。

实验 2-3　城市大气气溶胶中多环芳烃的污染分析

在城市大气中普遍存在的多环芳烃（PAHs）由于其高毒性、持久性、积聚性和流动性大等特点，被列入需要进行控制和治理的持久性有机污染物质。

所谓多环芳烃（PAHs），是指两个以上苯环以稠环形式相连的化合物。按其分子结构的不同可分成两大类，即联苯类和稠环类。通常通过高温燃烧合成多环芳烃及杂环化合物。大气气溶胶中的多环芳烃主要来源于含碳物质的不完全燃烧；机动车尾气污染源是可吸入颗粒物中多环芳烃的主要贡献源，其次是燃煤；扬尘中的多环芳烃主要来自煤烟尘的沉降。目前我国对空气中多环芳烃的研究比较多的集中于颗粒物中多环芳烃，而对大气气溶胶中多环芳烃的研究较少。本实验采用中流量采样法测定大气气溶胶中的多环芳烃，同时就 PAHs 在大气环境中的存在状态，即在大气气溶胶中的分布情况进行分析。

【实验目的】

①掌握空气中 PAHs 的采集、提取、分析方法。

②掌握高效液相色谱仪的测定原理及使用方法。

③分析评价空气中 PAHs 的污染现状及形态分布。

【实验原理】

多环芳烃在空气中的主要存在形式包括气态、颗粒态（吸附在颗粒物上），而且一定条件下，两者间可相互转化。影响多环芳烃含量的因素包括自身物理化学形态、气温、其他共存污染物，如飘尘、臭氧等。

主要操作步骤分为以下几步：

①大气自动监测子站采集大气气溶胶中的 PAHs;

②二氯甲烷作萃取剂,超声提取样品中的 PAHs;

③高效液相色谱法测定 PAHs 的峰高或峰面积,外标法定量;

④分析、评价其污染水平及形态分布。

【实验仪器和试剂】

1. 仪器

①高效液相色谱仪(美国 Perkin-Elmer 公司),带有 LC-240 型荧光检测器。

②超声波清洗器。

③大气自动监测子站(美国 API 公司生产)。

④RAM-1020 型 β-射线测尘仪(美国 Anderson 公司生产)。

⑤K-D 浓缩器等。

⑥0.45 μm 滤膜。

⑦玻璃纤维滤膜带:30 mm×20 m。

2. 试剂

①Supleco 公司多环芳烃标准混合溶液(100 mg/L):组成为苊(Ace)、芴(Fl)、菲(Ph)、蒽(An)、荧蒽(Fa)、芘(Py)、苯并(a)蒽[B(a)An]、䓛(Chry)、苯并(b)、荧蒽(BbF)、苯并(k)荧蒽(BkF)、苯并(a)芘(BaP)、二苯并(a,h)蒽(DBAn)、苯并(ghi)北[BPe]、茚并(1,2,3-cd)芘(InP),均为 200 μg/mL。

②(密立博)Mili-Q 级纯水,超声脱气。

③甲醇,色谱纯。

④硝酸,优级纯。

⑤二氯甲烷,色谱纯。

【实验步骤】

1. 采样点选择

在下面 5 个不同功能区根据实际条件选择采样点:

①工业区,选择化工厂附近,选择 5～15 个采样点;

②居民区,选择比较有代表性的小区住宅附近,选择 10～15 个采样点;

③商业区,选择比较有代表性的商业街附近,选择 5～15 个采样点;

④交通稠密区,选择城市主干道附近,选择 5～10 个采样点;

⑤文化学校区,选择有代表性的学校、博物馆等场所附近,选择 5～10 个采样点。

2. 滤膜带的预处理

玻璃纤维滤膜带使用前在稀硝酸溶液中浸泡一周,再在 Mili-Q 水中浸泡一周后自然晾干,置于干燥器中干燥,直到滤膜恒重、备用。经该方法处理后的滤膜空白值接近 0。

3. 样品的采集

在各大气自动化子站上均利用 RAM-1020 型射线测尘仪分别采集大气气溶胶样品。用宽 30 mm,长 20 mm 玻璃纤维滤膜带采集 48 h 连续气溶胶样品,采样头距地面高度 9～18 m。在各个功能区附近采样点采集的大气气溶胶样品,每次采集样品数量根据分析要求,在 15～40

个之间。

4.样品的预处理

将采集的滤膜带上的斑点剪成碎条放入 25 mL 磨口锥形瓶中,加入一定量的二氯甲烷,用超声波超声萃取 3 次,每次 5 min 左右,将萃取液通过 0.45 μm 的滤膜过滤到 K-D 浓缩器中,在 65~70 ℃水浴上浓缩至试液体积约 0.5 mL,然后用纯氮气吹干,以甲醇溶解残渣并定容至 0.50 mL 待测。进行 HPLC 分析时,进样前须用 0.45 μm 针头过滤器过滤后进样。

5.色谱操作程序

PAHs 的高效液相色谱分析采用非固定荧光激发波长和荧光发射波长的高效液相色谱-荧光检测法测定大气气溶胶中多环芳烃类化合物,用这种方法对实际样品的分析灵敏度高、干扰少、方法简单、快速。多环芳烃化合物的分析波长见表 2-3-1。

表 2-3-1 波长编程程序

时间 Time/s	激发波长 Excited wavelength λ_{ex}	发射波长 Emission wavelength λ_{em}	测定组分 Determination components
0	291	356	苊 Ace、芴 Fl
210	250	400	菲 Ph、蒽 An
305	289	462	荧蒽 Fa
355	320	380	芘 Py
540	266	403	苯并(a)蒽 B(a)An、䓛 Chry、苯并(b)荧蒽 BbF、苯并(k)荧蒽 BkF、苯并(a)芘 BaP
900	294	430	二苯并(a,h)蒽 Db(a,h)An、苯并(ghi)苝 B(ghi)Pe
1 530	294	482	茚并(1,2,3-cd)芘 In(1,2,3-cd)P

①色谱柱为 PECHROMSEP,3 m×4.6 mm。

②流动相流速为 1.0 mL/min。流动相约进样 2 L。流动相为甲醇-水,梯度洗脱,甲醇-水的最佳配比为:甲醇(15 %):水(100 %)=18:82,在该配比下保持 7 min,然后以线性梯度洗脱 5 min 后,将该配比改变为:甲醇(15 %):水(100 %)=5:95,保持 17 min。

③标准曲线的绘制:峰高为纵坐标,PAHs 浓度为横坐标,绘制每一种多环芳烃的标准曲线,其浓度范围应根据 HPLC 的灵敏度及样品的浓度而定。

【数据处理】

计算大气气溶胶中 PAHs 的浓度:根据色谱图,保留时间定性,峰高和峰面积定量,积分计算出浓度。测定 PAHs 流动相线性梯度如下表 2-3-2 所示,可根据实际样品浓度加以选择。

表 2-3-2　测定 PAHs 流动相线性梯度表

时间/min	甲醛/%	水/%	六通阀切换[①]
0.0	50	50	On
5.5	70	30	Off
16.0	80	20	Off
20.0	85	15	Off
25.0	90	10	Off
30.0	95	5	Off
35.0	95	5	Off
40.0	100	0	Off
45.0	100	0	Off
50.0	50	50	Off

注:六通阀切换的时间随待测物的性质而定。

【思考题】

①分析实验数据,说明空气中 PAHs 的主要来源。

②试述影响空气中 PAHs 存在形态的主要因素。

③举例说明几种测定多环芳烃的方法及其区别。

实验 2-4　氯甲基苯在不同粒径颗粒物上的分布

氯甲基苯广泛用做溶剂、工业和民用清洗剂,这些物质不但能损伤皮肤、引起中枢神经中毒,还能引起细胞原形质、心脏等的损害,对肝、肾、胰腺也有不良影响,一些化合物可能还有致癌的作用。大气中的氯甲基苯除极少部分来自于天然的生物代谢外,主要来源于人为的污染。

【实验目的】

①了解氯甲基苯的来源和危害。

②了解大气颗粒物分级采样器。

③掌握气相色谱法测定氯甲基苯的方法。

【实验原理】

使用大气颗粒物分级采样器测定不同粒径大气颗粒物上吸附的氯甲基苯类物质时,可以采用热脱附或溶剂解吸,然后用气相色谱分离,用电子捕获检测器(ECD)或氢火焰检测器(FID)检测,本实验采用溶剂解吸法测定,采用大气分级采样器进行颗粒物样品的采集。以氯甲基苯为例,用二硫化碳解吸,分析颗粒物中氯甲基苯的含量。

【实验仪器和试剂】

1. 仪器

①HV-1000 型大流量采样器:采样口的抽气速度为 0.3 m/s;采气流量(工作点流量)为 1.05 m^3/min。

②日本产 DFJ-1 型五段多孔冲击分级器,与 HV-1000 型大流量总悬浮微粒采样器连接,所采集颗粒物的粒径范围分别为 >7.0 μm、3.3~7.0 μm、2.0~3.0 μm、1.1~2.0 μm 和 <1.1 μm。

③滤膜及其配套保存盒:超细玻璃纤维滤膜或聚氯乙烯等有机滤膜,20 cm×25 cm(滤膜性能:滤膜对 0.310 0 μm 标准粒子的截留效率不低于 99%,在气流速度为 0.45 m/s 时,每张滤膜阻力不大于 3.5 kPa,在同样气流速度下,抽取经高效过滤器净化的空气 5 h,每平方厘米滤膜失重不大于 0.012 mg,平时滤膜应保存在专用保存盒内)。

④滤膜袋:用于存放采样后对折的采尘滤膜。袋面印有编号、采样日期、采样地点、采样人等项栏目。

⑤恒温恒湿箱(室):箱(室)内空气温度要求在 15~30 ℃ 范围内连续可调,控温精度 ±1 ℃,箱(室)内空气相对湿度应控制在 45%~55% 范围内,恒温恒湿箱(室)可连续工作。

⑥分析天平:感量 0.1 mg。

⑦大流量孔口流量计:量程 0.8~1.4 m^3/min;准确度不超过 ±2%。附有与孔口流量计配套的 U 型管压差计(或智能流量校准器),最小分度值 10 Pa。

⑧气压计。

⑨温度计。

⑩气相色谱仪:带有 FID 检测器,配有积分仪或色谱工作站。

2. 试剂

①二硫化碳:使用前进行提纯,保证氯甲基苯的空白符合要求。

②氯甲基苯的标准溶液:氯甲基苯标准溶液可以使用单标或混合标准,然后用二硫化碳或戊烷稀释成合适的标准。

③内标溶液:当用 FID 检测器时,癸烷、正十一烷或辛烷可以用做内标。

【实验步骤】

1. 大气颗粒物分级采样器的校准

新购置或维修后的采样器在启用前,需进行流量校准;正常使用的采样器每月需进行一次流量校准。具体方法根据实际购买仪器的型号按照仪器说明书进行校准。

2. 空白超细玻璃纤维滤膜或聚氯乙烯等有机滤膜的准备

每张滤膜均需用 X 光看片机进行检查,不得有针孔或任何缺陷。在选中的滤膜光滑表面的两个对角上打印编号。滤膜袋上打印同样的编号备用。

将滤膜放在恒温恒湿箱(室)中平衡 24 h。

称量好的滤膜平展地放在滤膜保存盒中,采样前不得将滤膜弯曲或折叠。

3. 采样

①打开大气颗粒物分级采样器采样头顶盖,取出滤膜夹。用清洁干布擦去采样头内及滤

膜夹的灰尘。

②将已编号并称量过的滤膜毛面向上,放在滤膜网托上,然后放滤膜夹,对正、拧紧,使不漏气。盖好采样头顶盖,按照采样器使用说明操作,设置好采样时间,即可启动采样,空气采样体积可以参考表2-4-1选择。

③当采样器不能直接显示标准状态下的累积采样体积时,需记录采样期间测试现场平均环境温度和平均大气压。

④采样结束后,打开采样头,将滤膜尘面向里对折,用铝箔包裹后置于放有变色硅胶的干燥密封袋中保存。取滤膜时,如发现滤膜损坏,或滤膜上尘的边缘轮廓不清晰、滤膜安装歪斜等,表示采样时漏气,则本次采样作废,需重新采样。

4. 尘膜的平衡及称量

尘膜放在恒温恒湿箱(室)中,用同空白滤膜平衡条件相同的温度、湿度,平衡24 h,在上述平衡条件下称量尘膜,记录尘膜重量。

5. 样品预处理

将滤膜剪成2 cm×2 cm片状转入烧杯中,准确加入10 mL纯化过的二硫化碳,置于超声波振荡器水浴超声处理,功率80%(500 W),温度20 ℃,工作频率40 Hz,放置30 min后吸取上清液进行分析(用内标法时在加入CS_2之前先加入内标化合物)。

6. 色谱条件的调整

使用毛细管柱(DB-130 m×0.25 mm×0.5 μm或DB-130 m×0.32 mm×0.5 μm)或填充柱(固定相为SP-2100或含有0.1% Carbowax1 500的SP-2100),载气为氮气和氢气,使用FID检测器时空气和氢气的流量可以根据仪器说明书要求确定。

7. 标准曲线的绘制

氯甲基苯分析采用外标法,向5 mL容量瓶或2 mL带螺盖的玻璃瓶中加入100 mg的活性炭,然后加入氯甲基苯的标准溶液(和内标化合物),最后加入二硫化碳使总体积为1 mL,采用与样品预处理相同的超声条件处理30 min。标准曲线一般需3~5个不同浓度点,最低浓度点应接近于方法的检测限,各点的响应因子的相对标准偏差≤20%或曲线的相关系数≥0.995时,标准曲线合格。

【数据处理】

1. 现场采样记录内容

现场采样记录内容包括:实验日期、时间、采样器编号、滤膜编号、采样起始时间、采样终了时间、累计采样时间t、采样期间环境温度$^\#T_2$(K)、采样期间大气压$^\#P_2$(kPa)以及测试人。

滤膜称量及TSP浓度记录内容包括:滤膜编号、采气流量Q(m³/min)、采样期间环境温度$^\#T_2$(K)、采样期间大气压$^\#P_2$(kPa)、累计采样时间t、累计采样标况体积V_N(m³)和滤膜重量,包括空膜、尘膜、尘重。

2. 计算样品中氯代烃的总量

按与标准曲线相同的程序测定所采集的不同颗粒样品中各分析物质的浓度,记录保留时间和峰面积,以保留时间进行定性,以峰高或峰面积定量。计算公式如下:

$$W = (W_s \times V_e / V_i)/1\ 000$$

式中:W为样品中分析物质的总量,mg;

W_s 为根据标准曲线计算样品进样后计算的分析物质的量,ng;

V_e 为二硫化碳加入到活性炭中的量,mL;

V_i 为仪器的进样量,μL。

$$C = \frac{(W_f + W_b - B_f - B_b)}{V_s} \times 10^3$$

式中:C 为标准状态下分析物质的浓度,mg/m³;

W_f 为吸附管前段活性炭中分析物质的量,mg;

W_b 为吸附管后段活性炭中分析物质的量,mg;

B_f 为空白吸附管前段活性炭中分析物质的量,mg;

B_b 为空白吸附管后段活性炭中分析物质的量,mg。

$$V_s = \frac{P \times V \times 273}{(273 + t) \times 101.325}$$

式中:P 为现场采样时的大气压,kPa;

V 为实际采样体积,L;

t 为实际采样温度,℃;

V_s 为标准状态下的采样体积,L。

表 2-4-1　采样体积的参考表

化合物	化合物浓度 /(mg/m³)	空气采样体积(L)			最大采样体积下的工作范围/(mg/m³)
		最少体积	最大体积	化合物数量	
氯甲基苯	1	6	50	10	0.6~5.8

【思考题】

①通过实验结果分析,氯甲基苯在哪种颗粒物上的含量最大?请分析原因。

②为什么滤膜前处理过程非常重要?滤膜质量的缺陷可能对测定结果产生哪些影响?如果需要长期保存,应该怎样处理?

实验 2-5　空气中氮氧化物的日变化曲线

氮氧化物(nitrogen oxides)包括多种化合物,如一氧化二氮(N_2O)、一氧化氮(NO)、二氧化氮(NO_2)、三氧化二氮(N_2O_3)、四氧化二氮(N_2O_4)和五氧化二氮(N_2O_5)等。除二氧化氮以外,其他氮氧化物均极不稳定,遇光、湿或热变成二氧化氮及一氧化氮,一氧化氮又变为二氧化氮。大气中氮氧化物(NO_x)主要包括一氧化氮和二氧化氮,主要来自天然过程,如生物源、闪电均可产生 NO_x。NO_x 的人为源绝大部分来自化石燃料的燃烧过程,包括汽车及一切内燃机排放的尾气,也有一部分来自生产和使用硝酸的化工厂、钢铁厂、金属冶炼厂等排放的废气,其中以工业窑炉、氮肥生产和汽车排放的 NO_x 量最多。

NO_x 对呼吸道和呼吸器官有刺激作用,是导致支气管哮喘等呼吸道疾病不断增加的原因之一。二氧化氮、二氧化硫、悬浮颗粒物共存时,对人体健康的危害不仅比单独 NO_x 严重得多,而且大于各污染物的影响之和,即产生协同作用。大气中的 NO_x 能与有机物发生光化学反应,产生光化学烟雾。NO_x 能转化成硝酸和硝酸盐,通过降水对水和土壤环境等造成危害。

【实验目的】

①了解空气中氮氧化物的来源。

②掌握氮氧化物测定的基本原理和方法。

③绘制特定地区空气中氮氧化物的日变化曲线。

【实验原理】

在测定 NO_x 时,先用三氧化铬将一氧化氮等低价氮氧化物氧化成二氧化氮,二氧化氮被吸收在溶液中形成亚硝酸,与对氨基苯磺酸发生重氮化反应,再与盐酸萘乙二胺偶合,生成玫瑰红色偶氮染料,用比色法测定。方法的检出限为 $0.01~\mu g/mL$(按与吸光度 0.01 相应的亚硝酸盐含量计)。线性范围为 $0.03 \sim 1.6~\mu g/mL$。当采样体积为 6 L 时,NO_x(以二氧化氮计)的最低检出浓度为 $0.01~mg/m^3$。

盐酸萘乙二胺盐比色法的有关反应式如下:

$$2NO_2 + H_2O \longrightarrow HNO_3 + HNO_2$$

$$HO_3S-\!\!\!\bigcirc\!\!\!-NH_2 + HNO_2 + CH_3COOH \longrightarrow HO_3S-\!\!\!\bigcirc\!\!\!-N\!\!=\!\!NOCOCH_3 + 2H_2O$$

（玫瑰红色）

采集并测定 1 天内不同时间段空气中氮氧化物的浓度,可绘制空气中氮氧化物浓度随时间的变化曲线。

【实验仪器和试剂】

1. 仪器

①大气采样器:流量范围 $0.0 \sim 1.5$ L/min。

②分光光度计。

③多孔玻板吸收瓶。

④氧化管(装氧化剂)。

⑤干燥管。

2. 试剂

①吸收液:称取 5.0 g 对氨基苯磺酸于烧杯中,将 50 mL 冰醋酸与 900 mL 水的混合液,分数次加入烧杯中,搅拌,溶解,并迅速转入 1 L 容量瓶中,待对氨基苯磺酸完全溶解后,加入

0.050 g 盐酸萘乙二胺,溶解后,用水定容至刻度。此为吸收原液,贮于棕色瓶中,低温避光保存。采样用吸收液由 4 份吸收原液和 1 份水混合配制。

②氧化管:内装三氧化铬和石英砂。取约 30 g 30 ~ 50 目的石英砂,用(1:2)盐酸溶液浸泡 36 ~ 48 h,用水洗至中性,烘干。把三氧化铬及石英砂按重量比 1:30 混合,加少量水调匀,放在红外灯或烘箱里于 105 ℃ 烘干,烘干过程中应搅拌几次。制好的三氧化铬石英砂应是松散的。若粘在一起,可适当增加一些石英砂重新制备。

将此砂装入氧化管中,两端用少量脱脂棉塞好,放在干燥器中保存。使用时氧化管与吸收管之间用一小段乳胶管连接。

③亚硝酸钠标准溶液:准确称 0.100 g 亚硝酸钠(预先在干燥器内放置 24 h)溶于水,转移至 1 L 容量瓶中,用水稀释至刻度,即配 100 μg/mL 的亚硝酸钠溶液,将其贮于棕色瓶中,在冰箱中可稳定保存三个月。

使用时,取上述溶液 50.00 mL 于 1 000 mL 容量瓶中,用水稀释至刻度,即配得 5 μg/mL 亚硝酸钠工作液。

所有溶液均需用不含亚硝酸盐的重蒸水或电导水配制。

【实验步骤】

1. 氮氧化物的采集

用一个内装 5 mL 采样用吸收液的多孔玻板吸收瓶,接上氧化管,并使管口微向下倾斜,朝上风向,避免潮湿空气将氧化管弄湿而污染吸收液。多孔玻板吸收瓶如图 2-5-1 所示。以每分钟 0.3 L 的流量抽取空气 30 ~ 40 min,采样高度为 1.5 m。若氮氧化物含量很低,可增加采样量,采样至吸收液呈浅玫瑰红色为止。记录采样时间和地点,根据采样时间和流量,算出采样体积。把一天分成几个时间段进行采样(6 ~ 9 次),如 7:00 ~ 7:30、8:00 ~ 8:30、9:00 ~ 9:30、10:30 ~ 11:00、12:00 ~ 12:30、13:30 ~ 14:00、15:00 ~ 15:30、16:30 ~ 17:00、17:30 ~ 18:00。

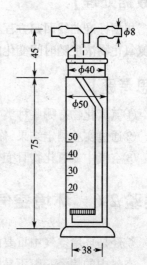

图 2-5-1　多孔玻板吸收瓶
(单位:mm)

2. 氮氧化物的测定

①标准曲线的绘制:取 7 支 10 mL 比色管,按表 2-5-1 配制标准系列。

将各管摇匀,避免阳光直射,放置 15 min。以蒸馏水为参比,用 1 cm 比色皿在 540 nm 波长处测定吸光度。根据吸光度与浓度的对应关系,用最小二乘法计算标准曲线的回归方程式:

$$y = bxa$$

式中:$y = A - A_0$,标准溶液吸光度(A)与试剂空白吸光度(A_0)之差;

x 为 NO_2 含量,μg;

a,b 为回归方程式的截距和斜率。

$$\rho_{NO_x} = \frac{(A - A_0) - a}{b \times V \times 0.76}$$

式中:ρ_{NO_x} 为氮氧化物浓度,mg/m^3;

A 为样品溶液吸光度；

A_0、a、b 表示的意义同上；

V 为标准状态下(25 ℃,760 mmHg)的采样体积,L；

0.76 为 NO_2(气)转换成 NO_2^-(液)的转换系数。

表 2-5-1 标准溶液系列

编号	0	1	2	3	4	5	6
NO_2^- 标准溶液(5 μg/mL)/mL	0.00	0.10	0.20	0.30	0.40	0.50	0.60
吸收原液/mL	4.00	4.00	4.00	4.00	4.00	4.00	4.00
水/mL	1.00	0.90	0.80	0.70	0.60	0.50	0.40
NO_2^- 含量/μg	0	0.5	1.0	1.5	2.0	2.5	3.0

样品的测定:采样后放置 15 min,将吸收液直接倒入 1 cm 比色皿中,在 540 nm 处测定吸光度。

【数据处理】

根据标准曲线回归方程和样品吸光度值,计算出不同时间空气样品中氮氧化物的浓度,绘制氮氧化物浓度随时间变化的曲线。

【思考题】

①氮氧化物有哪些种类? 通常怎样转化? 在自然界中的存在形式是哪几种?

②通过实验测定结果,你认为采集到的氮氧化物的含量是否超过国家环境空气质量标准?

③空气中氮氧化物日变化曲线说明什么?

实验 2-6 环境空气中烷烃的光催化氧化

烷烃是环境空气中重要的污染物。它主要来源于矿物燃料的燃烧,特别是汽车尾气的排放。空气中的烷烃一般不易降解,但在一些光催化剂存在时,可以发生光降解。目前,有关半导体粒子光催化降解烷烃的研究日益受到人们的重视。

【实验目的】

①了解半导体粒子的光催化作用。

②掌握气相光化学反应的研究方法和技术。

③熟悉气相色谱仪的使用。

【实验原理】

所谓半导体粒子的光催化效应是指在光的照射下,半导体的价带电子跃迁到导带,价带的孔穴把周围环境中的羟基电子夺过来,羟基变成自由基,作为强氧化剂将有机物经过一系列中

间过程最终转变为 CO_2，从而完成了对有机物的降解。常见的半导体催化剂主要是过渡金属氧化物和硫化物等，其中催化效率较高的包括 TiO_2（锐钛矿）、Fe_2O_3、CdS 和 ZnS 等。

本实验在有 TiO_2 存在的体系中加入正庚烷，在紫外光照射下，正庚烷会发生光催化降解，生成 CO 和 CO_2。在不同时间取样分析体系中正庚烷和 CO 的含量，CO_2 的生成可通过定性实验来证明。

【实验仪器和试剂】

1. 仪器

①气相色谱仪，带氢火焰离子化检测器。

②400 W 高压汞灯及 400 W 镇流器。

③石英玻璃光化学反应器。

2. 试剂

①正庚烷：色谱纯。

②TiO_2（锐钛矿）：分析纯。

③CO 标准气体：色谱纯。

④氮气：高纯。

⑤氧气。

⑥氢氧化钡：分析纯。

⑦盐酸：分析纯。

【实验步骤】

1. 光化学反应系统的建立

①反应器由石英玻璃制作，外径为 50 mm，长度为 200 mm，容积为 300 mL，上部与侧部分另有一开口，用于配气与取样，开口用垫有聚四氟乙烯膜的反口胶塞密封。光源汞灯由一个两侧开有窗口的金属筒罩住，以获得稳定而集中的辐射。光源与反应器相距 11 cm，中间用一柱形石英管隔开，以保证反应器不因受到长时间光照而温度升高。反应器及汞灯采取平放式与地面平行，以便引入的催化剂可平铺在反应器器壁上。

② 将石英反应器用自来水洗涤数次，并在洗液中浸泡数小时，再用自来水及蒸馏水洗净，于烘箱中烘干。

③在配气口与反口胶塞之间加一层薄的聚四氟乙烯薄膜，防止在光照时反口胶塞的物质进入反应体系。

④称取 1.0 g TiO_2 催化剂，加入反应器中，将反应器与配气系统相连。抽真空，用无汞压力计控制真空度。在抽真空过程中用热吹风加热反应器，使器壁上吸附的物质尽量抽净，然后用高纯氮洗 5 次左右，再抽真空。

⑤将正庚烷和氧气在真空状态下注入反应器，使正庚烷的浓度为 1.66×10^{-4} mol/L，氧气的体积百分比为 20%，最后用高纯氮充至略高于常压，以提供在反应过程中测气样时抽气所需的压力。为防止配气时注射器扎出的孔漏气，可在胶塞外面贴上胶布以保持体系的稳定性。

⑥仔细振荡反应器，使催化剂平铺于器壁底部。

2. 测定

①开启高压汞灯,分别在光照 0、0.5、1.0、1.5、2.0、2.5 和 3.0 h 时从反口胶塞处取样,用气相色谱仪分析体系中反应物正庚烷和产物 CO 的含量。同样,为防止取样时注射器扎出的孔漏气,也需在胶塞外面贴上胶布以保持体系的稳定性。

②反应物正庚烷的气相色谱分析条件如下:SE-54 石英毛细管柱(50 m×0.245);载气为氮气(经过氧化钢管去 O_2);柱前压为 2.4 kg/cm^2;柱温为 60 ℃;分流速度为 68 mL/min;吹扫速度为 33 mL/min;气化室温度为 200 ℃;检测室温度为 220 ℃;产物温度为 220 ℃。

③产物 CO 的气相色谱分析条件如下:分子筛柱;柱温 50 ℃;流速为 30 mL/min;电流为 180 mA。用 CO 标气定量。

④反应结束后,用高纯氮将反应器中的气体全部赶出,并使其通入 $Ba(OH)_2$ 饱和溶液,应有白色 $BaCO_3$ 沉淀生成,遇盐酸沉淀溶解。

【数据处理】

绘制反应过程中正庚烷的浓度随时间的变化曲线,作相关分析,确定反应动力学级数。

【思考题】

①查阅有关资料,推断本实验中正庚烷光催化降解的机理。

②分析影响正庚烷光催化降解的因素有哪些。

③你认为本实验气相色谱的分析条件应如何确定?

实验 2-7 空气中 PM$_{2.5}$ 对动物的毒性

大气污染不仅造成臭氧层的破坏、酸雨的形成等全球性环境问题,而且对人体健康和生态环境有重大影响,颗粒物是评价大气污染的定量健康危害的标志性污染物。大气颗粒物,特别是 PM$_{2.5}$ 能导致呼吸系统、循环系统损害,免疫系统改变等多种疾患,其毒性作用与其粒径及其化学组成密切相关。本实验以大鼠为例,通过动物实验研究空气中 PM$_{2.5}$ 所含有机物的对生物体的毒性。

【实验目的】

①了解空气中不同粒径颗粒物的形成原因和各自危害。

②掌握 PM$_{2.5}$ 的采集和分析方法。

③学习动物实验应注意的主要问题。

【实验原理】

本实验采集大气细颗粒物 PM$_{2.5}$,以大鼠为动物模型,用去离子水超声提取 PM$_{2.5}$ 全颗粒物,采用气管灌注法进行染毒,大鼠饲养 12 天后,处死大鼠,对大鼠的肺进行灌洗,并对肺灌洗液和血清中生化指标、免疫球蛋白功能进行测定,确定大气细颗粒物对呼吸系统的毒性。

【实验仪器和试剂】

1. 仪器

①中流量总悬浮颗粒物无碳刷采样器。

②PM_{10}、PM_5、$PM_{2.5}$切割器（切割粒径 $d = 2.5 \pm 0.2$,粒子采样误差 $\leqslant \pm 5\%$）。

③超声振荡器。

④分光光度计(上海龙尼柯仪器有限公司)。

⑤电热恒温水温箱。

⑥电热恒温培养箱。

⑦冷冻离心机。

⑧ DG5031 型酶联免疫检测仪。

⑨ 二氧化碳培养箱。

2. 试剂

①牛血清白蛋白(Sigma,美国)。

②HRP-小鼠抗大鼠 IgG(0.75 mg/mL)。

③HRP-小鼠抗大鼠 IgA(lmg,USBiological)。

④二甲基亚砜(DMSO)。

⑤四甲基联苯胺(TMB)。

⑥Tween20。

【实验步骤】

1. 主要试剂配制

①漂洗液(pH = 7.4):称取 8.0 g NaCl、0.24 g KH_2PO_4、1.44 g Na_2HPO_4、0.2 g KCl、0.5 mL Tween20 溶于 1 000 mL 双蒸水中,调 pH 值至 7.4,115 ℃,8 磅,高压灭菌 15 min,4 ℃保存备用。

②封闭液(pH = 7.4):称取 5.0 g NaCl、0.24 g KH_2PO_4、l.44 g Na_2HPO_4、0.2 g KCl、0.5 mL Tween20 溶于 1 000 mL 去离子水,调 pH 值至 7.4,115 ℃,8 磅,高压灭菌 15 min,待冷却入 30 g 牛血清白蛋白,无菌操作,4 ℃保存备用。

③溶解液(pH = 7.4):称取 8.0 g NaCl、0.24 g KH_2PO_4、1.44 g Na_2HPO_4、0.2 g KCl、0.5 mL Tween 溶于 1 000 mL 去离子水,调 pH 值至 7.4,115 ℃,8 磅,高压灭菌 15 min,待冷却加 10 g 牛血清白蛋白,无菌操作,4 ℃保存备用。

2. $PM_{2.5}$ 的采集和配制

按照城市功能分区,选择城市 5 个采样点,公园或广场、居民小区、铁路车站、宾馆、郊县农家几个地方。每个采样点四周 100 m 以内无遮挡物。所有样品采集总区间为 15 天。

3. 滤膜前期处理

采用玻璃纤维滤膜,检查其完整性,然后放入干燥器中衡重后称量使用。天平室要求室温在 20 ~ 25 ℃,温度变化小于 ±3 ℃,相对湿度小于 50%,相对湿度变化小于 5%。称量注意事项:称量前要用 2 ~ 5 g 标准砝码检测分析天平的准确度,砝码的标准值与称量值的差不应大于 ±0.1 mg;称量滤膜时要准确到 0.1 mg,称量要快,每张滤膜应在 30 s 内称完;采样后将滤膜置于干燥器中衡重后,用分析天平仔细称量滤膜,前后质量之差(即为所采颗粒物重量)除以标准采样体积即为细颗粒物浓度。

4. 采样方法

本研究采用大气总悬浮颗粒物智能中流量采样器与PM_{10}、PM_5、$PM_{2.5}$切割器配合使用,采样滤膜均为洁净超细玻璃纤维滤膜。用准备好的滤膜进行采样。采样后放入相同恒温恒湿的干燥器中衡重后,再次称重,记录重量变化。雨雪天气停止采样,同时记录气温、气压。24 h更换一次滤膜,滤膜对折后(尘面朝里)立即装入编好号的密封袋干燥衡重后置4 ℃冰箱保存,备用。

5. 现场采样及记录

对各个功能区进行现场采样。现场记录包括:时间、地点、编号、采样开始和结束时间、气温、采样流量、采样体积。浓度分析记录包括:时间、地点、编号、采样时间、采样流量、采样体积、滤膜前后称重结果等。

6. $PM_{2.5}$的制备

把$PM_{2.5}$采样的滤膜剪成2 cm×2 cm大小,分两次放入50 mL去离子水,置于超声波振荡器水浴超声处理,洗脱颗粒物,功率80%(500 W),温度20 ℃,工作频率40 Hz,振荡30 min吸取上清液,再加入双蒸水进行第二次超声处理,两次液体合并于锥形瓶中。六层无菌纱布过滤,滤液即为$PM_{2.5}$悬浮液,真空冷冻干燥,计算回收率。称量后低温冰箱保存,备用。

7. $PM_{2.5}$悬浮液的配制

按表2-7-1操作,临用前称取处理好的$PM_{2.5}$,溶于3 mL生理盐水配制成不同浓度$PM_{2.5}$颗粒物悬浮液。8磅高压灭菌15 min。用前超声振荡5 min。4 ℃备用,液体一周内用完。

8. 动物模型的制备

动物模型直接从普通动物研究所购买成年雄性大鼠即可。

①采用正常成年雄性大鼠30只,体重180±20 g,先预检一周,然后随机分为5组,每组6只,分别为空白对照组、生理盐水组、低剂量组(37.5 mg/kg)、中剂量组(75 mg/kg)、高剂量组(150 mg/kg)。

表2-7-1 $PM_{2.5}$染毒颗粒物的配制

剂量组	浓度/(mg/mL)	$PM_{2.5}$颗粒物量/mg	生理盐水体积/mL
低剂量组	15	45	3
中剂量组	30	90	3
高剂量组	60	180	3

②动物染毒。大鼠按37.5 mg/kg注射氯胺酮麻醉后,取仰位固定于染尘架上,3~5 min后,待呼吸平稳,消毒颈部皮肤,去毛、再消毒后,在颈部中线下段切开皮肤,用血管钳钝性分离皮下组织和肌肉,暴露气管(长约1 cm),在两气管软骨环之间刺入灌注针头,各组按剂量经气管缓慢注入颗粒物生理盐水悬浮液(2.5 mL/kg),待呼吸平稳后缝合切口。同时对照组灌注生理盐水。为预防感染,灌注术后3 d肌内注射青霉素16万单位/只。动物自由饮食,12 d后处死。

③肺脏支气管肺泡灌洗液的制备。染毒 12 d 后大鼠用 0.3% 的戊巴比妥钠腹腔注射麻醉,股动脉取血 5 mL,并放血处死大鼠。快速沿气管完整的取下肺,接扎右肺上叶,取部分右肺上叶用 10% 的中性甲醛固定,另一部分保存于生理盐水中备用。经气管用冷 PBS 3.5 mL 灌洗肺部,共灌洗两次,收集支气管肺泡灌洗液(BALF)至 5 mL,1 000 r/min 离心约 15 min,留取上清液置 −20 ℃ 保存。

同时在无菌试管中取动物血 5 mL 静置 30 min,以 1 000 r/min 离心 10 min,用吸头吸取血清置无菌小试管中,置 4 ℃ 冰箱,10 min 内做 ACP、AKP、LDH、ALB、TP 的检测,IgG、IgA 免疫球蛋白的测定(每管做双份,求均值)。

9. 肺灌洗液指标分析:肺灌洗液中 IgG、IgA 的测定

①根据预实验结果将灌洗液稀释 20 倍,于 96 孔酶标板孔板中加入 100 μL 稀释灌洗液(用包被液 pH = 9.6 稀释灌洗液)。

②将酶标板放入湿盒中在 37 ℃ 孵箱孵育 1 h,将每孔液体吸弃。

③用漂洗液漂洗 3 次。

④每孔加入 200 μL 封闭液。

⑤酶标板放入湿盒中在 37 ℃ 孵箱孵育 1 h,用漂洗液漂洗 3 次。

⑥将 100 μL 1/2 000 的小鼠抗大鼠 IgA,以溶解液为溶剂,加入每孔。

⑦在 37 ℃ 下孵箱孵育 1 h。

⑧用漂洗液漂洗 3 次。

⑨加入 100 μL 底样液。

⑩在 37 ℃ 下孵箱孵育 15 min。

用酶标板在 450 nm 处比色测定,以 PBS 调零,记录 O.D. 值。灌洗液中 IgG 测法同 IgA,所不同的是抗体为小鼠抗大鼠 IgG,1/20 灌洗液和 1/2 000 小鼠抗大鼠 IgG。

【数据处理】

各个功能区的 $PM_{2.5}$ 监测数据写在下表 2-7-2 中。

$PM_{2.5}$ 毒作用机制分析如下。

①大鼠活动及死亡情况:大鼠灌注后呼吸、切口缝合后状态、是否有明显感染迹象。

②灌洗液中免疫球蛋白的测定。

③肺灌洗液中免疫球蛋白测定结果写入表 2-7-3 中。

表 2-7-2　$PM_{2.5}$ 监测结果

采样地点	采样天数	浓度范围/(mg/m³)	日均值mg/(m³)
1			
2			
3			
4			
5			

表 2-7-3　肺灌洗液中 IgG、IgA 检测结果

剂量组	IgG O.D 值	IgA O.D 值
空白对照组		
生理盐水组		
低剂量组(37.5 mg/kg)		
中剂量组(75 mg/kg)		
高剂量组(150 mg/kg)		

从表中数据总结染毒后 IgG、IgA 与空白对照组和生理盐水对照组肺灌洗液中 IgG、IgA,各剂量组与生理盐水对照组的变化趋势。

【思考题】

①你认为影响采集 $PM_{2.5}$ 效率的主要因素是哪些?

②你认为 $PM_{2.5}$ 对生物的毒性主要体现在哪些方面?

第3章 水环境化学

实验3-1 水体富营养化程度评价

富营养化是指在人类活动的影响下,生物所需的氮、磷等营养物质大量进入湖泊、河口、海湾等缓流水体,引起藻类及其他浮游生物迅速繁殖,水体溶解氧量下降,水质恶化,鱼类及其他生物大量死亡的现象。水体富营养化后,即使切断外界营养物质的来源,也很难自净和恢复到正常水平。局部海域可变为"死海",或出现"赤潮"现象。

许多参数可作为水体富营养化的指标,常用的是总磷、总氮和叶绿素a含量。

【实验目的】

①掌握总磷、总氮及叶绿素a的测定原理及方法。

②评价水体的富营养化状况。

【实验原理】

1. 测定磷的原理

在酸性溶液中,将各种形态的磷转化成磷酸根离子(PO_4^{3-})。随之用钼酸铵和酒石酸锑钾与之反应,生成磷钼锑杂多酸,再用抗坏血酸把它还原为深色钼蓝。

砷酸盐与磷酸盐一样也能生成钼蓝,$0.1\mu g/mL$的砷就会干扰测定。六价铬、二价铜和亚硝酸盐能氧化钼蓝,使测定结果偏低。

2. 测定总氮(碱性过硫酸钾消解紫外分光光度法)的原理

在60℃以上的水溶液中,过硫酸钾按如下反应式分解,生成氢离子和氧。

$$K_2S_2O_8 + H_2O \longrightarrow 2KHSO_4 + \frac{1}{2}O_2$$

$$KHSO_4 \longrightarrow K^+ + HSO_4^-$$

$$HSO_4^- \longrightarrow H^+ + SO_4^{2-}$$

加入氢氧化钠用以中和氢离子,使过硫酸钾分解完全。

在120~124℃的碱性介质条件下,用过硫酸钾作氧化剂,不仅可将水样中的氨氮和亚硝酸盐氮氧化为硝酸盐,同时将水样中大部分有机氮化合物氧化为硝酸盐。而后,用紫外分光光度法分别于波长220 nm与275 nm处测定其吸光度,按$A = A_{220} - 2A_{275}$计算校正吸光度(A),即硝酸盐氮的吸光度值,按A的值查标准曲线并计算总氮(以$NO_3^- - N$计)含量。

3. 测定叶绿素a的原理

测定水体中的叶绿素a的含量,可估计该水体的绿色植物存在量。将色素用丙酮萃取,测量其吸光度值,便可以测得叶绿素a的含量。

【实验仪器和试剂】

1. 仪器

①可见分光光度计。

②灭菌锅。

③容量瓶:100 mL,250 mL。

④锥型瓶:250 mL。

⑤比色管:25 mL,50 mL。

⑥具塞小试管:10 mL。

⑦移液管:1 mL,2 mL,10 mL。

⑧醋酸纤维滤膜:孔径0.45 μm。

2. 试剂

①5%过硫酸钾溶液。

②硝酸钾标准储备液:称取0.721 8 g经105~110 ℃烘干4 h的优级纯硝酸钾(KNO₃)溶于无氨水中,移至1 000 mL容量瓶中,定容。此溶液每毫升含100 μg硝酸盐氮。

③硝酸钾标准使用液:将储备液用无氨水稀释10倍而得。此溶液每毫升含10 μg硝酸盐氮。

④90%丙酮溶液:丙酮与水按体积比9:1混合。

⑤2 mol/L盐酸溶液。

⑥(1 +9)盐酸溶液:盐酸与水按体积比1:9混合。

⑦钼酸盐溶液:溶解13 g钼酸铵((NH₄)₆Mo₇O₂₄·4H₂O)于100 mL水中。溶解0.35 g酒石酸锑钾(K(SbO)C₄H₄O₆·1/2H₂O)于100 mL水中。

在不断搅拌下,将钼酸铵溶液徐徐加到300 mL(1 +1)硫酸中,加酒石酸锑氧钾溶液并且混合均匀。贮存在棕色的玻璃瓶中于约4 ℃保存。至少稳定两个月。

⑧10%的抗坏血酸溶液:溶解10 g抗坏血酸于100 mL蒸馏水中,转入棕色瓶。若在4 ℃以下保存,可维持一个星期不变。

⑨磷酸盐储备液:称取1.098 g KH₂PO₄,溶解后转入250 mL容量瓶中,稀释至刻度,即得1.00 mg/mL磷溶液。

⑩磷酸盐标准使用溶液:量取0.20 mL储备液于100 mL容量瓶中,稀释至刻度,即得磷含量为2 μg/mL的标准液。

【实验步骤】

1. 磷的测定

①消解:吸取25 mL水样于50 mL具塞刻度管中,加4 mL的过硫酸钾溶液,加塞后管口包一小块纱布并用线扎紧,以免加热时玻璃塞冲出。将具塞刻度管放在大烧杯中,置于高压蒸汽消毒器或压力锅中加热40 min后,停止加热,待压力表指针降至0后,取出放冷。如溶液浑浊,则用滤纸过滤;洗涤瓶及滤纸,一并移入比色管中,加水至标线,供分析用。试剂空白和标准溶液系列也经过同样的消解。

②标准曲线的绘制:取数支50 mL具塞比色管,分别加入磷酸盐标准使用液(浓度为2.00

μg/mL)0,1.00,3.00,5.00,10.0,15.0 mL,加水至 25 mL,加 4 mL 的过硫酸钾溶液,加塞后管口包一小块纱布并用线扎紧,以免加热时玻璃塞冲出。将具塞刻度管放在大烧杯中,置于高压蒸汽消毒器或压力锅中加热 40 min 后,停止加热,待压力表指针降至 0 后,取出放冷。加水至标线。

向比色管中加入 1 mL 10%(m/V)抗坏血酸溶液混匀,30 s 后加 2 mL 钼酸盐溶液充分混匀,放置 15 min。用 10 mm 或 30 mm 比色皿,于 700 nm 波长处,以零浓度溶液为参比,测量吸光度。

③样品测定:分别取适量经膜过滤或消解的水样用水稀释至标线,以下按绘制校准曲线的步骤进行显色和测量。减去空白试验的吸光度,并从标准曲线上查出含磷量。

④数据处理。

$$磷酸盐(P,mg/L) = \frac{m}{V}$$

式中:m 为由校准曲线查得的磷量,μg;

　　　V 为水样体积,mL。

2. 总氮的测定(碱性过硫酸钾消解紫外分光光度法)

(1)标准曲线的绘制

分别吸取 0、1.00、2.00、3.00、5.00、7.00、8.00、10.0 mL 硝酸钾标准使用液(浓度为 10.0 μg/mL)于 25 mL 比色管中,用无氨水稀释至 10 mL 标线。加入 5 mL 碱性过硫酸钾溶液,塞紧磨口塞,用纱布及纱绳裹紧管塞,以防止溅出。将比色管置于压力蒸汽消毒器中,放气 5 ~ 10 min,关上排气阀,升温至 120 ~ 124 ℃时开始计时,40 min 后关闭消毒器,自然冷却,开阀放气,移去外盖,取出比色管并冷却至室温。

加入(1 + 9)盐酸 1 mL,用无氨水稀释至 25 mL 标线。在紫外分光光度计上,以无氨水作参比,用 10 mm 石英比色皿分别在 220 nm 及 275 nm 波长处测定吸光度。用校正的吸光度绘制标准曲线。

(2)样品测定

取 10 mL 水样,按标准曲线绘制步骤操作,然后按校正吸光度,在标准曲线上查出相应的总氮量,再用下列公式计算总氮含量。(注:测定悬浮物较多的水样时,在碱性过硫酸钾氧化后可能出现沉淀。遇此情况,可吸取氧化后的上清液进行紫外分光光度法测定。)

(3)数据处理

$$总氮(mg/L) = \frac{m}{V}$$

式中:m 为从标准曲线上查得的氮量,μg;

　　　V 为所取水样体积,mL。

3. 叶绿素 a 的测定

①将 100 ~ 500 mL 水样经玻璃纤维滤膜过滤,记录过滤水样的体积。将滤纸卷成香烟状,放入小玻璃瓶或离心管中。加 10 mL 或足以使滤纸淹没的 90% 丙酮液,记录体积,塞住瓶塞,并在 4 ℃下暗处放置 4 h。将一些萃取液倒入 1 cm 玻璃比色皿,以试剂空白为参比,分别在波长 665 nm 和 750 nm 处测其吸光度。

加 1 滴 2 mol/L 盐酸于上述两只比色皿中,混匀并放置 1 min,再在波长 665 nm 和 750 nm

处测其吸光度。

②数据处理。

酸化前：$A = A_{665} - A_{750}$

酸化后：$A_a = A_{665a} - A_{750a}$

在 665 nm 处测得吸光度减去 750 nm 处测得值是为了校正浑浊液。

用下式计算叶绿素 a 的浓度（μg/L）：

$$叶绿素 a = 29(A - A_a)V_{萃取液}/V_{样品}$$

式中：$V_{萃取液}$ 为萃取液的体积，mL；

$V_{样品}$ 为样品体积，mL。

根据测定结果，并查阅有关资料，评价水体富营养化。

【思考题】

①水体中氮磷的主要来源有哪些？

②被测水体的富营养化状况如何？

实验 3-2　水中有机氯农药的污染分析

2001 年 5 月来自 127 个国家（包括中国）和地区的代表在瑞典斯德哥尔摩签署了"控制持久性有机污染物"的国际公约，严格禁止或限制使用 12 种持久性有机污染物，有机氯农药（DDT、艾氏剂、氯丹、狄氏剂、异狄氏剂、七氯、灭蚁灵、毒杀芬、六氯苯）占了其中的 9 种。这些对人类健康和自然环境特别有害的典型化学污染物不仅可能引起癌症，而且可能影响内分泌系统、神经系统和生殖系统；不但可能影响本代，而且可能影响后代。六六六虽未列上，但为可疑致癌物，属美国环境保护局确定的 129 种优先控制污染物。越来越多的研究显示，大量生产和使用的有机氯农药通过空气、水、土壤等潜入农作物，残留在粮食、蔬菜中，继而又通过食物链或空气进入人体并累积，使人体健康受到威胁。由于有机氯农药难降解、半挥发性，能在多介质环境中迁移转化，导致有机氯农药在环境中的广泛存在对大气、水体、土壤等环境造成严重污染。

有机氯农药在水中的浓度很低，往往为 ng/L 或 μg/L，而样品中往往含有大量非目标化合物，会造成背景干扰，影响待测组分的测定，因此样品分析前需要进行前处理，主要包括提取、净化和浓缩等步骤，前处理是影响分析结果的关键环节。目前，水中痕量有机污染物的前处理方法很多，传统的技术如索氏提取、液液分配、柱层析等。此外，一些新的样品前处理技术，如固相萃取（Solid Phase Extraction, SPE）、固相微萃取（Solid Phase Micro-Extraction，简称 SPME）、微波辅助萃取（Microwave Assisted Extraction，简称 MAE）、样品固相分散萃取、自动索氏萃取、在线高效流相色谱（HPLC）萃取、超临界流体萃取（Supercritical Fulid Extraction，简称 SFC）等不断被引入农残分析中。

【实验目的】

①了解有机污染物分析方法，掌握水中有机氯农药的前处理技术。

②了解气相色谱仪的工作原理和使用方法。

【实验原理】

本方法用正己烷做萃取剂,在中性条件下,萃取水中的有机氯农药。采用浓硫酸对萃取液进行净化。用具有电子捕获器(ECD)的毛细管气相色谱仪进行分离测定。

【实验仪器和试剂】

1. 仪器

①气相色谱仪,具有 ECD 检测器。

②色谱柱:安捷伦 DB-35 ms,25 m×0.32 mm,0.25 μm 石英毛细管柱。

③K-D 浓缩器。

④浓缩管:100 mL,10 mL。

⑤分液漏斗:1 000 mL。

⑥容量瓶:10 mL。

⑦刻度试管:5 mL。

2. 试剂

①标准储备液:α-HCH、β-HCH、γ-HCH、δ-HCH、o,p'-DDT、p,p'-DDE、p,p'-DDD、p,p'-DDT,均为 100 μg/mL,溶剂为石油醚。

②混合标准使用溶液:用正己烷稀释标准储备液配制而成,使配成的混合标准使用溶液每毫升含 α-HCH、β-HCH、γ-HCH、δ-HCH、o,p'-DDT、p,p'-DDE、p,p'-DDD、p,p'-DDT 分别为 0.10、0.15、0.10、0.04、0.25、0.08、0.20 和 0.25 μg。

③异丙醇:分析纯。

④正己烷:精馏后浓缩 500 倍,色谱测定无干扰峰存在。

⑤二氯甲烷:精馏后浓缩 500 倍,色谱测定无干扰峰存在。

⑥无水硫酸钠:在马弗炉中 450 ℃焙烧 6 h,储于干燥器中备用。

⑦浓硫酸:分析纯。

⑧ 载气:氮气,纯度为 99.99%。

【实验步骤】

1. 水样的制备

1)萃取　摇匀水样,量取 500 mL,放入 1 000 mL 分液漏斗中,加入 25 mL 正己烷,振摇分液漏斗(注意放气)5~10 min,静置,分层后移出正己烷相。向水相中再加入 25 mL 正己烷重复萃取一次。萃取后弃去水相,合并上层正己烷,供净化用。

2)萃取液净化　若萃取液颜色较深,含有较多油脂类化合物,则萃取液需净化。将 5 mL 浓硫酸加到正己烷萃取液中,开始轻轻振摇,然后剧烈振摇 5~10 s,静置分层后弃去下层硫酸。重复上述操作,至硫酸层无色为止。向净化的有机相中加入 50.0 mL 硫酸钠水溶液洗涤有机相两次,弃去水相,有机相通过铺有 5~8 mm 厚无水硫酸钠的三角漏斗(无水硫酸钠用玻璃棉支托),使有机相脱水。有机相流入 100 mL 浓缩管。用 3~5 mL 正己烷洗涤分液漏斗和无水硫酸钠层,洗涤液收集至浓缩管中。

3)样品浓缩　将 Snyder 蒸馏柱接在装有萃取液的浓缩管上,用皮筋套好,置于水浴锅中,控制水浴温度为 70~90 ℃，当体积 0.5~1.0 mL 时，取下浓缩管。浓缩管冷却至室温后，用少量正己烷冲洗浓缩管内壁并定容至一定体积，备色谱分析用。

2. 水样测定

1) 色谱条件　进样口：250 ℃；检测口：345 ℃；N_2：1.5 mL/min；进样量：1 μL，不分流；程序升温：160 ℃（0.5 min）→（10 ℃/min）→230 ℃→（15 ℃/min）→275 ℃（3 min）。

2) 定量分析　吸取混合标准使用溶液 0.10、0.40、1.00、2.00 和 4.00 mL，分别放入五个 10 mL 容量瓶中，用正己烷稀释定容。此混合标准系列各组分的浓度见表 3-2-1。取 1 μL 标准溶液注入色谱仪，测定峰面积。用峰面积对应浓度作图，绘制校准曲线。

表 3-2-1　标准系列的配制和浓度/（μg/L）

混合标准使用体积/mL	α–HCH	γ–HCH	β–HCH	δ–HCH	p,p'–DDE	o,p'–DDT	p,p'–DDD	p,p'–DDT
0.10	1	1	1.5	0.4	0.8	2.5	2.0	2.5
0.40	4	4	6	1.6	3.2	10	8	10
1.00	10	10	15	4.0	8.0	25	20	25
2.00	20	20	30	8.0	16	50	40	50
4.00	40	40	60	16	32	100	80	100

取 1 μL 试液注入色谱仪，测定峰面积。从校准曲线上查出样品中被测组分的浓度。

【数据处理】

$$水样中被测组分浓度（ng/L）= \frac{c_1 V_1}{V_2}$$

式中：c_1 为从标准曲线上查出的被测组分浓度，μg/L；

　　　V_1 为萃取浓缩液体积，mL；

　　　V_2 为水样体积，mL。

【思考题】

①GC-ECD 法主要适用于哪些有机化合物的分析？

②低浓度有机污染物样品的富集技术有哪些？

③采用萃取法富集水中有机污染物有哪些优缺点？

实验 3-3　有机物辛醇-水分配系数的测定

有机化合物的辛醇-水分配系数（K_{ow}）是指在一个由辛醇和水组成的两相平衡体系中，化合物在辛醇相的摩尔浓度与其在水相中摩尔浓度的比值。它反映了有机化合物在有机相和水相间分配的一种倾向，K_{ow} 越大的物质，其疏水性越大。

K_{ow} 的研究最初是随着人们对药物的化学结构-活性关系的研究发展起来的。近年来，K_{ow} 已成为研究有机化合物环境行为的一个重要参数。研究表明，K_{ow} 与有机化合物的水溶解度、沉积物或土壤对有机化合物的吸附系数、有机化合物的生物浓缩因子等都有密切的联系。因此在研究有机污染物在环境中的行为和生态效益方面,K_{ow} 的研究必不可少。

目前关于有机化合物 K_{ow} 的测定方法主要有摇瓶法、逆流分配法、分段流动法和高效液相色谱法等。在这些方法中,摇瓶法最成熟,应用最为普遍,被 OECD 确定为标准方法。但是该方法费时,且常常会碰到许多实验条件的困难,因而在实际工作中受到一定的限制。高效液相色谱法的优点是简单、快速、节省劳力,允许较宽的 K_{ow} 测定范围。

【实验目的】

①了解测定有机化合物的辛醇-水分配系数的意义和方法。
②掌握紫外分光光度计的使用方法。
③掌握高效液相色谱的使用方法。

【实验原理】

化合物在辛醇相中的平衡浓度与水相中该化合物非离解形式的平衡浓度的比值即为该化合物的辛醇-水分配系数。

$$K_{ow} = \frac{c_0}{c_w}$$

式中:c_0 为该化合物在辛醇相中的平衡浓度;

$\quad c_w$ 为水相中的平衡浓度;

$\quad K_{ow}$ 是分配系数。

1. 摇瓶法测定正辛醇-水分配系数

摇瓶法测定有机化合物 K_{ow} 的基本原理是将受试物在一定温度下加入到由辛醇和水组成的两相体系,然后充分混合,使体系中所有相互作用的组分之间达到平衡状态,之后将两相分离。分别测定辛醇相和水相中受试物的平衡浓度,通过计算求得 K_{ow} 值。

2. 高效液相色谱法测定正辛醇-水分配系数

高效液相色谱法测定有机化合物的 K_{ow} 是利用有机化合物在液相色谱柱的固定相和流动相之间的分配,与其在辛醇和水混合体系内两相间的分配相似的原理。该方法首先测定 K_{ow} 已知的有机化合物的液相色谱保留时间 t_r,并建立 t_r 与 K_{ow} 间相关关系式 $\lg K_{ow} = a \lg t_r + b$,式中 a 和 b 为常数。然后利用同样方法测定受试物的保留时间,最后由所建立的相关关系式计算该化合物的 K_{ow} 值。

【实验仪器和试剂】

1. 仪器
①高效液相色谱,配紫外检测器。
②C_8 色谱柱:10 μm,250 mm×4.6 mm i.d. 。
③紫外分光光度计。
④恒温振荡器。
⑤离心机。
⑥容量瓶:10 mL,25 mL。

2. 试剂

①正辛醇:分析纯。

②乙醇:95%,分析纯。

③甲醇:色谱纯。

④对二甲苯:分析纯。

⑤标样化合物:化合物名称和相应的 lg K_{ow} 值见表 3-3-1。

表 3-3-1　标样化合物及其 lg K_{ow}

化合物	lg K_{ow}	化合物	lg K_{ow}
三氯苯酚	2.93	苯	3.01
二溴苯酚	3.16	对硫磷	3.53
二氯苯	3.89	联苯	4.13
三氯苯	4.40	邻苯二甲酸二乙酯	4.50
艾氏剂	5.14	氟乐灵	5.51
滴滴涕	6.34	滴滴伊	6.71

【实验步骤】

1. 摇瓶法

(1)标准曲线的绘制

移取 1.00 mL 对二甲苯于 10 mL 容量瓶中,用乙醇稀释至刻度,摇匀。取该溶液 0.10 mL 于 25 mL 容量瓶中,再以乙醇稀释至刻度,摇匀,此时浓度为 400 μg/mL。在 5 只 25 mL 容量瓶中各加入该溶液 1.00,2.00,3.00,4.00,5.00 mL,用水稀释至刻度,摇匀。在 751 分光光度计上,选择波长为 227 nm,以水为参比,测定标准系列的吸光度 A。以 A 对浓度 c 作图,即得标准曲线。

(2)分配系数的测定

移取 0.4 mL 对二甲苯于 10 mL 容量瓶中,用正辛醇稀释至刻度,配成浓度为 4×10^4 μg/mL 的溶液。取此溶液 1.00 mL 于具塞 10 mL 离心管中,准确加入 9.00 mL 水,塞紧塞子,平放并固定在恒温振荡器上(25 ±0.5 ℃)振荡 30 min。然后离心分离 10 min,用滴管小心吸去上层辛醇,在 227 nm 下测定水相吸光度,由标准曲线查出其浓度。平行做两份,并作试剂空白试验。

2. 高效液相色谱法

以甲醇为溶剂,配制标样(见表 3-3-1)和被测样品(对二甲苯),浓度约为 25 mg/L。分别取此溶液进行色谱分析,进样量 20 μL。记录标样和被测样品的保留时间。色谱条件为:流动相,75:25 的甲醇/水;流速,0.5 mL/min;紫外检测波长,254 nm。

【数据处理】

1. 摇瓶法

$$K_{ow} = \frac{c_0 V_0 - c_w V_0}{c_w V_w}$$

式中: V_0 为辛醇相体积;

V_w 为水相中体积。

2. 高效液相色谱法

通过所测得的各标样化合物在高效液相色谱上的保留时间 (t_r) 和已知的分配系数 (K_{ow}, 表3-3-1) 进行线性回归分析,可得线性回归方程式 $\lg K_{ow}$,其中 a 和 b 为常数。将被测化合物的保留时间 t_r 代入该回归方程式,计算出相应的 K_{ow} 值。

【思考题】

① 正辛醇-水分配系数的测定有何意义?

② 振荡法和高效液相色谱法测定化合物正辛醇-水分配系数优缺点分别有哪些?

实验3-4 表面微层水中重金属的富集

水体表面微层(Surface Microlayer, SM)是指空气-水间界面层,其厚度一般认为是几十到几百微米,是水与大气间交换的必经之路,它构成了自然环境中物质和能量交换的最大界面。与水体相比,水体表面微层具有特殊的物理化学及生物特性,它为水中数以千计不同种类的漂浮生物、某些浮游动物幼体和微生物提供了生存场所,构成了独特的漂浮生物群落,其中有些是具有很高经济价值的水生生物;水体表面微层还在大气污染物向水体迁移过程中具有重要作用,是重金属、石油烃、微粒物以及农药等有机污染物的富集场所;水体表面微层中存在着重要的生物化学和光化学反应。因此,水体表面微层对污染物的生物地球化学循环起重要的作用。

【实验目的】

① 学习使用石墨炉原子吸收分光光度计测定重金属含量。

② 掌握表面微层水的采集方法。

③ 了解重金属在表面微层水中的富集程度。

【实验原理】

采集同一地点的表面微层水和表层水,水样经硝化处理后,用石墨炉原子吸收分光光度法测定,其测定方法是将样品注入石墨管,用电加热方式使石墨炉升温,样品蒸发离解形成原子蒸气,对来自光源的特征电磁辐射产生吸收。将测得的样品吸光度和标准吸光度进行比较,确定样品中金属的含量。比较表面微层水和表层水中重金属含量,分析重金属在表面微层水中的富集程度。

石墨炉原子吸收分光光度法的基体效应比较显著和复杂。在原子化过程中,样品基体蒸发,在短波长范围出现分子吸收或光散射,产生背景吸收。可以用连续光源背景校正法,或塞曼偏振光校正法、自吸收法进行校正,也可采用邻近的非特征吸收线校正法,或通过样品稀释降低样品中的基体浓度。另一类基体效应是样品中基体参加原子化过程中的气相反应,是被测元素的原子对特征吸收增强或减弱,产生正干扰或负干扰。在一定条件下,采用标准加入法可部分补偿这类干扰。此外,也可使用基体改良剂,硝酸钯是用于镉、锌、铅最好的基体改进剂。在样品分析前要检查是否存在基体干扰并采取相应的校正措施。

【实验仪器和试剂】

1. 仪器
①石墨炉原子吸收分光光度计。
②表面微层水采样器:采样器种类较多,主要有玻璃板式、滚筒式和筛网式。玻璃板式采样器制作简单、价格低廉、操作方便,因此实验采用玻璃板采样器。玻璃板采样器尺寸为 25 cm×25 cm,并附有机玻璃把手。整个采样装置无金属组件,以免金属沾污水样。将玻璃板采水器垂直插入水中,然后以 10 cm/s 的速度提出水面(采集的表面微层水的厚度约为 100 μm),迅速将玻璃板用橡胶刮板将玻璃板上采集到的表面微层水刮入盛样瓶。
③电热板。
④量筒:100 mL,5 mL。
⑤烧杯:200 mL。
⑥容量瓶:100 mL。

2. 试剂
①硝酸:优级纯。
②硝酸钯溶液:称取硝酸钯 0.108 g 溶于 10 mL(1+1)硝酸,用水定容至 500 mL,则含钯 10 μg/mL。
③去离子水。
④过氧化氢:分析纯。
⑤重金属标准储备液:准确称取经稀盐酸清洗并干燥后的 0.500 0 g 光谱纯金属,用 50 mL(1+1)硝酸溶解。用水稀释至 500.0 mL,此溶液每毫升含 1.00 mg 金属。
⑥混合标准溶液:由标准储备溶液稀释配制,用 0.2% 硝酸进行稀释。制成的溶液每升含镉、铜、铅 0、0.1、0.2、0.4、1.0、2.0 μg,含基体改进剂钯 1 μg 的标准系列。

【实验步骤】

1. 水样的制备
用玻璃板表面微层水采样器采集湖水表面微层水样,同时将采水器沉降至水下 0.5 m 采集表层水样。采集的水样用浓硝酸固定,每升水样加 10 mL 硝酸。

两种水样各取 100 mL 放入 200 mL 烧杯中,加入硝酸 5 mL,在电板上加热消解(不要沸腾),蒸至 10 mL 左右,加入 5 mL 硝酸和 10 mL 过氧化氢,继续消解,直至 1 mL 左右。如消解不完全,再加入硝酸 5 mL 和过氧化氢 10 mL,再次蒸至 1 mL 左右。取下冷却,加水溶解残渣,并加入 10 mL 硝酸钯溶液,用水定容至 100 mL。

取 0.2% 硝酸 100 mL,按上述相同的程序操作,以此为空白样。

2. 水中重金属的测定

将 20 μL 样品注入石墨炉,参照表 3-4-1 的仪器参数测量吸光度。以零浓度的标准溶液为空白样,扣除空白样吸光度后,从校准曲线上查出样品中被测金属的浓度。

表 3-4-1　石墨炉分光光度法测定重金属的条件

工作参数	元素		
	Cd	Pb	Cu
光源	空心阴极灯	空心阴极灯	空心阴极灯
灯电流/mA	7.5	7.5	7.5
波长/nm	228.8	283.3	324.7
通带宽度/nm	1.3	1.3	1.3
干燥	80~100 ℃/5 s	80~180 ℃/5 s	80~180 ℃/5 s
灰化	450~500 ℃/5 s	700~750 ℃/5 s	450~500 ℃/5 s
原子化	2 500 ℃/5 s	2 500 ℃/5 s	2 500 ℃/5 s
清除	2 600 ℃/3 s	2 700 ℃/3 s	2 700 ℃/3 s
Ar 气流量	200 mL/min	200 mL/min	200 mL/min

【数据处理】

1. 水中重金属含量

$$被测金属(μg/L) = \frac{m}{V}$$

式中: m 为从标准曲线上查出的被测金属量,μg;

　　　V 为分析用的水样体积,L。

2. 重金属在水体表面微层中的富集

$$重金属在水体表面微层中的富集倍数 = \frac{C_{MW}}{C_{BW}}$$

式中: C_{MW} 为表面微层水中重金属含量,μg/L;

　　　C_{BW} 为表层水中重金属含量,μg/L。

根据测定结果分析重金属在表面微层水中的富集程度。

【思考题】

①采集表面微层水时玻璃板采样器从水中的提出速度对测定结果有什么影响?

②影响重金属在表面微层中富集程度的因素有哪些?

实验 3-5　水中苯系物的挥发速率

水环境中有机污染物随自身的物理化学性质和环境条件的不同而进行不同的迁移转化过程,诸如挥发、微生物降解、光解以及吸附等。近年来的研究表明,自水体挥发进入空气是疏水性有机污染物特别是高挥发性有机污染物的主要迁移途径。

水中有机污染物的挥发符合一级动力学方程,其挥发速率常数可通过实验求得,其数值的大小受温度、水体流速、风速和水体组成等因素所影响。测定水中有机污染物的挥发速率,对研究其在环境中的归宿具有重要的意义。

描述水中有机污染物挥发过程的理论有多种模式,主要以双膜理论为基础。本实验是以 C. T. Chiou 修正的 Knudsen 方程作为方法的依据。

【实验目的】

①了解有机污染物的挥发过程及其规律,学会测定有机污染物挥发速率的实验方法。

②了解影响有机污染物挥发速率的有关因素。

【实验原理】

水体中有机污染物挥发符合一级动力学方程,即

$$-\frac{\mathrm{d}c}{\mathrm{d}t} = K_V c$$

式中:K_V 为挥发速率常数;

c 为水中有机物的浓度;

ι 为挥发时间。

由此可求得有机物质挥发掉一半所需的时间($t_{1/2}$)为

$$t_{1/2} = \frac{0.693}{K_V}$$

C. T. Chiou 所提出的污染物挥发速率方程式为

$$Q = \alpha\beta P (M/2\pi RT)^{1/2}$$

式中:Q 为单位时间、单位面积的挥发损失量;

α 为有机污染物在该液体表面的浓度与在本体相中浓度的比值;

β 为与大气压及空气湍流有关的挥发系数,它表示在一定的空气压力及湍流的情况下,空气对该组分的阻力;

P 为在实验稳定时有机污染物的分压;

M 为有机污染物的摩尔质量;

R 为气体常数;

T 为绝对温度。

根据亨利常数的定义:$H = \dfrac{P}{c}$

因此

$$Q = \alpha\beta H (M/2\pi RT)^{1/2} c = Kc$$
$$K = \alpha\beta H (M/2\pi RT)^{1/2}$$

式中:K 为化合物的传质系数。如果 L 为溶液在一定截面积的容器中的高度,则传质系数与挥发速率常数的关系为

$$K_V = \frac{K}{L} = \frac{\alpha\beta H (M/2\pi RT)^{1/2}}{L}$$

因此,只要求得某种化合物的传质系数 K,就能求得挥发速率常数 K_V。具体来说,就是如何得到 α 和 β 的数值。下面分两种情况进行讨论。

①纯物质的挥发。对于纯物质没有浓度梯度存在,所以 $\alpha = 1$,$P = P^0$(P^0 为纯物质的饱和蒸气压)。此时 $Q = \beta P^0 (M/2\pi RT)^{1/2}$。因此可以从纯物质的挥发损失定出各种化合物的 β 值。在真空中 $\beta = 1$,在空气中,由于空气阻力,$\beta < 1$。

②稀溶液中溶质的挥发。在这种情况下,关键在于求得 α 的数值(β 值与纯物质相同)。如果溶质的挥发性较小,则 $\alpha = 1$;如果溶质的挥发性较强,化合物在液体表面浓度与在本体浓度相差较大,则 $\alpha < 1$。根据 $Q = \alpha\beta H (M/2\pi RT)^{1/2} c$,利用从纯物质的测定中获得的 β 值(保持不变)和此时测到的 Q 值以及亨利常数 H 值,即可求得 α 的数值。

【实验仪器和试剂】

1. 仪器
①紫外分光光度计。
②双门分析天平。
③称量瓶。
④培养皿:直径 20 mm。
⑤容量瓶:250 mL,10 mL。
⑥游标卡尺。

2. 试剂
①苯:分析纯。
②甲苯:分析纯。
③甲醇:分析纯。

【实验步骤】

1. 纯物质挥发速率的测定

在称量瓶中分别加入 2 mL 待测物质(苯、甲苯),以减少器壁高度的影响。将容器置于分析天平上,将天平两边门打开,以免蒸气饱和。每隔 30 s 读取重量 1 次,共测 10 次,同时量出容器的截面积。

如果室内环境温度及相对湿度波动很大的话,可将天平的门关闭,在较短的时间间隔内进行测定。这样,天平内物质的挥发不足以使天平室内化合物的浓度达到可观的程度,对挥发速率影响不大。

2. 溶液中有机污染物挥发速率的测定

①储备液的配制:准确称取苯 2.5 g,置于 250 mL 容量瓶中,用甲醇稀释至刻度,用生料带封住瓶口,放入冰箱存储。

②中间液的配制:取上述储备液各 5 mL 分别置于 2 个 250 mL 的容量瓶中,用水稀释至刻度。溶液浓度为 200 mg/L。

③标准曲线的绘制:分别取苯中间液 0.25、0.5、1.0、1.5 和 2.0 mL 于 10 mL 的容量瓶内,用水稀释至刻度。其浓度分别为 5、10、20、30 和 40 mg/L。将该组溶液用紫外分光光度计于波长 205 nm 处测定吸光度,以吸光度对浓度作图,可得到苯的标准曲线。按同样的方法绘制

甲苯的标准曲线,测定波长仍为 205 nm。

④将剩余的苯和甲苯的中间液分别倒入 2 个玻璃培养皿内,量出溶液高度,并记录温度。让其自然挥发,每隔 5 min 取样一次,每次取 1.0 mL,用水定容至 10 mL,测定吸光度,测定波长为 205 nm,共测 10 个点。量出玻璃培养皿的面积。

【数据处理】

1. 求纯物质的挥发量(Q)

根据纯物质的挥发损失量(W)和挥发容器的面积(A)及时间(t)可求出 Q 的平均值,$Q = W/(A \cdot t)$。

2. 求亨利常数(H)

根据表 3-5-1 ~ 表 3-5-4 绘制苯和甲苯的蒸气压-温度及溶解度-温度关系曲线,用内插法从曲线上找出苯和甲苯在实验温度下的蒸气压 P 和溶解度 S,由亨利定律求得亨利常数 H。

表 3-5-1　不同温度下苯的蒸气压

$T/℃$	0	10	20	30	40	50	60	65	73
$P/133.22$ Pa	26	46	76	122	184	273	394	463	600

表 3-5-2　不同温度下甲苯的蒸气压

$T/℃$	0	20	45	50	60	70	80	100.0
$P/133.22$ Pa	6.5	22	56	93.5	141.5	203	292.5	588

表 3-5-3　不同温度下苯的溶解度

$T/℃$	5.4	10	20	30	40	50	60	70
$S/\%$	0.033 5	0.041	0.057	0.082	0.114	0.155	0.205	0.270

表 3-5-4　不同温度下甲苯的溶解度

$T/℃$	0	10	20	25	30	40	50
$S/\%$	0.027	0.035	0.045	0.05	0.057	0.075	0.1

3. 求 β 值

对于纯物质 $\alpha = 1$,将以上求得的 Q 及 H 代入关系式 $Q = \alpha\beta H (M/2\pi RT)^{\frac{1}{2}} c$,即可求得 β 值。式中压力(P)的单位为 Pa;摩尔质量(M)的单位为 g/mol,气体常数(R)为 8.314 J·mol^{-1}·K^{-1},温度(T)的单位为 K。

4. 求半衰期($t_{1/2}$)

从标准曲线上查得苯和甲苯不同反应时间在溶液中的浓度,绘制 $\ln(c_0/c)$-t 关系曲线,从其斜率(B)即可求得 $t_{1/2}$,$t_{1/2} = 0.693/B$。

5. 求 α 值

由已求得的 β、H、$t_{1/2}$ 以及试样高度 L,利用关系式 $\alpha = \dfrac{0.693L}{t_{1/2}\beta H(M/2\pi RT)^{1/2}}$ 求出各化合物的 α。

6. 求挥发速率常数 (K_V)

由关系式 $Q = Kc$ 求得传质系数 K,由 $K_V = K/L$ 即可求出化合物的 K_V。

【思考题】

①比较苯和甲苯的挥发速率的大小并说明原因。

②C. T. Chiou 所建立的挥发速率模式与经典的双膜理论有什么不同?

实验 3-6 天然水中 Cr(Ⅲ) 的沉积曲线

天然水中铬含量很低,主要因为当铬以三价存在时形成了溶解度低的水合氧化物。

工业上使用铬的行业主要有电镀、皮革、造纸等。它们排放的废水中所含的铬有三价的,也有六价的,由于六价铬易被有机物及其他还原剂还原,所以在排水口处的铬主要以三价存在,这些三价铬主要以胶体状态存在。它们易被颗粒物吸附,也能通过自身的聚集而沉于水底。因此工业废水中的六价铬被还原成三价,三价铬形成沉淀,沉淀沉积,是污染源排入环境中铬的主要自净和归宿过程。

【实验目的】

①绘制天然水中 Cr(Ⅲ) 的沉积曲线,找出该水中 Cr(Ⅲ) 沉淀所需的最低 Cr(Ⅲ) 浓度。

②学习微孔膜过滤器的使用方法。

【实验原理】

本实验将 Cr(Ⅲ) 水溶液加入到天然水中观察 Cr(Ⅲ) 的沉淀量(或溶解量)如图 3-6-1 所示,当向一定量水中加入 Cr(Ⅲ) 水溶液时,其沉淀量开始一段变化不大。但当加入量达到某一值时,沉积量呈线性增加。此时,直线延伸后与横轴上的交点可以认为是所使用的天然水中欲使 Cr(Ⅲ) 形成沉淀时所需的最低浓度 C_x。

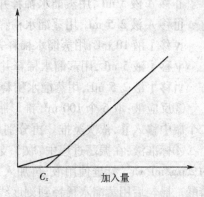

图 3-6-1 Cr(Ⅲ) 的沉淀曲线

【实验仪器和试剂】

1. 仪器

①分析天平。

②电子天平。

③分光光度计。

④真空抽滤器。

⑤真空泵。

⑥恒温振荡器。

⑦容量瓶:100 mL。

⑧锥形瓶:100 mL。

⑨比色管:50 mL。

2.试剂

①1:1硫酸:将硫酸缓缓加入到同体积水中,混匀。

②1:1磷酸:将磷酸与等体积水混合。

③1%亚硝酸钠:将亚硝酸钠 1 g 溶于水并稀释至 100 mL。

④4%高锰酸钾:称取高锰酸钾 4 g,在加热和搅拌下溶于水,稀释至 100 mL。

⑤10%脲素:将脲素 10 g 溶于水并稀释至 100 mL。

⑥$CrCl_3 \cdot 6H_2O$:分析纯。

⑦铬标准贮备液:称取于 120 ℃ 干燥 2 h 的重铬酸钾($K_2Cr_2O_7$,优级纯)0.282 9 g,用水溶解后,移入 1 000 mL 容量瓶中,用水稀释至标线,摇匀。每毫升溶液含 0.100 mg 六价铬。

⑧铬标准使用溶液:吸取 5.00 mL 铬标准贮备液,置于 250 mL 容量瓶中,用水稀释至标线,摇匀。每毫升溶液含 2.00 μg 六价铬,使用当天配制。

⑨显色剂:称取二苯碳酰二肼($C_{13}H_{14}N_4O$)0.2 g,溶于 50 mL 丙酮中,加水稀释至 100 mL,摇匀。贮于棕色瓶置冰箱中保存。颜色变深后不能使用。

【实验步骤】

①用大孔膜过滤器滤出 350 mL 天然水。

②在扭力天平上称 0.2 g$CrCl_3 \cdot 6H_2O$,用离子交换水溶解后定容到 100 mL。此溶液浓度为 400 μg/mL。用它(称为 A 液)配制下列使用溶液:

ⅰ移 A 液 10 mL,用蒸馏水稀释并定容 100 mL;

ⅱ移 A 液 5 mL,用蒸馏水稀释并定容 100 mL;

ⅲ移 A 液 2.5 mL,用蒸馏水稀释并定容 100 mL;

ⅳ移 ⅰ 液 10 mL,用蒸馏水稀释并定容 100 mL;

ⅴ移 ⅰ 液 5 mL,用蒸馏水稀释并定容 100 mL;

ⅵ移 ⅰ 液 2.5 mL,用蒸馏水稀释并定容 100 mL。

③反应液:取 6 个 100 mL 锥形瓶,做好标记。第一个瓶中移入 1 mL Cr(Ⅲ)使用液 ⅰ,第二个瓶中移入 ⅱ,依次类推。再分别加入 50 mL 膜滤后的天然水。放在振荡器上振荡 1 h。

④标准液:在振荡过程中,取 5 支 50 mL 比色管,分别移入 2.00、4.00、6.00、8.00、10.00 mL 的 2 μg/mL Cr^{6+} 标准使用液,再加入 20 mL 蒸馏水。各加入 0.5 mL 的 1:1 硫酸,0.5 mL 的 1:1 磷酸。摇匀后用蒸馏水稀释到刻度线,再摇匀。向各管中加入 2 mL 显色剂,摇匀,5～10 min 后用 1 cm 比色皿比色,在分光计上于 540 nm 波长处以蒸馏水作参比测定吸光度,绘制标准曲线。

⑤取 12 个锥形瓶,分两批做好标记,自 6 瓶振荡完毕的反应液中各移出 20 mL 到相应的锥形瓶内,剩余的反应液分别用小微孔膜过滤器抽滤,再由 6 瓶滤液中分别移出 20 mL 滤液到 6 个相应的锥形瓶内。

⑥往上述 12 个锥形瓶内各加入 4 粒玻璃珠和 0.5 mL 的 1:1 硫酸及 0.5 mL 的 1:1 磷酸,4 滴 4% $KMnO_4$,摇匀,放在电炉上煮沸 3 min。煮时如果红色消失,应补加 $KMnO_4$ 溶液,使红色

始终保持。到时取下冷却后加入 1 mL 脲素(10%)溶液,摇匀,再滴加 NaNO$_2$ 溶液(1%),每加一滴摇动 30 s,至红色刚好褪去为止,切勿过量。然后将各瓶溶液分别转入 50 mL 比色管中,并用蒸馏水洗涤锥形瓶,将洗涤液并入比色管内,稀释到刻度线。以下按标准过程操作。上述数据记入表 3-6-1 中。

【数据处理】

①以 X 代表加入量(μg),Y 代表吸光度,由标准液数据作直线回归方程及相关系数。

②利用回归方程,由反应液吸光度计算未过滤和过滤后(溶解态)各瓶溶液含铬量(μg),再换算成浓度(mg/L)。

③计算各瓶反应液的加入浓度及沉积浓度。

④作图求出 C_x。数据记入表 3-6-2 中。

表 3-6-1　吸光度数据

编号		1	2	3	4	5	6
标准液							
反应液	未过滤						
	过滤后						

表 3-6-2　铬浓度数据

编号	1	2	3	4	5	6
加入总浓度/mg·L^{-1}						
溶解态浓度/mg·L^{-1}						
沉积态浓度/mg·L^{-1}						
C_x/mg·L^{-1}						

【思考题】

①由含 Cr 量微克数如何换算成 mg/L?

②煮沸时若红色消退,为何要补加 KMnO$_4$ 溶液?

③滴加 NaNO$_2$ 溶液时为何要慢慢加入,且不能过量?

④你认为做好实验要把握哪几个关键步骤?

实验 3-7　海河水体中有机氯农药沉降通量的测定

有机氯农药具有雌性激素特性,被认为是内分泌干扰物和可能的致癌物。最近的研究表明,有机氯农药暴露是导致一些癌症(如乳腺癌等)的病因。有机氯农药具有很强的毒性,在环境中难降解、易生物蓄积。有机氯农药的半挥发性使它们能够随着大气运动作长距离迁移,但又使它们不会永久停留在大气中,而是重新沉降到地球表面。有机氯农药在大气环境中不断地挥发、沉降、再挥发,通过所谓的"全球蒸馏效应"和"蚱蜢跳效应"沉积到地球的偏远极地地区,从而导致有机氯农药在全球范围内的传播。

有机氯农药随大气运动传输、沉降到水体。进入水体中的有机氯农药由于具有疏水性,易被水体中的有机质颗粒吸附,并随有机质颗粒的沉降作用进入沉积相。水体中的有机质颗粒主要来源于浮游植物生长、衰落后产生的有机碎屑以及生物的粪便,富营养化的水体会造成浮游植物的大量繁殖,增大有机质的沉降通量,进而使有机氯农药从水相进入沉积相的通量增大。有机氯农药在沉积相的大量富集,会影响水底生物区系中底栖生物体内有机氯农药的浓度。另外,有机氯农药向底部迁移通量的增大,可能会影响有机氯农药在大气/水界面间的平衡,使其从大气流入水体的通量增大。

【实验目的】

①了解污染物由水相向沉积相的沉降作用对污染物归趋行为的影响。

②掌握污染物沉降通量测定的方法。

【实验原理】

采用沉积物捕获器采集水体中沉降颗粒物,然后收集颗粒物。用二氯甲烷和正己烷的混合溶剂为提取溶剂,采用超声波方法提取沉降颗粒物中的有机氯农药。提取液经脱硫、硅胶柱净化后用具有电子捕获器的气相色谱仪测定。

【实验仪器和试剂】

1. 仪器

①气相色谱仪,具有 ECD 检测器。

②色谱柱:安捷伦 DB-35 ms,25 m ×0.32 mm,0.25 μm 石英毛细管柱。

③真空冷冻干燥机。

④离心机。

⑤分析天平。

⑥超声波仪。

⑦振荡器。

⑧玻璃层析柱:带有烧结玻璃的约 30 cm ×2 cm 的玻璃柱。

⑨K-D 浓缩器。

⑩沉积物捕获器:海河除汛期外几乎无径流,因此选择比较稳定的桶状捕获器;为防止沉降颗粒物再悬浮,将桶底设计成锥形,用广口瓶收集;桶口用 40 目尼龙网布覆盖防止浮游生物的进入。如图 3-7-1 所示,整个捕获器是一个内径 150 mm,桶柱径高比 1:3 的桶柱沉积物捕获器,捕获器底部是一个倾斜度为 45°的漏斗,漏斗底部通过胶塞与一个 500 mL 广口瓶连接,采集的颗粒物将会通过漏斗沉降到广口瓶内。

捕获器悬挂在水面以下 0.6 m 处,上面设置浮球,下面垂放重物固定,防止其移动。广口瓶内添加 2% 的福尔马林防腐剂,防止沉降颗粒物中的有机氯农药被降解。捕获器放置前,先将其中加满过滤后的湖水,防止放置时对广口瓶内的防腐剂扰动。

捕获器采用锚式放置,在水中放置 3 天后取出,虹吸出上层清液,下层收集的颗粒物取回待用。

⑪浓缩管:100 mL,10 mL。

⑫量筒:25 mL。

⑬具塞锥形瓶:100 mL。

⑭刻度试管:5 mL。

⑮玻璃离心管:40 mL。

2. 试剂

①标准储备液:α-HCH、β-HCH、γ-HCH、δ-HCH、o, p′-DDT、p, p′-DDE、p, p′-DDD、p, p′-DDT,均为 100 μg/mL,溶剂为石油醚。

②混合标准溶液:用正己烷稀释标准储备液配制而成,使配成的混合标准溶液每毫升含 α-HCH、β-HCH、γ-HCH、δ-HCH、o, p′-DDT、p, p′-DDE、p, p′-DDD、p, p′-DDT 分别为 0.10、0.15、0.10、0.04、0.25、0.08、0.20 和 0.25 μg。

③正己烷:精馏后浓缩 100 倍,色谱测定无干扰峰存在。

④二氯甲烷:精馏后浓缩 100 倍,色谱测定无干扰峰存在。

⑤甲醛:分析纯。

⑥无水硫酸钠:在马弗炉中 450 ℃ 焙烧 6 h,储于干燥器中备用。

⑦载气:氮气,纯度为 99.99%。

⑧铜片:活化过的。

⑨硅胶:100 ~ 200 目,用丙酮索氏抽提 8 h 以上,然后于 180 ℃ 活化 12 h,待冷却至室温后加入其重量的 3% 的去离子水降活,平衡后储于干燥器中备用。

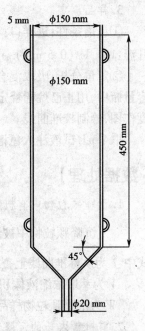

图 3-7-1　沉积颗粒物捕获器示意图

【实验步骤】

1. 沉降颗粒物的预处理

将收集的样品离心浓缩,用冷冻干燥机在 −40 ℃ 下将其冷冻真空干燥(数小时)后,称重,研磨,过 80 目的筛子,待用。

2. 样品的提取

取过了 80 目筛子的样品 50 ~ 100 mg,放入离心管中,加正己烷与二氯甲烷比例为 1∶1 的混合溶剂 5 mL,超声萃取 10 min。将离心管于 4 000 rpm 离心 5 min,收集萃取液。重复萃取三次。将提取液合并至 100 mL 具塞锥形瓶中。

向合并后的提取液中加入约 5 g 铜片,于振荡器中振荡 14 h,以除去提取液中的硫。

将脱硫后的提取液移入 100 mL 的 K-D 浓缩管中,在装有提取液的浓缩管上接上 Snyder 蒸馏柱,用皮筋套好,置于水浴锅中,控制水浴温度为 70 ~ 90 ℃,当体积为 0.5 ~ 1.0 mL 时,取下浓缩管。浓缩管冷却至室温后,把浓缩管中的浓缩液转移到硅胶柱中。硅胶柱自上至下依次填充 1.5 cm 的无水硫酸钠、15 cm 硅胶。用少量二氯甲烷和正己烷(1∶1)的混合溶剂淋洗浓缩管内壁两次,把每次淋洗物加到柱子中。

用二氯甲烷和正己烷(1∶3)混合溶剂 50 mL 洗提柱子,洗提速度约为 5 mL/min。

将洗提液经 K-D 浓缩器浓缩至 0.5 ~ 1.0 mL 后,定容至一定体积,备色谱分析用。

3. 样品测定

①色谱条件:进样口:250 ℃;检测口:345 ℃;N_2:1.5 mL/min;进样量:1 μL,不分流;程序升温:160 ℃(0.5 min)→(10 ℃/min)→230 ℃→(15 ℃/min)→275 ℃(3 min)。

②定量分析:吸取混合标准溶液 0.10、0.40、1.00、2.00 和 4.00 mL,分别放入 5 个 10 mL 容量瓶中,用正己烷稀释定容。取 1 μL 标准溶液注入色谱仪,测定峰面积。用峰面积对应浓度作图,绘制校准曲线。

取 1 μL 试液注入色谱仪,测定峰面积。从校准曲线上查出样品中被测组分的浓度。

【数据处理】

1. 沉降颗粒物中有机氯农药的浓度

$$沉降颗粒物中被测组分浓度(ng/g) = \frac{cV}{W}$$

式中:c 为从标准曲线上查出的被测组分浓度,μg/L;

V 为萃取浓缩液体积,mL;

W 为沉降颗粒物样品的重量,g。

2. 有机氯农药的沉降通量

有机氯农药的沉降通量根据下式计算:

$$被测组分的沉降通量(ng/cm^2 \cdot d) = \frac{Wc}{St}$$

式中:W 为捕获器中沉降颗粒物的干重,g;

S 为捕获器的截面积,cm^2;

t 为采样时间,d;

c 为沉降颗粒物中被测组分的浓度,ng/g。

【思考题】

①富营养化会对水体中有机污染物的归趋产生怎样的影响?

②造成捕获器测定颗粒物沉降通量偏差的因素有哪些?

③测定沉降颗粒物中有机氯农药浓度的关键步骤是什么?

实验 3-8 饮用水消毒过程中卤代烃的形成

氯化消毒是国内外广泛采用的一种饮用水消毒处理方法。但是近年来研究发现,由于氯化消毒处理,使饮用水中含有大量的如氯仿、四氯化碳、二溴一氯甲烷、一溴二氯甲烷等氯仿类有机卤代烃。这些卤代烃早在 1976 年就被国际癌症研究中心确认为"肯定的动物致癌剂"。

目前,卤代烃已被很多国家作为饮用水的限量指标:世界卫生组织(WHO)《饮用水水质准则》中推荐在饮用水中氯仿的限值为 30 μg/L;美国 20 世纪 70 年代颁布的《安全饮用水法》及其后的修正案、日本与英国等国家都规定饮用水中氯仿的上限值为 100 μg/L;国内《生活饮用水卫生标准》(GB 3838—2002)规定,氯仿控制标准为 60 μg/L、四氯化碳为 3 μg/L。

由于这些卤代烃是由氯化消毒引起的,因此,人们对氯化消毒饮用水的安全产生了怀疑,饮用水中有机物的控制和研究已成为目前环境保护的重要课题。

【实验目的】

①了解饮用水消毒过程中卤代烃的形成特性。

②掌握顶空-气相色谱分析卤代烃的方法。

【实验原理】

当氯气通入水中,发生如下化学反应:

$$Cl_2 + H_2O \longrightarrow HOCl + HCl$$

当醛、酮等发生烯醇式互变异构后,与 Cl^- 发生亲电加成,最终被水解产生氯仿,其中也含有多元卤代物。醇烃也可被 HOCl 氧化为醛、酮。而且,酸、碱均催化互变异构,从而加速卤代烃的形成。

藻类、腐殖酸和富里酸在水中普遍存在,是最主要的生成卤代烃的前驱物质,源水中的挥发性卤代烃80%来自天然腐殖酸。羟基、碳基、羧基和间苯二酚结构,在天然腐殖酸中大量存在,它们可以形成局部烯醇式,与氯化试剂反应形成挥发性卤代烃。这是水氯化产生氯仿的根源。

用游离氯消毒时,在水中如果有溴离子存在,溴离子就会被氧化成次溴酸。与 HOCl 一样,次溴酸也会与水中的天然有机物(如藻类、腐殖酸、富里酸)反应,使有机物的某些活性基团活化,生成消毒的副产物——含溴的卤代烃类。

源水中腐殖酸类物质与氯化试剂作用产生挥发性卤代烃,反应速度和挥发性卤代烃的产生量受到温度、pH、腐殖酸浓度、活性氯浓度及反应时间的影响。

本实验采用顶空-气相色谱法,分析饮用水消毒过程中产生的卤代烃。顶空分析的优点是不直接取水样而是取与水样呈热力平衡的气相分析,排除了水基体对色谱的干扰。

【实验仪器和试剂】

1. 仪器

①气相色谱仪,配电子捕获检测器。

②顶空自动进样器。

③顶空专用瓶:10 mL。

2. 试剂

①高纯氮(99.99%)。

②去离子水。

③卤代烃标准品:三氯甲烷(200 mg/L)、三氯乙烯(200 mg/L)、三溴甲烷(200 mg/L)、四氯化碳(50 mg/L)、四氯乙烯(100 mg/L)。

④卤代烃中间液:准确取一定体积的标准样品,放入 50.0 mL 容量瓶中,用煮沸后的蒸馏水定容至刻度,所得浓度三氯甲烷 0.5 mg/L、三氯乙烯 0.5 mg/L、三溴甲烷 0.5 mg/L、四氯化碳 0.2 mg/L、四氯乙烯 0.2 mg/L。

⑤次氯酸钠溶液:含氯量为 5 mg/mL。

⑥抗坏血酸:分析纯。

⑦甲醇:色谱纯。

⑧氯化钠:分析纯。

【实验步骤】

1. 加氯量与卤代烃生成量的关系

在一系列250 mL烧杯中加入200 mL源水,依次加入一定量的次氯酸钠溶液使溶液中氯含量分别为2、5、8、11、14 mg/L,然后在30 ℃放置4 h。取出100 mL水样,加入到预先放有0.2 g抗坏血酸固体的玻璃试剂瓶中,并将试剂瓶装满,加盖,以备色谱分析。

2. 反应时间与卤代烃生成量的关系

在一系列250 mL烧杯中加入200 mL源水,并加入一定量的次氯酸钠溶液使溶液中氯含量为11 mg/L,然后在30 ℃下放置。每隔1 h取出一个烧杯,移出100 mL水样,加入到预先放有0.2 g抗坏血酸固体的玻璃试剂瓶中,并将试剂瓶装满,加盖,以备色谱分析。实验持续7 h。

3. pH和卤代烃生成量的关系

在一系列250 mL烧杯中加入200 mL源水,调节pH分别为6.5、7.0、7.5、8.0、8.5。向烧杯中加入一定量的次氯酸钠溶液使溶液中氯含量为11 mg/L,然后在30 ℃下放置4 h。移出100 mL水样,加入到预先放有0.2 g抗坏血酸固体的玻璃试剂瓶中,并将试剂瓶装满,以备色谱分析。

4. 样品测定

①色谱条件:色谱柱为15 m×0.53 mm弹性石英毛细管柱(HP-5),柱箱恒温70 ℃,保持10 min,进样器温度160 ℃,检测室温度300 ℃,载气为氮气,柱流量8 mL/min,尾吹流量48 mL/ min,进样方式为不分流进样,进样量1 μL。

②顶空进样器条件:瓶区温度40 ℃,样品环温度50 ℃,传输线温度60 ℃;顶空瓶的平衡时间30 min,加压时间0.5 min,进样时间0.3 min,注射时间0.2 min,振荡时间5 min。

③定量分析:将标准中间液稀释得到混合标准物质的5个系列的标准使用液(表3-8-1)。取10.0 mL该系列标准使用液,进顶空-气相色谱仪测定。根据保留时间,以峰面积对应浓度作图,绘制校准曲线。

称取0.2 g Na₂SO₄放入10 mL的顶空瓶中,用水样将气密型注射器润洗3次,然后准确抽取10 mL水样徐徐注入顶空瓶中,用压盖器将顶空瓶密封,轻轻摇匀。启动顶空进样系统进样。测定峰面积。从校准曲线上查出样品中被测组分的浓度。

表3-8-1　系列标准液浓度/$\mu g \cdot L^{-1}$

组分名称	编号				
	1	2	3	4	5
三氯甲烷	0.1	0.50	2.50	7.50	25.00
三氯乙烯	0.1	0.50	2.50	7.50	25.00
三溴甲烷	0.1	0.50	2.50	7.50	25.00
四氯化碳	0.04	0.20	1.00	3.00	10.00
四氯乙烯	0.04	0.20	1.00	3.00	10.00

【数据处理】

由标准曲线上查得不同时间溶液中被测卤代烃组分所对应的浓度值,绘制实验条件(加氯量、反应时间、pH)对卤代烃生成的影响关系曲线。

【思考题】

①顶空分析的工作原理是什么? 有哪些优点?

②饮用水消毒过程中卤代烃的产生受哪些因素影响?

③可以采取哪些方法减少或避免卤代烃的生成?

实验 3-9　表面微层水中氯代酚的光降解

表面微层水是气-水交换界面层,与表层水相比由于没有水体对光的衰减作用,它受光辐射强度高,尤其是在高能短波区(UV 光区)。表面微层水还是可溶性有机物(DOM)浓集的区域,如:吸收紫外光的腐殖质以及酚类化合物。相对较高的光强以及反应活性物质的富集可能使水体表面微层这一特殊区域产生独特的光化学反应活性,尤其是在占地球 70% 面积的海洋中。例如,光化学反应可能会破坏或生成表面活性物种,进而影响海水表面波阻尼和气体交换;这一区域生成的高反应中间体浓度的提高,可能对一些化合物和痕量气体跨越大气-海水界面造成屏障,进而影响它们进入大气或海洋的流量。

氯代酚类是环境中一大类有毒污染物,被大量用做杀虫剂、防腐剂以及化学合成中间体。这类化合物属于美国环保局(EPA)及我国优先控制的污染物。其中五氯酚(PCP)用量最大,且环境中持久性强,具有至突变性,对环境危害较大。PCP 在我国已有较长的使用历史,主要用于木材防腐和卫生防疫,多年来它一直是环境科学家研究的热点之一。

【实验目的】

①了解氯代酚类化合物在水体表面微层中的降解特性。

②掌握污染物在水体表面微层中光降解的研究方法。

③掌握高效液相色谱的使用方法。

【实验原理】

天然水体中有机污染物的光降解速率方程可用下式表示

$$dc/dt = -k_T c = -(k_{DK} + k_{DT} + k_S)c$$

式中:k_T 为总反应速率常数,h^{-1};

k_{DK} 为避光反应速率常数,包括生物降解和挥发速率常数,h^{-1};

k_{DT} 为直接光解速率常数,h^{-1};

k_S 为敏化光解速率常数,h^{-1};

c 为瞬时反应物浓度,mg/L。

k_S 可通过 k_T、k_{DK} 和 k_{DT} 的差值求得。

在蒸馏水中直接光降解反应是污染物光转化的唯一途径。以蒸馏水为介质,可测得有机污染物直接光降解速率。再以天然水为介质测定有机污染物的光降解速率,并与蒸馏水实验进行比较,可计算出有机污染物敏化光解反应速率,进而弄清直接光解反应和敏化光解反应对于有机污染物光降解反应的贡献。

腐殖酸是天然水体中普遍存在的有机物,属吸收紫外光物质。氯代酚类化合物还属于易解离有机物,pH 会影响这类物质在水体中的存在形态(离子态或分子态)。腐殖酸和 pH 会对氯代酚类化合物的光降解产生较大影响。

本实验以含五氯酚的蒸馏水溶液、表面微层水和表层水对比进行光降解实验,并且向表面微层水中添加一定量的腐殖酸和调节表面微层水的 pH,分别测定这两种因素对光降解的影响。

【实验仪器和试剂】

1. 仪器

①高效液相色谱,配紫外检测器。

②C_{18} 色谱柱:10 μm,250 mm × 4.6 mm i.d.。

③恒温水浴槽。

④培养皿:$\phi = 10$ cm。

⑤玻璃板采样器。

2. 试剂

①甲醇:色谱纯。

②腐殖酸。

③Milli-Q 超纯水。

④2 mol/L NaOH 水溶液。

⑤2 mol/L HCl 水溶液。

⑥五氯酚储备液:1 mg/mL,用甲醇配制。

【实验步骤】

1. 光降解实验

①水样采集:用玻璃板表面微层水采样器采集湖水表面微层水样,采集方法为将玻璃板采水器垂直插入水中,然后以 10 cm/s 速度提出水面(表面微层水的厚度约为 100 μm),迅速用橡胶刮板将玻璃板上采集到的表面微层水刮入盛样瓶。同时将采水器沉降至水下 0.5 m 采集表层水样。

②直接光降解和间接光降解:向采集的表面微层水、表层水和蒸馏水中加入一定量的五氯酚储备液,配制成浓度约为 10 mg/L 的实验溶液。取 3 个培养皿。在培养皿中分别加入 40 mL 用表面微层水、表层水和蒸馏水配制的实验溶液,使溶液在培养皿中形成约 500 μm 厚的水层,以模拟天然表面微层。将培养皿置于恒温水槽中(25 ± 1 ℃),以太阳为光源进行光降解实验。于 0、10、20、30、40、60 min 取样。每次取样量 3 mL。样品经 0.45 μm 水膜过滤后,HPLC-UV 分析。进样量 20 μL。

另取 3 个培养皿,按上述相同的程序操作分别加入 40 mL 用表面微层水、表层水和蒸馏水配制的实验溶液。将这 3 个培养皿置于避光处,为避光对照实验。

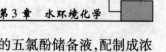

③腐殖酸对光降解的影响:向采集的表面微层水中加入一定量的五氯酚储备液,配制成浓度约为 10 mg/L 的实验溶液。将一定量的腐殖酸加入到该表面微层水溶液中,配成添加的腐殖酸浓度分别为 0、5、10、15、30 mg/L 的溶液。然后按照与步骤②相同的程序进行光降解实验。

④pH 对光降解的影响:向采集的表面微层水中加入一定量的五氯酚储备液,配制成浓度约为 10 mg/L 的实验溶液。用 2 mol/L NaOH 水溶液或 2 mol/L HCl 水溶液调节该表面微层水溶液的 pH,使 pH 值依次为 2.5、4.5、5.4、6.0、7.8、9.5。然后按照与步骤②相同的程序进行光降解实验。

2. 样品测定

①色谱条件:柱温:25 ± 0.5 ℃;流动相:75% 甲醇和 25% 缓冲溶液;流量:1 mL/min;进样量:20 μL;紫外检测波长:280 nm。

②定量分析:于 10 mL 容量瓶中配制浓度为 0.00、2.00、5.00、10.00、15.00 和 20.00 mg/L 的五氯酚标准溶液系列,用甲醇稀释定容。取 20μL 标准溶液注入色谱仪,测定峰面积。用峰面积对应浓度作图,绘制校准曲线。

取 20μL 样品溶液注入色谱仪,测定峰面积。从校准曲线上查出样品中被测组分的浓度。

【数据处理】

由标准曲线上查得不同时间光降解溶液中五氯酚所对应的浓度值,绘制 $\ln \frac{c_0}{c}$—t 关系曲线,求得 k_T。从 k_T 中扣除对照实验的速率常数 k_{DK},即得到光降解速率常数。

【思考题】

①研究表面微层水中污染物的光降解有什么实际意义?

②pH 对氯代酚类化合物的光降解过程有什么影响? 解释原因。

③如果采用高压汞灯进行实验,结果如何?

实验 3-10 偶氮染料的光催化氧化

在染料分子结构中,凡是含有偶氮基(—N═N—)的染料统称为偶氮染料,其中偶氮基常与一个或多个芳香环构成一个共轭体系而作为染料的发色体,几乎分布于所有的染料,目前使用的偶氮染料有 3 000 多种。

偶氮染料与人体皮肤长期接触后,与代谢过程中释放的成分混合,产生还原反应,形成致癌的芳香胺化合物,这种化合物会被人体吸收,从而造成红斑、水疱、丘疹等皮炎症状,处理不当还可能引发细菌感染,并激发感染、脓包、化脓等,经过一系列作用使人体细胞的 DNA 发生结构与功能的变化,成为人体病变的诱因。但偶氮染料仍然作为一类重要的化工产品,在工业生产和人们的日常生活当中有着广泛的应用,因此有效处理这类高毒性的难降解污染物具有重要意义。

半导体光催化是一种新型的环境污染物消减技术,尤其是二氧化钛(TiO_2)光催化技术由于具有无毒、反应条件温和、选择性小等优点,在难降解污染物的处理方面得到了广泛的应用。

【实验目的】

①了解光催化氧化的机理。

②了解光催化氧化的影响因素。

③掌握分光光度计的使用方法。

【实验原理】

光催化氧化法是以 N 型半导体（如 TiO_2）的能带理论为基础。半导体粒子的能带结构一般由填满电子的低能价带和空的高能导带构成，它们之间由禁带分开。当以能量等于或大于半导体禁带宽度的光照射半导体时，价带电子被激发，进入导带，在导带上产生带负电的高活性电子，在价带上留下带正电荷的空穴，形成电子-空穴对，并在电场作用下分离并迁移到粒子表面。TiO_2 非均相光催化的机理非常复杂，主要包括 TiO_2 吸收紫外光而激发、活性氧自由基的产生和有机物的降解三个阶段。

本实验在偶氮染料刚果红的水溶液中加入 TiO_2，以紫外灯照射，在不同时间取样，用分光光度计在刚果红最大吸收波长 498 nm 处测定样品的吸光度，求出不同时间样品脱色率的变化。

影响光催化氧化染料水溶液的因素有很多，如 pH、TiO_2 投加量、光照强度、溶液浓度等。本实验选择考察溶液 pH 和 TiO_2 投加量对刚果红光催化氧化效率的影响。

【实验仪器和试剂】

1. 仪器

①分光光度计。

②酸度计。

③离心机。

④磁力搅拌器。

⑤4 支 4 W 紫外灯（254 nm，每只灯管平均光强度 2.2 mW/cm^2）。

⑥培养皿。

⑦量筒。

⑧烧杯。

⑨容量瓶。

2. 试剂

①60 mg/L 刚果红溶液：称取刚果红 30.0 mg，溶于水中，定容至 500 mL。

②TiO_2 粉末：锐钛矿型，化学纯。

③0.2 mol/L 的盐酸溶液。

④0.2 mol/L 的氢氧化钠溶液。

【实验步骤】

1. pH 对刚果红光催化氧化的影响

①分别量取 50 mL 溶液 3 份，倒入 3 个培养皿中，用 0.2 mol/L 的盐酸溶液或 0.2 mol/L

的氢氧化钠溶液调节溶液 pH 为 4.0、7.0 和 9.0。其中各加入 TiO_2 粉末 75 mg(1.5 g/L)。

②将培养皿置于紫外灯下,距离为 4 cm。开动磁力搅拌器,使 TiO_2 处于悬浮状态。打开紫外灯照射。

③每隔 30 min 取样 3 mL。样品于 4 000 rpm 离心 5 min。

④取上层清液于 498 nm 处测定溶液吸光度。

2. TiO_2 添加量对刚果红光催化氧化的影响

①分别量取 50 mL 溶液 3 份,倒入 4 个培养皿中,其中分别加入 TiO_2 粉末 0、50、75 和 100 mg,使 TiO_2 添加量依次为 0、1.0、1.5 和 2.0 g/L。

②其余操作步骤同上。

【数据处理】

①溶液的脱色率可根据下面公式计算:

$$脱色率 = \frac{A_0 - A_t}{A_0} \times 100\%$$

式中:A_0 为光照前溶液吸光度值;

A_t 为光照时间 t 时溶液吸光度值。

②绘制脱色率随时间变化曲线:在一定条件下,以时间为 X 轴,脱色率为 Y 轴作图。

③通过图解比较不同 pH 和不同 TiO_2 添加量对刚果红光催化氧化效率的影响。

【思考题】

①影响刚果红光催化氧化的因素有哪些?

②pH 值影响 TiO_2 光催化氧化效率的原理是什么?

实验 3-11　普通小球藻引发苯胺的光降解反应

天然水体中发生的光化学过程是有机污染物在水环境中转化的一个重要途径。早在 1983 年,Zepp 等人研究了藻类对 22 种非离子型有机物(如:芘、菲、艾氏剂等)光降解速率的影响,研究结果表明,藻类对有机物的光解有重要影响。在阳光下,暴露时间为 3~4 h,绿藻和蓝藻在叶绿素 a 浓度为 1~10 mg/L 时能加快水中多环芳烃、有机磷化合物和胺的光解反应。目前,藻类在有机物光解反应中的应用越来越多,应用前景十分广阔,并日益受到重视。

【实验目的】

①了解水中藻类引发有机污染物光降解的机理。

②了解藻类引发有机污染物光降解的影响因素。

③掌握荧光光度计的使用方法。

【实验原理】

Zepp 等提出含藻液中苯胺光氧化机理:

$$P(污染物) \underset{藻}{\Longleftrightarrow} P\text{-}藻 \xrightarrow{光} 产物$$

$$藻 + 光 \xrightarrow[O_2]{H_2O} H_2O_2$$

$$H_2O_2 + P\text{-}藻 \xrightarrow{光} 产物$$

本实验以高压汞灯为光源,在不同时间取样,用荧光光度计测定苯胺浓度的变化;以苯为OH 自由基捕获剂产生苯酚,采用高效液相色谱法对苯酚进行定量分析,用苯酚的产生量来指示藻液中 OH 自由基的产生量。

【实验仪器和试剂】

1. 仪器
①荧光光度计。
②紫外-可见分光光度计。
③光照培养箱。
④高压汞灯,250 W。
2. 试剂
①苯胺,分析纯。
②乙氰,色谱纯。
③抗坏血酸,分析纯。
④普通小球藻。

【实验步骤】

1. 普通小球藻的培养

培养液配方如表 3-11-1 所示。将 150 mL 培养液倒入 250 mL 锥形瓶中,在 121 ℃高温下灭菌 30 min,冷却后,无菌接种普通小球藻,放入光照培养箱中培养。培养条件为:12 h:12 h光照培养,光照强度 4 000 ±100 lux,培养温度 25 ±1 ℃。

培养长成后,用 0.01 mol/L 抗坏血酸调节 pH = 3,对藻进行清洗,轻度搅拌 30 min,以便除去可能吸附在藻细胞上的胶体状氢氧化铁颗粒,避免氢氧化铁胶体所具有的光敏作用。将预处理后的藻悬浮液移入离心管中离心清洗三遍,转速为 3 500 rpm,每次离心 20 min。最后,用血球计数板在显微镜下计数藻细胞(个/L)。

表 3-11-1 普通小球藻培养液配方

营养盐	浓度/mg · L^{-1}
NaNO$_3$	250
NaCl	25
CaCl$_2$ · 2H$_2$O	25
KH$_2$PO$_4$	175
K$_2$HPO$_4$	75
MgSO$_4$ · 7H$_2$O	75
EDTA · Na$_2$	64
FeSO$_4$ · 7H$_2$O	5

营养盐	浓度/mg·L^{-1}
H_2SO_4	1
H_3BO_3	11
$ZnSO_4 \cdot 7H_2O$	8.8
$CuSO_4 \cdot 5H_2O$	1.6

2. 普通小球藻对苯胺的光降解

配置 0.01 mmol/L 的苯胺溶液,加入预处理后的普通小球藻,使小球藻的密度为 5×10^9 个/L,置于 10 mL 石英试管中。将试管分为 2 组,一组用高压汞灯平行照射,另一组避光放置。同时以不加普通小球藻的苯胺溶液于高压汞灯下平行照射作为对照。

每间隔 1 h 取样(2 支平行),共进行 4 h。对含藻悬浮液离心(3 500 rpm,30 min),取其上清液,用荧光光度计测定苯胺浓度,激发波长为 280 nm,发射波长为 348 nm。

以 0.001 mol/L 苯为捕获剂捕获氢氧自由基而产生苯酚,采用高效液相色谱法对苯酚进行定量分析。用苯酚的产生量来指示光照下藻液中 OH 自由基的产生量。OH 自由基产生量的测定(HPLC)条件为:流动相乙腈:水 = 40:60;流速 0.8 mL/min;色谱柱为 SB-C18(4.6 mm ×150 mm,5 μm)。

【数据处理】

1. 绘制苯胺降解曲线

根据实验数据绘制:

①加入普通小球藻、光照条件下苯胺的降解曲线;

②加入普通小球藻、光暗条件下苯胺的降解曲线;

③不加入普通小球藻、光照条件下苯胺的降解曲线。

2. 苯胺降解速率常数

根据实验数据,按一级反应动力学方程计算苯胺的降解速率常数。

【思考题】

①根据实验结果分析普通小球藻在苯胺光降解过程中所起的作用。

②根据 OH 自由基结果分析苯胺在普通小球藻引发下光降解的可能机制。

③藻类引发有机污染物的光降解受哪些因素影响?

第4章 土壤环境化学

实验4-1 底泥中腐殖物质的提取和分离

自然界中的腐殖物质是天然产物,存在于土壤、底泥、河底、湖泊及海洋中。它们是动物和植物躯体长期腐烂、有机物分解或合成过程中形成的特殊物质。它们包括胡敏素、腐殖酸、富里酸等。富里酸的分子量较小,它溶于稀碱也溶于稀酸。腐殖酸只溶于稀碱不溶于稀酸。胡敏素不被碱提取。底泥中的腐殖物质常和不同的阳离子或不同形式的矿物质结合着。其中游离的腐殖物质可用稀碱提取,不溶于水的钙、铁、铝腐殖酸盐可用焦磷酸钠使之转化成溶于水的钠盐。

腐殖物质分子中各个结构单元上有一个或多个活性基团,如羧基、酚羟基、醌基等,它们可与金属离子进行离子交换、表面吸附、螯合作用等反应,因而使重金属污染物在环境中的迁移转化过程变得复杂,并产生重大影响。

【实验目的】

①加深对腐殖物质的感性认识。

②提取和分离富里酸和腐殖酸,并确定它们的含碳量和含氢量。

【实验原理】

用稀碱和稀焦磷酸钠混合液提取底泥中的腐殖物质。提取物酸化后析出腐殖酸,而富里酸仍留在酸化液中,据此可将富里酸和腐殖酸分离开。

腐殖物质中碳和氢含量测定方法可以用干烧法。在一般的干烧法中是将样品放在氧气流中经高温燃烧后,碳转化成为二氧化碳,氢转化成水,再分别用碱石棉和无水高氯酸镁定量吸收生成的二氧化碳和水,由吸收管的增重计算样品中碳和氢含量。本实验利用碳氢自动微量分析仪测定碳和氢含量。样品在催化剂存在条件下在氧气流中爆炸燃烧,定量生成二氧化碳和水,经过分段吸收,分别加以捕集,再先后派送到热导池中,利用被测组分的热导系数与浓度成正比的关系,进行示差热导测定,在记录仪上给出二氧化碳和水的曲线图,由曲线高计算含碳量和含氢量。

【实验仪器和试剂】

1. 仪器

①水浴锅。

②台秤。

③分析天平。

④离心机。

⑤振荡器。

⑥碳氢自动微量分析仪。

⑦离心管:50 mL。

⑧碘量瓶:250 mL。

⑨量筒:100 mL。

⑩干燥器。

⑪蒸发皿:ϕ 为 5~6 cm。

2. 试剂

①混合提取液:0.2 mol/L 焦磷酸钠溶液和 0.2 mol/L 氢氧化钠溶液等体积混合均匀。

②底泥:风干后磨碎过 80 目筛备用。

③1 mol/L 的盐酸溶液。

④1 mol/L 的氢氧化钠溶液。

【实验步骤】

①称 30 克底泥,放入 250 mL 碘量瓶中,加入 100 mL 混合提取液,振荡器上振荡 30 min。到时将混合物均匀倒入两个离心管中,尽量使两个重量相等。把两个离心管放在离心机的对称位置上离心 10 min。离心完将上层溶液倒入 250 mL 锥形瓶内,弃去管内泥渣。用 1 mol/L 盐酸溶液把瓶内溶液的 pH 调到 3 左右。调好 pH 后,振荡 30 min。到时离心 10 min。离心完将上层溶液(主要是富里酸)倒入干净的 250 mL 锥形瓶内备用。离心管内残渣主要含腐殖酸,也保留备用。

②取一个已烘至恒重的玻璃蒸发皿,称出其重量 G(称准到 0.002 g,下同)。再移入 20 mL 富里酸溶液,用 1 mol/L 氢氧化钠溶液将其 pH 调到 7,然后放在沸水浴上蒸干。在 105 ℃ 烘箱内烘至恒重后称出重量 W(g)。再取一个蒸发皿作空白实验,扣除 20 mL 提取液中引入的盐类重量 Q(g)。

③取一张定量滤纸,放入称量瓶中,开盖放在 105 ℃ 烘箱内烘至恒重。盖好瓶盖在分析天平上称出重量 A(g)。取出滤纸,放在玻璃漏斗内。用 pH 等于 3 的蒸馏水把腐殖酸渣转移入漏斗内过滤。滤干后取出滤纸,放回原称量瓶中,在 105 ℃ 烘箱内烘至恒重后再称出重量 B(g)。

④在半微量天平上称出重量为 W'(均称 3.00 mg 左右)的富里酸和腐殖酸粗品各两份,用持样器将盛有样品的石英舟送入高温炉内,卡紧"旋卡",随后在记录仪上给出二氧化碳和水的曲线图,测量二氧化碳(h_{CO_2})和水(h_{H_2O})的峰高,如此依次做完四份样品。然后向实验准备室索取二氧化碳和水的平均感量 S 和残留值 Δh。二氧化碳和水的平均感量表示每单位峰高的含碳值,它由标准样品确定;残留值是因仪器的死体积等因素使峰高额外增加的值,这个数值可从校正图上查出。

【数据处理】

①按下式计算底泥中富里酸含量:

$$富里酸含量(\%) = \frac{(W - G - Q) \times 5}{30} \times 100$$

已烘至恒重的玻璃蒸发皿，称出其重量 G。

② 按下式计算底泥中腐殖酸含量：

$$腐殖酸含量(\%) = \frac{(B - A)}{30} \times 100$$

③ 按如下公式计算样品中碳、氢含量：

$$碳(\%) = \frac{(h_{CO_2} - \Delta h_{CO_2})/\bar{S}_{CO_2}}{W'} \times 100$$

$$氢(\%) = \frac{(h_{H_2O} - \Delta h_{H_2O}) \times \bar{S}_{H_2O}}{W'} \times 100$$

式中：h_{CO_2} 等符号所代表的意义如实验步骤④所述。数据记入各表格中。

表 4-1-1　腐植物质含量数据

W	G	Q	B	A

表 4-1-2　碳氢含量数据

试样	富里酸		腐殖酸	
	1	2	1	2
样品重量/mg				
h_{CO_2}/(1/100 时)				
Δh_{CO_2}/(1/100 时)				
$\bar{S}_{CO_2}$/(mg/1/10^{-1} 时)				
含碳量/%				
h_{H_2O}/(1/100 时)				
Δh_{H_2O}/(1/100 时)				
$\bar{S}_{H_2O}$/(mg/10^{-1} 时)				
含氢量/%				

【思考题】

① 环境中的腐殖物质对重金属污染物的迁移转化起什么作用？

② 称量烘干后的滤纸时为何要盖上称量瓶的盖子？

③ 富里酸和腐殖酸在外观上有何区别？

④ 如果没有碳氢分析仪，富里酸和腐殖酸的含碳量可用硫酸-重铬酸钾氧化法测定。

实验 4-2 土壤脲酶活性测定

酶是一类具有蛋白质性质的、高分子的生物催化剂。土壤酶是活的有机体所合成的,或者在其生长过程中分泌于体外,或者在其死亡后自溶而释放出。所有的酶均能显示其活性。酶的显著特征之一是其催化反应的专一性。例如,脲酶对尿素的催化降解就极其专一,它仅能水解尿素,水解的最终产物是氨和碳酸。土壤脲酶活性,与土壤的微生物数量、有机物质含量、全氮和速效磷含量呈正相关。根际土壤脲酶活性较高,中性土壤脲酶活性大于碱性土壤。人们常用土壤脲酶活性表征土壤的氮素状况。

【实验目的】

①掌握土壤脲酶活性测定方法,了解所取土壤的脲酶活性。

②了解尿素这一有机物在土壤环境中的降解转化。

【实验原理】

土壤中酶的来源有两种。一是来源于高等植物根系分泌及土壤中动植物残体分解。二是来源于土壤微生物的生命活动。

土壤酶可分为胞内酶和胞外酶两种。胞外酶或溶出后的胞内酶进入土壤结构后,均具有相对稳定性,如能抗微生物分解和抗热稳定性等。它们以三种形式存在于土壤中,一是以吸附状态贮积于土壤中;二是与土壤腐殖质复合存在;三是以游离状态存在。对于脲酶,它能促使尿素水解转化成氨、二氧化碳,反应如下:

$$H_2NCONH_2 + H_2O \longrightarrow 2NH_3 + CO_2$$

在土壤中,pH 为 6.5 ~ 7.0 时脲酶活性最大,通过测定释放出的 NH_3 量,可以确定脲酶的活性。土壤中脲酶活性一般以 37 ℃培养 48 h 每克土壤释放出的 NH_3-N 毫克数表示。

【实验仪器和试剂】

1. 仪器

①生物培养箱。

②全玻璃蒸馏器:100 mL。

③锥形瓶:250 mL,50 mL。

④比色管:25 mL。

2. 试剂

①磷酸盐缓冲溶液(pH = 6.8)。

②10% 的尿素溶液。

③2 mol/L 的 KCl 溶液。

④4% 硼酸溶液。

⑤4 mol/L 的 NaOH 溶液。

⑥0.1 mol/L HCl 溶液。

⑦甲基红-亚甲基蓝指示剂。

【实验步骤】

①取两个 250 mL 锥形瓶,各加入 10.0 g 土壤,再各加入 10 mL 混合磷酸盐缓冲溶液(pH =6.8)和 1 mL 甲苯。摇动处理 15 min,使均匀。往第一瓶内加入 10 mL 浓度 10% 的尿素溶液,再将瓶内容物充分混匀,作为试样。第二瓶内加入 10 mL 蒸馏水,作为对照。将两个瓶置于 37 ℃ 培养箱中培养 48 min(要塞上纱布塞子)。

②培养结束后,往两个瓶内各加入 50 mL 2 mol/L KCl 溶液。塞紧后再振荡 30 min。到时立即将试样过滤(滤纸可以用蒸馏水润湿)到蒸氨瓶内。

③在过滤的间隙时间取两个 50 mL 比色管,各加入 10.00 mL 4% 硼酸溶液。现将 50 mL 比色管在冷凝管下,使冷凝管出口尖端插入硼酸溶液中,准备蒸馏。

④过滤完毕后,迅速往蒸氨瓶内注入 20 mL 4 mol/L 的 NaOH 溶液,立即塞上塞子。接通冷凝水,加热蒸馏。

⑤当馏出液达到 50 mL 左右,停止蒸馏。取下比色管,将管内接收液定量转入到 50 mL 锥形瓶中加 4~5 滴指示剂(甲基红-亚甲基蓝混合液),用 0.1 mol/L HCl 滴定瓶内的氨,滴定到淡紫色为终点。记录试样和对照消耗的 HCl 体积 V 和 V_0(mL)。

【数据处理】

$$脲酶活性 = \frac{M \times (V - V_0)/14.0}{W} (mg/g)$$

式中:W 为称取的样品重,g;

M 为 HCl 摩尔浓度;

V 为试样消耗的 HCl 体积,mL;

V_0 为对照消耗的 HCl 体积,mL。

【思考题】

①除了测定尿素降解产物氨外,还能有什么方法可以测定脲酶的活性?

②实验中为什么要加入甲苯?

③步骤④中为什么要迅速加入 NaOH?

④如果蒸氨时吸收液倒吸到冷凝管中如何解决?

实验 4-3 沉积物中磷的形态分析

磷是湖泊生态系统中初级生产力的主要影响因素之一,过多的磷可导致湖泊富营养化。近年来,营养盐的内源释放已越来越多地得到人们的关注。研究发现,沉积物磷的释放受诸多因素的影响,对沉积物磷形态的分析有助于认识沉积物-水界面营养盐的交换并进一步解构沉积物内源负荷机制。因此,自 20 世纪 70 年代以来,沉积物磷的地球化学形态研究成为世界许多富营养化湖泊治理过程中必须进行的调查项目,在我国的湖泊富营养化调查规范中也明确给出了磷的形态分级方案。

沉积物中磷的形态研究中目前最成熟、最理想的方法还是化学连续提取法。化学连续提取法的基本原理是采用不同类型的选择性提取剂连续地对沉积物样品进行提取,根据各级提取剂提出的磷的量间接反映出沉积物磷的释放潜力。

【实验目的】

①了解沉积物中磷的形态分布特点和沉积物内源磷负荷机制。

②掌握沉积物中磷的形态分析方法。

【实验原理】

沉积物中磷以无机磷和有机磷两大类形式存在。其中无机磷的存在形式还可以进一步分为交换态磷、铝结合磷、铁结合磷、闭蓄态磷、自生磷和碎屑磷,使提取结果更具有清晰的环境地球化学意义。该方法的分级步骤依序为:$MgCl_2$ 提取交换态磷,NH_4F 提取铝结合磷,NaOH-Na_2CO_3 提取铁结合磷,Na_3Cit-$NaHCO_3$-$Na_2S_2O_4$ 提取闭蓄态磷,NaAc-HAc 提取自生磷,HCl 提取碎屑磷,有机磷灼烧后提取。

铝结合磷、碎屑磷和有机磷由于含量低采用检出限较低的孔雀绿-磷钼杂多酸分光光度法,其余形态磷均采用钼锑抗分光光度法。

孔雀绿-磷钼杂多酸分光光度法测定磷的原理为:在酸性条件下,利用碱性燃料孔雀绿与磷钼杂多酸生成绿色离子缔合物,并以聚乙烯醇稳定显色液,直接在水相用分光光度法测定正磷酸盐。

钼锑抗分光光度法测定磷的原理为:在酸性条件下,正磷酸盐与钼酸铵、酒石酸锑氧钾反应,生成磷钼杂多酸,被还原剂抗坏血酸还原,则变成蓝色络合物,称为磷钼蓝。

【实验仪器和试剂】

1. 仪器

①分光光度计。

②恒温振荡器。

③马弗炉。

2. 试剂

①1 mol/L 氯化镁溶液(pH 8)。

②0.5 mol/L 氟化铵(pH 8.2)。

③0.3 mol/L 柠檬酸钠、1 mol/L $NaHCO_3$ 及 0.675 g $Na_2S_2O_4$ 配成的混合提取剂(pH 7.6)。

④1 mol/L NaAc-HAc(pH 4)。

⑤0.1 mol/L NaOH-0.5 mol/L Na_2CO_3。

⑥1 mol/L 盐酸溶液。

⑦(1+1)硫酸。

⑧磷酸盐储备液:将磷酸二氢钾(KH_2PO_4)于 110 ℃干燥 2 h,在干燥器中放冷。称取 0.219 7 g 溶于水,定量转移至 1 L 容量瓶中,加(1+1)硫酸 5 mL,用水稀释至标线,此溶液每毫升含 50.00 μg 磷。

⑨磷酸盐标准使用液:吸取 5.00 mL 磷酸盐储备液于 250 mL 容量瓶中,用水稀释至标线。

此溶液每毫升含 1.00 μg 磷。临用时现配。

⑩钼酸铵溶液:溶解 176.5 g 钼酸铵 $((NH_4)_6Mo_7O_{24}\cdot4H_2O)$ 于水中,并稀释至 1 L。

⑪酒石酸锑氧钾溶液:将 3.5 g 酒石酸锑氧钾 $(K(SbO)C_4H_4O_6\cdot1/2H_2O)$ 溶于 100 mL 水中。

⑫抗坏血酸溶液:溶解 10 g 抗坏血酸于水中,并稀释至 100 mL。该溶液储存在棕色瓶中,在约 4 ℃ 可稳定几周。如颜色变黄,则弃去重配。

⑬孔雀绿溶液:溶解 1.12 g 孔雀绿(氯化物)于水中,并稀释至 100 mL。

⑭聚乙烯醇(PVA)溶液:取工业级 PVA(平均聚合度 500 左右)1 g 溶于 100 mL 热水中,滤纸过滤后使用。

⑮钼锑抗法显色剂:在 300 mL(1+1)硫酸中依次加入 74 mL 钼酸铵溶液和 10 mL 酒石酸锑氧钾溶液,混匀,并稀释至 500 mL。储存在棕色玻璃瓶中置于 4 ℃ 左右的冰箱内。至少稳定两个月。

⑯孔雀绿-磷钼杂多酸法显色剂:在 40 mL 钼酸铵溶液中依次加入 30 mL 浓硫酸和 36 mL 孔雀绿溶液,混匀、静置 30 min 后,经 0.45 μm 微孔滤膜过滤。临用时现配现用并存放在 4 ℃ 左右的冰箱内。

【实验步骤】

1.土样的制备

将采集的样品全部倒在玻璃板上,铺成薄层,经常翻动,在阴凉处使其自然风干。风干后的样品,用玻璃棒碾碎后,过 2 mm 筛除去砂石和植物残体。

将上述样品反复按四分法缩分,最后留下足够分析的样品,再进一步用玻璃研钵予以磨细,全部过 80 目筛。过筛的样品,充分摇匀,装瓶备分析用。

2.沉积物中磷的分级提取

沉积物中磷形态的连续提取按下面方法依次进行。

交换态磷:0.3 g 沉积物加 30 mL 1 mol/L $MgCl_2$(pH 8)振荡提取 2 h,5 000 r·min^{-1} 离心 20 min 获取提取液。再用 30 mL 去离子水同样提取 2 遍(即漂洗 2 遍),合并提取液,提取液抽滤通过 0.45 μm 滤膜,用钼锑抗分光光度法测定提取液中磷浓度。

铝结合磷:交换态磷提后残渣加 30 mL 0.5 mol/L NH_4F(pH 8.2)振荡提取 1 h,离心获取提取液,再以 30 mL 去离子水提取一遍,合并提取液,提取液抽滤通过 0.45 μm 滤膜,用孔雀绿-磷钼杂多酸分光光度法测定提取液中磷浓度。

铁结合磷:铝结合磷提后残渣加 30 mL 0.1 mol/L $NaOH$-0.5 mol/L Na_2CO_3 混合提取液振荡提取 4 h,离心获取提取液,再用 30 mL 去离子水漂洗一遍,合并提取液,提取液抽滤通过 0.45 μm 滤膜,用钼锑抗分光光度法测定提取液中磷浓度。

闭蓄态磷:铁结合磷提后残渣加入 24 mL 0.3 mol/L 柠檬酸钠、1 mol/L $NaHCO_3$ 及 0.675 g $Na_2S_2O_4$ 配成的混合提取剂(pH 7.6),搅拌 15 min 后再加入 6 mL 0.5 mol/L $NaOH$,振荡提取 8 h,离心获取提取液,以 30 mL 去离子水漂洗提取一遍,合并提取液,提取液抽滤通过 0.45 μm 滤膜,用钼锑抗分光光度法测定提取液中磷浓度。

自生磷:闭蓄态磷提后残渣加入 30 mL 1 mol/L NaAc-HAc(pH 4)缓冲液振荡提取 6 h,离心获取提取液,再以 30 mL 1 mol/L $MgCl_2$ 提取一次,然后以 30 mL 去离子水提取一次,合并提取液后过滤,用钼锑抗分光光度法测定提取液中磷浓度。

碎屑磷:自生磷提后残渣加入 30 mL 1 mol/L HCl 振荡提取 16 h,离心,再以 30 mL 去离子水漂洗残渣一次,合并提取液,过滤,用孔雀绿-磷钼杂多酸分光光度法测定提取液中磷浓度。

有机磷:碎屑磷提后残渣转移到瓷坩埚中,烘干,马弗炉中 550 ℃ 灼烧 2 h,冷却后以 30 mL 1 mol/L HCl 振荡提取 16 h,提取液过滤,用孔雀绿-磷钼杂多酸分光光度法测定提取液中磷浓度。

3. 磷浓度的分析

(1)钼锑抗分光光度法

1)标准曲线的绘制　取数支 50 mL 具塞比色管,分别加入磷酸盐标准使用液(浓度为 2.00 μg/mL)0、1.00、3.00、5.00、10.0、15.0 mL,加水至 50 mL。向比色管中加入 1 mL 10% 抗坏血酸溶液,混匀。30 s 后加 2 mL 钼锑抗法显色剂,充分混匀,放置 15 min。用 1 cm 比色皿,于 700 nm 波长处,以零浓度溶液为参比,测量吸光度。

2)样品测定　取适量水样(使磷含量不超过 30 μg)加入 50 mL 比色管中,用水稀释至标线。以下按绘制校准曲线的步骤进行显色和测量。减去空白试验的吸光度,并从校准曲线上查出含磷量。

(2)孔雀绿-磷钼杂多酸分光光度法

1)标准曲线的绘制　取数支 50 mL 具塞比色管,分别加入磷酸盐标准使用液 0、0.50、1.00、2.00、3.00、4.00、5.00 mL,加水至 50 mL。用移液管加入 5.0 mL 显色剂,再加入 1.0 mL 1% PVA 溶液,混匀。放置 10 min,用 2 cm 比色皿,在 620 nm 波长处以零浓度为参比,测量吸光度。

2)样品测定　取适量水样(使磷含量不超过 15 μg)加入 50 mL 比色管中,用水稀释至标线。以下按绘制校准曲线的步骤进行显色和测量。减去空白试验的吸光度,并从校准曲线上查出含磷量。

3)空白试验　以水代替水样,按相同步骤,进行全程序空白测定。

【数据处理】

①提取液中磷的浓度

$$磷酸盐(P, mg/L) = \frac{m}{V}$$

式中:m 为由标准曲线查得的磷量,μg;

V 为样品测定时所取水样体积,mL。

②沉积物中各形态磷的含量

$$沉积物中某一种形态磷的含量(P, mg/kg) = \frac{cV}{0.3}$$

式中:c 为提取液中磷的浓度,mg/L;

V 为提取液体积,mL。

【思考题】

①根据实验结果分析沉积物中磷形态分布特征?

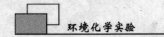

②沉积物中磷形态分级的环境地球化学意义是什么？

实验4-4　沉积物/水界面营养盐的交换通量

沉积物是湖泊内源负荷的重要源汇,对水体富营养化具有重要的影响。沉积物/水界面营养盐交换对水体中的营养盐收支具有重要的调节作用,在湖泊营养状况的控制和营养盐循环过程中扮演着十分重要的角色。所以湖泊沉积物/水界面营养盐的交换通量是研究湖泊富营养化的一个重要参数。

水土界面交换通量研究通常有以下几种方法:

①间隙水浓度扩散模型估算法;

②原柱样静态培养法;

③原柱样流动培养法;

④原位箱式观测法;

⑤质量守恒模型。

其中,方法⑤考虑了水土界面处营养盐交换的水平通量,即平流作用的影响。方法②、③、④作为实验方法测定的营养盐通量,较多考虑了实验条件与现场环境条件的一致性。方法①在估算底栖扰动较小,间隙水热力学稳定性较高的水土界面交换通量时,常常有较高的准确性。

【实验目的】

①了解沉积物/水界面营养盐交换通量的研究方法。

②了解沉积物的采集方法。

【实验原理】

本实验采用原柱样静态培养法测定湖泊沉积物/水界面营养盐的交换通量。用有机玻璃管取得沉积物原柱样,在黑箱内对采回的柱样加入湖泊上覆水进行培养,根据实测的上覆水体营养盐浓度变化,计算得出营养物质在沉积物/水界面的扩散通量。

上覆水营养盐测定采用磷钼蓝比色法分析 PO_4^{3-},纳氏比色法分析 NH_4^+。

【实验仪器和试剂】

1. 仪器

①沉积物原柱样采样器。沉积物原柱样采样器的结构大致由9部分构成,如图4-4-1。

取样管:取样管由长 1 000 mm、外径 50 mm、厚度为 3 mm 的有机玻璃管加工而成。

不锈钢套管:不锈钢套管用专用胶与有机玻璃管粘贴牢固。

不锈钢帽:不锈钢帽和不锈钢管通过焊接连接,在不锈钢帽底板对称打四个小孔,使取样管进入水中和沉积物中可以排水排气,以保证气流和水流通畅。

密封件:密封件由聚乙烯材料加工而成,聚乙烯材料下面粘上一个橡胶垫,保证和不锈钢帽密封严密。

弹簧和销子:起压紧密封件作用。

不锈钢管:不锈钢管通过不锈钢紧固件连接。

绳子。

捣泥杆。

采样前先将采样器组装起来,2 和 3、6 和 7 通过不锈钢紧固件连接牢固,把绳子打成活结挂在销子上,将密封件拉起。将采样器垂直缓慢插入水中,插至所需的沉积物厚度后,拉紧绳子使活结打开。在弹簧力的作用下使密封件和不锈钢帽密封严密,取样管中成为真空。将采样器提出水面后,取下采样管,用橡胶塞将采样管两端塞住带回。

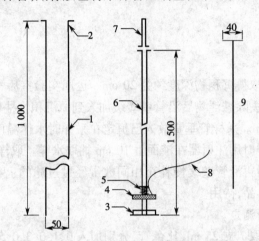

图 4-4-1　沉积物原柱样采样器结构
1—取样管;2—不锈钢套管;3—不锈钢帽;4—密封件;
5—弹簧和销子;6、7—不锈钢管;8—绳子;9—捣泥杆

②分光光度计。

③分析天平。

④电热干燥箱。

⑤冰箱。

2. 试剂

①磷酸盐储备液(1.00 mg/mL 磷):称取 1.098 g KH_2PO_4,溶解后转入 250 mL 容量瓶中,稀释至刻度,即得 1.00 mg/mL 磷溶液。

②磷酸盐标准使用溶液:量取 0.20 mL 储备液于 100 mL 容量瓶中,稀释至刻度,即得磷含量为 2 μg/mL 的标准液。

③抗坏血酸(10%):溶解 10 g 抗坏血酸于 100 mL 蒸馏水中,转入棕色瓶。若在 4 ℃ 以下保存,可维持一个星期不变。

④钼酸盐溶液:溶解 13 g 钼酸铵($(NH_4)_6Mo_7O_{24} \cdot 4H_2O$)于 100 mL 水中。溶解 0.35 g 酒石酸锑氧钾($K(SbO)C_4H_4O_6 \cdot 1/2H_2O$)于 100 mL 水中。

在不断搅拌下,将钼酸铵溶液徐徐加到 300 mL(1+1)硫酸中,加酒石酸锑氧钾溶液并且混合均匀。贮存在棕色的玻璃瓶中于约 4 ℃ 保存。至少稳定两个月。

⑤纳氏试剂:称取 16 g 氢氧化钠,溶于 50 mL 水中,充分冷却至室温。另称取 7 g 碘化钾和 10 g 碘化汞(HgI_2)溶于水,然后将此溶液在搅拌下徐徐注入氢氧化钠溶液中,用水稀释至

100 mL,贮于聚乙烯瓶中,密塞保存。

⑥酒石酸钾钠溶液:称取 50 g 酒石酸锑氧钾(K(SbO)C₄H₄O₆·1/2H₂O)溶于 100 mL 水中,加热煮沸以除去氨,放冷,定容到 100 mL。

⑦铵标准贮备溶液:称取 3.819 g 经 100 ℃ 干燥过的优级纯氯化铵(NH₄Cl)溶于水中,移入 1 000 mL 容量瓶中,稀释至标线。此溶液每毫升含 1.00 mg 氨氮。

⑧铵标准使用溶液:移取 5.00 mL 铵标准贮备液于 500 mL 容量瓶中,用水稀释至标线。此溶液每毫升含 0.010 mg 氨氮。

【实验步骤】

1. 原柱样静态培养法

野外采集的原柱样,取得沉积物深度约为 20 cm。运回实验室后,立即用虹吸法小心抽去柱状样上层水样,经过滤去除悬浮物后沿管壁缓缓加入到原沉积物柱样中,以不扰动沉积物表面为要求,水柱高度 20 cm。采样管垂直放入已恒定在采样时水体温度下的循环恒温水器中,避光敞口培养。每次取样时用注射器在液面下 10 cm 抽取水样。取样时间按照 0、2、4、6 h 分别取样 4 次。取完水样后再沿管壁缓慢补充相同数量经过过滤的上覆水样。每次取水样 50 mL,用 0.45 μm 膜抽滤样品,待用。

2. 原柱样磷交换通量测定

①标准曲线的绘制:取 7 支 25 mL 比色管,分别加入 0、1.0、3.0、5.0、10.0、15.0、20.0 mL 浓度为 2.0 μg/mL 的磷酸盐溶液于 25 mL 比色管中,用蒸馏水定容至 25 mL,以此为标准溶液。

在上述标准溶液的各个比色管中,分别加入 0.5 mL 的 10% 抗坏血酸混匀,30 s 后加入钼酸盐溶液 1 mL,充分摇匀,15 min 后试剂空白为参比,在 700 nm 处测定吸光度。

由测得的吸光度减去零浓度空白的吸光度后,得到校正吸光度,绘制以磷含量对校正吸光度的标准曲线。

②样品测定:分别取适量经膜过滤或消解的水样用水稀释至标线,以下按绘制标准曲线的步骤进行显色和测量。减去空白试验的吸光度,并从标准曲线上查出含磷量。

3. 原柱样氮交换通量测定

①标准曲线的绘制:吸取 0、0.50、1.00、3.00、5.00、7.00 和 10.0 mL 铵标准使用液于 50 mL 比色管中,加水至标线,加 1.0 mL 酒石酸钾钠溶液,混匀。加 1.5 mL 纳氏试剂,混匀。放置 10 min 后在波长 420 nm 处,以水为参比,测量吸光度。

由测得的吸光度,减去零浓度空白的吸光度后,得到校正吸光度,绘制以氨氮含量对校正吸光度的标准曲线。

②样品测定:取适量水样(使氨氮含量不超过 0.1 mg),加入 50 mL 比色管中,稀释至标线,以下按绘制标准曲线的步骤进行显色和测量。由水样测得的吸光度减去空白试验的吸光度后,从标准曲线上查得氨氮含量。

【数据处理】

沉积物/水界面营养盐交换通量的计算方法如下:

$$F_{DM} = \frac{M_t}{A\Delta t}$$

$$M_t = V(C_t - D_{t-1})$$

$$C_{t-1} = \frac{(V - V_0)C_{t-1} + V_0 C_0}{V}$$

式中：F_{DM} 为在 Δt 时间段内平均直接测得的沉积物/水界面营养盐扩散通量，$\mu mol/(m^2 \cdot h)$；

M_t 为在 Δt 时间段内营养盐的质量变化，mg；

A 为有机玻璃柱的截面积，m^2；

V 为上覆水的体积，L；

V_0 为每次取样的体积，L；

C_t 为 t 时刻直接测得上覆水中营养盐的浓度，mg/L；

D_{t-1} 为 $t-1$ 时刻取出 V_0 体积样品，再加入 V_0 体积补充水以后上覆水中营养盐的浓度，mg/L；

C_0 为补充水中营养盐的浓度，mg/L。

【思考题】

①根据实验结果对研究现场营养盐的源与汇进行分析。

②沉积物/水界面营养盐扩散通量受哪些因素影响？

实验 4-5　沉积物中重金属的分级提取

重金属以多种形态存在于沉积物中，并表现出不同的环境地球化学行为和毒性特征。沉积物中重金属不同于地球化学相的提取，有许多学者提出了不同的方法和流程，主要包括单级提取法和多级连续提取法。单级提取法通常指的是生物可利用萃取法，直接以选择性化学试剂萃取，如5% HNO_3 或 1 mol/L HCl。所谓多级连续提取法就是利用反应性不断增强的萃取剂，对不同物理化学形态重金属的选择性和专一性，逐级提取颗粒物样品中不同有效性的重金属元素的方法。研究者常用的多级连续提取方法有 Tessier 法、Forstner 法及欧共体标准物质局（BCR）法。其中 Tessier 法是目前应用最广泛的方法。

【实验目的】

①了解沉积物中重金属分级的环境地球化学意义。

②掌握沉积物中重金属分级提取的方法。

【实验原理】

Tessier 法将沉积物中重金属赋存形态分为 5 部分：可交换态、碳酸盐结合态、铁锰氧化物结合态、有机结合态、残渣态。

可交换态是指存在于沉积物表面的离子交换位的重金属，可通过盐溶液（$MgCl_2$ 或 NaAc）将其置换出来。与碳酸盐结合的重金属可以通过调节 pH 将其提取出来。铁锰氧化物在还原条件下不稳定，可以通过加入还原剂（$Na_2S_2O_4$）的方法将铁锰氧化物结合态提取出来。氧化条件下有机质可以被降解,同时释放出重金属,因此提取有机结合态的重金属可以采用氧化的方法(HNO_3和H_2O_2)。经过逐级提取后,剩余的固体残渣主要是初级和次级矿物,重金属被结合在晶格中很难被提取出来,需要采用$HF-HClO_4$消解的方法提取。

【实验仪器和试剂】

1. 仪器

①火焰原子分光光度仪。

②恒温振荡器。

③离心机。

④酸度计。

⑤低温电热板。

2. 试剂

①1 mol/L $MgCl_2$溶液(pH 7.0)。

②1 mol/L NaAc。

③HAc,分析纯。

④0.3 mol/L $Na_2S_2O_4$、0.175 mol/L 柠檬酸钠及 0.025 mol/L 柠檬酸配成的混合提取剂。

⑤30% H_2O_2。

⑥0.02 mol/L HNO_3。

⑦1% HNO_3。

⑧HNO_3,分析纯。

⑨3.2 mol/L NH_4Ac 和 20% HNO_3 配成的混合溶液。

⑩HF。

⑪$HClO_4$。

⑫铜标准溶液(1 000 mg/L):0.500 0 g 金属铜(99.9%)溶解于 30 mL(1 + 1)HNO_3 中,用水定容至 500 mL。

⑬铜标准溶液(50 mg/L):吸取 25 mL 1 000 mg/L 铜标准溶液于 500 mL 容量瓶中,加水定容至刻度。

【实验步骤】

1. 土样的制备

将采集的样品全部倒在玻璃板上,铺成薄层,经常翻动,在阴凉处使其自然风干。风干后的样品,用玻璃棒碾碎后,过 2 mm 筛除去砂石和植物残体。

将上述样品反复按四分法缩分,最后留下足够分析的样品,再进一步用玻璃研钵予以磨细,全部过 80 目筛。过筛的样品,充分摇匀,装瓶备分析用。

2. 沉积物中重金属的分级提取

沉积物中重金属的分级提取按下面方法依次进行。

可交换态:1 g 沉积物加 8 mL 1 mol/L $MgCl_2$(pH 7.0)振荡提取 1 h,5 000 r·min^{-1} 离心 20 min 获取提取液。

碳酸盐结合态:可交换态提取后残渣加 8 mL 1 mol/L NaAc,用 HAc 调节 pH 至 5.0,振荡提取 5 h,5 000 r·min^{-1}离心 20 min 获取提取液。

铁锰氧化物结合态:碳酸盐结合态提取后残渣加 20 mL 0.3 mol/L Na$_2$S$_2$O$_4$、0.175 mol/L 柠檬酸钠及 0.025 mol/L 柠檬酸配成的混合提取剂,振荡提取 5 h,5 000 r·min^{-1}离心 20 min 获取提取液。

有机结合态:铁锰氧化物结合态提取后残渣加 3 mL 0.02 mol/L HNO$_3$和 5 mL 30% H$_2$O$_2$,用 HNO$_3$调节 pH 至 2.0,于 85 ±2 ℃间歇振荡提取 3 h。再加入 3 mL 30% H$_2$O$_2$(pH 2.0,用 HNO$_3$调节),于 85 ±2 ℃间歇振荡提取 3 h。样品冷却后,加入 5 mL 3.2 mol/L NH$_4$Ac 和20% HNO$_3$配成的混合溶液,再加水至 20 mL。连续振荡提取 30 min,5 000 r·min^{-1}离心 20 min 获取提取液。

残渣态:有机结合态提取后残渣置于聚四氟乙烯坩埚中,用少量水冲洗内壁润湿试样后,加入 HNO$_3$ 10 mL(若底质呈黑色,说明含有机质很高,则改加(1 +1)硝酸)。待剧烈反应停止后,在低温电热板上加热分解。若反应产生棕黄色烟,说明有机质多,还要反复补加适量的硝酸,加热分解至液面平静,不产生棕黄烟。取下,稍冷,加 5 mL HF,加热煮沸 10 min,取下,冷却,加 5 mL HClO$_4$,蒸发至近干,然后加 2 mL HClO$_4$,再次蒸发至近干(不能干涸),残渣为灰白色。冷却,加入 25 mL 1% HNO$_3$,煮沸溶解残渣,移至 25 mL 容量瓶中,加水至标线,摇匀备测。

重金属总量:称取 1 g 沉积物,提取方法同残渣态。

3. 重金属的分析

①标准曲线的绘制:吸取 50 mg/L 的铜标准溶液 0.00、0.50、1.00、2.00、4.00、6.00、8.00、10.00 mL 分别置于 50 mL 容量瓶中,加 2 滴 0.5 mol/L 的 H$_2$SO$_4$,用水定容,其浓度分别为 0、0.50、1.00、2.00、4.00、6.00、8.00、10.00 mg/L。然后在原子吸收分光光度计上测定吸光度。根据吸光度与浓度的关系绘制标准曲线。

火焰原子吸收测定条件:波长:324.7 nm;灯光流:1 mA;光谱通带:20;增益粗调:0;燃气:乙炔;助燃气:空气;火焰类型:氧化型。

②样品测定:将沉积物中重金属提取液定容后在原子吸收分光光度计上测定吸光度。根据吸光度与浓度的关系曲线求得提取液中铜的浓度。

【数据处理】

各级分中铜的百分含量可通过下式计算:

$$百分含量 = \frac{C_i V_i}{C_T V_T} \times 100\%$$

式中:C_i 为级分 i 提取液中铜的浓度,mg/L;

V_i 为级分 i 提取液的体积,mL;

C_T 为重金属总量提取液中铜的浓度,mg/L;

V_T 为重金属总量提取液的体积,mL。

【思考题】

①Tessier 法中将沉积物中重金属分为哪几个级分?

②沉积物中重金属分级的环境地球化学意义是什么?

实验 4-6　土壤对重金属的吸附

土壤的离子吸附和交换是土壤最重要的化学性质之一,对于重金属来说,吸附是最普遍和最重要的保持机理,是对重金属元素具有一定的自净能力和环境容量的根本原因。土壤对重金属的吸附依赖于土壤的类型、物理化学性质,如土壤的矿物质特性,有机组成,土壤溶液的组成和 pH,也与重金属离子本身的特性、外加阴阳离子、人工有机和无机络合剂有关。

铜是植物生长所必不可少的微量营养元素,但含量过多会使植物中毒。土壤的铜污染主要是来自于铜矿开采和冶炼过程。进入到土壤中的铜会被土壤中的黏土矿物微粒和有机质所吸附,其吸附能力的大小将影响铜在土壤中的迁移转化。因此,研究土壤对铜的吸附作用及其影响因素具有非常重要的意义。

【实验目的】

①了解影响土壤对铜吸附作用的有关因素。

②学会建立吸附等温式的方法。

【实验原理】

不同土壤对铜的吸附能力不同,同一种土壤在不同条件下对铜的吸附能力也有很大差别。对吸附影响比较大的两种因素是土壤的组成和 pH。为此,本实验通过向土壤中添加一定数量的腐殖质和调节被吸附铜溶液的 pH,分别测定上述两种因素对土壤吸附铜的影响。

土壤对铜的吸附可采用 Freundlich 吸附等温式来描述,即

$$Q = K\rho^{1/n}$$

式中:Q 为土壤对铜的吸附量,mg/g;

ρ 为吸附达到平衡时溶液中铜的浓度,mg/g;

K,n 为经验常数,其数值与离子种类、吸附剂性质及温度等有关。

将 Freundlich 吸附等温式两边取对数,可得

$$\lg Q = \lg K + \frac{1}{n}\lg \rho$$

以 $\lg Q$ 对 $\lg \rho$ 作图可求得常数 K 和 n,将 K、n 代入 Freundlich 吸附等温式,便可确定该条件下的 Freundlich 吸附等温方程,由此可确定吸附量(Q)和平衡浓度(ρ)之间的函数关系。

【实验仪器和试剂】

1. 仪器

①火焰原子吸收分光光度计。

②恒温振荡器。

③离心机。

④酸度计。

⑤容量瓶: 500 mL, 250 mL, 50 mL。

⑥聚乙烯塑料瓶:50 mL。

2. 试剂

①0.01 mol/L 的 $NaNO_3$ 溶液。

②0.5 mol/L 的 H_2SO_4 标准溶液。

③1 mol/L 的 NaOH 溶液。

④腐殖酸(生化试剂)。

⑤铜标准溶液(1 000 mg/L):0.500 0 g 金属铜(99.9%)溶解于 30 mL (1+1)HNO_3 中,用水定容至 500 mL。

⑥铜标准溶液(50 mg/L):吸取 25 mL 1 000 mg/L 铜标准溶液于 500 mL 容量瓶中,加水定容至刻度。

⑦铜标准系列溶液(pH=2.5):分别吸取 10.00、15.00、20.00、25.00、30.00 mL 的铜标准溶液(1 000 mg/L)于 250 mL 烧杯中,加 0.01 mol/L $NaNO_3$ 溶液稀释至 240 mL,再以 1 mol/L $NaNO_3$ 溶液定容。该标准系列溶液浓度为 40.00、60.00、80.00、100.00、120.00 mg/L。用同样方法,配制 pH=5.5 的铜系列标准溶液。

⑧1 号土壤样品:将新采集的土壤样品经风干、磨碎,过 80 筛后装瓶备用。

⑨2 号土壤样品:取 1 号土壤样品 300 g,加入腐殖酸 30 g,磨碎,过 80 目筛后装瓶备用。

【实验步骤】

1. 标准曲线的绘制

吸取 50 mg/L 的铜标准溶液 0.00、0.50、1.00、2.00、4.00、6.00、8.00、10.00 mL 分别置于 50 mL 容量瓶中,加 2 滴 0.5 mol/L 的 H_2SO_4,用水定容,其浓度分别为 0、0.50、1.00、2.00、4.00、6.00、8.00、10.00 mg/L。然后在原子吸收分光光度计上测定吸光度。根据吸光度与浓度的关系绘制标准曲线。

火焰原子吸收测定条件:波长:324.7 nm;灯光流:1 mA;光谱通带:20;增益粗调:0;燃气:乙炔;助燃气:空气;火焰类型:氧化型。

2. 土壤对铜的吸附平衡时间的测定

①分别称取 1、2 号土壤样品各 8 份,每份 1 g 于 50 mL 聚乙烯塑料瓶中。

②向每份样品中各加入 50 mg/L 铜标准溶液 50 mL。

③将上述样品在室温下进行振荡,分别在振荡 10、20、40、60、90 和 120 min 后,5 min 3 000 rpm 离心分离,迅速吸取上层清液 10 mL 于 50 mL 容量瓶中,加 2 滴 0.5 mol/L 的 H_2SO_4 溶液,用水定容后,用原子吸收分光光度计测定吸光度。根据实验数据绘制溶液中铜浓度和土壤对铜的吸附量与反应时间的关系曲线,以确定吸附平衡所需时间。

3. 土壤对铜的吸附量的测定

①分别称取 1、2 号土壤样品各 10 份,每份 1 g,分别置于 50 mL 聚乙烯塑料瓶中。

②依次加入 50 mL pH 为 2.5 和 5.5,浓度为 40.00、60.00、80.00、100.00、120.00 mg/L 铜标准溶液,盖上瓶塞后置于恒温振荡器上。

③振荡达到平衡后,取 15 mL 土壤浑浊液于离心管中,离心 10 min,吸取上层清液 10 mL 于 50 mL 容量瓶中,加 2 滴 0.5 mol/L 的 H_2SO_4 溶液,用水定容后,用原子吸收分光光度计测定吸光度。

【数据处理】

1. 土壤对铜的吸附量

可通过下式计算：

$$Q = \frac{(\rho_0 - \rho)V}{1\,000W}$$

式中：Q 为土壤对铜的吸附量，mg/g；

ρ_0 为溶液中铜的起始浓度，mg/L；

ρ 为溶液中铜的平衡浓度，mg/L；

V 为溶液的体积，mL；

W 为烘干土壤重量，g。

由此方程可计算出不同平衡浓度下土壤对铜的吸附量。

2. 建立土壤对铜的吸附等温线

以吸附量（Q）对浓度（ρ）作图即可制得室温时不同 pH 条件下土壤对铜的吸附等温线。

3. 建立 Freundlich 方程

以 lg Q 对 lg ρ 作图，根据所得直线的斜率和截距可求得两个常数 K 和 n，由此可确定室温时不同 pH 条件下不同土壤样品对铜吸附的 Freundlich 方程。

【思考题】

①土壤的组成和溶液的 pH 对铜的吸附量有何影响？为什么？

②本实验得到的土壤对铜的吸附量应为表观吸附量，它可能包括铜在土壤表面上哪些作用的结果？

实验 4-7　沉积物中 DDT 的污染分析

农药主要包括杀虫剂、杀菌剂及除草剂，常见的农药可分为有机氯、有机磷、有机汞和有机砷农药等。滴滴涕（DDT）是一类毒性很强的有机氯农药，曾被广泛使用。虽然 DDT 已被禁止生产和使用，但由于其半衰期长、累积性、生物毒性等特点，已引起了人们广泛关注。DDT 具有很强的亲脂性，大部分经物理化学作用进入水体沉积物或富集于生物体中，而生物死亡后也进入沉积环境，因此沉积物是有毒有害污染物的最终归宿，监测沉积物对于了解 DDT 污染状况和过程具有重要意义。

【实验目的】

①掌握沉积物/土壤中有机氯农药的提取方法。

②了解沉积物有机氯农药的污染状况。

【实验原理】

以二氯甲烷和正己烷的混合溶剂为提取溶剂，采用超声波方法提取沉积物中的 DDT。提取液经脱硫、硅胶柱净化后用具有电子捕获器的气相色谱仪测定。

【实验仪器和试剂】

1. 仪器

①气相色谱仪,具有 ECD 检测器。

②色谱柱:安捷伦 DB-35 ms,25 m×0.32 mm,0.25 μm 石英毛细管柱。

③离心机。

④分析天平。

⑤超声波仪。

⑥振荡器。

⑦玻璃层析柱:带有烧结玻璃的约 30 cm×2 cm 的玻璃柱。

⑧ K-D 浓缩器。

⑨浓缩管:100 mL,10 mL。

⑩量筒:25 mL。

⑪具塞锥形瓶:100 mL。

⑫刻度试管:5 mL。

⑬玻璃离心管:40 mL。

2. 试剂

①正己烷:精馏后浓缩 100 倍,色谱测定无干扰峰存在。

②二氯甲烷:精馏后浓缩 100 倍,色谱测定无干扰峰存在。

③无水硫酸钠:在马弗炉中 450 ℃焙烧 6 h,储于干燥器中备用。

④载气:氮气,纯度为 99.99%。

⑤铜片:活化过的。

⑥硅胶:100~200 目,用丙酮索氏抽提 8 h 以上,然后于 180 ℃活化 12 h,待冷却至室温后加入其重量的 3% 的去离子水降活,平衡后储于干燥器中备用。

【实验步骤】

1. 土样的制备

将采集的样品用真空冷冻的方法使其脱水干燥。干燥后的样品,用玻璃棒碾碎后,过 2 mm 筛除去砂石和植物残体。

将上述样品反复按四分法缩分,最后留下足够分析的样品,再进一步用玻璃研钵予以磨细,全部过 80 目筛。过筛的样品,充分摇匀,装瓶备分析用。

2. 样品的提取

称取 80 目沉积物样品 5 g,置于玻璃离心管中,加入二氯甲烷和正己烷(1:1)的混合溶剂 25 mL,在超声波萃取仪中超声萃取 15 min。取出离心管在离心机中以 4 000 rpm 离心 5 min。将上清液移入 100 mL 具塞锥形瓶中。向离心管中再加入 25 mL 二氯甲烷和正己烷(1:1)的混合溶剂,重复超声提取一次。将提取液合并至 100 mL 具塞锥形瓶中。

向合并后的提取液中加入约 5 g 铜片,于振荡器中振荡 14 h,以除去提取液中的硫。

将脱硫后的提取液移入 100 mL 的 K-D 浓缩管中,在装有提取液的浓缩管上接上 Snyder 蒸馏柱,用皮筋套好,置于水浴锅中,控制水浴温度为 70~90 ℃,当体积浓缩到 0.5~1.0 mL

时,取下浓缩管。浓缩管冷却至室温后,把浓缩管中的浓缩液转移到硅胶柱中。硅胶柱自上至下依次填充 1.5 cm 的无水硫酸钠、15 cm 硅胶。用少量二氯甲烷和正己烷(1:1)的混合溶剂淋洗浓缩管内壁两次,把每次的淋洗物加到柱子中。

用二氯甲烷和正己烷(1:3)混合溶剂 50 mL 洗提柱子,洗提速度约为 5 mL/min。将洗提液经 K-D 浓缩器浓缩至 0.5 ~ 1.0 mL 后,定容至一定体积,备色谱分析用。

3.样品测定

①色谱条件:进样口:250 ℃;检测口:345 ℃;N_2:1.5 mL/min;进样量:1 μL,不分流;程序升温:160 ℃ (0.5 min)→ (10 ℃/min)→230 ℃→(15 ℃/min)→275 ℃ (3 min)。

②定量分析:于 10 mL 容量瓶中配制浓度为 2.5、10、25、50 和 100 μg/L 的 DDT 标准溶液系列,用正己烷稀释定容。取 1 μL 标准溶液注入色谱仪,测定峰面积。用峰面积对应浓度作图,绘制校准曲线。

取 1 μL 试液注入色谱仪,测定峰面积。从校准曲线上查出样品中被测组分的浓度。

【数据处理】

$$沉积物中被测组分浓度(ng/g) = \frac{cV}{W}$$

式中:c 为从标准曲线上查出的被测组分浓度,μg/L;

V 为萃取浓缩液体积,mL;

W 为沉积物样品的重量,g。

【思考题】

①沉积物中 DDT 的提取方法都有哪些? 各自的优缺点是什么?

②样品提取过程中为什么要脱硫?

实验 4-8 土壤中砷的污染分析

土壤中砷的污染主要来源于化工、冶金、炼焦、火力发电、造纸、玻璃、皮革及电子等工业排放的"三废"。由于使用的矿石原料中普遍含有较高量的砷,所以冶金与化学工业排砷量最大。此外,含砷农药的使用也是土壤砷污染的来源之一。含砷废水灌溉农田后,由于砷的残留高,不能为微生物所分解,因而使土壤被砷污染。大量资料表明,被砷污染的土壤可能使农作物产量大幅度下降。单质砷的毒性极低,而砷的化合物均有剧毒,三价砷化合物比五价砷化合物毒性更强,有机砷对人体和生物都有剧毒。砷可通过呼吸道、消化道和皮肤接触进入人体。如摄入量超过排泄量,砷就会在人体的肝、肾、肺、脾、子宫、胎盘、骨骼、肌肉等部位,特别是在毛发、指甲中蓄积,从而引起慢性砷中毒,潜伏期可长达几年甚至几十年。慢性砷中毒有消化系统症状、神经系统症状和皮肤病变等,砷还有致癌作用,能引起皮肤癌。

测定土壤(或本底)中砷含量的常用方法有新银盐分光光度法、二乙氨基二硫代氨基甲酸银(简称 DDTC-Ag)比色法和原子吸收光度法等。

【实验目的】

①了解新银盐分光光度法测定砷的原理,掌握其基本操作。

②初步了解土壤 As 污染与人体健康的关系。

【实验原理】

用 HCl-HNO₃-HClO₄ 氧化体系消解土壤样品,将各种形态的砷转化为五价可溶态的砷。用硼氢化钾(或硼氢化钠)在酸性溶液中产生新生态的氢,将水中无机砷还原成砷化氢气体,通过醋酸铅棉除去硫化氢干扰气体。以硝酸-硝酸银-聚乙烯醇-乙醇溶液为吸收液,砷化氢将吸收液中的银离子还原成单质胶态银,使溶液呈黄色,颜色强度与生成氢化物的量成正比。黄色溶液在波长 400 nm 处有最大吸收,峰形对称。颜色在 2 h 内无明显变化(20 ℃以下)。化学反应如下:

$$BH_4^- + H^+ + 3H_2O \longrightarrow 8[H] + H_3BO_3$$

$$As^{3+} + 3[H] \longrightarrow AsH_3 \uparrow$$

$$6Ag^+ + AsH_3 + 3H_2O \longrightarrow 6Ag + H_3AsO_3 + 6H^+$$

【实验仪器和试剂】

1. 仪器

①可见分光光度计。

②砷化氢发生与吸收装置(图 4-8-1)。

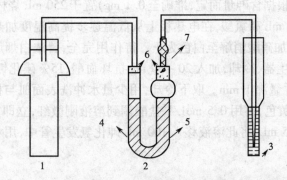

图 4-8-1 砷化氢发生与吸收装置

1—250 mL 或 100 mL、50 mL 反应管(ϕ30 mm,液面高约为管高的 2/3);2—U 形管;3—吸收管;4—0.3 g 醋酸铅棉;5—0.3 g 吸有 1.5 mL DMF 混合液的脱脂棉;6—脱脂棉;7—内装吸有无水硫酸钠和硫酸氢钾混合粉(9+1)的脱脂棉高压聚乙烯管

2. 试剂

①硫酸、硝酸:分析纯。

②乙醇(95% 或无水):分析纯。

③硼氢化钾片:分析纯,将硼氢化钾和氯化钠分别研细后,按 1:4 的量混合。充分混匀后,在医用压片机上以 3~5 t/cm² 的压力,压成直径为 1.2 cm 的片剂,每片重为 1.5 ±0.1 g。

④0.2%(m/V)聚乙烯醇水溶液:称取 0.4 g 聚乙烯醇(平均聚合度为 1 750 ±50)置于 250 mL 烧杯中,加入 200 mL 去离子水,在不断搅拌下加热溶解,待全溶后,盖上表面皿,微沸 10 min。冷却后,贮于玻璃瓶中,此溶液可稳定一星期。

⑤15%（m/V）碘化钾-硫脲溶液：15%碘化钾溶液100 mL中含1 g硫脲。

⑥硝酸-硝酸银溶液：称取2.040 g硝酸银置于100 mL烧杯中，加入约50 mL去离子水，搅拌溶解后，加5 mL硝酸，用去离子水稀释到250 mL，摇匀，于棕色瓶中保存。

⑦硫酸-酒石酸溶液：于400 mL 0.5 mol/L硫酸溶液中，加入60 g酒石酸，溶解后即可使用。

⑧二甲基甲酰胺混合液（简称DMF混合溶液）：将二甲基甲酰铵与乙醇铵按体积比9：1进行混合。此溶液于棕色瓶中可保存30 d(低温)。

⑨醋酸铅棉：将10 g脱脂棉浸于10%（m/V）的醋酸铅溶液100 mL中。0.5 h后取出，拧去多余水分，在室温下自然晾干，装瓶备用。

⑩吸收液：将硝酸银、聚乙烯醇、乙醇按体积比1：1：2进行混合，临用时现配。

⑪砷标准溶液：称取三氧化二砷（于110 ℃烘2 h）0.132 0 g置于50 mL烧杯中，加20%（m/V）氢氧化钠溶液2 mL，搅拌溶解后，再加1 mol/L硫酸溶液10 mL，转入100 mL容量瓶中，用水稀释到标线，混匀。此溶液含砷1.00 mg /mL。

⑫砷的标准使用液（临用时配）：取上述溶液稀释成含砷1.0 μg /mL的标准使用液。

【实验步骤】

1. 样品处理

称取0.5 g样品（根据含砷量而定，准确至0.1 mg）置于250 mL烧杯中，分别加6.0 mL盐酸、2.0 mL硝酸和2.0 mL高氯酸，在电热板上从低温逐步提高温度加热消解，消解完全的土壤应呈灰白色，否则滴加硝酸消解至白色为止。待作用完全，冒浓白烟后，试液呈无色或淡黄色，约剩2 mL，取下发生器，冷却，加入20~30 mg抗坏血酸，15%碘化钾硫脲溶液2.0 mL，放置15 min后，再加热并微沸1 min。取下冷却，用少量水冲洗表面皿与杯壁，加2滴甲基橙指示剂，用1：1氨水调至黄色，再用0.5 mol/L盐酸调到溶液刚微红，立即加入硫酸-酒石酸溶液（或20%酒石酸溶液）5 mL，将此溶液移入100 mL砷化氢发生管中，用水稀释到50 mL标线，待用。

2. 样品测定

将待测溶液的砷化氢发生管中，加入硫酸-酒石酸溶液20 mL，混匀。向各干燥吸收管中加入3.0 mL吸收液，按图4-8-1连接好导气管。检查管路是否连接好，以防漏气或反应瓶盖被崩开。有条件的可放在通风柜内反应。将两片硼氢化钾（或硼氢化钠）分别放于反应管的小泡中，盖好塞子，先将小泡中的硼氢化钾片倒一片于溶液中（若反应管中有泡沫产生，加入适量乙醇即可消除），待反应完（约5 min），再将另一片倒入溶液中，反应5 min（若试液体积小于50 mL，可用50 mL反应管，加1片硼氢化钾反应）。样品和校正曲线均用50 mL反应管进行。用10 mm比色皿，以空白吸收液为参比，于波长400 nm处测量上述吸收液吸光度。

3. 校准曲线

于7支100 mL反应管中，分别加入砷标准使用溶液0、0.50、1.00、1.50、2.00、2.50、3.00 mL，以下操作同样品测定，并绘制相应标准曲线。

【数据处理】

土壤中As的含量按下式计算：

$$砷(As, mg/kg) = \frac{m}{V}$$

式中：m 为由校准曲线上查得的砷量，μg；

V 为土样质量，g。

【思考题】

①根据测定的结果，评价土壤的污染状况。

②砷的测定，除了新银量法以外，还有其他哪些方法？它们各有什么特点？

【注意事项】

①聚乙稀醇对形成胶态银有良好的分散作用。平均聚合度为 1 750±50 的白色锯屑状的聚乙稀醇分散效果较好，而粉状的效果较差。配制时，聚乙稀醇应缓慢加入沸水中并不断搅拌，溶解后保持微沸 10 min，自然冷却。聚乙稀醇溶液可保持两周左右，如出现絮状沉淀应重新配制。

②乙醇具有很好的消泡作用，并能使胶态银分散更均匀。但乙醇量超过 55% 吸收液易出现浑浊，配制吸收液时应将聚乙稀醇溶液与硝酸银溶液混匀后再加乙醇，然后充分摇匀。混合后的吸收液在 4 h 内使用。

③导气管直径在 0.4 mm 左右，这样使气泡与吸收液充分作用，导气管可选用聚四氯乙稀管以降低对硝酸银的吸附。

实验 4-9　土壤中某些重金属元素的淋溶释放研究

污染土壤的重金属主要有汞、铬、铅、镉和类金属砷等生物毒性显著元素以及有一定毒性的锌、铜、镍等元素。重金属作为植物体内的酶催化剂对植物的生长发育有重要影响。但是如果土壤中的重金属过量，就会抑制植物的正常生长、发育和繁殖，并导致植物的群落结构发生改变。土壤中重金属污染主要来自于工业废水、农药、污泥和大气降尘等。重金属具有潜在的威胁和危害。过量的重金属可引起植物的生理功能紊乱、营养失调。土壤中的重金属可以在淋溶作用下通过地表水或地下水进入并释放到水体中，导致水体的污染。

【实验目的】

①了解土壤中重金属元素在淋溶过程中的迁移规律。

②了解不同条件下淋溶对重金属元素淋溶释放的影响。

③掌握不同重金属元素分析方法。

【实验原理】

通过消化处理将土壤样品中各种形态的重金属转化为离子态，用原子吸收分光光度法测定（测定条件见表 4-9-1）；通过测定不同时间淋溶液中重金属的含量，模拟降水对土壤中重金属迁移的影响规律，并研究不同条件下土壤重金属淋溶析出的规律和特点。

表 4-9-1 原子吸收分光光度法测定重金属的条件

测定条件	Pb	Cd	Cu	Zn
测定波长,nm	283.3	228.8	324.7	213.8
测定宽度,nm	0.2	0.2	0.2	0.2
灵敏度,μg/mL	0.50	0.03	0.09	0.02
检测范围,μg/mL	0.2~10	0.05~1.0	0.05~5.0	0.05~1.0
火焰类型	乙炔-空气,氧化型火焰			

【实验仪器和试剂】

1. 仪器

①淋溶装置 1 套。

②原子吸收分光光度计。

③pH 测定仪。

④尼龙筛:100 目。

⑤电热板。

2. 试剂

①硝酸、硫酸:优级纯。

②氧化剂:空气,用气体压缩机供给,经过必要的过滤和净化。

③金属标准储备液:准确称取 0.500 0 g 光谱纯金属,用适量的 1:1 硝酸溶解,必要时加热直至溶解完全。用水稀释至 500.0 mL,即得 1.00 mg/mL 标准储备液。

④混合标准溶液:用 0.2% 硝酸稀释金属标准储备溶液配制而成,使配成的混合标准溶液中镉、铜、铅和锌浓度分别为 10.0、50.0、100.0 和 10.0 μg/mL。

【实验步骤】

1. 淋溶装置的搭配

淋溶柱用长 40 cm 口径 4 cm 的有机玻璃管,管的底部用尼龙网包扎,放一层黄豆大小的玻璃珠,厚 2~3 cm,其上盖一层滤纸。取一定量(400~700 g)的土壤样品放到淋溶柱内,稍加压实,厚度为 30 cm 左右。土壤上方铺一层玻璃纤维,以防止土壤喷溅。土样上方保留 3~4 cm 空隙,以保证淋溶液的厚度基本一致,使试验土壤处于同一降水强度之下。将装好土样的塑料管垂直固定在支架上,下接放有滤纸的漏斗,用 250 mL 的聚乙烯瓶承接淋出液。

2. 土壤样品的制备

土样的采集:在粮食生长季节,从田间取回土样,倒在塑料薄膜上,晒至半干状态,将土块压碎,除去残根、杂物,铺成薄层,经常翻动,在阴凉处使其慢慢风干。风干土样用有机玻璃棒或木棒碾碎后,过 2 mm 尼龙筛以去除 2 mm 以上的砂砾和植物残体。将上述风干细土反复按四分法弃取,最后约留下 100 g 土样,再进一步磨细,通过 100 目筛,装于瓶中(注意在制备过程中不要被沾污)。取 20~30 g 土样,装入瓶中,在 105 ℃下烘 4~5 h,恒重。

土样的消解:准确称取烘干土样 0.48~0.52 g 两份(准确到 0.1 mg),分别置于高型烧杯中,加水少许润湿,再加入 1:1 硫酸 4 mL,浓硝酸 1 mL,盖上表面皿,在电热板上加热至冒白烟。如消解液呈深黄色,可取下稍冷,滴加硝酸后再加热至冒白烟,直至土壤变白。取下烧杯后,用水冲洗表面皿和烧杯壁。将消解液用滤纸过滤至 25 mL 容量瓶中,用水洗涤残渣 2 ~ 3 次,将清液过滤至容量瓶中,用水稀释至刻度,摇匀备用。同时做一份空白试验。

3. 淋溶液

本实验用两种不同 pH 的淋溶液,一为 pH 为 7 的蒸馏水;二为模拟天然降水,用 SO_4^{2-}:NO_3^- =9:1(质量比)的酸母液配制 pH =5.6 的酸性溶液。

4. 淋溶速率的选择

1 mL/min(估计,实际待定)。

5. 淋溶时间的选择

淋溶时间共 100 min,预计淋溶液为 100 mL,每淋溶 20 min 换一个接样瓶,测定重金属含量。

6. Pb、Zn、Cu、Cd 的测定

按表4-9-1 所列的条件调好仪器,用 0.2% 硝酸调零。吸入空白样和试样,测量其吸光度,记录数据。扣除空白值后,从标准曲线上查出试样中的金属浓度。由于仪器灵敏度的差别,重金属元素含量不同,必要时应对试液稀释后再测定。

7. 工作曲线的绘制

分别在 6 只 100 mL 容量瓶中加入 0.00、0.50、1.00、3.00、5.00、10.00 mL 混合标准溶液,用 0.2% 硝酸稀释定容。此混合标准系列各金属的浓度见表4-9-2。接着按样品测定的步骤测量吸光度。用经空白校正的各标准的吸光度对相应的浓度作图,绘制标准曲线。

表 4-9-2 标准系列的配制和浓度

混合标准使用液体积/mL		0.00	0.50	1.00	3.00	5.00	10.00
金属浓度/(μg/mL)	Pb	0.00	0.50	1.00	3.00	5.00	10.0
	Cd	0.00	0.05	0.10	0.30	0.50	1.00
	Cu	0.00	0.25	0.50	1.50	2.50	5.00
	Zn	0.00	0.05	0.10	0.30	0.50	1.00

【数据处理】

①由测定所得吸光度,分别从标准工作曲线上查得被测试液中各金属的浓度,根据下式计算出样品中被测元素的含量:

$$被测元素含量(\mu g/g) = \frac{C \times V}{W_{实}}$$

式中:C 为被测试液的浓度,$\mu g/mL$;

V 为试液的体积,mL;

$W_实$ 为样品的实际重量,g。

②将测得的结果填入表4-9-3:

表 4-9-3　土壤中重金属的浓度

淋溶时间/min	20	40	60	80	100	
淋出液体积/mL						
Pb 浓度/(μg/g)						
Cd 浓度/(μg/g)						
Cu 浓度/(μg/g)						
Zn 浓度/(μg/g)						

③淋溶时间为横坐标,浓度为纵坐标,分析土壤中重金属的淋溶规律。

④讨论 pH 对重金属淋出速率的影响。

【思考题】

①淋溶速率对重金属的淋出有何影响?

②不同淋溶剂对淋溶效果有何影响?

③不同重金属的淋溶效果有何不同,为什么?

【注意事项】

①淋溶管易碎,应小心使用!

②所用测试仪器比较昂贵,因此仪器使用要在老师的指导下进行。

实验 4-10　底泥对苯酚的吸附作用

底泥/悬浮颗粒物是底栖生物的生境,是许多环境污染物自然净化的场地,为各种污染物质的汇聚之处,污染物被水体颗粒物吸附、络合、絮凝、沉降,从而沉积在底泥中,污染物不断累积造成水体污染。其中底泥/悬浮颗粒物的吸附作用对有机污染物的迁移、转换、归趋及生物效应有重要影响,在某种程度上起着决定作用。底泥对有机物的吸附主要包括分配作用和表面吸附。

苯酚是化学工业的基本原料,也是水体中常见的有机污染物。底泥对苯酚的吸附作用与其组成、结构等有关。吸附作用的强弱可用吸附系数表示。探讨底泥对苯酚的吸附作用对了解苯酚在水/沉积物多介质的环境化学行为,乃至水污染防治都具有重要的意义。

【实验目的】

①测定两种底泥对苯酚的吸附等温线,求出吸附常数,比较它们对苯酚的吸附能力。

②了解水体中底泥的环境化学意义及其在水体自净中的作用。

【实验原理】

实验底泥对一系列浓度苯酚的吸附情况,计算平衡浓度和相应的吸附量,通过绘制等温吸附曲线,分析底泥的吸附性能和机理。

采用4-氨基安替比林法测定苯酚,即在 pH 10.0 ±0.2 介质中,在铁氰化钾存在下,与4-氨基安替比林反应,生成橙色的吲哚酚安替比林染料,其水溶液在波长 510 nm 处有最大吸收。用 2 cm 比色皿测量时,酚的最低检出浓度为 0.1 mg/L。

本实验以组成不同的两种底泥为吸附剂,吸附水中的苯酚,测出吸附等温线后,用回归法求出它们对苯酚的吸附常数,比较它们对苯酚的吸附能力。

【实验仪器和试剂】

1. 仪器

①恒温调速振荡器。

②低速离心机。

③可见分光光度计。

2. 试剂

①无酚水:于 1 L 水中加入 0.2 g 经 200 ℃活化 0.5 h 的活性炭粉末,充分振荡后,放置过夜。用双层中速滤纸过滤,或加氢氧化钠使水呈碱性,并滴加高锰酸钾溶液至紫红色,移入蒸馏瓶中加热蒸馏,收集流出液备用。本实验用水应为无酚水。

注:无酚水应贮备于玻璃瓶中,取用时应避免与橡胶制品(橡皮塞或乳胶管)接触。

②淀粉溶液:称取 1 g 可溶性淀粉,用少量水调成糊状,加沸水至 100 mL,冷却,置冰箱保存。

③溴酸钾-溴化钾标准参考溶液(1/6 $KBrO_3$ 浓度 = 0.1 mol/L):称取 2.784 g 溴酸钾溶于水中,加入 10 g 溴化钾,使其溶解,移入 1 000 mL 容量瓶中,稀释至标线。

④碘酸钾标准参考溶液(1/6 KIO_3 浓度 = 0.012 5 mol/L):称取预先在 180 ℃烘干的碘酸钾 0.445 8 g 溶于水中,移入 1 000 mL 容量瓶中,稀释至标线。

⑤硫代硫酸钠标准溶液($Na_2S_2O_3$ 浓度 ≈ 0.012 5 mol/L):称取 3.1 g 硫代硫酸钠溶于煮沸放冷的水中,加入 0.2 g 碳酸钠,稀释至 1 000 mL,临用前,用碘酸钾标定。

标定方法:取 10.0 mL 碘酸钾溶液置于 250 mL 碘量瓶中,加水稀释至 100 mL,加 1 g 碘化钾,再加 5 mL(1 + 5)硫酸,加塞,轻轻摇匀。置暗处放置 5 min,用硫代硫酸钠溶液滴定至淡黄色,加 1 mL 淀粉溶液,继续滴定至蓝色刚褪去为止,记录硫代硫酸钠溶液用量。按下式计算硫代硫酸钠溶液浓度(mol/L):

$$C_{Na_2S_2O_3 \cdot 5H_2O} = \frac{0.012\ 5 \times V_2}{V_1}$$

式中:V_1 为硫代硫酸钠溶液消耗量,mL;

V_2 为移取碘酸钾标准参考溶液量,mL;

0.012 5 为碘酸钾标准参考溶液浓度,mol/L。

⑥苯酚标准储备液:称取 1.00 g 无色苯酚溶于水中,移入 1 000 mL 容量瓶中,稀释至标线。在冰箱内保存,至少稳定一个月。

标定方法:吸取 10.00 mL 苯酚储备液于 250 mL 碘量瓶中,加水稀释至 100 mL,加 10.0 mL 0.1 mol/L 溴酸钾-溴化钾溶液,立即加入 5 mL 盐酸,盖好瓶塞,轻轻摇匀,在暗处放置 10 min。加入 1 g 碘化钾,盖好瓶塞,再轻轻摇匀,在暗处放置 5 min。用 0.012 5 mol/L 硫代硫酸钠标准溶液滴定至淡黄色,加 1 mL 淀粉溶液,继续滴定至蓝色刚好褪去,记录用量。同时以水代替苯酚储备液作空白试验,记录硫代硫酸钠标准溶液滴定用量。苯酚储备液的浓度由下式计算：

$$苯酚(mg/mL) = \frac{(V_3 - V_4) \times c \times 15.68}{V}$$

式中：V_3 为空白试验中硫代硫酸钠标准溶液滴定用量，mL；

V_4 为滴定苯酚储备液时，硫代硫酸钠标准溶液滴定用量，mL；

V 为取用苯酚储备液体积，mL；

c 为硫代硫酸钠标准溶液浓度，mol/L；

15.68 为 1/6 苯酚摩尔质量，g/mol。

⑦苯酚标准中间液（使用时当天配制）：取适量苯酚贮备液，用水稀释，配制成 10 μg 苯酚/mL 中间液。

⑧苯酚标准使用液（使用时当天配制）：取适量苯酚中间液，用水稀释，配制成 0.2 μg 苯酚/mL 使用液。

⑨缓冲溶液（pH 约为 10）：称取 20 g 氯化铵溶于 100 mL 氨水中，加塞，置冰箱中保存。

⑩2% 4-氨基安替比林溶液：称取 4-氨基安替比林($C_{11}H_{13}N_3O$) 2 g 溶于水，稀释至 100 mL，置于冰箱中保存，可使用一周。

⑪8% 铁氰化钾溶液：称取 8 g 铁氰化钾 $K_3[Fe(CN)_6]$ 溶于水，稀释至 100 mL，置于冰箱内保存，可使用一周。

【实验步骤】

1. 标准曲线的绘制

在 9 支 50 mL 比色管中分别加入 0.0、1.00、3.00、5.00、7.00、10.00、12.00、15.00、18.00 mL 浓度为 10 μg/mL 的苯酚标准液，用水稀释至刻度。加 0.5 mL 缓冲溶液，混匀。再加 1.0 mL 铁氰化钾溶液，充分混匀后，放置 10 min，立即在 510 nm 波长处，以蒸馏水为参比，用 2 cm 比色皿，测量吸光度，记录数据。经空白校正后，绘制吸光度对苯酚含量(μg/mL)的标准曲线。

2. 吸附实验

取 10 只干净的 150 mL 碘量瓶，分为 A、B 两组。分别在每个瓶内放入 1.0 g 左右的沉积物样品 A、B（称准到 0.000 1 克，以下同）。然后按表 4-10-1 所给数量加入浓度为 2 000 μg/mL 的苯酚使用液和无酚水，加塞密封并摇匀后，将瓶子放入振荡器中，在 25 ± 1.0 ℃下，以每 min 150～175 转的转速振荡 8 h，静置 30 min 后，在低速离心机上以 3 000 r/min 速度离心 5 min，移出上清液 10～50 mL 于容量瓶中，用水定容至刻度，摇匀，然后移出数毫升（视平衡浓度而定）至 50 mL 比色管中，用水稀释至刻度。按同绘制标准曲线相同的步骤测定吸光度，从标准曲线上查出苯酚的浓度，并计算出苯酚的平衡浓度。

表 4-10-1　苯酚加入浓度

序号	1	2	3	4	5	6
苯酚使用液/mL	1.0	3.0	6.0	12.5	20.0	25.0
无酚水/mL	24	22	19	12.5	5	0

续表

序号	1	2	3	4	5	6
起始浓度 $C_0/\text{mg} \cdot \text{L}^{-1}$	80	240	480	1 000	1 600	2 000
取上清液/mL	2.00	1.00	1.00	1.00	0.50	0.50
稀释倍数	131.25	262.5	262.5	262.5	525	525

【数据处理】

①计算平衡浓度 C_e 及吸附量 Q

$$C_e = C_1 \times n$$

$$Q = \frac{(C_0 - C_e) \times V}{W \times 1\,000}$$

式中:C_0 为起始浓度,$\mu g/mL$;

C_e 为平衡浓度,$\mu g/mL$;

C_1 为在标准曲线上查得的测量浓度,$\mu g/mL$;

n 为溶液的稀释倍数;

V 为吸附实验中所加苯酚溶液的体积,mL;

W 为吸附实验所加底泥样品的量,g;

Q 为苯酚在底泥样品上的吸附量,mg/g。

②利用平衡浓度和吸附量数据绘制苯酚在底泥上的吸附等温线。

③利用吸附方程 $Q = KC^{1/n}$,通过回归分析求出方程中的常数 K 和 n,比较两种底泥的吸附能力。

【思考题】

①影响底泥对苯酚吸附系数大小的因素有哪些?

②哪种吸附方程更能准确描述底泥对苯酚的等温吸附曲线?

③底泥对苯酚吸附的机理是什么?

实验 4-11　卫津河底泥中汞的形态分析

为了研究重金属在环境中的迁移转化、自净规律、致毒作用机理以及最后归趋等环境化学行为,不仅要了解重金属的数量,而且还要研究其存在的化学形态,因为不同的化学形态具有不同的化学行为、环境效应和生态效应。重金属的生物效应与其在环境中的形态及有效性关系密切,不同形态重金属的行为及生物有效性不同。例如,对于水中溶解态金属来说,甲基汞离子的毒性大于二价无机汞离子;游离铜离子的毒性大于铜的络离子;六价铬的毒性大于三价铬;而五价砷的毒性则小于三价砷。对于沉积物中的结合态金属来说,交换态金属离子的毒性大于与有机质结合的金属及结合于原生矿物中的金属等。因此,研究重金属在环境中的迁移转化等化学行为和生物效应时,不但要指出污染物的总量,同时必须指明它的化学形态及不同化学形态之间的相互转化过程。通过对沉积物中重金属的化学形态分析,能够取得它们在环境中化学行为的有价值的信息。研究和测定底泥中重金属的存在形态,对于研究重金属在河流及底泥中的迁移转化和在生物特别是底栖生物体内的含量,评价河流水体环境质量及最终治理水体重金属污染具有重要的现实意义。

形态分析是根据所用的溶剂体系,把物质存在的化学形态,以其溶解度或稳定性的差异区分为几种不同类型的化学形态加以表征。环境中分析重金属的方法有:离子选择电极法、溶出伏安法、化学修饰电极法、化学分离-含量的测定方法和形态分布规律的数学计算方法。但这些方法都只用于水环境,对土壤中重金属的形态分析,常需要对样品进行浸提和萃取,用原子吸收光谱法测定提取液中每种形态重金属的浓度。

【实验目的】

①明确环境污染物化学形态分析的环境化学意义。
②学习 AMA254 测汞仪的使用方法,掌握底泥中汞的不同形态分析方法。
③了解不同重金属的形态对环境的影响。

【实验原理】

根据各种形态汞在不同浸取液中溶解度的不同,采用连续化学浸提法测定底泥中汞存在的水溶态、酸溶态和碱溶态。本实验主要用到的仪器为 AMA254 测汞仪。AMA254 测汞仪将样品热处理装置和原子吸收光谱集于一身,能直接测定固体或液体中的汞含量。

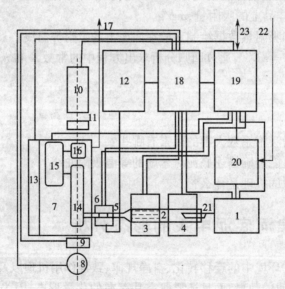

图 4-11-1   AMA254 工作简图

1—电机;2—石英管;3—催化炉;4—热分解炉;5—金质汞齐化器;

6—汞齐化炉;7—测量室;8—汞灯;9—快门;10—检测器;11—滤光片;

12—冷却系统;13—加热系统;14—首测量池;15—延迟舟;

16—次测量池;17—燃气出口;18、19—电路板;20—氧气流控制阀;

21—Ni 舱;22—氧气进口;23—串行口

图 4-11-1 表明了 AMA254 的工作简图。样品导入系统(电机),将盛有样品的 Ni 舱或 Pt

舱倒入尾部装有 $Mn_3O_4 + CaO$（催化剂）的石英管中。石英管连接着热分解炉和恒温在 750 ℃ 的催化炉。金质汞齐化器将热分解产物中的其他废气与汞蒸气分离并吸收汞蒸气。汞齐化器位于独立的第三个炉内。通过加热系统恒温在 120 ℃ 的测量室内有两个不同的测量池。第一个测量池与第二个测量池的长度比为 10 : 1。延迟舟位于两个测量池之间但不通过光路。本仪器采用低压汞灯作为光源。位于检测器前的滤光片只允许 253.65 nm 的光线通过。阀门可控制作为运输和燃烧气体的氧气的流量大小。

【实验仪器和试剂】

1. 仪器
①AMA254 测汞仪。
②调速多用振荡器。
③离心机。
④电子天平。

2. 试剂
①盐酸:分析纯。
②1% $CuSO_4$ 溶液。
③1% KOH 溶液。

【实验步骤】

1. 总汞的测定
称取 0.100 0 g 左右样品于 AMA254 测汞仪中测定其中的汞含量。

2. 水溶态汞的测定
准确称取 1.0 g 样品于 40 mL 离心管中,加入 10 mL 去离子水,恒温振荡器上振荡 30 min 后离心 10 min 分离,吸取上层清液于 50 mL 容量瓶中,在离心管中滴加 1 mL 体积比为 1:1 HCl,离心 10 min 取上清液于容量瓶中,稀释至刻度,测其中汞含量。

3. 酸溶态汞的测定
将上述残渣加入 10 mL 0.20 mol/L HCl 浸提,剧烈振荡至沉淀泛起,泡沫消失后加入 0.5 mL 1% $CuSO_4$ 溶液,振荡 30 min 后离心 10 min。吸取清液于 50 mL 容量瓶中,加入 10 mL 去离子水,剧烈摇动至残渣泛起,离心 10 min,上清液合并至容量瓶中,定容至 50 mL。测定其中汞含量。

4. 碱溶态汞的测定
上述残渣加入 30 mL 1% KOH,振荡 30 min,离心 10 min,吸取清液于 50 mL 容量瓶中,加入 10 mL 去离子水,剧烈摇动至残渣泛起,离心 10 min,上清液合并至容量瓶中,定容至 50 mL,测定其中的汞含量。

【数据处理】

汞含量

$$水溶态汞 = \frac{V \times C_1}{m}$$

$$酸溶态汞 = \frac{V \times C_2}{m}$$

$$碱溶态汞 = \frac{V \times C_3}{m}$$

式中：V 为定容后的体积，mL；

　　m 为样品质量，g。

【思考题】

①由实验结果说明所用底泥中汞的主要存在状态。

②研究水体底泥中汞的形态有何意义？

【注意事项】

①剧烈摇动离心管时要注意拧开盖子，放气。

②小心操作测汞仪，严防将测量瓶碰倒，此时会引起溶液倒吸进测汞仪中，导致测汞仪停止工作。

实验 4-12　腐殖酸对汞(Ⅱ)的配合作用

　　自然界中的腐殖物质是天然产物，由生物体物质在土壤、水和沉积物中转化而成。腐殖质是有机高分子物质，它们包括胡敏素、腐殖酸、富里酸等。腐殖物质分子除含有大量苯环外，各个结构单元上有一个或多个活性基团，如羧基、酚羟基、醌基等，它们可与金属离子进行离子交换、表面吸附、配合作用等反应。腐殖质与金属离子生成配合物是腐殖质最重要的环境性质之一，金属离子能在腐殖质中的羧基和羟基之间螯合成键。腐殖酸对金属离子的强烈结合能力使之成为环境中金属离子的接纳库和提供源，对于金属元素在环境中的迁移、转化和生物效应起着十分重要的调控作用，特别表现在颗粒物吸附和难溶化合物溶解度方面。

　　稳定常数是络合物的一种重要特征常数。溶解态有机物质与金属离子络合组成和稳定常数的研究可以提供络合剂与金属离子间亲和力的定量量度，有助于了解有机物与重金属离子在土壤、其他沉积物以及自然水体中溶解、沉积和迁移的行为及其规律。用于稳定常数测定的方法主要有电位滴定法、分光光度法、离子选择电极法和离子交换平衡法等。

【实验目的】

①加深对腐殖酸的认识。

②掌握腐殖酸对重金属的配合作用原理及测定方法。

【实验原理】

　　离子交换平衡法是应用于测定络合物稳定常数较为成功的一种方法，也是报道最多的方法之一。其优点在于可以应用于较广泛的温度、pH 和其他条件，更为主要的是可以应用于金属离子浓度极低的溶液，同时可获得稳定常数和配位数的数值。本实验采用 Schubert 的离子交换平衡法测定络合物稳定常数。

单核络合物的成络平衡反应为：

$$M + xL \Longrightarrow ML_x$$

其稳定常数表示为：

$$K = \frac{[ML_x]}{[M][L]^x} \tag{4-12-1}$$

式中：$[M]$ 溶液中游离金属离子的浓度；

　　$[ML_x]$ 为络合物的浓度；

　　x 为络合物的配位数。

当离子交换平衡主要是配合平衡时，一定量阳离子树脂吸附的某种金属离子的数量 $[MR]$，在一个相当大的浓度范围内与溶液中金属离子浓度 $[M]$ 成正比，设体系中无络合剂和有络合剂时的分配系数 λ_0 和 λ 分别为：

$$\lambda_0 = \frac{[MR]}{[M]} = \frac{a_0 v}{(100 - a_0)g} \tag{4-12-2}$$

$$\lambda = \frac{[MR]}{[M] + [ML_x]} = \frac{av}{(100 - a)g} \tag{4-12-3}$$

式中：a_0、a 分别为无络合剂和有络合剂时与树脂结合的金属离子量占金属离子总量的百分数；

　　$100 - a_0$、$100 - a$ 分别为无络合剂和有络合剂时，保留在溶液中的金属离子量占总金属离子量的百分数；

　　v 为平衡溶液的体积，mL；

　　g 为阳离子树脂的重量，g；

　　$[MR]$ 为平衡时单位重量阳离子交换树脂所吸附的金属离子的摩尔数，mol/g。

将 4-12-2 和 4-12-3 式代入 4-12-1 式化简取对数得

$$\lg\left(\frac{\lambda_0}{\lambda} - 1\right) = \lg K + x \lg[L] \tag{4-12-4}$$

在 pH、离子强度、温度、阳离子交换树脂质量等不变的条件下，改变络合剂的浓度（L_1、L_2、L_3、……）即可得到相应的几个 λ 值（λ_1、λ_2、λ_3、……）。如络合剂的浓度远远大于金属离子的浓度，则平衡时溶液中游离络合剂浓度可以看作等于其初始浓度。以 $\lg\left(\frac{\lambda_0}{\lambda} - 1\right)$ 对 $\lg[L]$ 作图可以得到一直线，可从截距求得络合常数 $\lg K$，从斜率求出配位数 x。

【实验仪器和试剂】

1. 仪器

①原子吸收分光光度计。

②分析天平。

③离心机。

④振荡器。

⑤干燥器。

⑥3 号砂芯漏斗。

2.试剂

①硝酸、氯化钠、氢氧化钠、盐酸:分析纯。

②硝酸、高氯酸:优级纯。

③腐殖酸溶液:2.22×10^{-4} mol/L,pH 7.0。

④Na 型阳离子交换树脂。

取市售强酸型树脂用自来水反复漂洗,以除去其中色素、尘埃、水溶性杂质以及小粒径和脱水的漂浮在水面上的树脂等。再用 95% 乙醇浸泡 24 h,倒出乙醇,以除去醇溶性杂质,随即用自来水反复洗涤直至洗涤液无色、无醇味为止。

经上述初步处理的树脂用 2 mol/L HCl 浸泡 3 h,并经常搅拌,然后倒去 HCl,用蒸馏水反复洗涤至洗出液 pH 为 7~8。按上述方法用 2 mol/L HCl 和 2 mol/L NaOH 反复处理 3 次,最后一次用 2 mol/L NaOH 浸泡过夜。次日如浸泡液为无色,表示树脂已经处理好。如浸泡液为淡棕色,则仍需要用酸碱反复处理。最后用去离子水洗涤至洗出液呈中性为止。

将上述处理后的树脂,平铺在洁净的玻璃板上置于 40 ℃ 保温箱内烘干,晾干后的树脂,贮存于带塑料盖的广口瓶中备用。

汞(Ⅱ)离子溶液:500 μg/mL。

【实验步骤】

①吸取腐殖酸溶液 0.00、1.00、2.00、4.00、8.00、16.00 mL,分别置于 100 mL 高型烧杯中,加去离子水至总体积约为 25 mL,然后各加入 1 mol/L NaCl 5 mL 和汞(Ⅱ)离子溶液 1.20 mL,此时溶液总体积为 35 mL。

②用 0.1 mol/L 的 NaOH 和 HCl 准确调节 pH 为 3.5,将此溶液全部转移至带塑料塞的 50 mL 比色管中,加去离子水至 50 mL,然后每管中加入 1.00 g Na 型阳离子交换树脂,室温振荡 1 h 后平衡 24 h。

③平衡后,用 3 号砂芯漏斗过滤,取滤液 25.00 mL 置于 100 mL 高型烧杯中,控制 170~180 ℃ 蒸干,冷却后加 5 mL HNO$_3$(优级纯)和 3 mL 高氯酸(优级纯),盖上表面皿,150~180 ℃ 回流,溶液清澈后,暂停消化,冷却后用去离子水洗涤表面皿,继续消化(150~180 ℃)直至烧杯内溶液变为白色沉淀,然后加 1~2 mL 温热的 0.25 mol/L HCl 使沉淀溶解,全部转移至 25.00 容量瓶中,定容,在原子吸收分光光度计上测定溶液中的金属离子浓度。

【数据处理】

①根据测定的溶液中金属离子浓度,计算 a_0 和 a,并根据式 4-12-2 和式 4-12-3 计算 λ_0 和 λ 值。将计算结果填入表 4-12-1。

表 4-12-1 $I = 0.1$、pH = 3.5 时金属离子-腐殖酸络合稳定常数

[腐殖酸]/(mol/L)	lg[腐殖酸]	a_0	λ_0	λ	$lg\left(\dfrac{\lambda_0}{\lambda} - 1\right)$
0					
2.22×10^{-6}					
4.44×10^{-6}					

续表

[腐殖酸]/(mol/L)	lg[腐殖酸]	a_0	λ_0	λ	$\lg\left(\dfrac{\lambda_0}{\lambda}-1\right)$
8.88×10^{-6}					
1.78×10^{-6}					
3.55×10^{-6}					

②络合稳定常数及配位数的计算：以 $\lg\left(\dfrac{\lambda_0}{\lambda}-1\right)$ 对 lg[L] 作图可以得到一直线,由其截距和斜率可求得 lg K 值及 x 值。

【思考题】

①环境中的腐殖酸对重金属污染物的迁移转化起什么作用?

②腐殖酸除了能与汞(Ⅱ)配合外,还可以与哪些金属离子配合?

实验 4-13　表面活性剂 SDS 对土壤酸性磷酸酶的影响

磷酸酶广泛存在于生物界,从低等生物大肠杆菌、酵母到高等动植物组织都发现有磷酸酶的存在。磷酸酶能够催化磷酸单键的水解及无机磷酸释放,是生物磷代谢的重要酶类。土壤磷酸酶是对农业生产有重要影响的一种酶,在土壤磷素循环中起重要作用,土壤的磷酸酶活性高低可反映土壤营养物质转化、能量代谢、污染物降解等过程能力的强弱。研究表明,酸性磷酸酶在土壤和水生系统的磷转化、有机磷农药污染的土壤生物修复中显得尤为重要。基于土壤酸性磷酸酶在养分循环中的重要作用,它可以作为污染物对生态系统有益或有害影响的指示器。

表面活性剂通常被当作蛋白质的一类变性剂。其中,十二烷基硫酸钠(SDS) 是一种常见的阴离子表面活性剂,极易溶于水,在蛋白质的变性与复性研究中,得到了广泛的应用。表面活性剂能降低有毒物质和微生物在土层中的吸附作用,提高解吸作用,因而能提高各种有毒物质和微生物的穿透力,是它们的特殊协助者。但是,表面活性剂对土壤中的酶类也会产生一定的毒害作用,抑制了土壤微生物的生物活性。

【实验目的】

①掌握表面活性剂的特性及其对土壤的影响。

②熟悉酸性磷酸酶活力测定原理和方法。

【实验原理】

土壤中磷酸酶活性的测定,一般采用各种磷酸酯作为底物,如酚酞磷酸酯、甘油磷酸酯、苯磷酸酯以及 p-硝基苯磷酸酯等的水溶性钠盐。这些底物被磷酸酶水解时,产生无机磷和底物的有机基团,反应式如下:

$$R-O-\overset{\overset{\displaystyle ONa}{|}}{\underset{\underset{\displaystyle ONa}{|}}{P}} \xrightarrow[+H_2O]{磷酸酶} R-OH + Na_2HPO_4$$

式中:R 指酚酞、苯酚、甘油、萘酚、硝基苯酚等。因此磷酸酶活性的测定可以采用测定底物水解后的无机磷或酚的部分。根据发挥生理活性的最适 pH 范围可将其分为酸性磷酸酶与碱性磷酸酶。我们采用试样在酸性条件下和苯磷酸二钠反应后,测定水解时生成的酚量来测定土壤中酸性磷酸酶含量。

【实验仪器和试剂】

1. 仪器
①分光光度计。
②电子天平。
③培养箱。

2. 试剂
①甲苯:分析纯。
②苯磷酸二钠溶液:6.75 g 苯磷酸二钠溶于水,稀释至 1 L(1 mL 含 25 mg 酚)。
③醋酸盐缓冲液,pH 5.0。
④硼酸盐缓冲液,pH 9.6。
⑤Gibbs 试剂:200 mg 2,6-双溴苯醌氯酰亚胺溶于乙醇,稀释至 100 mL。

【实验步骤】

1. 标准曲线的绘制

将 1 g 酚溶于蒸馏水中,并稀释至 1 L,保存于暗色瓶中,作为母液。取 10 mL 母液稀释至 1 L(1 mL 含 10 μg 酚),作为工作液。分别取工作液 0、0.25、0.5、1.0、2.0、4.0、8.0 mL,使酚的终浓度为 0、0.05、0.1、0.2、0.4、0.8、1.6 μg/mL,加入 5 mL pH 9.6 的硼酸盐缓冲液,用水稀释至 25 mL,加 1 mL Gibbs 试剂,将反应物仔细混合,静置 20 min 后于 578 nm 比色测定产物苯酚的量。以苯酚含量为横坐标,吸光值为纵坐标,绘制标准曲线。

2. 土壤酸性磷酸酶活性测定

称取 10 g 过 1 mm 筛的风干土样于 100 mL 容量瓶中,加 1.5 mL 甲苯处理 15 min 后,向瓶中加入 10 mL 6.75 g/dm³ 苯磷酸二钠溶液和 10 mL pH 5.0 的醋酸盐缓冲液,仔细混合后,将反应物放置于 37 ℃恒温箱中培养 12 h,取出容量瓶,用 38 ℃蒸馏水将瓶中内容物稀释至刻度,用致密滤纸过滤。设置用水代替基质的对照。取滤液 1 mL 于 100 mL 容量瓶中,加入 5 mL pH 9.6 的硼酸盐缓冲液,用水稀释至 25 mL,加 1 mL Gibbs 试剂,将反应物仔细混合,静置 20 min 后于 578 nm 比色测定。根据标准曲线,查出产物苯酚的量。土壤酸性磷酸酶活性以每克土的酚毫克数表示。

【数据处理】

$$土壤酸性磷酸酶活性(mg/g) = \frac{C}{m}$$

式中:C 为苯酚的含量,mg;

　　m 为土壤质量,g。

【思考题】

①不同类型的表面活性剂对土壤酸性磷酸酶活性有何影响?

②土壤中碱性磷酸酶与中性磷酸酶的酶活性测定原理与酸性磷酸酶的测定是否相同?

实验 4-14　　索氏提取法测定土壤中的 n-十五烷

从固体物质中萃取化合物的方法较多,如长期浸出法,即用溶剂将固体长期浸润而将所需要的物质浸出来,此法花费时间长,溶剂用量大,效率不高。在实验室多采用索氏提取器来提取,索氏提取是一种液固萃取,就是将经前处理的、分散且干燥的样品用溶剂回流提取,使固体物质连续不断地被纯溶剂萃取,既节约溶剂,萃取效率又高。

【实验目的】

①掌握索氏提取法的原理。

②掌握用索氏提取法萃取土壤样品中的碳水化合物的方法。

③掌握痕量有机物的回收率的测定方法。

【实验原理】

索氏提取装置见图 4-14-1,由浸提管、小烧瓶及冷凝管三者连接而成。浸提管两侧分别有虹吸管及通气管,盛有样品的滤纸斗(包)放在浸提管内。溶剂盛于小烧瓶中,加热后,溶剂蒸气经通气管至冷凝管,冷凝后溶剂滴入浸提管,浸提样品。浸提管内溶剂越集越多,当液面达到一定高度,溶剂及溶于溶剂中的碳水化合物经虹吸流入小烧瓶。流入小烧瓶的溶剂由于受热而气化,气体至冷凝管又冷凝而滴入浸提管内,如此反复提取回馏,可将样品中的化合物提尽并带到小烧瓶中。

图 4-14-1　索氏提取器

【实验仪器和试剂】

1. 仪器

①气相色谱仪,带电子捕获检测器。

②蒸发浓缩器。

③水浴锅。

④振荡器。

⑤索氏提取器。

2. 试剂

①色谱标准样品:n-十五烷。

②正己烷,丙酮:分析纯。

③无水硫酸钠(Na₂SO₄):在300℃烘箱中烘烤4 h,备用。

④无水硫酸钠溶液。

⑤脱脂棉(或玻璃棉):用丙酮回流16 h,取出晾干后备用。

【实验步骤】

1. 样品的采集

土壤在田间根据不同的分析目的多点采集,风干去杂物,研碎过60目筛,充分混匀,取50 g装入样品瓶备用。土壤样品采集后应尽快分析,如暂不分析应保存在－18℃冷冻箱中。

2. 加标试样的制备

准确称取10 g土壤样品置于培养皿中,加入5 mL 0.5 mg/mL的 n-十五烷标准溶液。

3. 索氏提取器提取

①提取。取10 g土壤置于小烧杯中,10 g无水Na₂SO₄,充分混匀,无损地移入滤纸筒内,上部盖一片滤纸,将滤纸筒装入索氏提取器中,加100 mL正己烷-丙酮(1:1),用30 mL浸泡土样12 h后在75~95℃恒温水浴上加热提取4 h,待冷却后,将提取液移入300 mL的分液漏斗中,用10 mL正己烷分三次冲洗提取器及烧瓶,将洗液并入分液漏斗中,加入100 mL硫酸钠溶液,振摇1 min,静止分层后,弃去下层丙酮水溶液,留下正己烷提取液待净化。

②层析柱的制备。将硅胶(38~75 μm)在180℃温度下活化12 h,冷却至室温后取适量活化后的硅胶用湿法装柱。取内径为40 mm,长度为580 mm的玻璃层析柱,用10 mL丙酮冲洗玻璃层析柱的内壁,重复操作两次。将硅胶慢慢装进柱内,在加硅胶过程中不断用丙酮淋洗柱壁,避免硅胶干燥,同时可用橡皮球轻轻敲击柱子使其紧密。装完后,测得硅胶高度为18 cm;再将硅藻土按同样方法填入柱内,测得硅藻土高度为7 cm。硅胶柱上方应保持一定量的溶剂,防止柱内填充物干燥,备用。

③样品的纯化与浓缩。将提取液转移至硅胶柱顶部,用100 mL丙酮洗脱,收集洗脱液。分别将洗脱液转移至旋转蒸发仪中,加热浓缩至2 mL,再加入丙酮20 mL继续浓缩至2 mL,重复操作两次,将浓缩后的试样转移至25 mL容量瓶,加入适量丙酮稀释,定容至刻度,供气相色谱测定。

加标试样中 n-十五烷的提取纯化浓缩方法按照步骤①、②、③进行。

4. 色谱测定

(1)标准样品

标准样品的制备:准确称取一定量的色谱纯标准样品100 mg,溶于正己烷,在容量瓶中定容100 mL,在4℃下贮存。

中间溶液:用移液管量取储备液,移至100 mL容量瓶中,用正己烷稀释至刻度。

标准工作液的配制:根据检测器的灵敏度及线性要求,用正己烷稀释中间溶液。

标准样品的进样:用清洁注射器在待测样品中抽吸几次,排除所有气泡后,抽取5 μL工作液,迅速注射入色谱仪中,并立即拔出注射器。一个样品连续注射进样两次,其峰高相对偏差不大于7%,即认为仪器处于稳定状态。

(2)进样试验

用清洁注射器在待测样品中抽吸几次,排除所有气泡后,分别抽取5 μL未加标试样及加标试样,迅速注射入色谱仪中,并立即拔出注射器,分别进行色谱测定。

【数据处理】

①由气相色谱结果计算索氏提取法测定的土壤中 n-十五烷含量（mg/kg）。

②n-十五烷的回收率按照下式计算：

回收率 $p(\%)$ =（加标试样测定值 − 试样测定值)/加标量×100%

【思考题】

①索氏提取法有何优点？与其他方法相比有何不足之处？

②索氏提取法除可以用于提取碳水化合物，还可提取其他哪些物质？

第5章　化学物质的生物效应和生态效应

实验5-1　植物的克藻效应

水体富营养化导致藻类大量繁殖、水华频繁发生,不仅影响了水体功能,改变水体生态系统,而且其产生的藻毒素可以通过食物链进入人体,最终危害人类健康。水体中抑制藻类生长的方法主要有物理法、化学法、动物捕食法、微生物克藻、植物克藻等技术。水生植物是水体中重要的初级生产者,对水体的功能具有非常重要的影响,它能阻留大量的营养物质并对水体的污染做出敏感的反应。研究发现水生植物通过次生代谢产物对藻类生长产生抑制作用,从而可以有效地净化水质。

【实验目的】

①掌握植物与藻类的相互关系。

②进一步熟悉藻类指标测定方法。

【实验仪器和试剂】

1. 仪器

①光照培养箱。

②分光光度计。

③圆柱形玻璃缸。

④过滤器。

2. 试剂

①小球藻。

②水葫芦。

③90%丙酮。

④盐酸,2 mol/L。

⑤小球藻培养基见表3-11-1。

【实验步骤】

1. 藻种的培养

无菌条件下,在已洗净消毒的500 mL三角锥形瓶中加入100 mL小球藻培养基,接入藻种,摇匀,置光照培养箱中进行培养。

培养条件:25 ± 1 ℃、光照强度4 000 ±100 lux,照光12 h/d ,pH 7.0。每天摇动锥形瓶四次,并加入一定量的小球藻培养基,使藻细胞处于对数增长期。

2. 水葫芦克藻实验

在圆柱形玻璃缸中加入已培养到对数期的小球藻,OD_{650}值达 0.05,玻璃缸内植入 10 g 水葫芦。水葫芦植入前用蒸馏水冲洗干净并用吸水纸吸干。试验过程中定时添加营养液。并设对照组,营养水平和接种藻量与处理组相同。在 25 ± 1 ℃、4 000 ± 100 lux 光强下,照光 12 h/d,静态培养 7 d,分别测定藻生长量。

3. 种植水克藻试验

分别从已培养 6 d 的试验植物的玻璃缸中取水过滤,盛滤液 300 mL 于 500 mL 锥形瓶中,接种小球藻使起始 OD_{650}值为 0.05。对照组用蒸馏水配制培养液,营养水平和接种藻量与处理组相同。在 25 ± 1 ℃、4 000 ± 100 lux 光强下,照光 12 h/d,静态培养 7 d,分别测定藻生长量和叶绿素 a 含量。

4. 小球藻生长量的测定

用分光光度计在 650 nm 下测定藻液光密度(OD_{650})以示藻类的生长。

5. 叶绿素 a 含量的测定

①将 100 mL 水样经玻璃纤维滤膜过滤,记录过滤水样的体积。将滤纸卷成香烟状,放入小玻璃瓶或离心管中。加 10 mL 或足以使滤纸淹没的 90% 丙酮液,记录体积,塞住瓶塞,并在 4 ℃下暗处放置 4 h。如有浑浊,可离心萃取液。将一些萃取液倒入 1 cm 玻璃比色皿,加比色皿盖,以试剂空白为参比,分别在波长 665 nm 和 750 nm 处测其吸光度。

②加 1 滴 2 mol/L 盐酸于上述两只比色皿中,混匀并放置 1 min,再在波长 665 nm 和 750 nm 处测其吸光度。

③结果处理。

酸化前:$A = A_{665} - A_{750}$

酸化后:$A_a = A_{665a} - A_{750a}$

在 665 nm 处测得吸光度减去 750 nm 处测得值是为了校正浑浊液。

用下式计算叶绿素 a 的浓度($\mu g/L$):

$$叶绿素 a = 29(A - A_a)V_{萃取液}/V_{样品}$$

式中:$V_{萃取液}$为萃取液的体积,mL;

　　　$V_{样品}$为样品体积,mL。

【数据处理】

将实验数据填入表 5-1-1。

表 5-1-1　腐植物质含量数据

	生长量（OD_{650}）	叶绿素 a 含量
水葫芦组		
植物空白组		
水葫芦滤液组		
种植水对照组		

【思考题】

①为什么进行种植水克藻实验?

②植物组与种植水组对藻类的生长的影响有何不同?

实验 5-2 　藻类摄取磷的动力学过程

湖泊富营养化是中国也是世界许多国家面临的重大环境问题。富营养化主要是氮和磷的增加所引起的,其治理常常要控制氮、磷的排放,以减少藻类对氮、磷的吸收。由于磷在天然水体富营养化中起到非常重要的作用,是湖泊水体中藻类生长的第一限制因子,因此需要了解藻类对磷的摄取过程。

【实验目的】

①加深对酶化学反应动力学方程的了解。

②掌握藻类摄取过程的米氏常数测定方法及水中磷的测定方法。

【实验原理】

藻类摄取磷的反应动力学方程是由酶化学反应动力学方程衍变而成。如果一个酶化学反应遵守米-门反应动力学,则反应速度 V 对底物浓度 B 的关系可描述为

$$V = \frac{V_m \cdot [B]}{K_s + [B]}$$

式中: V_m 为最大摄取速率;

K_s 为米氏常数或半饱和常数,其物理意义是当 $V = 1/2V_m$ 时的反应体系中底物浓度,其单位为浓度单位。

将上式改写为下式:

$$\frac{1}{V} = \frac{K_s}{V_m} \times \frac{1}{[B]} + \frac{1}{V_m}$$

以 $1/V$ 对 $1/[B]$ 作图应得到一直线,此直线在 Y 轴上的截距为 $1/V_m$,在 X 轴上的截距为 $1/K_s$,由此可以求得 V_m 和 K_s 的值。

在几份条件相一致的含藻水样中加入不同数量的磷酸盐(此即底物 B),可得到相应的摄取速率,然后根据上式作图可求出 V_m 和 K_s 值。

【实验仪器和试剂】

1. 仪器

①电热干燥箱。

②分光光度计。

③光照培养箱。

④电热恒温培养箱。

⑤真空抽滤器。

⑥微孔膜抽滤器。

2. 试剂

①硫酸(H_2SO_4):1:1。

②过硫酸钾,50 g/L 溶液:将 5 g 过硫酸钾溶解于水,并稀释至 100 mL。

③抗坏血酸,100 g/L 溶液:溶解 10 g 抗坏血酸于水中,并稀释至 100 mL。此溶液贮于棕色的试剂瓶中,在冷处可稳定几周。如不变色可长时间使用。

④钼酸盐溶液:溶解 13 g 钼酸铵于 100 mL 水中。溶解 0.35 g 酒石酸锑钾于 100 mL 水中。在不断搅拌下把钼酸铵溶液徐徐加到 300 mL 1:1 硫酸中,加酒石酸锑钾溶液并且混合均匀。此溶液贮存于棕色试剂瓶中,在冷处可保存 2 个月。

⑤磷标准溶液:称取 0.219 7±0.001 g 于 110 ℃干燥 2 h 在干燥器中放冷的磷酸二氢钾,用水溶解后转移至 1 000 mL 容量瓶中,加入大约 800 mL 水、加 5 mL 1:1硫酸,用水稀释至标线并混匀。1.00 mL 此标准溶液含 50.0 μg 磷。

【实验步骤】

①取 4 个 500 mL 锥形瓶,分别移入 120 mL 含藻水样(含藻水样储放在藻类培养瓶中)作好标记。与此同时,准备好微孔膜过滤器和抽滤瓶(共 4 套)。然后向 4 个反应瓶中分别加入 2、4、6、8 mL 磷酸盐(0.5 mg/mL)反应液,再用去离子水补充,使各瓶总体积为 128 mL,摇匀。用 4 支移液管自各瓶中分别移出 25 mL 反应液放到抽滤瓶中,开动真空泵抽滤。同时将反应瓶放在 25 ℃培养箱中光照培养。每隔 15 min 摇动反应瓶一次。

②经微孔膜过滤后的滤液分别取出 20 mL 放在 25 mL 比色管中,做好标记备用。将抽滤瓶和过滤管洗净,擦干再烘干待用。

③取 25 mL 比色管 6 支,分别加入 1、2、4、6、8、10 mL 磷酸盐标准使用液,再用去离子水补充至各管总体积为 20 mL 为止。此为标准系列。向各管中加入 5 mL 显色剂,摇匀。显色 10~30 min 范围内测定光密度。比色时用 3 cm 比色杯,波长为 690 nm。作好记录。

④测完标准系列后,往 4 管滤液中也各加入 5 mL 显色剂,和标准系列一样测定吸光度。

⑤每隔 1 h 取 25 mL 反应液过滤,再取 20 mL,加 5 mL 显色剂,和标准系列一样测定。总反应时间到达 4 h 后可停止实验。

⑥做完实验后将过滤装置、比色管、反应用锥形瓶洗净,烘干备用。

【数据处理】

①利用回归计算求标准系列值的回归方程。

②利用标准系列回归方程求各滤液的磷酸盐浓度。

③作出不同磷酸盐浓度下的浓度—时间关系图。

④从图求出不同底物浓度下的最大反应速率 V,并求出相应的 $V/[B]$ 值。

⑤以 $1/V$ 作纵坐标,$1/[B]$ 作横坐标,作图。

⑥求出 V_m 和 K_s。

【思考题】

①由于本实验是在极低磷酸盐浓度下进行的,故比色管、过滤器等玻璃器皿均需干净,否

则实验结果难以达到要求,甚至无法作图。

②如何将所测的滤液的光密度值换算成反应液的磷浓度?

③本实验测定的是活性磷酸盐浓度,什么是活性磷酸盐?

实验 5-3　水生植物对营养盐的吸收动力学

一些水生植物可以从种子中获取所需的氮、磷类营养盐,同时茎叶等部位也具有吸收这些营养盐的能力,植物的不同部位对营养盐的吸收能力也是不同的,而且不同部位之间又可相互影响。可以根据水生植物对营养盐利用方式的不同这个特点,进行污染水体的修复。

【实验目的】

①掌握米氏常数测定方法。

②掌握水生植物对营养盐吸收量的测定方法。

【实验原理】

一些植物可以从种子中获取所需的氮、磷类营养盐,茎叶等部位也具有吸收这些营养盐的能力,植物的不同部位对营养盐的吸收能力是不同的,而且不同部位之间可相互影响。植物吸收无机盐的量可通过测定培养液中无机盐浓度的减少量获得,一般来说吸收的反应动力学遵守米-门反应动力学,则反应速度 V 对底物浓度 B 的关系可描述为

$$V = \frac{V_m \cdot [B]}{K_s + [B]}$$

式中:V_m 为最大吸收速率;

K_s 为米氏常数或半饱和常数,其物理意义是当 $V = 1/2V_m$ 时的反应体系中底物浓度,其单位为浓度单位。

将上式改写为下式:

$$\frac{1}{V} = \frac{K_s}{V_m} \times \frac{1}{[B]} + \frac{1}{V_m}$$

以 $1/V$ 对 $1/[B]$ 作图应得到一直线,此直线在 Y 轴的截距为 $1/V_m$,在 X 轴上的截距为 $1/K_s$,由此可以求得 V_m 和 K_s 的值。

在几份条件相一致的植物样中加入不同数量的无机盐(此即底物 B),可得到相应的吸收速率,然后根据上式作图可求出 V_m 和 K_s 值。

【实验仪器和试剂】

1. 仪器

①电热干燥箱。

②分光光度计。

③光照培养箱。

④电热恒温培养箱。

⑤真空抽滤器。

⑥微孔膜抽滤器。

2. 试剂

①纳氏试剂:称取 20 g 碘化钾溶于约 100 mL 水中,边搅拌边分次少量加入二氯化汞结晶粉末(约 10 g),至出现朱红色沉淀不易溶解时,改为滴加饱和二氯化汞溶液,并充分搅拌,当出现微量朱红色沉淀不易溶解时,停止滴加二氯化汞溶液。

另称取 60 g 氢氧化钾溶于水,并稀释至 250 mL,充分冷却至室温后,将上述溶液在搅拌下,徐徐注入氢氧化钾溶液中,用水稀释至 400 mL,混匀。静置过夜。将上清液移入聚乙烯瓶中,密塞保存待用。

②酒石酸钾钠溶液:称取 50 g 酒石酸钾钠($KNaC_4H_4O_6 \cdot 4H_2O$)溶于 100 mL 水中,加热煮沸以去除氨,放冷,定容至 100 mL。

③铵标准贮备溶液:称取 3.819 g 经 100 ℃ 干燥过的优级纯氯化铵(NH_4Cl)溶于水中,移入 1 000 mL 容量瓶中,稀释至标线。此溶液每毫升含 1.00 mg 氨氮。

④铵标准使用液:移取 5.00 mL 铵标准贮备液(③)于 500 mL 容量瓶中,用水稀释至标线。此溶液每毫升含 0.010 mg 氨氮。

⑤水生植物-川蔓藻培养液:

NaCl 24.6 g	KCl 0.67 g	$CaCl \cdot 2H_2O$ 1.36 g	$MgSO_4 \cdot 7H_2O$ 6.29 g
$MgCl$ 4.66 g	$NaHCO_3$ 0.18 g	H_2O 1 000 mL	pH 8.0

【实验步骤】

①水生植物的培养装置,如图 5-3-1。其中,根部的小室处于黑暗状态,每个树脂玻璃室总体积为 150 mL。植物的根茎之间的硅胶塞的缝隙处用无水羊毛脂密封。

②取 5 株生长良好、长势一致的川蔓藻作为实验材料,按照步骤①的方法,放入树脂玻璃培养装置内,加入培养液,培养液中从左至右 NH_4Cl 的浓度分别为 0,10 μM,20 μM,30 μM,40 μM,置于转速为 100 rpm,培养温度为 20 ℃ 的光照振荡培养箱内培养。取 10 支移液管自各玻璃小室中分别称出 25 mL 反应液放到抽滤管中,开动真空泵抽滤。

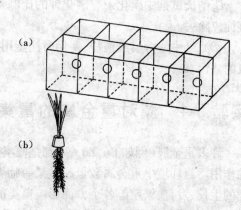

图 5-3-1　水生植物的培养装置

(a)5 个树脂玻璃室用于分离水生植物的根和茎

(b)植物的根与茎之间用硅胶塞分离

③经微孔膜过滤后的滤液分别取出 10 mL 放在 25 mL 比色管中,测定氨氮浓度。将抽滤瓶和过滤管洗净,擦干再烘干待用。

④氨氮标准曲线的绘制:吸取 0、0.50、1.00、3.00、5.00、7.00 和 10.00 mL 铵标准使用液于 25 mL 比色管中,加水至标线,加 1.0 mL 酒石酸钾钠溶液,摇匀。加 1.5 mL 纳氏试剂,混匀。放置 10 min 后,在波长 420 nm 处,用光程 20 mm 比色皿,以水为参比,测量吸光度。由测得的吸光度减去空白的吸光度后,得到校正吸光度,以氨氮含量(mg)对校正吸光度统计回归标准曲线。

⑤每隔 3 h 取 25 mL 反应液过滤,测定氨氮浓度。总反应时间到达 12 h 后可停止实验。

⑥做完实验后将过滤装置、比色管、反应用锥形瓶洗净,烘干备用。

【数据处理】

①由水样测得的吸光度减去空白实验的吸光度后,用标准曲线计算出氨氮含量(mg)值,结果计算:

$$氨氮(N,mg/L) = \frac{m}{V} \times 1\,000$$

式中:m 为由标准曲线查得的氨氮量,mg;

　　V 水样体积,mL。

②作出根与茎不同氨氮浓度下的浓度—时间关系图。

③从图求出不同底物浓度下的最大反应速率 V,并求出相应的 $V/[B]$ 值。

④以 V 作纵坐标,$V/[B]$ 作横坐标,作图。

⑤求出 V_m 和 K_s。

【思考题】

①植物的根与茎对氨氮的吸收有何不同?

②植物的根与茎之间的相互作用关系如何?

【注意事项】

①纳氏试剂中碘化汞与碘化钾的比例,对显色反应的灵敏度有较大影响。静置后生成的沉淀应除去。

②滤纸中常含痕量铵盐,使用时注意用无氨水洗涤。所用玻璃器皿应避免实验室空气中氨的沾污。

实验5-4　藻对重金属的富集

许多重金属(例如 Cu,Zn 等)都是藻类必需的微量元素,对藻类的生长发育起着十分重要的作用。当环境中重金属数量超过某一临界值时,就会对藻类产生一定的毒害作用,它会从藻类的生长、发育、繁殖等各个方面影响藻类的生存,轻则使藻类体内的代谢过程发生紊乱,生长发育受到抑制,重则导致藻类死亡。尽管重金属对藻类有毒害作用,但仍有大量藻类能生长在富含重金属的环境中。由于长期受环境的影响,在藻类的生态适应过程中,本身会发生一系列生理生化以及分子生物学方面的变化,分化形成不同的生态型。

藻类的细胞壁主要由肽聚糖、磷脂和蛋白质组成,具有黏性,带有一定的负电荷,并可提供许多能与离子结合的官能团。不同藻类的细胞结构和被富集离子的性质,决定了生物富集的效率和选择性。金属离子与藻类结合的倾向性可分为三类:碱金属和碱土金属倾向于和氧络合生成不大稳定的络合物,离子间的交换速度快;过渡金属倾向于与氧、氮、硫络合生成稳定的络合物,就有中等的离子交换速度;贵金属对氮和硫有强烈的亲和性,离子交换速度慢,可能会出现氧化还原反应。

【实验目的】

①掌握藻类对重金属富集测定方法。

②通过藻类对不同重金属的富集差异,了解不同重金属对藻类的影响。

【实验原理】

藻类具有很强的生物富集作用,它既能富集 Fe、Zn、Se 等对人体有益的微量元素,还可以富集 Pb、Hg、Cu、Cr 等重金属元素。藻类对重金属离子的生物富集不同于简单的吸附、沉积或离子交换,而是一个复杂的物化与生化过程,不仅与细胞的化学组成和代谢过程有关,还受其他许多因素的影响,是多种机理协同作用的结果。富集机理主要包括主动运输、胞内和胞外金属蛋白的结合、代谢分泌物的络合、胞外沉积、生物吸附等,其主要特征是与代谢过程有关,金属的毒性可能通过络合、沉积、甲基化或氧化还原等途径而被消除,也可能通过形成金属蛋白来实现。

生物富集是指生物机体或处于同一营养级上的很多生物种群,从周围环境中蓄积某种物质,使生物体内该物质的浓度超过环境中的浓度的现象。生物富集的程度一般用生物富集系数(BCF)来表示,是指生物机体内某种物质的浓度和环境中该物质浓度的比值。

【实验仪器和试剂】

1. 仪器

①原子吸收分光光度计。

②恒温培养箱。

③干燥箱。

④离心机。

⑤分析天平。

2. 试剂

①$CuSO_4$ 母液:100 mg/L。

②$ZnSO_4 \cdot 7H_2O$ 母液:100 mg/L。

③小球藻培养基见表 3-11-1。

④金属标准储备液:准确称取 0.500 0 g 光谱纯金属,用适量的 1:1 硝酸溶解,必要时加热直至溶解完全。用水稀释至 500.0 mL,即得 1.00 mg/mL 标准储备液。

⑤混合标准溶液:用 0.2% 硝酸稀释金属标准储备溶液配制而成,使配成的混合标准溶液中铜和锌浓度分别为 50.0 μg/mL 和 10.0 μg/mL。

【实验步骤】

1. 小球藻的培养

在无菌条件下,在已洗净消毒的 500 mL 三角锥形瓶中加入 100 mL 小球藻培养基,接入藻种,摇匀,置光照培养箱中进行培养。

培养条件:25 ±1 ℃、光照强度 4 000 ±100 lux,光照 12 h/d ,pH 7.0。每天摇动锥形瓶四次,并加入一定量的小球藻培养基,使藻细胞处于对数增长期。

2. 小球藻对重金属的富集

将培养驯化过的小球藻用 $CuSO_4$ 以及 $ZnSO_4 \cdot 7H_2O$ 母液配制成 5 mg/L 的处理液,每个处理重复三次。实验过程中每天摇动锥形瓶四次,处理 10 天后测定藻体内两种重金属含量。

3. 藻生物量的测定(重量法)

小球藻细胞的生物量测定采用干重法。藻体在 5 000 r · min^{-1} 转速下离心 10 min 后,保留藻体沉淀及上清液。藻体沉淀于 80 ℃ 干燥至恒重,用分析天平称其重量。

4. 重金属含量的测定

(1)标准曲线的绘制

分别在 6 只 100 mL 容量瓶中加入 0.00、0.50、1.00、3.00、5.00、10.00 mL 混合标准溶液,用 0.2% 硝酸稀释定容。此混合标准系列各金属的浓度见表 5-4-1。吸入空白样和测定样,测量其吸光度,记录数据。用经空白校正的各标准的吸光度对相应的浓度作图,绘制标准曲线。

表 5-4-1　标准系列的配制和浓度

混合标准使用液体积/mL		0	0.50	1.00	3.00	5.00	10.00
金属浓度/(μg/mL)	Cu	0	0.25	0.50	1.50	2.50	5.00
	Zn	0	0.05	0.10	0.30	0.50	1.00

(2)重金属含量的测定

用 0.2% 硝酸将原子吸收分光光度计调零。吸入空白样和离心后的上清液,测量其吸光度,记录数据。扣除空白值后,从标准曲线上查出试样中的金属浓度。由于仪器灵敏度的差别,重金属元素含量不同,必要时应对试液稀释后再测定。

【数据处理】

根据下式计算生物富集系数

$$BCF = C_b / C_e$$

式中:BCF 为生物富集系数;

　　　C_b 为生物体内重金属浓度;

　　　C_e 为水中重金属浓度。

【思考题】

①比较不同重金属对小球藻生长的影响。

②为什么小球藻对 Cu 和 Zn 的富集系数不同?

③藻类对重金属富集的机理有哪些?

【注意事项】

①实验要选用对数增长期的小球藻,培养过程中要不断补充氧气。

②测定藻生物量时用到干燥箱,温度较高,注意使用安全。

实验 5-5　鱼体内有机氯农药的污染分析

大量未达标的工业废水中含有多种有机污染物,这类废水的排放对天然水体的污染非常严重,尤其是很多有机污染物都是剧毒的、甚至具有"三致"作用。有机污染物进入水体后,对水体中的动植物都产生严重的影响。这些有机污染物不仅导致水生生物中毒,出现表型异常、繁殖力下降、寿命缩短等现象,导致水生生物的大量死亡,而且由于生物富集作用,很多有机污染物进入水生生物体后,使得体内有机污染物的含量非常高,最终通过食物链进入人体,对人类的健康造成严重的危害。

鱼类生活于水中,实验时操作极为方便,管理上也比较经济。利用鱼类动物对环境污染物进行生物监测,与理化分析手段相比,具有直观、客观、综合和历史可溯源性的特点,能更真实更直接地反映环境污染的客观状况。因此以鱼类作为主要的环境监测生物,分析其体内有机污染物的含量可以使我们了解鱼类受有机污染物的侵害程度,同时也可以使我们了解该水体中有机物的污染状况,准确地预报有毒化学物质的生态效应。

【实验目的】

①了解水生生物体中有机污染物的分析方法。
②掌握痕量有机物富集浓缩的基本操作技术。
③进一步学习索氏提取器的工作原理和使用方法。

【实验原理】

鱼体内的有机污染物主要用色谱法进行分析测定,但一般都需要经过预处理步骤。最常用的预处理方法就是利用有机溶剂在索氏提取器中对一定量的样品进行回流萃取,然后将萃取液分别在 K-D 浓缩器和 Snyder 蒸馏柱中进一步浓缩,直到达到色谱测定的要求为止。该方法较为成熟,回收率也较高。

【实验仪器和试剂】

1. 仪器
①气相色谱仪(GC):配有电子捕获监测器(ECD)。
②高速组织捣碎机。
③索氏提取器(60 mL,500 mL)。
④K-D 浓缩器。
⑤Snyder 蒸馏柱。
⑥净化柱:用 5 mL 酸式滴定管、干燥管及硅胶管装配而成。
2. 试剂
①混合标液:用石油醚配制含有 200 mg/L 的 2,3-三氯苯、四氯苯、六氯苯、2-硝基氯苯、3-硝基氯苯和 4-硝基氯苯储备液。

氯苯类有机物均为色谱纯。取 100 mL 储备液于 10 mL 容量瓶中,用石油醚定容,此液浓度为 2 mg/L 的混合标准溶液。

②丙酮:分析纯,用前经全玻璃蒸馏器蒸馏。

③石油醚(30~60 ℃):分析纯,用前经全玻璃蒸馏器蒸馏取 50 ℃以上馏分。

④乙醚:分析纯,用前经全玻璃蒸馏器蒸馏。

⑤无水硫酸钠:分析纯,用前在高温炉中 600 ℃烘干 6 h。

⑥中性氧化铝:层析用,0.15~0.076 mm (10~200 目);硅胶,层析用,0.30~0.15 mm (60~100 目);用前均在高温炉中 600 ℃活化 6 h,加 5%(W/W)蒸馏水脱活后,振荡 1 h 后,放置过夜。

【实验步骤】

1. 样品的准备

从未受污染的水体中采集幼鱼数条,去头尾和内脏后粉碎混匀。粉碎前用滤纸吸干样品表面血污等残余水分,粉碎时注意混合均匀。

2. 样品的提取

称取混匀后的样品 3 g,并与 9 g 无水硫酸钠一起研磨至无结块为止。按同样的方法做空白和平行样。

将研磨后的混合物装入滤纸筒内,置于 60 mL 索氏提取器中,并在含有平行样的索氏提取器中加入混合标准溶液 1 mL。

用 60 mL 丙酮(59%)和石油醚(41%)的混合溶剂作为提取剂,在 60~65 ℃水浴条件下回流提取 2 h。

3. 提取液的净化和浓缩

①将提取液移入 K-D 浓缩器中,水浴温度 60~70 ℃,溶剂流出速度控制在 1~1.5 mL/min 的条件下,浓缩至约 2 mL。

②在净化柱下端放入少量玻璃棉,然后依次干法装入 4 g 氧化铝(或硅胶)和 2 g 无水硫酸钠,轻敲柱壁,使填充物尽可能致密。

③将浓缩后的提取液置于净化柱顶端,待液面下降到无水硫酸钠部位时,开始加入 10 mL 石油醚,再待液面下降到无水硫酸钠顶部时,加入 30 mL 含 5%(V/V)乙醚和石油醚(用硅胶做净化剂时,使用含 10% 乙醚的石油醚)。控制流出速度为 1 mL/min,若流速过慢,可用氮气在柱顶稍微加压,洗脱液全部接取。

④净化后的提取液再经 K-D 浓缩器浓缩至约 5 mL,然后转用 Snyder 柱进一步浓缩。浓缩速度前者控制为 1~1.5 mL/min,后者应 <1 mL/min。最后根据需要浓缩至 0.5~1 mL。供气相色谱测定。

上述提取和浓缩步骤中,均加入经清洗和 600 ℃下 4 h 处理的沸石。所用玻璃棉亦经净化处理。

4. 样品的测定

取浓缩后的溶液 1~5 μL 注入色谱,测定其保留值和峰高,在相同色谱条件下,取 1~5 μL 标准样注入色谱,测定其保留值和峰高。

【数据处理】

①根据标样浓度和色谱图峰高,分别求得空白、样品和加标样品中所含各种有机污染物含

量。

②计算加标回收率。

【思考题】

①什么是加标回收率？测定方法的加标回收率有何意义？

②气相色谱的工作原理什么？

③用萃取法提取样品有哪些优缺点？

实验 5-6　底泥中邻苯二甲酸酯的好氧和厌氧降解

生物降解是引起有机污染物分解的最重要的环境过程之一。微生物把各种有机物作为营养物，将其分解为简单的无机物，从中摄取构成本身细胞的材料和活动所需的能量，借以进行生长和繁殖等生命活动。影响生物降解的环境因素有很多，包括温度、pH、溶解氧以及吸附等。其中，氧的存在与否对微生物代谢能力影响非常重要。

邻苯二甲酸酯（PAEs）是一类重要的有机化合物。PAEs 主要用做塑料的增塑剂，增大产品的可塑性和提高产品的强度，也可用做农药载体、驱虫剂、化妆品、香味品、润滑剂和去泡剂的生产原料。在塑料中，PAEs 与聚烯烃类塑料分子之间由氢键或范德华力连接，彼此保留各自相对独立的化学性质，因此随时间的推移，可由塑料中迁移到外环境，造成对空气、水和土壤的污染。

【实验目的】

①了解微生物对有机污染物降解的原理。

②掌握有机污染物微生物好氧和厌氧降解的实验方法。

【实验原理】

邻苯二甲酸二丁酯（DBP）是使用量最大的一种 PAEs 化合物，具有典型性。本实验将一定量的 DBP 加入到好氧或厌氧底泥中。反应器置于避光、控温、振荡环境内，按一定时间间隔取样分析 DBP 的浓度。

DBP 的生物降解过程符合一级反应动力学。根据一级反应方程和实验结果求出 DBP 的生物降解速率常数。

【实验仪器和试剂】

1. 仪器

①气相色谱仪，配火焰光度检测器（FID）。

②色谱柱：HP-5，25 m×0.32 mm，0.25 μm 石英毛细管柱。

③离心机。

④分析天平。

⑤超声波仪。

⑥恒温振荡器。

⑦手提式电热压力蒸气消毒器。

⑧K-D 浓缩器。

⑨浓缩管：10 mL。

⑩刻度试管：5 mL。

⑪玻璃离心管：40 mL。

2．试剂

①DBP 标准储备液：1 mg/mL，溶剂为正己烷。

②DEHP 标准储备液：1 mg/mL，溶剂为正己烷。

③DBP 和 DEHP 混合标准溶液：用正己烷稀释标准储备液配制而成，使配成的混合标准溶液每毫升含 DBP 和 DEHP 均分别为 0.4、1、4、10 和 20 μg。

④二氯甲烷：分析纯，用前经全玻璃蒸馏器重蒸。

⑤无水硫酸钠：在马弗炉中 450 ℃ 焙烧 6 h，储于干燥器中备用。

【实验步骤】

1．底泥的采集和好氧底泥的制备

用抓斗采泥器采集表层 2 cm 的底泥，将湿泥过 2 mm 筛，密封 4 ℃ 保存。

取采集的底泥 100 g（湿重），放入 250 mL 锥形瓶中，于室温避光振荡约一周，底泥由黑色变为褐色即为好氧底泥。

2．生物降解实验

称取约 100 g 好氧湿泥，加入少量灭菌水使沉积物（干重）与所含水分之比为 2：3（g/mL）。向泥中加入一定量 DBP 和 DEHP，使其浓度均为 10 mg/L。然后用纱布封口，于 25 ℃ 下振荡，分别在反应进行 0、1、2、3、5、7 d 时取样。取样量约 5 g。

称取约 100 g 厌氧湿泥，加入少量灭菌水使沉积物（干重）与所含水分之比为 2：3（g/mL）。向泥中加入一定量 DBP 和 DEHP，使其浓度均为 10 mg/L。通入氮气 5 min，然后密封，于 25 ℃ 下振荡，分别在反应进行 0、1、2、3、5、7 d 时取样。取样量约 5 g。

3．样品测定

①色谱条件：进样口：250 ℃；检测口：250 ℃；N_2：50 mL/min；H_2：37 mL/min；空气：550 mL/min；进样量：1 μL。程序升温：120 ℃（2 min）→15 ℃/min（8.7 min）→250 ℃（3 min）。

②定量分析：取 1 μL 标准溶液注入色谱仪，测定峰面积。用峰面积对应浓度作图，绘制标准曲线。

取 1 g 沉积物于离心管中，加入二氯甲烷 3 mL，超声萃取 10 min，然后 4 000 rpm 离心 5 min，倾出上清液于 10 mL 的 K-D 浓缩管中。重复三次，合并有机相，K-D 浓缩并定容至 1 mL。取 1 μL 试液注入色谱仪，测定峰面积。从标准曲线上查出样品中被测组分的浓度。

【数据处理】

1．绘制降解曲线

根据实验数据，以时间为横坐标，底泥中 DBP 或 DEHP 浓度为纵坐标，分别绘制它们的好氧和厌氧生物降解曲线。

2. 计算生物降解速率常数和半衰期

按一级反应动力学方程计算 DBP 和 DEHP 的生物降解速率常数和半衰期。

【思考题】

①比较 DBP 和 DEHP 在好氧和厌氧条件下生物降解的快慢。

②比较 DBP 和 DEHP 这两种化合物生物降解的快慢,并根据这两种化合物的化学结构上的差异进行分析。

实验5-7　植物对污染土壤中有机污染物的提取作用

土壤中的污染物通过植物的吸收、挥发、根滤、降解、稳定等作用,得以净化。植物吸收污染物后,在体内同化污染物或释放出某种酶,将有毒物质降解为无毒物质;植物能以多种方式刺激微生物对有机污染物进行转化,根际微生物在生物降解中起着重要作用。土壤由于植物根系的存在,增加了微生物的活动和数量。植物提取(Phytoextraction)是目前研究最多且最具有发展前景的污染土壤植物修复方法。

【实验目的】

①了解植物对有机污染物提取的机理。

②掌握土壤及植物体内有机污染物的分析方法。

【实验原理】

植物体吸收一种或几种污染物,并将其转移贮藏到植物茎叶中,使土壤中污染物浓度降低。污染物进入植物体内,在植物体内富集,有些植物可分泌特殊的酶系,将污染物降解。同时,植物还能释放一些分泌物,包括低相对分子质量的有机物质、根细胞脱落物及其分解产物、高相对分子质量的黏胶物质、气体、质子和养分离子等,这些分泌物可引起根际效应,增强共代谢的降解。植物分泌的酶类,也可提高根际微生物的活性,加速污染物的降解。

【实验仪器和试剂】

1. 仪器

①恒温光照培养箱。

②冷冻离心机。

③超声水浴振荡器。

④Fisher Pasteur 玻璃管硅胶柱。

⑤旋转蒸发器。

⑥高效液相色谱仪。

2. 试剂

①丙酮、菲、NaN_3、甲醇:分析纯。

②牛肉膏蛋白胨培养基:

牛肉膏 3 g　蛋白胨 10 g　NaCl 5 g

琼脂 20 g　水 1 000 mL　pH 7.5

【实验步骤】

1. 菲污染土壤的制备

取公园的表层土,风干后过 1.0 mm 筛,取 10 g 土壤样品置于广口瓶中。用丙酮溶解菲,待丙酮挥发干后,将溶液加到土壤样品内,充分混匀,使菲的终浓度为 20 mg 菲/kg 土。采用 0.05% NaN_3 制备无菌土壤样品。

2. 植物对菲的提取

将玉米种子在恒温光照培养箱中培养 15 天,选取健壮并且大小相同的秧苗种于装有 20 g 含菲土壤的塑料管内。一个塑料管种植一个秧苗。将塑料管置于 25 ℃ 培养箱内培养。同时做无菌土壤样品为对照。2 天后取样,测定其微生物数量,土壤及植物体内菲含量。

3. 土壤微生物的检测

每克土壤中微生物的数量采用平板计数法。取土壤样品 1 g,置于灭菌的蒸馏水中,10 倍系列稀释后,于牛肉膏蛋白胨培养基平板上涂布,培养板置于 37 ℃ 培养箱内培养,24 h 后计数。

4. 土壤中菲含量的测定

准确称取土壤样品 1.00 g,置于带盖的玻璃离心管内,加入二氯甲烷萃取液,然后将其放在超声水浴振荡器中连续震荡 1 h 后离心,在震荡过程中加冰以保持超声水浴箱中的温度不超过 40 ℃,取 3 mL 离心管上清液过 Fisher Pasteur 玻璃管硅胶柱,经洗脱液洗脱后于旋转蒸发瓶中蒸干,再用甲醇定容至 3 mL,过 0.22 μm 滤膜后用 HPLC 进行测定。

5. 植物体内菲含量的测定

植物样品去除表面土壤后在研钵中粉碎,称取 1.00 g 粉碎样品,置于带盖的玻璃离心管内,加入有机提取剂(丙酮:正己烷 = 1:1)萃取液,于超声水浴中提取 20 min 后离心,将上清液转移到装有玻璃纤维棉和无水硫酸钠漏斗的旋转蒸发瓶中,再往离心管中加入有机提取剂,重复 2 次,合并有机相于旋转蒸发瓶中,蒸干后用甲醇定容,再进行样品净化和浓缩,其步骤与测定土壤样品的相同。

6. HPLC 检测

采用 C_{18} 反相色谱柱,流动相为 100% 丙酮,流速为 1.5 mL/min,检测波长为 250 nm。

【数据处理】

将测得结果填入表 5-7-1。

表 5-7-1　植物对土壤中菲的提取

灭菌组土壤中菲含量	灭菌组植物体内菲含量	未灭菌组土壤中菲含量	未灭菌组植物体内菲含量	未灭菌组土壤中微生物数量

【思考题】

①比较灭菌组和未灭菌组土壤对有机物的提取能力的区别,并分析差别的原因。

②植物通过哪些途径实现对有机污染物的提取?

实验5-8 水生生态微宇宙实验

微宇宙是指将自然环境的某一部分置于受控条件下、保持天然生态系统复杂特性的可应用和可重复的试验系统。由此可见,模拟生态系统并不是缩小的天然生态系统,而是具有天然生态系统主要组分和生态学过程的受控试验系统。由于微宇宙具有可以进行重复实验,易于控制,能最大程度地接近实验环境等优点,使微宇宙的方法成为研究污染物归趋效应的强有力工具。

邻苯二甲酸酯是自然水体中广泛存在的人工合成有机物,已被国际上许多国家列为优先控制的污染物之一,具有一定的代表意义。本实验选用邻苯二甲酸二正丁酯(DBP)作为实验的有机物。

【实验目的】

①掌握微宇宙的构建和研究方法。
②了解污染物在水生生态微宇宙中的归趋行为。

【实验原理】

以海河河口为模拟现场,一定容积的玻璃缸为容器构建微宇宙。加入现场采集的底泥和水,以及驯化好的罗非鱼。待系统稳定后,加入DBP,然后开始实验。按一定时间间隔采集水、沉积物以及鱼的样品,利用气相色谱法分析DBP的含量。

【实验仪器和试剂】

1. 仪器
①气相色谱仪,配火焰光度检测器(FID)。
②色谱柱:安捷伦HP-5,30 m×0.32 mm,0.25 μm 石英毛细管柱。
③K-D 浓缩器。
④高速组织捣碎机。
⑤索氏提取器:60 mL。
⑥浓缩管:100 mL,10 mL。
⑦分液漏斗:100 mL,50 mL。

2. 试剂
①DBP 标准储备液:1 mg/mL,溶剂为乙醇。
②DBP 标准溶液:用正己烷稀释标准储备液配制而成,使配成的混合标准溶液每毫升含DBP 分别为0.4、1、4、10 和 20 μg。
③正己烷:精馏后浓缩100倍,色谱测定无干扰峰存在。
④二氯甲烷:精馏后浓缩100倍,色谱测定无干扰峰存在。
⑤乙醚:精馏后浓缩100倍,色谱测定无干扰峰存在。
⑥无水硫酸钠:在马弗炉中450 ℃焙烧6 h,储于干燥器中备用。

⑦硅胶。

【实验步骤】

1. 建立水生生态微宇宙

建立微宇宙所用的容器为长 88 cm,宽 33 cm,高 53 cm,容积约为 150 L 的玻璃缸。将采自海河河口的底泥,去除其中的贝壳和碎石后,均匀地铺在玻璃缸底,用玻璃板尽量刮平,泥层厚度约为 2 cm,质量约 7 kg。然后向缸中慢慢地加入 100 L 采自海河河口的海水。用两根水族箱自动加热棒控制水温为 25 ± 2 ℃。为保证罗非鱼所需的氧,实验过程中要向水中曝气充氧,但为了减少曝气对底泥的影响,曝气用的两个砂头放于玻璃缸的两端水深的一半处。以 4 支 40 瓦日光灯和 2 个 200 瓦白炽灯为模拟光源,光源距水面 30 cm,水面上平均照度为 6 000 lux,光暗周期为 12 h: 12 h。系统稳定一周后,放入活泼健康、个体均匀的 20 条已驯化好的罗非鱼(体长 8 ~ 10 cm,平均体重 10 g)。加入鱼后,使系统再稳定约一周,使罗非鱼完全适应微宇宙环境。实验过程中适量喂食。由于水的自然蒸发,每天需要补加一定量的水。

建立的微宇宙模拟系统见图 5-8-1。

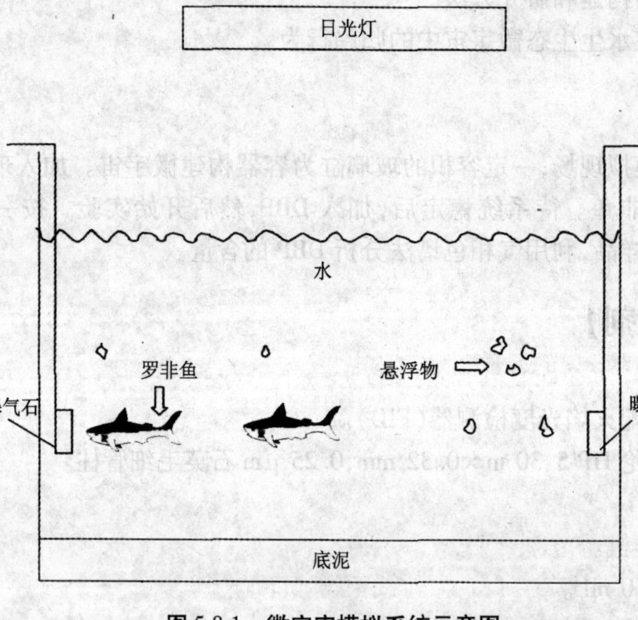

图 5-8-1 微宇宙模拟系统示意图

2. 微宇宙实验

称取 0.5 g DBP,溶于 10 mL 乙醇后,加入到微宇宙中,使水中 DBP 的初始浓度为 5 mg/L。为防止加标样时出现局部过浓现象,先从微宇宙中取出几升水,加入 DBP 标准溶液,再用微宇宙中的海水逐渐把加有标样的海水冲到微宇宙中。

实验开始后,每隔 5 天采集水体、罗非鱼和底泥样品,共采集 5 次。水体样品用玻璃管虹吸的方法在水深一半处采集,水样最初采样量为 20 mL,以后随着水中 DBP 浓度的降低,逐渐增加采样量到 100 mL。底泥的采样量为 10 ~ 30 g。每次采样捞取 2 ~ 3 条罗非鱼,用滤纸吸去鱼体表面的水分。

3. 样品制备

（1）水样

取水样 20～100 mL 于分液漏斗中，加入正己烷 2～10 mL，萃取 10 min，静置 10 min，待分层后取上清液于 K-D 浓缩管中。重复三次，合并有机相。有机相经 K-D 浓缩后定容，GC-FID 测定。

（2）底泥

将采集的样品经真空冷冻的方法使其脱水干燥。干燥后的样品，除去砂石和植物残体，用玻璃研钵予以磨细，全部过 80 目筛。

取 1 g 沉积物于离心管中，加入二氯甲烷 3 mL，超声萃取 10 min，然后 4 000 rpm 离心 5 min，倾出上清液于 10 mL 的 K-D 浓缩管中。重复三次，合并有机相，K-D 浓缩并定容至 1 mL 进行气相色谱测定。

（3）鱼

鱼经冻干处理后磨碎，准确称取 5 g，以乙醚为提取液，索氏抽提 24 h，提取液经旋转蒸发浓缩至 1 mL，再过硅胶氧化铝复合柱（10 mm×500 mm）净化，柱底填充一层薄玻璃纤维层，该柱以 8 g 中性氧化铝和 15 g 硅胶经 120 ℃烘箱过夜后填充，上端再填以 1 cm 厚的无水硫酸钠。洗脱条件：先以 50 mL 二氯甲烷洗脱，再以 40 mL 的丙酮-正己烷（体积比为 20：80）混合液洗脱，两馏分经氮气吹干后以正己烷溶解合并，最终定容至 1 mL 进行气相色谱测定。

4. 样品测定

①色谱条件：进样口：250 ℃；检测口：250 ℃；N_2：50 mL/min；H_2：37 mL/min；空气：550 mL/min；进样量：1 μL；程序升温：120 ℃（2 min）→15 ℃/min（8.7 min）→250 ℃（3 min）。

②定量分析：取 1 μL 标准溶液注入色谱仪，测定峰面积。用峰面积对应浓度作图，绘制校准曲线。

取 1 μL 样品试液注入色谱仪，测定峰面积。从校准曲线上查出样品中被测组分的浓度。

【数据处理】

1. 计算样品中 DBP 浓度

$$水样中被测组分浓度（mg/L）= \frac{c_1 V_1}{V_2}$$

式中：c_1 为从标准曲线上查出的被测组分浓度，mg/L；

$\quad$ V_1 为萃取浓缩液体积，mL；

$\quad$ V_2 为水样体积，mL。

$$泥样或生物样中被测组分浓度（mg/g）= \frac{c_1 V_1}{W_2}$$

式中：c_1 为从标准曲线上查出的被测组分浓度，mg/L；

$\quad$ V_1 为萃取浓缩液体积，mL；

$\quad$ W_2 为泥样或生物样的重量，g。

2. 绘制各介质中 DBP 浓度变化曲线

以时间为横坐标，DBP 在各介质中浓度为纵坐标，绘制 DBP 浓度随时间变化曲线。

【思考题】

①DBP 在水、底泥、鱼体中浓度是如何变化的？试加以分析。

②DBP 在水生生态微宇宙中的归趋如何？试进行讨论。

实验 5-9　铜、锌对小球藻的毒性作用

在水生系统及水生食物链中，作为其他浮游动物的食物及氧气来源，藻类占据着重要位置，起着重要的作用。以各种途径进入自然水体中的重金属，可以通过研究其对藻类的毒性来进一步研究重金属对水生浮游动植物的毒害作用。在已研究的金属中，Cu 和 Zn 是很特殊的，它们起着双重作用，既是生物代谢必须的微量营养元素，又是一种高毒的重金属，一旦超过了有益的浓度，它们对藻类的生长就产生较大的毒性作用。藻类生长及生化活性对金属离子反应的相关性研究表明，有关酶的活性可以作为监测环境中金属污染的生物化学指标。

【实验目的】

①了解不同重金属对藻类生长和酶活性的影响。

②单一重金属与几种重金属对藻类的综合作用。

③进一步熟悉磷酸酶活性测定原理和方法。

【实验仪器和试剂】

1. 仪器

①光照培养箱。

②离心机。

③干燥箱。

④电子天平。

⑤分光光度计。

2. 试剂

①甲苯:分析纯。

②苯磷酸二钠溶液:6.75 g 苯磷酸二钠溶于水,稀释至 1 L(1 mL 含 25 mg 酚)。

③醋酸盐缓冲液:pH 5.0。

④硼酸盐缓冲液:pH 9.6。

⑤Gibbs 试剂:200 mg 2,6-双溴苯醌氯酰亚胺溶于乙醇,稀释至 100 mL。

⑥小球藻培养基见表 3-11-1。

【实验步骤】

1. 小球藻的培养

在无菌条件下,在已洗净消毒的 500 mL 三角锥形瓶中加入 100 mL 小球藻培养基,接入藻种,摇匀,置光照培养箱中进行培养。

培养条件:25 ± 1 ℃,光照强度 4 000 ± 100 lux,照光 12 h/d ,pH 7.0。每天摇动锥形瓶四

次,并加入一定量的小球藻培养基,使藻细胞处于对数增长期。

2. 金属元素的浓度及配制

取三瓶小球藻培养基,于 121 ℃灭菌,分别加入用 0.25 μm 滤膜过滤的金属硫酸盐母液,加入的金属分别为:Cu (2.0 mg/L);Zn (0.50 mg/L),Cu + Zn (1.0 + 0.25 mg/L)。藻细胞的初始密度为 $3.0 \times 10^6 \sim 5.0 \times 10^6$/L,培养 96 h,培养条件同上。

3. 小球藻生长量的测定(干重法)

96 h 后,取一定体积藻培养物,过滤,去离子水洗涤,烘干(106 ℃) 至恒重,称重,计算单位体积培养液中藻细胞的干重。

4. 小球藻酸性磷酸酶活性测定

(1)收获藻细胞

离心收获藻细胞,在 -78 ℃下反复冻融后,用 0.1 mol/L:0.3 mol/L 的 Tris: 硼酸盐缓冲液(pH 7.5,5 mmol/L EDTA,7 mmol/L 巯基乙醇)在冰上(0 ℃) 研磨提取 10 min,离心(×10 000 g),4 ℃,上清液贮存于 -58 ℃下,用于酶活性测定。

(2)标准曲线的绘制

将 1 g 酚溶于蒸馏水中,并稀释至 1 L,保存于暗色瓶中,作为母液。取 10 mL 母液稀释至 1 L(1 mL 含 10 μg 酚),作为工作液。分别取工作液 0、0.25、0.5、l.0、2.0、4.0、8.0 mL,使酚的终浓度为 0、0.05、0.1、0.2、0.4、0.8、1.6 μg/mL,加入 5 mL pH 9.6 的硼酸盐缓冲液,用水稀释至 25 mL,加 1 mL Gibbs 试剂,将反应物仔细混合,静置 20 min 后于 578 nm 比色测定产物苯酚的量。以苯酚含量为横坐标,吸光值为纵坐标,绘制标准曲线。

(3)酸性磷酸酶活性测定

取 10 mL 制备好的上清液于 100 mL 容量瓶中,加 1.5 mL 甲苯处理 15 min 后,向瓶中加入 10 mL 6.75 g/dm³ 苯磷酸二钠溶液和 10 mL pH 5.0 的醋酸盐缓冲液,仔细混合后,将反应物放置于 37℃恒温箱中培养 12 h,取出容量瓶,用热至 38 ℃的蒸馏水将瓶中内容物稀释至刻度,用致密滤纸过滤。设置用水代替基质的对照。取滤液 1 mL 于 100 mL 容量瓶中,加入 5 mL pH 9.6 的硼酸盐缓冲液,用水稀释至 25 mL,加 1 mL Gibbs 试剂,将反应物仔细混合,静置 20 min 后于 578 nm 比色测定。根据标准曲线,查出产物苯酚的量。

【数据处理】

将测定数据填入表 5-9-1。

表 5-9-1　铜、锌对小球藻干重和酶活性的影响

	Cu	Zn	Cu + Zn
藻体干重			
酸性磷酸酶活性			

【思考题】

①不同重金属对藻类生长和酶活性有何影响?

②单一重金属与两种重金属对藻类的作用是否是累加关系?

【注意事项】

考虑到由于藻的光合作用将会引起培养基中的 pH 变化,可以在实验前用 1.0 mg/L HCl 将培养基 pH 调至 5.5。

实验 5-10　活性污泥毒性检测——细菌脱氢酶活性测定

脱氢酶正式命名为 AH:B 氧化还原酶,它能够激活某些特殊的氢原子,使这些氢原子被适当的受氢体转移而将原来的物质氧化。脱氢酶广泛存在于动植物组织和微生物细胞内。脱氢酶不仅在糖、脂肪、氨基酸、核苷酸代谢中非常重要,而且在能量转移和物质循环中也是必不可少的。在氧化过程中,脱氢酶是作用在代谢物上的第一个酶,为生物体提供必不可少的能量和还原当量。微生物脱氢酶是微生物降解有机污染物,获得能量的必需酶。脱氢酶的种类因电子供体和受体的差异而不同。酶的活性用单位时间内脱氢酶活化氢的能力来表现。生物体的脱氢酶活性(DHA)在很大程度上反映了生物体的活性状态,能直接表示生物细胞对其基质降解能力的强弱。通过测定活性污泥或土壤中微生物的脱氢酶活性,可以了解微生物对污泥或土壤中有机物氧化分解的能力。因此,脱氢酶活性检测被广泛应用于污水生化处理、细菌菌落总数检验、水质毒性检验、土壤污染评价等研究与应用领域。

【实验目的】

学习并掌握采用脱氢酶检测活性污泥毒性的实验原理和方法。

【实验原理】

通常用于检测脱氢酶活性的人工受氢体包括氯化三苯基四氮唑(TTC)、刃天青、亚甲基蓝以及碘硝基四唑紫(INT)等,通常用人工受氢体的还原变色速度来确定脱氢过程的强度,其中研究和应用最广的是 TTC。由于脱氢酶在中性反应条件下,将无色的 TTC 还原为红色的三苯基甲膪(Triphenyl Formazan, TPF)。其酶促反应如下:

$$\left[\begin{array}{c} N\!=\!N\!-\!C_6H_5 \\ C_6H_5C \\ N\!=\!N\!-\!C_6H_5 \end{array}\right]^{+} \underset{(\text{TTC,无色})}{Cl^-} + 2H \xrightarrow{\text{脱氢酶}} \begin{array}{c} N\!-\!NH\!-\!C_6H_5 \\ C_6H_5C \\ N\!=\!N\!-\!C_6H_5 \end{array}\ (\text{TPF,红色}) + HCl$$

根据产生红色的色度进行比色定量分析,可以判断脱氢酶活性。

【实验仪器和试剂】

1. 仪器
①分光光度计。
②离心机。
③恒温水浴锅。
2. 试剂
①三苯基四氮唑。

②Na$_2$SO$_3$:0.36 %。

③Tris-HCl 缓冲液:pH 7.6。

④Na$_2$S$_2$O$_4$,甲醛,丙酮:分析纯。

⑤活性污泥。

⑥生理盐水。

【实验步骤】

1. 绘制 TTC 标准曲线

①配制系列浓度的 TTC 标准溶液:取 5 支 50 mL 具塞比色管,按照顺序尽快分别加入 0.36 % Na$_2$SO$_3$溶液 2.5 mL,Tris-HCl 缓冲液(pH 7.6)7.5 mL,再分别吸取 0.4% TTC 溶液 0.1 mL、0.2 mL、0.3 mL、0.4 mL、0.5 mL,放入 5 支比色管中,用蒸馏水定容至 50 mL,此时,各管浓度分别为 8 μg/mL、16 μg/mL、24 μg/mL、32 μg/mL、40 μg/mL 系列浓度。同时另取一支 50 mL 比色管,加入 0.36 % Na$_2$SO$_3$溶液 2.5 mL,Tris-HCl 缓冲液(pH 7.6)7.5 mL,加蒸馏水定容至 50 mL,作为空白对照。

②向每支比色管中加入少许连二亚硫酸钠(Na$_2$S$_2$O$_4$)混匀,使 TTC 全部还原成红色的 TPF。

③向各管滴加 5 mL 甲醛终止反应,混匀后再加入 5 mL 丙酮振荡摇匀,37 ℃水浴 10 min。

④在 485 nm 波长下测定吸光度。

⑤以吸光度值为纵坐标,TTC 浓度为横坐标,绘制 TTC 标准曲线。

2. 活性污泥脱氢酶活性的测定

①活性污泥悬浮液的制备:吸取 50 mL 活性污泥放入三角瓶中,加入几粒玻璃珠剧烈振荡将污泥打碎,在 4 000 r/min 转速下离心 10 min,弃上清液,再用生理盐水补足水分,悬浮,洗涤,离心,反复三次。最后用生理盐水补至 50 mL。

②取 3 支 40 mL 具塞比色管,分别加入 0.36% Na$_2$SO$_3$溶液 0.5 mL,Tris-HCl 缓冲液(pH 7.6)2.0 mL,污泥悬浮液 2 mL,0.4% TTC 溶液 0.5 mL,使最终体积为 5 mL,盖紧塞子。同时取 1 支 40 mL 具塞比色管,分别加入 0.36% Na$_2$SO$_3$溶液 0.5 mL,Tris-HCl 缓冲液(pH 7.6)2.0 mL,污泥悬浮液 2 mL,蒸馏水 0.5 mL,使最终体积为 5 mL,盖紧塞子作为对照。

③将离心管混匀,立即放入 37 ℃水浴培养 10 min 至变色。

④向各管滴加 5 mL 甲醛终止反应,混匀后再加入 5 mL 丙酮振荡摇匀,37 ℃水浴 10 min。

⑤在 4 000 r/min 转速下离心 10 min,取上清液在 485 nm 下测定吸光度值,在标准曲线上查出相应的 TTC 浓度。

【数据处理】

脱氢酶活性按照下式计算

$$脱氢酶活性 = A \times B \times C$$

式中:A 为由标准曲线上查出的 TTC 浓度,μg/mL;

B 为培养时间,h;

C 为比色时稀释度,当吸光度值大于 0.8 时,需要适当稀释,使吸光度值在 0.8 以下。

【思考题】

①脱氢酶在环境化学研究中还有哪些应用?

②影响脱氢酶活性的因素有哪些?

【注意事项】

①由于脱氢酶还原三苯基氮唑的反应适于中性反应,故测定时需在中性缓冲液(pH = 7.6),并在暗处进行。

②使用甲醛时要小心,如果沾到皮肤上,要迅速用自来水冲洗。

实验 5-11   固定化酶与固定化细胞对污染物的去除

固定化微生物细胞技术是 20 世纪 60 年代发展起来的一门新兴生物技术。它是利用物理或化学的手段将游离微生物细胞定位于限定的空间区域,并使其保持活性反复利用的方法。固定化微生物细胞技术与传统的悬浮生物处理法相比,具有许多优点,如效率高、反应易控制、微生物的高效高密度、固液分离效果好、对环境的耐受力强。

微生物细胞固定化方法主要有吸附法、包埋法、交联法,其中以包埋法最常用。包埋法是将微生物包埋在凝胶的微小格子或微胶囊等有限空间内,微生物被包裹在该空间内不能离开,而底物和产物能自由地进出这个空间。常用的有凝胶包埋法、纤维包埋法和微胶囊法。包埋法对细胞活性影响小,能将固定化微生物制成各种形状,并且固定化的微生物具有繁殖能力。常用的固定化载体包括各种无机吸附材料和有机高分子材料。天然高分子多糖主要有海藻酸钠、琼脂、卡拉胶等。从海藻中提取的海藻酸钠为 D-甘露糖醛酸和古洛糖醛酸的线性共聚物,外加阳离子(如 Ca^{2+}、Al^{3+})可诱导凝胶形成,作为微生物细胞包埋的载体。微生物细胞包埋于海藻酸钙凝胶中可以有外交凝法和内交凝法,其中外交凝法应用最广。外交凝法的基本方法是将微生物细胞与海藻酸钠溶液混合后,通过注射器针头将混合溶液滴入 $CaCl_2$ 溶液中,Ca^{2+} 从外部扩散进入海藻酸钠-细胞混合体中,将海藻酸钠转变为不溶的海藻酸钙凝胶,将细胞包埋其中。

【实验目的】

①掌握微生物细胞固定化的基本原理和技术。

②了解生物吸附法去除废水中重金属的方法。

【实验原理】

本实验固定化方法采用外交凝法,该法利用柠檬酸钙在酸性条件下释放钙离子,可以使海藻酸钠形成凝胶,首先将海藻酸钠溶液与待固定的细胞混合,然后加入柠檬酸钙,再立即加入 D-葡萄糖酸-1,5-内酯,充分混匀,D-葡萄糖酸酯在水溶液中极易分解并使溶液 pH 下降,柠檬酸钙释放 Ca^{2+},诱导凝胶形成。制备海藻酸钙凝胶装置用简单滴落法固定化装置(图 5-11-1)。

本实验以海藻酸钙凝胶包埋法固定化小球藻吸附重金属 Cu^{2+} 为例,了解固定化技术的基本方法及其应用。

【实验仪器和试剂】

1. 仪器

①原子吸收分光光度计。

②离心机。

③恒温振荡器。

④磁力搅拌器。

⑤50 mL 无菌带盖离心管。

⑥20 mm×120 mm 层析柱。

⑦固定化装置。

2. 试剂

①小球藻培养基见表 3-11-1。

②4% 海藻酸钠(高压灭菌,4 ℃保存)。

③0.05 mol/L $CaCl_2$ 溶液(pH 6~8,高压灭菌)。

④15 mg/L Cu^{2+} 溶液。

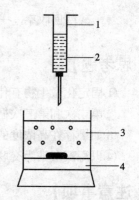

图 5-11-1　海藻酸钙固定化
细胞装置示意图

1—注射器外套;2—藻酸钠—
细胞混合液;3—$CaCl_2$ 溶液;
4—磁力搅拌器

【实验步骤】

①将小球藻接入液体培养基中,恒温光照培养 5 d,离心,收集菌体并用无菌水洗涤 2 次。

②将 3.0 g 湿菌体悬浮于 5 mL 无菌去离子水中。

③将 5 mL 4% 海藻酸钠溶液,充分混匀。

④将 50 mL 0.05 mol/L $CaCl_2$ 溶液移入三角瓶中,将注射器通过三角瓶口的棉塞伸入三角瓶中,并与 10 mL 注射器连接,将此三角瓶置于 37 ℃水浴中 10 min。

⑤将海藻酸钠菌体混悬液移入注射器中,适度加力,将海藻酸钠菌体悬液滴入 0.05 mol/L $CaCl_2$ 溶液中。

⑥将三角瓶移入 20~22 ℃水浴中,放置 1 h。

⑦倒去溶液,加入 100 mL 无菌去离子水,并洗涤 1 次。

⑧重新加入 50 mL 0.05 mol/L $CaCl_2$ 溶液,4 ℃过夜。

⑨将固定化小球藻细胞放入烧杯中,加水浸泡。

⑩在层析柱的底部加入颗粒状硅胶,以增加过滤速度。将烧杯中的已固定化的菌体和水一起倒入层析柱中,用去离子水洗涤至 pH 6.0。

⑪配置 15 mg/L Cu^{2+} 溶液 100 mL,过柱,将流速控制在 5 mL/min。

⑫用原子吸收分光光度计测量流出液中 Cu^{2+} 的浓度。

⑬用 1 mol/L H_2SO_4 50 mL 冲洗层析柱,测量流出液中 Cu^{2+} 的浓度。

⑭用去离子水洗涤至 pH 6.0。重复步骤⑪~⑬。

⑮用原子吸收分光光度计测量流出液中 Cu^{2+} 的浓度。

【数据处理】

$$固定化菌体吸附率 = \frac{(加入金属离子量 - 流出金属离子量)}{加入金属离子量} \times 100\%$$

$$\text{酸洗回收率} = \frac{\text{酸洗得到的金属离子量}}{\text{固定化菌体吸附量}} \times 100\%$$

【思考题】

①固定化微生物有什么优缺点？

②第二次和第三次循环测定结果与第一次循环有何不同？为什么？

③如果存在高浓度的其他单价金属离子时,海藻酸钙凝胶的结构是否会受到影响？

④以海藻酸钠为交联剂有何优点？有何缺点？

【注意事项】

①在使用海藻酸钙包埋细胞时,由于钙螯合剂可导致钙的溶解从而破坏凝胶,因此尽量使培养基中不含有钙螯合剂,如磷酸根离子等。

②包埋细胞在凝胶珠中分裂以及不当的搅拌会导致包埋细胞的流失,因此搅拌不宜时间过长或过猛。

③制备海藻酸钠菌体微球时,加压的力度要保持匀速,如果速度太快,会导致不能形成微球,如果速度太慢,微球过大,去除重金属效果降低。

实验 5-12   DGGE 技术对环境中微生物种群的分析

传统的微生物生态学技术包括显微形态观察、选择性培养基计数、纯种分离和生理生化鉴定等,而菌种的多样性给传统的微生物培养技术带来了很大的困难,培养过后的微生物往往会与原来样品中的有所偏离,给检测和鉴定带来了偏差;加之传统的培养方法耗时耗力,却仅有 $0.001\% \sim 10\%$ 的微生物被鉴别出来,导致了对环境中微生物种群的研究相当有限。近年来,人们运用微生物生物化学分类的一些生物标记,包括呼吸链泛醌、脂肪酸和核酸,来进行环境样品中的微生物种群分析。其中,以 16S rRNA/DNA 为基础的分子生物学技术已成为普遍接受的方法,该技术主要利用不同微生物在 16S 核糖体 RNA（rRNA）及其基因（rDNA）序列上的差异来进行微生物种类的鉴定和定量分析。变性梯度凝胶电泳（DGGE）技术已经被广泛用于微生物分子生态学研究的各个领域,目前已经发展成为研究微生物群落结构的主要分子生物学方法之一。

【实验目的】

①学习 DNA 变性梯度凝胶电泳（DGGE）技术。

②通过用 DGGE 法分析不同环境样品间微生物群落结构组成的差异,了解不同环境微生物种群的变化。

【实验原理】

从环境样品中获得微生物总 DNA 后,应用细菌 16S rDNA 通用引物进行 PCR 扩增,可以得到与碱基长度相同的细菌 16S rDNA。采用 DGGE 技术能够分离 PCR 产物。DGGE 技术的工作原理是:双链 DNA 分子在含有浓度线性递增的变性剂凝胶中电泳时,由于不同 DNA 分子的解链行为不同,会在凝胶的不同位置停止迁移,从而使混合样品中的不同 DNA 分子分开。由于每种细菌 16S rDNA 的可变区碱基序列相对稳定 而不同细菌 16S rDNA 的可变区碱基序列差异较大,因此根据电泳条带的多寡和条带的位置,可以初步辨别样品中微生物种类的多少,进而分析环境样品中微生物的种群结构。DGGE 图谱中条带数量及强弱能在一定程度上反映了样品中微生物的多样性及复杂程度。从理论上讲,DGGE 中的每一条带代表了一种微生物,因此,DGGE 图谱的复杂性,反映了样品的复杂性;条带的多少,反映了样品中微生物的多少;条带的亮度,反映了样品中微生物组成的差异。但是某些样品,尤其是对于复杂的环境样品,其 DGGE 中同一个位置会有多个不同的序列。

【实验仪器和试剂】

1. 仪器
①高速冷冻离心机。
②PCR 仪。
③恒温水浴锅。
④超净工作台。
⑤摇床。
⑥梯度制胶器。
⑦DGGE 电泳仪(图 5-12-1)。

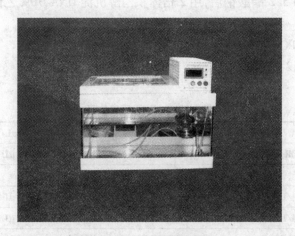

图 5-12-1 DGGE 电泳仪

2. 试剂
①总 DNA 提取试剂。
ⓐDNA 抽提缓冲液(121 ℃,20 min 灭菌):100 mmol/L Tis-HCl(pH 8.0),100 mmol/L 磷酸盐缓冲液(pH 8.0), 1.5 mol/L NaCl,1% CTAB(十六烷基三甲基溴化铵);
ⓑTE 冲液(121 ℃,20 min 灭菌):100 mmol/L Tis-HC1(pH 7.6),1 mmol/L EDTA(pH 8.0)。
②电泳缓冲液。

③Taq DNA 聚合酶,dNTP、PCR 缓冲液、Mg^{2+} 溶液。

④引物。

⑤40% 丙烯酰胺/双丙烯酰胺试剂:丙烯酰胺 38.93 g,双丙烯酰胺 1.07 g,加双蒸水至 100.0 mL。

⑥20% 变性溶液:40% 丙烯酰胺/双丙烯酰胺试剂 20 mL,50×TAE 缓冲液 2 mL,加双蒸水至 100.0 mL。

⑦100% 变性溶液:40% 丙烯酰胺/双丙烯酰胺试剂 20 mL,50×TAE 缓冲液 2 mL,尿素 42 g,去离子甲酰胺 40 mL,加双蒸水至 100 mL。

⑧固定液:10% 乙醇,0.5% 冰醋酸。

⑨银染液:0.2% 硝酸银,使用前加入 200 μL 甲醛。

⑩显色液:1.5% NaOH,0.5% 甲醛。

【实验步骤】

1. 环境样品总 DNA 的提取

使用 0.22 μm 的微孔滤膜过滤水样,将滤膜放入离心管,加 TE 12 000 r/min 离心收集菌体,悬浮于 1 mL TE 中,加入 40 μL 蛋白酶 K,37 ℃ 过夜,加入 1/3 体积饱和 NaCl 剧烈振荡 15 s,12 000 r/min 离心 5 min,上清液用等体积酚:氯仿抽提 2 次,12 000 r/min 离心 5 min 收集上清液加入等体积 TE,0.6 体积异丙醇沉淀离心后用 70% 乙醇洗涤沉淀,4 ℃ 溶于 TE 中 2 h,加入 1/10 体积 3 mol/L pH 5.2 醋酸钠后,用 2 倍体积乙醇沉淀 DNA,70% 乙醇洗涤后溶于 100 μL TE 中,测定 OD_{260}/OD_{280},确定 DNA 的纯度和浓度。

2. 目的基因片段 PCR 扩增

反应体系见表 5-12-1。

表 5-12-1 PCR 反应体系

PCR 扩增反应体系	25 μL
10×PCR 缓冲液	2.5 μL
Mg^{2+} 溶液	2 μL
20 pmol/L 引物 1	0.5 μL
20 pmol/L 引物 2	0.5 μL
模版 DNA	40~80 ng
Taq DNA 聚合酶	0.5 μL
加水至 25 μL	

将配好的反应体系放入 PCR 仪,按照以下程序进行扩增:95 ℃ 预变性 5 min,95 ℃ 变性,60 ℃ 退火 1 min,72 ℃ 延伸 3 min,之后每个循环退火温度降低 1 ℃ 直至 43 ℃,在这个退火温度下再进行 20 个循环,72 ℃ 最终延伸 10 min。

3. DGGE 操作

配制两种变性浓度的丙烯酰胺溶液到两个离心管中,每管加入 18 μL TEMED,80 μL 10%

APS,迅速盖上盖子并上下颠倒数次混匀。

用梯度制胶器上标有高浓度的注射器吸取高浓度的变性溶液,低浓度操作如上。将两个注射器固定在制胶器的两根聚丙烯管的末端,将变性胶注入到管中。通过制胶器的凸轮传送溶液,使溶液恒速灌入制胶板中。小心插入梳子,让凝胶聚合约 1 h,将电泳装置打开,预热电泳缓冲液到 60 ℃。聚合完毕后拔走梳子,将胶放到电泳槽,清洗点样孔,盖上恒温控制装置使温度上升到 60 ℃。在每个点样孔中加入含有 50% 上样缓冲液的 PCR 产物 20 ~ 25 μL,进行电泳。电泳电压为 150 V,电泳 5 h。电泳完毕后,拔开一块玻璃板,然后将胶放入盘中。

4. 凝胶染色

用去离子水冲洗凝胶,使胶和玻璃板分离,倒掉去离子水,加入 250 mL 固定液,放置 20 min 后,小心沥去固定液,用去离子水冲洗胶片 3 次,每次 5 min,以洗去胶片表面的硝酸。将清洗后的胶片放入 250 mL 银染液中,放置在摇床上振荡,染色 15 min。小心取出胶片后用去离子水冲洗 2 次,立即浸泡在 250 mL 显色液中显色。待出现条带后拍照。

【数据处理】

分析实验中提取的环境样品间微生物种群的差异以及相同微生物在不同环境中的数量差异。

【思考题】

①DGGE 技术分离 DNA 片段的原理是什么?

②在 DGGE 实验中,PCR 扩增的目的片段应该满足什么条件?

③DGGE 技术在分析微生物种群的缺陷是什么?如何减少实验偏差?

【注意事项】

①在制备梯度胶的过程中,为避免胶在灌制完成前凝固,速度尽量要快。

②丙烯酰胺及其他试剂具有一定毒性,操作过程中要带手套,避免与皮肤直接接触。

③由于采用银染色,所用试剂应该使用纯水配制,以避免背景值过高。

④在染色过程中,要把握好显色时间与终止时间,防止因染色时间不够而导致条带不清或染色时间过长条带模糊。

实验 5-13　环境内分泌干扰物的筛选

环境内分泌干扰物具有激素样活性,可通过类激素作用或其他方式干扰内分泌系统的正常功能。美国国家环保局将环境内分泌干扰物定义为一类外源性化合物进入机体后,具有干扰体内正常分泌物质的合成、释放、运转、代谢、结合等过程,激活或抑制内分泌系统功能,从而破坏其维持机体稳定性和调控作用的物质。

类雄激素物质和抗雌激素物质是最常见的环境内分泌干扰物,它们一般通过雌激素受体的介导调控响应基因的表达从而产生效应。雌激素受体和雄激素受体、甲状腺激素受体一样,同属于核受体,这是一类氨基酸序列相对保守的蛋白系列,不同的脊椎动物体内的内源性较高。这些受体一般作为配体依赖性的转录激活因子,调控了许多组织的蛋白合成。研究表明,雌激素首先进入细胞并进入细胞核,和雌激素受体结合后,使得雌激素受体的构象发生变化,改变形成二聚体。雌激素受体二聚体可与目标基因序列上的激素响应元件结合,在其相关转录激活因子的共同作用下,诱导特定基因的表达。环境中类雌激素的作用模式与内源性激素相似。对抗雌激素物质来说,它们虽然能够与内源性激素竞争结合雌激素受体,但是这种结合作用并不能引发激素受体的转录激活作用。

因为环境内分泌干扰物的危害巨大,针对这类化合物的筛选研究具有重大的意义。利用人体乳腺癌细胞 MCF7 增殖实验(E-screen)对环境中的类雌激素物质进行筛选在国际上是一门成熟的技术,是 EPA 环境内分泌干扰物研究计划推荐的体外筛选技术之一。

【实验目的】

①了解内分泌干扰物的筛选方法。

②掌握细胞的培养、传代、保存以及体外毒性实验方法。

【实验原理】

利用人体乳腺癌细胞 MCF7 增殖实验(E-screen)对环境中的类雌激素物质进行筛选的方法,其理论依据是 MCF7 细胞具有雌激素依赖性增殖这一特性。因此将 MCF7 细胞培养在去激素的培养基中,加入受试化合物进行暴露,如果细胞呈增殖态势,表明加入的受试化合物可能具有雌激素活性。若加入 ICI182780(一种纯抗雌激素作用物质)与受试系统中能显著减缓 MCF7 的增殖,则表明受试化合物的细胞增殖作用通过雌激素受体介导。

【实验仪器和试剂】

1. 仪器

①冷冻离心机。

②酶标仪。

③超净工作台。

④CO_2 培养箱。

⑤倒置显微镜。

⑥微孔过滤器。

⑦水浴锅。

⑧12 孔板。

⑨生物冰袋。

2. 试剂

①双酚 A,壬基酚,氯化钠,氯化钾,一水合磷酸氢二钠,磷酸二氢钾,乙酸,三氯乙酸,二甲基亚砜(DMSO),17β - 雌二醇,磺酰罗单明(SRB):分析纯。

②DMEM 培养剂干粉。

③活性碳粉末。

④胰蛋白酶粉末,胎牛血清,葡聚糖 T70:生物试剂。

3. 细胞培养

MCF7 细胞用含有 10% 胎牛血清的 DMEM 培养在 25 cm^2 的培养瓶中,CO_2 培养箱温度设定为 37 ℃,CO_2 浓度为 5%。细胞覆盖率为 70% 左右传代培养,定期检查支原体污染。

4. 培养液以及溶液的配制

①DEME 培养基。先将一定量的培养基粉剂加入所需培养液体积的 2/3 的双蒸水中,并用双蒸水冲洗称量纸 2~3 次,充分搅拌至粉剂全部溶解,加入定量的碳酸氢钠。然后加入配置好的青霉素以及链霉素溶液(最终浓度各为 100 单位/mL)。用微孔过滤器过滤除菌,分装小瓶 4 ℃ 保存。

谷胺酰胺储存液。谷胺酰胺在培养基溶液中极不稳定,4 ℃ 放置一周可分解 50%,因此需单独配制,置于 -20 ℃ 冰箱中保存,用前加入培养液。加有谷胺酰胺的培养液在 4 ℃ 冰箱中储存 2 周以上时,需重新加入原来的谷胺酰胺。所以可以配制 200 mmol/L 的谷胺酰胺液储存,用时加入培养液。准确称取谷胺酰胺 2.922 g 溶于三蒸水加至 100 mL 即配成 200 mmol/L 的溶液,充分搅拌溶解后,过滤除菌,分装小瓶,-20 ℃ 保存,使用时可向 100 mL 培养液中加入 1 mL 谷胺酰胺溶液。

②PBS 磷酸缓冲液。准确称取 8.0 g NaCl,0.2 g KCl,1.56 g Na_2HPO_4 · H_2O,0.2 g KH_2PO_4,溶解于 1 000 mL 的双蒸水中,高压灭菌消毒,分装小瓶 4 ℃ 保存。

③胰蛋白酶溶液的配制与消毒。按胰蛋白酶浓度为 0.25% 准确称取定量的胰蛋白酶干粉,溶于适量的 PBS 或双蒸水中,调节 pH 至 7.2,过滤除菌,至于 4 ℃ 保存。

④血清的除激素处理:

木炭在使用前先用冷的无菌水冲洗 2 次,直至干净为止;

配制 5% 木炭 -0.5% 葡聚糖悬液(T70),体积与所需处理的血清浓度相同;

将此悬液在 3 000 rpm 下离心 10 min,弃掉上清;

将血清与上一步中所得到的木炭颗粒混合;

保持混合液悬浮状态,37 ℃ 下振荡 60 min;

将此血清 15 000 rpm 下离心 20 min;

取上清,用 0.2 μm 的滤膜过滤除菌,并于 -20 ℃ 下保存得到的血清悬液。

【实验步骤】

1. 细胞的传代培养

①预热培养用液:把已经配置好的装有培养液、PBS 液和胰蛋白酶的瓶子放入 37 ℃ 水浴锅中预热。

②从培养箱内取出细胞:注意取出细胞时要旋紧瓶盖。

③打开瓶口,去掉旧的培养液,用 PBS 清洗,加入适量胰蛋白酶液,注意胰蛋白酶液的量以盖住细胞为宜,最佳消化温度为 37 ℃。

④显微镜下观察细胞:倒置显微镜下观察消化细胞,如果胞质回缩,细胞之间不再连接成片,表明此时细胞消化适度。

⑤吸弃消化液加入培养液:将细胞悬液吸出分装至 2~3 个培养瓶中,加入适量培养基,旋紧瓶盖。

⑥显微镜下观察细胞:倒置显微镜下观察细胞数量。注意密度过小会影响传代细胞的生长,传代细胞的密度应该不低于 5×10^5 个/mL。

2. 细胞的增殖实验

①取一个 25 cm² 的细胞培养瓶,MCF7 细胞大概 70% ~ 80%。用 5 mL PBS 缓冲液洗涤,然后加入少量的 0.25% 胰蛋白酶消化细胞。

②按照消化传代操作在 37 ℃左右静置 3 ~ 5 min 后,轻轻拍动使菌体悬浮。

③用 20 mL(DMEM + 5% FCS)重新悬浮细胞,用血球计数板计算细胞浓度,并调节细胞浓度至 1×10^4 个/mL。

④12 孔板每个孔内加入 1 mL 上述细胞悬浮液,使得每个空内细胞的最终浓度为 1×10^4 cell/mL。

⑤培养 24 h 后,去除培养液,用 1 mL PBS 缓冲液洗涤细胞,并将培养液换成 1 mL 不含雌激素的合成培养基(不含酚红的 DMEM 5% ~ 10% 活性碳-葡聚糖处理过的血清)。

⑥向每个孔内加入各个浓度梯度的待测物质。10^{-11} ~ 10^{-8} mol/L 17β-雌二醇(溶解于 DMSO 中),10^{-11} ~ 10^{-4} mol/L 双酚 A 和壬基酚,DMSO 的浓度不能超过 0.1%。

⑦培养 7 d 后,先将培养液去除,然后用 500 μL 的 PBS 淋洗细胞,接着用冷的 200 μL 100 g/L 的三氯乙酸固定细胞 30 min。

⑧用双蒸水洗涤细胞 5 次。风干剩余水分。

⑨在 1% 的乙酸溶液中用 250 μL 4 g/L 的 SRB 染色细胞 15 min。

⑩少量多次的用 1% 的乙酸溶液洗涤细胞 100 μL/次,目的在于去除未被固定的 SRB,直到洗出液无色后,用 300 μL 10 nmol/L 的 Tris 缓冲液(pH 10.4)溶解剩余 SRB。

⑪从每个孔中取出 100 μL 的 SRB 溶解液,加入 96 孔板在酶标仪下 510 nm 波长下读数。

【数据处理】

每个化合物作三个平行,将实验结果记录在 SPSS 或者 sigmaplot 软件中,带入如下 S 形剂量效应关系模型中。

$$Y = Bottom + \frac{Top - Bottom}{1 + 10^{(\log EC_{50} - X) \times Hillslope}}$$

式中:Y 为增殖效应(吸光度);

　　X 为暴露剂量的对数值;

　　Top 为 S 形曲线高浓度高效应平台期对应的效应(吸光度);

　　$Bottom$ 为 S 形曲线低浓度低效应平台期对应的效应(吸光度);

　　$Hillslope$ 为 S 形曲线中点处斜率(无单位数值)。

运用非线型回归模拟,求出三种化合物的 EC_{50} 后,因为细胞的增殖是因为雌激素作用引起的,因此用相对繁殖力 RPP 来表示化合物雌激素效应的强弱。

$$RPP = \frac{EC_{50}[E2]}{EC_{50}[双酚 A 或壬基酚]}$$

式中:E2 为天然雌激素 17β-雌二醇。

【思考题】

①DEME 培养基中为什么要加入链霉素以及青霉素?

②在实验中,哪一步是实验的关键步骤?

【注意事项】

①上述操作为无菌操作,严格注意实验体系确保无菌。

②制备细胞悬液的时机要掌握合适,消化适当,否则影响细胞悬液均匀程度。

③将细胞悬液中的细胞分装到 12 孔板时,加入量必须均匀。

实验 5-14　三氯苯胁迫下植物某些根系分泌物的变化

根系分泌物是保持根际微生态系统活力的关键因素,也是根际微生态系统中物质迁移和调节的重要组成部分。在养分缺乏或污染物胁迫的生长状态下,根系会主动或被动地分泌有机酸、酸性磷酸酯酶等物质,促进土壤根际固化的营养元素活化以利于植物利用、克服或缓解环境胁迫。

【实验目的】

①掌握外界环境对根系分泌物的影响。

②掌握有机酸的分析方法。

③掌握蒽酮法测定可溶性糖含量的原理和方法。

【实验原理】

植物根系分泌有机物是对生态环境的一种适应,主要包括无机离子、质子以及大量的有机物质,如:糖类、氨基酸、有机酸等,该类物质的分泌能有效改变根际环境状况。其中糖和低分子质量有机酸占有很大的比例,通过测定植物根系分泌物可考察环境污染物对植物的影响。

蒽酮法测定可溶性糖含量的原理:强酸可使糖类脱水生成糠醛,生成的糠醛或羟甲基糖醛与蒽酮脱水缩合,形成糠醛的衍生物,呈蓝绿色,该物质在 620 nm 处有最大吸收。在 10～100 μg 范围内其颜色的深浅与可溶性糖含量成正比。这一方法有很高的灵敏度,糖含量在 30 μg 左右就能进行测定,所以可作为微量测糖之用。一般样品少的情况下,采用这一方法比较合适。

【实验仪器和试剂】

1. 仪器

①气相色谱。

②分光光度计。

③电子天平。

④恒温培养箱。

2. 试剂

①葡萄糖标准液:100 μg/mL。

②浓硫酸。

③蒽酮试剂:200 μg 蒽酮溶于 100 mL 浓 H_2SO_4 中,当日配制使用。

④1,2,4-三氯苯(1,2,4-TCB):0.25 mg/L。

【实验步骤】

1. 预处理

将苗龄为 10 d 的大豆移入 0.25 mg/L 的 1, 2, 4-TCB 处理的水培溶液中,4 株/盆,同时设置对照处理(不种植物)。培养 12 d 后将植物取出,除去胚乳,用无菌去离子水清洗根部后放入 25 mL 刻度试管。加无菌去离子水浸没根部,1 株/20 mL,置于 20 ℃ 恒温培养箱中培养 24 h 后取出植物,将收集的根系分泌物溶液定容到 20 mL,密封冷冻保存待测。

2. 有机酸的测定

有机酸采用气相色谱 FID 检测法。气体流速,N_2:15 mL/min,H_2:15 mL/min,空气:150 mL/min;温度:FID 250 ℃,色谱柱起始温度 90 ℃,90 ~ 110 ℃,15 ℃/min;110 ~ 180 ℃,10℃/min;180 ~ 220 ℃,15 ℃/min。

3. 可溶性总糖的测定

(1)葡萄糖标准曲线的制作

取 7 支大试管,按表 5-14-1 数据配制一系列不同浓度的葡萄糖溶液。

表 5-14-1　葡萄糖标准曲线

管号	1	2	3	4	5	6	7
葡萄糖标准液(mL)	0.0	0.1	0.2	0.3	0.4	0.6	0.8
蒸馏水(mL)	1.0	0.9	0.8	0.7	0.6	0.4	0.2
葡萄糖含量(μg)	0	10	20	30	40	60	80

在每支试管中立即加入蒽酮试剂 4.0 mL,迅速浸于冰水浴中冷却,各管加完后一起浸于沸水浴中,管口加盖玻璃球,以防蒸发。自水浴重新煮沸起,准确煮沸 10 min 取出,用流水冷却,室温放置 10 min,在 620 nm 波长下比色。以标准葡萄糖含量(μg)作横坐标,以吸光值作纵坐标,作出标准曲线。

(2)根系中总糖测定

吸取 1 mL 已稀释的提取液于大试管中,加入 4.0 mL 蒽酮试剂,以下操作同标准曲线制作。比色波长 620 nm,记录吸光度,在标准曲线上查出葡萄糖的含量(μg)。查表所得糖含量(μg)×稀释倍数。

【数据处理】

将实验数据填入表 5-14-2

表 5-14-2　三氯苯胁迫下植物根系分泌物成分的变化

	对照	胁迫组
有机酸		
可溶性总糖		

【思考题】

①应用蒽酮法测得的糖包括哪些类型？

②对照组与胁迫组的有机酸和可溶性总糖有何不同,为什么？

【注意事项】

①蒽酮法测定可溶性糖含量反应非常灵敏,溶液中切勿混入纸屑及尘埃。

②H_2SO_4要用高纯度的。

③不同糖类与蒽酮的显色有差异,稳定性也不同。加热、比色时间应严格掌握。

附　　录

附录1　环境空气质量标准（GB 3095—1996）

空气中各项污染物的浓度限值

污染物名称	取值时间	浓度限值			浓度单位
		一级标准	二级标准	三级标准	
二氧化硫 SO_2	年平均	0.02	0.06	0.10	mg/m^3 （标准状态）
	日平均	0.05	0.15	0.25	
	1 小时平均	0.15	0.50	0.70	
总悬浮颗粒物 TSP	年平均	0.08	0.20	0.30	
	日平均	0.12	0.30	0.50	
可吸入颗粒物 PM_{10}	年平均	0.04	0.10	0.15	
	日平均	0.05	0.15	0.25	
氮氧化物 NO_x	年平均	0.05	0.05	0.10	
	日平均	0.10	0.10	0.15	
	1 小时平均	0.15	0.15	0.30	
二氧化氮 NO_2	年平均	0.04	0.04	0.08	
	日平均	0.08	0.08	0.12	
	1 小时平均	0.12	0.12	0.24	
一氧化碳 CO	日平均	4.00	4.00	6.00	
	1 小时平均	10.00	10.00	20.00	
臭氧 O_3	1 小时平均	0.12	0.16	0.20	
铅 Pb	季平均	1.50			μg/m^3 （标准状态）
	年平均	1.00			
苯并(a)芘	日平均	0.01			
氟化物 F	日平均	7[1]			
	1 小时平均	20[1]			
	月平均	1.8[2]		3.0[3]	μg/(dm^2,day)
	植物生长季平均	1.2[2]		2.0[3]	

注：①适用于城市地区；
②适用于牧业区和以牧业区为主的半农半牧区，桑蚕区；
③适用于农业和林业区。

附录 2　大气污染综合排放标准 (GB 16297—1996)

新污染源大气污染物排放限值

序号	污染物	最高允许排放浓度/ (mg/m³)	最高允许排放速率/ (kg/h)			无组织排放 监控浓度限值	
			排气筒/m	二级	三级	监控点	浓度/ (mg/m³)
1	二氧化硫	960 （硫、二氧化硫、硫酸和其他含硫化合物生产）	15	2.6	3.5	周界外浓度最高点①	0.40
			20	4.3	6.6		
			30	15	22		
			40	25	38		
			50	39	58		
		550 （硫、二氧化硫、硫酸和其他含硫化合物生产）	60	55	83		
			70	77	120		
			80	110	160		
			90	130	200		
			100	170	270		
2	氮氧化物	1 400 （硝酸、氮肥和火炸药生产）	15	0.77	1.2	周界外浓度最高点	0.12
			20	1.3	2.0		
			30	4.4	6.6		
			40	7.5	11		
			50	12	18		
			60	16	25		
		240 （硝酸使用和其他）	70	23	35		
			80	31	47		
			90	40	61		
			100	52	78		
3	颗粒物	18 （碳黑尘、染料尘）	15	0.15	0.74	周界外浓度最高点	肉眼不可见
			20	0.85	1.3		
			30	3.4	5.0		
			40	5.8	8.5		
		60② （玻璃棉尘、石英粉尘、矿渣棉尘）	15	1.9	2.6	周界外浓度最高点	1.0
			20	3.1	4.5		
			30	12	18		
			40	21	31		
		120 （其他）	15	3.5	5.0	周界外浓度最高点	1.0
			20	5.9	8.5		
			30	23	34		
			40	39	59		
			50	60	94		
			60	85	130		

序号	污染物	最高允许排放浓度/ (mg/m^3)	最高允许排放速率/ (kg/h)			无组织排放 监控浓度限值	
			排气筒/m	二级	三级	监控点	浓度/ (mg/m^3)
4	氯化氢	100	15	0.26	0.39	周界外浓度 最高点	0.20
			20	0.43	0.65		
			30	1.4	2.2		
			40	2.6	3.8		
			50	3.8	5.9		
			60	5.4	8.3		
			70	7.7	12		
			80	10	16		
5	铬酸雾	0.070	15	0.008	0.012	周界外浓度 最高点	0.006 0
			20	0.013	0.020		
			30	0.043	0.066		
			40	0.076	0.12		
			50	0.12	0.18		
			60	0.16	0.25		
6	氟化物	90 （普钙工业）	15	0.10	0.15	周界外浓度 最高点	20/ $(\mu g/m^3)$
			20	0.17	0.26		
			30	0.59	0.88		
			40	1.0	1.5		
		9.0 （其他）	50	1.5	2.3		
			60	2.2	3.3		
			70	3.1	4.7		
			80	4.2	6.3		
7	氯气[③]	65	25	0.52	0.78	周界外浓度 最高点	0.40
			30	0.87	1.3		
			40	2.9	4.4		
			50	5.0	7.6		
			60	7.7	12		
			70	11	17		
			80	15	23		
8	铅及其化合物	0.70	15	0.004	0.006	周界外浓度 最高点	0.006 0
			20	0.006	0.009		
			30	0.027	0.041		
			40	0.047	0.071		
			50	0.072	0.11		
			60	0.10	0.15		
			70	0.15	0.22		
			80	0.20	0.30		
			90	0.26	0.40		
			100	0.33	0.51		

序号	污染物	最高允许排放浓度/ (mg/m³)	最高允许排放速率/ (kg/h)			无组织排放 监控浓度限值	
			排气筒/m	二级	三级	监控点	浓度/ (mg/m³)
9	汞及其化合物	0.012	15	1.5×10^{-3}	2.4×10^{-3}	周界外浓度 最高点	0.001 2
			20	2.6×10^{-3}	3.9×10^{-3}		
			30	7.8×10^{-3}	13×10^{-3}		
			40	15×10^{-3}	23×10^{-3}		
			50	23×10^{-3}	35×10^{-3}		
			60	33×10^{-3}	50×10^{-3}		
10	镉及其化合物	0.85	15	0.050	0.080	周界外浓度 最高点	0.040
			20	0.090	0.13		
			30	0.29	0.44		
			40	0.50	0.77		
			50	0.77	1.2		
			60	1.1	1.7		
			70	1.5	2.3		
			80	2.1	3.2		
11	铍及其化合物	0.012	15	1.1×10^{-3}	1.7×10^{-3}	周界外浓度 最高点	0.000 8
			20	1.8×10^{-3}	2.8×10^{-3}		
			30	6.2×10^{-3}	9.4×10^{-3}		
			40	11×10^{-3}	16×10^{-3}		
			50	16×10^{-3}	25×10^{-3}		
			60	23×10^{-3}	35×10^{-3}		
			70	33×10^{-3}	50×10^{-3}		
			80	44×10^{-3}	67×10^{-3}		
12	镍及其化合物	4.3	15	0.15	0.24	周界外浓度 最高点	0.040
			20	0.26	0.34		
			30	0.88	1.3		
			40	1.5	2.3		
			50	2.3	3.5		
			60	3.3	5.0		
			70	4.6	7.0		
			80	6.3	10		
13	锡及其化合物	8.5	15	0.31	0.47	周界外浓度 最高点	0.24
			20	0.52	0.79		
			30	1.8	2.7		
			40	3.0	4.6		
			50	4.6	7.0		
			60	6.6	10		
			70	9.3	14		
			80	13	19		

序号	污染物	最高允许排放浓度/ (mg/m^3)	最高允许排放速率/ (kg/h)			无组织排放 监控浓度限值	
			排气筒/m	二级	三级	监挖点	浓度/ (mg/m^3)
14	苯	12	15	0.50	0.80	周界外浓度 最高点	0.40
			20	0.90	1.3		
			30	2.9	4.4		
			40	5.6	7.6		
15	甲苯	40	15	3.1	4.7	周界外浓度 最高点	2.4
			20	5.2	7.9		
			30	18	27		
			40	30	46		
16	二甲苯	70	15	1.0	1.5	周界外浓度 最高点	1.2
			20	1.7	2.6		
			30	5.9	8.8		
			40	10	15		
17	酚类	100	15	0.10	0.15	周界外浓度 最高点	0.080
			20	0.17	0.26		
			30	0.58	0.88		
			40	1.0	1.5		
			50	1.5	2.3		
			60	2.2	3.3		
18	甲醛	25	15	0.26	0.39	周界外浓度 最高点	0.20
			20	0.43	0.65		
			30	1.4	2.2		
			40	2.6	3.8		
			50	3.8	5.9		
			60	5.4	8.3		
19	乙醛	125	15	0.050	0.080	周界外浓度 最高点	0.040
			20	0.090	0.13		
			30	0.29	0.44		
			40	0.50	0.77		
			50	0.77	1.2		
			60	1.1	1.6		
20	丙烯	22	15	0.77	1.2	周界外浓度 最高点	0.60
			20	1.3	2.0		
			30	4.4	6.6		
			40	7.5	11		
			50	12	18		
			60	16	25		

序号	污染物	最高允许排放浓度/ (mg/m³)	最高允许排放速率/ (kg/h)			无组织排放 监控浓度限值	
			排气筒/m	二级	三级	监控点	浓度/ (mg/m³)
21	丙烯醛	16	15	0.52	0.78	周界外浓度 最高点	0.40
			20	0.87	1.3		
			30	2.9	4.4		
			40	5.0	7.6		
			50	7.7	12		
			60	11	17		
22	氰化氢④	1.9	25	0.15	0.24	周界外浓度 最高点	0.024
			30	0.26	0.39		
			40	0.88	1.3		
			50	1.5	2.3		
			60	2.3	3.5		
			70	3.3	5.0		
			80	4.6	7.0		
23	甲醇	190	15	5.1	7.8	周界外浓度 最高点	12
			20	8.6	13		
			30	29	44		
			40	50	70		
			50	77	120		
			60	100	170		
24	苯胺类	20	15	0.52	0.78	周界外浓度 最高点	0.40
			20	0.87	1.3		
			30	2.9	4.4		
			40	5.0	7.6		
			50	7.7	12		
			60	11	17		
25	氯苯类	60	15	0.52	0.78	周界外浓度 最高点	0.40
			20	0.87	1.3		
			30	2.5	3.8		
			40	4.3	6.5		
			50	6.6	9.9		
			60	9.3	14		
			70	13	20		
			80	18	27		
			90	23	35		
			100	29	44		
26	硝基苯类	16	15	0.050	0.080	周界外浓度 最高点	0.040
			20	0.090	0.13		
			30	0.29	0.44		
			40	0.50	0.77		
			50	0.77	1.2		
			60	1.1	1.7		

序号	污染物	最高允许排放浓度/ (mg/m^3)	最高允许排放速率/ （kg/h）			无组织排放 监控浓度限值	
			排气筒/m	二级	三级	监控点	浓度/ （mg/m^3）
27	氯乙烯	36	15	0.77	1.2	周界外浓度 最高点	0.60
			20	1.3	2.0		
			30	4.4	6.6		
			40	7.5	11		
			50	12	18		
			60	16	25		
28	苯并(a)芘	0.30×10^{-3} （沥青及碳素制品 生产和加工）	15	0.050×10^{-3}	0.080×10^{-3}	周界外浓度 最高点	0.008 （$\mu g/m^3$）
			20	0.085×10^{-3}	0.13×10^{-3}		
			30	0.29×10^{-3}	0.43×10^{-3}		
			40	0.50×10^{-3}	0.76×10^{-3}		
			50	0.77×10^{-3}	1.2×10^{-3}		
			60	1.1×10^{-3}	1.7×10^{-3}		
29	光气⑤	3.0	20	0.10	0.15	周界外浓度 最高点	0.080
			30	0.17	0.26		
			40	0.59	0.88		
			50	1.0	1.5		
30	沥青烟	140 （吹制沥青） 40 （熔炼、浸涂） 75 （建筑搅拌）	15	0.18	0.27	生产设备不得有明显 的无组织排放存在	
			20	0.30	0.45		
			30	1.3	2.0		
			40	2.3	3.5		
			50	3.6	5.4		
			60	5.6	7.5		
			70	7.4	11		
			80	10	15		
31	石棉尘	1 根纤维/cm^3 或 10 mg/cm^3	15	0.55	0.83	生产设备不得有明显 的无组织排放存在	
			20	0.93	1.4		
			30	3.6	5.4		
			40	6.2	9.3		
			50	9.4	14		
32	非甲烷总烃	120 （使用溶剂汽油或 其他混合烃类物 质）	15	10	16	周界外浓度 最高点	4.0
			20	17	27		
			30	53	83		
			40	100	150		

注:①周界外浓度最高点一般应设置于无组织排放源下风向的单位周界外 10 m 范围内,若预计无组织排放的最大落地
　　浓度点越出 10 m 范围,可将监控点移至预计浓度最高点。
　　②均指含游离二氧化硅超过 10% 以上的各种尘。
　　③排放氯气的排气筒不得低于 25 m。
　　④排放氰化氢的排气筒不得低于 25 m。
　　⑤排放光气的排气筒不得低于 25 m。

附录3 地表水环境质量标准(GHZB 1—1999)

表1 地表水环境质量标准基本项目标准值 单位:mg/L

序号	项目		I类	II类	III类	IV类	V类
	基本要求		所有水体不应有非自然原因导致的下述物质: a. 能形成令人感观不快的沉淀物的物质; b. 令人感官不快的漂浮物,诸如碎片、浮渣、油类等; c. 产生令人不快的色、臭、味或浑浊度的物质; d. 对人类、动植物有毒、有害或带来不良生理反应的物质; e. 易滋生令人不快的水生生物的物质				
1	水温/℃		人为造成的环境水温变化应限制在: 周平均最大温升≤1 周平均最大温降≤2				
2	pH		6.5~8.5				6~9
3	硫酸盐(以 SO_4^{2-} 计)	≤	250 以下	250	250	250	250
4	氯化物(以 Cl^- 计)	≤	250 以下	250	250	250	250
5	溶解性铁	≤	0.3 以下	0.3	0.5	0.5	1.0
6	总锰	≤	0.1 以下	0.1	0.1	0.5	1.0
7	总铜	≤	0.01 以下	1.0 (渔0.01)	1.0 (渔0.01)	1.0	1.0
8	总锌	≤	0.05	1.0 (渔0.1)	1.0 (渔0.1)	2.0	2.0
9	硝酸盐	≤	10 以下	10	20	20	25
10	亚硝酸盐(以 N 计)	≤	0.06	0.1	0.15	1.0	1.0
11	非离子氨(以 N 计)	≤	0.02	0.02	0.02	0.2	0.2
12	凯氏氮	≤	0.5	0.5 (渔0.05)	1 (渔0.05)	2	3
13	总磷(以 P 计)	≤	0.02	0.1	0.1	0.2	0.2
14	高锰酸盐指数	≤	2	4	8	10	15
15	溶解氧	≤	饱和率 90%	6	5	3	2
16	化学需氧量(COD_{Cr})	≤	15 以下	15	20	30	40
17	生化需氧量(BOD_5)	≤	3 以下	3	4	6	10
18	氟化物(以 F 计)	≤	1.0 以下	1.0	1.0	1.5	1.5
19	硒(四价)	≤	0.01 以下	0.01	0.01	0.02	0.02
20	总砷	≤	0.05	0.05	0.05	0.1	0.1
21	总汞	≤	0.00005	0.00005	0.0001	0.001	0.001
22	总镉	≤	0.001	0.005	0.005	0.005	0.01
23	铬(六价)	≤	0.01	0.05	0.05	0.05	0.1
24	总铅	≤	0.01	0.05	0.05	0.05	0.1

序号	项目		I 类	II 类	III 类	IV 类	V 类
25	总氰化物	≤	0.05	0.05 (渔 0.005)	0.2 (渔 0.005)	0.2	0.2
26	挥发酚	≤	0.002	0.002	0.005	0.01	0.1
27	石油类	≤	0.05	0.05	0.05	0.5	1.0
28	阴离子表面活性剂	≤	0.2 以下	0.2	0.2	0.3	0.3
29	粪大肠菌群(个/L)	≤	200	1 000	2 000	5 000	10 000
30	氨氮	≤	0.5	0.5	0.5	1.0	1.5
31	硫化物	≤	0.05	0.1	0.2	0.5	1.0

表2　湖泊水库特定项目标准值　　　　单位:mg/L

序号	项目		I 类	II 类	III 类	IV 类	V 类
1	总磷(以 P 计)	≤	0.002	0.01	0.025	0.06	0.12
2	总氮	≤	0.04	0.15	0.3	0.7	1.2
3	叶绿素-a	≤	0.001	0.004	0.01	0.03	0.065
4	透明度/m	≥	15	4	2.5	1.5	0.5

表3　地表水 I、II、III 类水域有机化学物质特定项目标准值　　　　单位:mg/L

序号	项目	标准值	序号	项目	标准值
1	苯并(a)芘	2.8×10^{-6}	19	1,2-二氯苯	0.085
2	甲基汞	1.0×10^{-6}	20	1,4-二氯苯	0.005
3	三氯甲烷	0.06	21	六氯苯	0.05
4	四氯化碳	0.003	22	多氯联苯	8.0×10^{-6}
5	三氯乙烯	0.005	23	2,4-二氯苯酚	0.093
6	四氯乙烯	0.005	24	2,4,6-三氯苯酚	0.001 2
7	三溴甲烷	0.04	25	五氯酚	0.000 28
8	二氯甲烷	0.005	26	硝基苯	0.017
9	1,2-二氯乙烷	0.005	27	2,4-二硝基甲苯	0.000 3
10	1,1,2-三氯乙烷	0.003	28	酞酸二丁酯	0.003
11	1,1-二氯乙烯	0.007	29	丙烯腈	0.000 058
12	氯乙烯	0.002	30	联苯胺	0.000 2
13	六氯丁二烯	0.000 6	31	滴滴涕	0.001
14	苯	0.005	32	六六六	0.005
15	甲苯	0.1	33	林丹	0.000 019
16	乙苯	0.01	34	对硫磷	0.003
17	二甲苯	0.5	35	甲基对硫磷	0.000 5
18	氯苯	0.03	36	马拉硫磷	0.005

序号	项目	标准值	序号	项目	标准值
37	乐果	0.000 1	39	敌百虫	0.000 1
38	敌敌畏	0.000 1	40	阿特拉律	0.003

附录4　污水综合排放标准（GB 8978—1996）

表1　第一类污染物最高允许排放浓度　　　　　　　　　　　　　单位:mg/L

序号	污染物	最高允许排放浓度
1	总汞	0.05
2	烷基汞	不得检出
3	总镉	0.1
4	总铬	1.5
5	六价铬	0.5
6	总砷	0.5
7	总铅	1.0
8	总镍	1.0
9	苯并(a)芘	0.000 03
10	总铍	0.005
11	总银	0.5
12	总 α 放射性	1 Bq/L
13	总 β 放射性	10 Bq/L

表2　第二类污染物最高允许排放浓度

（1998年1月1日后建设的单位）　　　　　　　　　　　　　单位:mg/L

序号	污染物	适用范围	一级标准	二级标准	三级标准
1	PH	一切排污单位	6~9	6~9	6~9
2	色度（稀释倍数）	一切排污单位	50	80	—
3	悬浮物(SS)	采矿、选矿、选煤工业	70	300	
		脉金选矿	70	400	
		边远地区砂金选矿	70	800	
		城镇二级污水处理厂	20	30	
		其他排污单位	70	150	400
4	五日生化需氧量 （BOD_5）	甘蔗制糖、萱麻脱胶、湿法纤维板工业	20	60	600
		甜菜制糖、酒精、味精、皮革、化纤浆粕工业	20	100	600
		城镇二级污水处理厂	20	30	—
		其他排污单位	20	30	300

续表

序号	污染物	适用范围	一级标准	二级标准	三级标准
5	化学需氧量（COD）	甜菜制糖、焦化、合成脂肪酸、湿法纤维板、染料、洗毛、有机磷农药工业	100	200	1 000
		味精、酒精、医药原料药、生物制药、苎麻脱胶、皮革、化纤浆粕工业	100	300	1 000
		石油化工工业（包括石油炼制）	60	120	500
		城镇二级污水处理厂	60	120	—
		其他排污单位	100	150	500
6	石油类	一切排污单位	5	10	20
7	动植物油	一切排污单位	10	15	100
8	挥发酚	一切排污单位	0.5	0.5	2.0
9	总氰化合物	一切排污单位	0.5	0.5	1.0
10	硫化物	一切排污单位	1.0	1.0	1.0
11	氨氮	医药原料药、染料、石油化工工业	15	50	—
		其他排污单位	15	25	—
12	氟化物	黄磷工业	10	15	20
		低氟地区（水体含氟量＜0.5 mg/L）	10	20	30
		其他排污单位	10	10	20
13	磷酸盐（以 P 计）	一切排污单位	0.5	1.0	—
14	甲醛	一切排污单位	1.0	2.0	5.0
15	苯胺类	一切排污单位	1.0	2.0	5.0
16	硝基苯类	一切排污单位	2.0	3.0	5.0
17	阴离子表面活性剂（LAS）	一切排污单位	5.0	10	20
18	总铜	一切排污单位	0.5	1.0	2.0
19	总锌	一切排污单位	2.0	5.0	5.0
20	总锰	合成脂肪酸工业	2.0	5.0	5.0
		其他排污单位	2.0	5.0	5.0
21	彩色显影剂	电影洗片	1.0	2.0	3.0
22	显影剂及氧化物总量	电影洗片	3.0	3.0	6.0
23	元素磷	一切排污单位	0.1	0.1	0.3
24	有机磷农药（以 P 计）	一切排污单位	不得检出	0.5	0.5
25	乐果	一切排污单位	不得检出	1.0	2.0
26	对硫磷	一切排污单位	不得检出	1.0	2.0
27	甲基对硫磷	一切排污单位	不得检出	1.0	2.0
28	马拉硫磷	一切排污单位	不得检出	5.0	10
29	五氯酚及五氯酚钠（以五氯酚计）	一切排污单位	5.0	8.0	10

序号	污染物	适用范围	一级标准	二级标准	三级标准
30	可吸附有机卤化物（AOX）（以 Cl 计）	一切排污单位	1.0	5.0	8.0
31	三氯甲烷	一切排污单位	0.3	0.6	1.0
32	四氯化碳	一切排污单位	0.03	0.06	0.5
33	三氯乙烯	一切排污单位	0.3	0.6	1.0
34	四氯乙烯	一切排污单位	0.1	0.2	0.5
35	苯	一切排污单位	0.1	0.2	0.5
36	甲苯	一切排污单位	0.1	0.2	0.5
37	乙苯	一切排污单位	0.4	0.6	0.6
38	邻二甲苯	一切排污单位	0.4	0.6	0.6
39	对二甲苯	一切排污单位	0.4	0.6	0.6
40	间二甲苯	一切排污单位	0.4	0.6	0.6
41	氯苯	一切排污单位	0.2	0.4	1.0
42	邻二氯苯	一切排污单位	0.4	0.6	1.0
43	对二氯苯	一切排污单位	0.4	0.6	1.0
44	对硝基氯苯	一切排污单位	0.5	1.0	5.0
45	2,4-二硝基氯苯	一切排污单位	0.5	1.0	5.0
46	苯酚	一切排污单位	0.3	0.4	1.0
47	间甲酚	一切排污单位	0.1	0.2	0.5
48	2,4-二氯酚	一切排污单位	0.6	0.8	1.0
49	2,4,6-三氯酚	一切排污单位	0.6	0.8	1.0
50	邻苯二甲酸二丁酯	一切排污单位	0.2	0.4	2.0
51	邻苯二甲酸二辛酯	一切排污单位	0.3	0.6	2.0
52	丙烯腈	一切排污单位	2.0	5.0	5.0
53	总硒	一切排污单位	0.1	0.2	0.5
54	粪大肠菌群数	医院[①]、兽医院及医疗机构含病原体污水	500 个/L	1 000 个/L	5 000 个/L
		传染病、结核病医院污水	100 个/L	500 个/L	1 000 个/L
55	总余氯（采用氯化消毒的医院污水）	医院[①]、兽医院及医疗机构含病原体污水	<0.5[②]	>3（接触时间≥1 h）	>2（接触时间≥1 h）
		传染病、结核病医院污水	<0.5[②]	>6.5（接触时间≥1.5 h）	>5（接触时间≥1.5 h）
56	总有机碳（TOC）	合成脂肪酸工业	20	40	—
		苎麻脱胶工业	20	60	—
		其他排污单位	20	30	—

注：其他排污单位指除在该控制项目中所列行业以外的一切排污单位。

①指 50 个床位以上的医院。

②加氯消毒后需进行脱氯处理，达到本标准。

附录5　土壤环境质量标准（GB 15618—1995）

土壤环境质量标准值

项目		一级	二级			三级
		自然背景	pH < 6.5	pH 6.5 ~ 7.5	pH > 7.5	pH > 6.5
镉	≤	0.20	0.30	0.30	0.60	1.0
汞	≤	0.15	0.30	0.50	1.0	1.5
砷　水田	≤	15	30	25	20	30
旱地	≤	15	40	30	25	40
铜　农田等	≤	35	50	100	100	400
果园	≤	—	150	200	200	400
铅	≤	35	250	300	350	500
铬　水田	≤	90	250	300	350	400
旱地	≤	90	150	200	250	300
锌	≤	100	200	250	300	500
镍	≤	40	40	50	60	200
六六六	≤	0.05	0.50			1.0
滴滴涕	≤	0.05	0.50			1.0

注:①重金属(铬主要是三价)和砷均按元素量计,适用于阳离子交换量 > 5 cmol(+)/kg 的土壤,若 ≤ 5 cmol(+)/kg,
其标准值为表内数值的半数。

②六六六为四种异构体总量,滴滴涕为四种衍生物总量。

③水旱轮作地的土壤环境质量标准,砷采用水田值,铬采用旱地值。

附录6　氧在蒸馏水中的溶解度（饱和度）

水温 $T/℃$	溶解度/$(mg \cdot L^{-1})$	水温 $T/℃$	溶解度/$(mg \cdot L^{-1})$	水温 $T/℃$	溶解度/$(mg \cdot L^{-1})$	水温 $T/℃$	溶解度/$(mg \cdot L^{-1})$
0	14.62	8	11.87	16	9.95	24	8.53
1	14.23	9	11.59	17	9.74	25	8.38
2	13.84	10	11.33	18	9.54	26	8.22
3	13.48	11	11.08	19	9.35	27	8.07
4	13.13	12	10.83	20	9.17	28	7.92
5	12.80	13	10.60	21	8.99	29	7.77
6	12.48	14	10.37	22	8.83	30	7.63
7	12.17	15	10.15	23	8.63		

附录7 重要的国际相对原子量(1983)

名称	符号	原子量	名称	符号	原子量
银	Ag	107. 868 2	镁	Mg	24. 305
铝	Al	26. 981 54	锰	Mn	54. 938 0
砷	As	74. 921 6	钼	Mo	95. 94
金	Au	196. 966 5	氮	N	14. 006 7
硼	B	10. 811	钠	Na	22. 989 77
钡	Ba	137. 33	镍	Ni	58. 69
铍	Be	9. 012 18	氧	O	15. 999 4
铋	Bi	208. 980 4	磷	P	30. 973 76
溴	Br	79. 904	铅	Pb	207. 2
碳	C	12. 011	铂	Pt	195. 08
钙	Ca	40. 078	硫	S	32. 066
镉	Cd	112. 41	锑	Sb	121. 75
铈	Ce	140. 12	硒	Se	78. 96
氯	Cl	35. 453	硅	Si	28. 085 5
钴	Co	58. 933 2	锡	Sn	118. 710
铬	Cr	51. 996 1	锶	Sr	87. 62
铜	Cu	63. 546	钍	Th	232. 038 1
氟	F	18. 998 403	钛	Ti	47. 88
铁	Fe	55. 847	铀	U	238. 028 9
氢	H	1. 007 94	钒	V	50. 941 5
汞	Hg	200. 59	钨	W	183. 85
碘	I	126. 904 5	锌	Zn	65. 39
钾	K	39. 098 3	锆	Zr	91. 224
镧	La	138. 905 5			

附录8 配制摩尔浓度时一些试剂的常用基本单元

试剂名称	分子式	常用基本单元	与原当量浓度关系
硫酸	H_2SO_4	H_2SO_4	1 mol/L 相当于 2 N
		$1/2H_2SO_4$	1 mol/L 相当于 1 N
盐酸	HCl	HCl	1 mol/L 相当于 1 N
氢氧化钠	NaOH	NaOH	1 mol/L 相当于 1 N

试剂名称	分子式	常用基本单元	与原当量浓度关系
碳酸钠	Na_2CO_3	Na_2CO_3	1 mol/L 相当于 2 N
		$1/2Na_2CO_3$	1 mol/L 相当于 1 N
苯二甲酸氢钾	$KHC_8H_4O_4$	$KHC_8H_4O_4$	1 mol/L 相当于 1 N
硝酸银	$AgNO_3$	$AgNO_3$	1 mol/L 相当于 1 N
碘	I_2	I_2	1 mol/L 相当于 2 N
		$1/2I_2$	1 mol/L 相当于 1 N
重铬酸钾	$K_2Cr_2O_7$	$1/6K_2Cr_2O_7$	1 mol/L 相当于 1 N
高锰酸钾	$KMnO_4$	$1/5KMnO_4$	1 mol/L 相当于 1 N
硫代硫酸钠	$Na_2S_2O_3 \cdot 5H_2O$	$Na_2S_2O_3 \cdot 5H_2O$	1 mol/L 相当于 1 N
溴酸钾	$KBrO_3$	$1/6KBrO_3$	1 mol/L 相当于 1 N
碘酸钾	KIO_3	$1/6KIO_3$	1 mol/L 相当于 1 N
硫酸铁铵	$NH_4Fe(SO_4)_2 \cdot 12H_2O$	$NH_4Fe(SO_4)_2 \cdot 12H_2O$	1 mol/L 相当于 1 N

附录9　常用酸碱百分浓度、密度和摩尔浓度的关系

百分浓度%	H_2SO_4		HNO_3		HCl		KOH		NaOH		氨溶液	
	密度	$mol \cdot L^{-1}$	密度	$mol \cdot L^{-1}$	密度	$mol \cdot L^{-1}$	密度	$mol \cdot L^{-1}$	密度	$mol \cdot L^{-1}$	密度	$mol \cdot L^{-1}$
2	1.013		1.011		1.009		1.016		1.023		0.992	
4	1.027		1.022		1.019		1.033		1.046		0.983	
6	1.040		1.0332		1.029		1.048		1.069		0.973	
8	1.055		1.044		1.039		1.065		1.092		0.967	
10	1.069	1.05	1.056	1.7	1.049	2.9	1.082	1.9	1.115	2.8	0.960	5.6
12	1.083		1.068		1.059		1.100		1.137		0.953	
14	1.098		1.080		1.069		1.118		1.159		0.946	
16	1.112		1.093		1.079		1.137		1.181		0.939	
18	1.127		1.106		1.089		1.156		1.213		0.932	
20	1.143	2.35	1.119	3.6	1.100	6	1.176	4.2	1.225	6.1	0.926	10.9
22	1.158		1.132		1.110		1.196		1.247		0.919	
24	1.178		1.145		1.121		1.217		1.268		0.913	12.9
26	1.190		1.158		1.132		1.240		1.289		0.908	13.9
28	1.205		1.171		1.142		1.263		1.310		0.903	
30	1.224	3.75	1.184	5.6	1.152	9.5	1.268	6.8	1.332	10	0.898	15.8

百分浓度%	H₂SO₄ 密度	mol·L⁻¹	HNO₃ 密度	mol·L⁻¹	HCl 密度	mol·L⁻¹	KOH 密度	mol·L⁻¹	NaOH 密度	mol·L⁻¹	氨溶液 密度	mol·L⁻¹
32	1.238		1.198		1.163		1.310		1.352		0.893	
34	1.225		1.211		1.173		1.334		1.374		0.889	
36	1.273		1.225		1.183	11.7	1.358		1.395		0.884	18.7
38	1.290		1.238		1.194	12.4	1.384		1.416			
40	1.307	5.35	1.251	7.9			1.411	10.1	1.437	14.4		
42	1.324		1.264				1.437		1.458			
44	1.342		1.277				1.460		1.478			
46	1.361		1.290				1.485		1.499			
48	1.380		1.303				1.511		1.510			
50	1.399	7.15	1.316	10.4			1.538	13.7	1.540	19.3		
52	1.419		1.328				1.564		1.560			
54	1.439		1.340				1.590		1.580			
56	1.460		1.351				1.616	16.1	1.601			
58	1.482		1.362									
60	1.503	9.2	1.373									
62	1.525		1.384									
64	1.547		1.394									
66	1.571		1.403	14.6								
68	1.594		1.412	15.2								
70	1.617	11.55	1.421	15.8								
72	1.640		1.429									
74	1.664		1.437									
76	1.687		1.445									
78	1.710		1.453									
80	1.732	14.1	1.460	18.5								
82	1.755		1.467									
84	1.776		1.474									
86	1.793		1.480									
88	1.808		1.486									

百分浓度%	H₂SO₄		HNO₃		HCl		KOH		NaOH		氨溶液	
	密度	mol·L⁻¹	密度	mol·L⁻¹	密度	mol·L⁻¹	密度	mol·L⁻¹	密度	mol·L⁻¹	密度	mol·L⁻¹
90	1.819	16.7	1.491	23.1								
92	1.830		1.496									
94	1.837		1.500									
96	1.840	18	1.504									
98	1.841	18.4	1.510									
100	1.838	18.75	1.522	24								

附录10　常用固态化合物的摩尔浓度(或克分子浓度)配制参考表

名称		相对分子质量	浓度	
			mol·L⁻¹	g·L⁻¹
草酸	$H_2C_2O_4 \cdot 2H_2O$	125.08	0.5	63.04
柠檬酸	$H_3C_6H_5O_7 \cdot H_2O$	210.14	0.1	21.01
氢氧化钾	KOH	56.10	5	280.50
氢氧化钠	NaOH	40.00	1	40.00
碳酸钠	Na_2CO_3	106.00	0.5	53.00
磷酸氢二钠	$Na_2HPO_4 \cdot 2H_2O$	177.99	2	355.98
磷酸二氢钾	KH_2PO_4	136.10	0.1	13.61
重铬酸钾	$K_2Cr_2O_7$	294.20	0.5	147.10
碘化钾	KI	166.00	0.5	83.00
高锰酸钾	$KMnO_4$	158.00	0.2	31.60
乙酸钠	$NaC_2H_3O_2$	82.04	1	82.04
硫代硫酸钠	$Na_2S_2O_3 \cdot 5H_2O$	248.20	0.1	24.82

参考文献

[1] ALEXANDRINO M, KNIEF C, LIPSKI A. Stable-isotope-based labelling of styrene-degrading microorganisms in biofilters[J]. Appl Environ Microbiol, 2001, 67(10): 4796-4804.

[2] BASAK S C, MLLS D. Prediction of partitioning coefficients for environmental pollutants using mathematical structural descriptors[J]. A rkivoc, 2005, (2): 60-76.

[3] BELARDI R, PAWLISZYN J. The application of chemically modified fused silica fibres in extraction of organics from water matrix samples, and their rapid transfer to capillary column[J]. Water Pollut Res J Can, 1989, 24: 179-191.

[4] BELLO-RAMŔEZ A M, CARREON-GARAB ITO B Y, NAVAOCAMPO A A. A theoretical approach to the mechanism of biological oxidation of organophosphorus pesticides[J]. Toxicology, 2000, 149: 63-68.

[5] BOSCHKER H T S, NOLD S C, WELLSBURY P, et al. Direct linking of microbial populations to specific bio-geochemical processes by ^{13}C-labelling of biomarkers[J]. Nature, 1998, 392 (6678): 801-805.

[6] BRAMBILLA M, FORTUNATI P, CARINI F. Foliar and root uptake of Cs, Sr and Zn in processing tomato plants (*Lycopersicon esculentum* Mill.) [J]. J Environ Radioact, 2002, 60: 351-363.

[7] BUDZINSKI H, LETELLIER M, GARRIGUES, et al. Optimisation of the microwave-assisted extraction in open cell of polycyclic aromatic hydrocarbons from soils and sediments—study of moisture effect [J]. J Chromatogr A, 1999, 837 (122):187-200.

[8] CARRO N , SASVEDRA Y, GARCIA I, et al. Optimization of microwave assisted solvent extraction of poly-chlorinated biphenyls from marine sediments[J]. J Microcolumn Sep, 1999, 11(7): 544-549.

[9] CHARALAMPIDES G, MANOLIADIS O. Sr and Pb isotopes as environmental indicators in environmental stud-ies[J]. Environ Int, 2002, 28: 147-151.

[10] CHEN J W, KONG L R, ZHU C M, et al. Correlation between photolysis rate constants of polycyclic aromatic hydrocarbons and frontier molecular orbital energy[J]. Chemosphere, 1996, 33 (6): 1143-1150.

[11] CHU W, CHAN K H. The prediction of partitioning coefficients for chemicals causing environmental concern [J]. Sci Total Environ, 2002, 48: 1-10.

[12] CIUFFO L E C, BELLI M, PASQUALE A, et al. ^{137}Cs and ^{40}K soil-to-plant relationship in a seminatural grassland of the Giulia Alps, Italy[J]. Sci Total Environ, 2002, 295: 69-80.

[13] COHEN Y, RYAN P A. Multimedia modeling of environmental transport: Trichlorethylene Test case[J]. Envion Sci Tech, 1985, 19(5): 412-417.

[14] DAI S G, HUANG G L, CHEN C J. Fate of C-4-labeled tributyltin in an estuarine microcosm[J]. Appl Orga-nometal Chem, 1998, 12(8-9): 585-590.

[15] EI-SAYED M Y, ROBERTS M E. Charged detergents enhance the activity of phospholipase C (Bacillus cere-us) towards micellar short-chain phosphatidylcholine[J]. Biochim Biophys Acta, 1985, 831: 133-141.

[16] ERICSSON M, COLMSJO A. Dynamic microwave-assisted extraction[J]. J Chromatogr A 2000, 877:141-151.

[17] FIRCKS Y, ROSEN K, SENNERBY-FORSSE L. Uptake and distribution of ^{137}Cs and ^{90}Sr in Salix viminalis plants[J]. J Environ Radioact, 2002, 63: 1-14.

[18] HANSON J R, MACALADY J L, HARRIS D, et al. Linking toluene degradation with specific microbial popu-

lations in soil[J]. Appl Environ Microbiol, 1999, 65(12): 5403-5408.

[19] HONGWEN SUN , JIAN XU, SONGHUA YANG, et al. Plant uptake of aldicarb from contaminated soil and its enhanced degradation in the rhizosphere[J]. Chemosphere, 2004, 54: 569-574.

[20] HUDDLESTON G M, GILLESPIE W B, RODGERS J H, et al. Using constructed wetlands to treat biochemical oxygen demand and ammonia associated with a refinery effluent[J]. Ecotoxicol Environ Saf, 2000, 45: 188-193.

[21] KAUFMANN B, CHRISTEN P. Recent extraction techniques for natural products: microwave-assisted extraction and pressurized solvent extraction[J]. Phytochem Anal, 2002, 13: 105-113.

[22] LABONNE M, OTHMAN D B, LUCK J M. Use of non-radioactive, momo-isotopic metal tracer for studying metal (Zn, Cd, Pb) accumulation in the mussel Mytilus galloprovincialis[J]. Appl Geochem, 2002, 17: 1351-1360.

[23] LETELLIER M, BUDZINSKI H. Influence of sediment grain size on the efficiency of focused microwave extraction of polycyclic aromatic hydrocarbons[J]. Analyst, 1999, 124 (1): 5-14.

[24] LIBRANDO V, HUTZINGER O, TRINGALI G, et al. Supercritical fluid extraction of polycyclic aromatic hydrocarbons from marine sediments and soil samples [J]. Chemosphere, 2004, 54: 1189-1197.

[25] LU G N, DANG Z, TAO X Q, et al. Modeling and prediction of photolysis half-lives of polycyclic aromatic hydrocarbons in aerosols by quantum chemical descriptors[J]. Sci Total Environ, 2007, 373(1): 289-296.

[26] MACGREGOR B J, BRUCHERT V, FLEISCHER S, et al. Isolation of small-subunit rRNA for stable isotopic characterization[J]. Environ Microbiol, 2002, 4: 451-464.

[27] MALEK M A, HINTON T G, WEBB S B. A comparison of ^{90}Sr and ^{137}Cs uptake in plants via three pathways at two Chernobyl-contaminated sites[J]. J Environ Radioact, 2002, 58: 129-141.

[28] MANEFELD M, WHITELEY A S, OSTLE N, et al. Technical considerations for RNA-based stable isotope probing: an approach to associating microbial diversity with microbial community function[J]. Rapid Commun Mass Spectrom, 2002, 16 (23): 2179-2183.

[29] MATSUMOTO M, INOMOTO Y, KONDO K. Selective separation of aromatic hydrocarbons through supported liquid membranes based on ionic liquids[J]. J Membr Sci, 2005, 246: 77-81.

[30] MORRIS S A, RADAJEWSKI S, WILLISON T W, et al. Identification of the functionally active methanotroph population in a peat soil microcosm by stable-isotope probing[J]. Appl Environ Microbiol, 2002, 68 (3): 1446-1453.

[31] NILSSON T, PELUSIO F, MONTANARELLA L, et al. An evaluation of solid-phase microextraction for analysis of volatile organic compounds in drinking water[J]. J High Resol Chromatogr, 1995, 18: 617-624.

[32] ORPHAN V J, HOUSE C H, HINRICHS K U, et al. Methane-consuming archaea revealed by directly coupled isotopic and phylogenetic analysis[J]. Science, 2001, 293 (5529): 484-487.

[33] PAYNE J, JONES C, LAKHANI S, et al. Improving the reproducibility of the MCF-7 cell proliferation assay for the detection of xenoestrogens[J]. Sci Total Environ, 2000, 248: 51-62.

[34] PELZ O, CHATZINOTAS A, ZARDA H A, et al. Tracing toluene-assimilating sulfate-reducing bacteria using ^{13}C-incorporation in fatty acids and whole-cell hybridization[J]. FEMS Microbiol Ecol, 2001, 38: 123-131.

[35] POTTER D W, PAW LISZYN J. Rapid determination of polyaromatic hydrocarbons and polychlorinated biphenyls in water using solid-phase microextraction and GC/MS[J]. Environ Sci Tech, 1994, 28: 298-305.

[36] QUINTANA J B, RODIL R, REEMTSMA T. Suitability of hollow fibre liquid-phase microextraction for the determination of acidic pharmaceuticals in wastewater by liquid chromatography-electrospray tandem mass spectrometry without matrix effects[J]. J Chromatogr A, 2004, 1061: 19-26.

[37] RADAJEWSKI S, MESON P, PAREKH N R, et al. Stable-isotope probing as a tool in microbial ecology[J].

Nature, 2000, 403 (6770): 646-649.

[38] ROBACHE A, MATHE F, GALLOO J C, et al. Multi-element analysis by inductively coupled plasma optical emission spectrometry of airborne particulate matter collected with a low-pressure cascade impactor[J]. Analyst, 2000, 125 (10): 1855-1859.

[39] SOTO A M, SONNENSCHEIN C, CHUNG K L, et al. The E-screen assay as a tool to identify estrogens: an update on estrogenic environmental pollutants[J]. Environ Health Perspect, 1995, 103(7):113-122.

[40] THURSBY G B, HARLIN M M. Interaction of leaves and roots of Ruppia maritime in the uptake of phosphate, ammonia and nitrate[J]. Mar Biol, 1984, 83:61-67.

[41] WHITBY C B, HALL H, PICKUP R, et al. ^{13}C incorporation into DNA as a means of identifying the active components of ammonia-oxidizer populations[J]. Lett Appl Microbiol, 2001, 32 (6): 398-401.

[42] WILSON F, JARDIM. Chemical Oxygen Demand (COD) using microwave digestion[J]. Wat Res, 1989, 23 (8): 1069-1071.

[43] 安丽英, 相玉红, 张卓勇, 等. 定量构效关系研究进展及其应用[J]. 首都师范大学学报: 自然科学版, 2006, 27 (3): 52-57.

[44] 陈海峰, 董喜城, 谷妍. 抗小麦赤霉病类含氟农药的 3D-QSAR[J]. 化学学报, 2000, 58(9): 1074-1078.

[45] 陈玲, 赵建夫. 环境监测[M]. 北京:化学工业出版社, 2004.

[46] 陈甫华. 微波消解法在环境样品重金属分析中的应用[J]. 南开大学学报, 1992,(2):46-50.

[47] 崔九思. 大气污染监测方法[M]. 北京: 化学工业出版社, 1990.

[48] 戴树桂. 环境化学[M]. 北京:高等教育出版社, 1999.

[49] 但德忠. 环境监测[M]. 北京:高等教育出版社, 2006.

[50] 邓南圣, 吴峰. 环境光化学[M]. 北京: 化学工业出版社, 2003.

[51] 董德明, 等. 环境化学实验[M]. 北京: 高等教育出版社, 2002.

[52] 杜秀英, 竺乃恺, 夏希娟, 等. 微宇宙理论及其在生态毒理学研究中的应用[J]. 生态学报, 2001, 21 (10): 1726-1733.

[53] 冯金城. 有机化合物结构分析与鉴定[M]. 北京: 国防工业出版社, 2003.

[54] 丰伟悦, 丁文军, 钱琴芳, 等. 用放射性示踪技术研究 51Cr 在大鼠体内的代谢规律[M]//"核分析技术及其在环境科学中的应用"项目组. 核分析技术与环境科学. 北京: 原子能出版社, 1997.

[55] 付新梅, 戴树桂, 傅学起. 液膜萃取技术在环境样品前处理中的应用[J]. 分析测试学报, 2006, 25 (12): 126-131.

[56] 国家环保局. 水和废水监测分析方法[M]. 4 版. 北京:中国环境科学出版社, 2002.

[57] 何小青, 李攻科, 熊国华, 等. 微波碱解法消除土壤样品多氯联苯测定中有机氯农药的干扰[J]. 分析化学, 2000, 28 (1): 26-30.

[58] 胡斌, 江祖成. 色谱-原子光谱/质谱联用技术及形态分析[M]. 北京:科学出版社, 2005.

[59] 胡冠九, 徐明华. 微波萃取在环境有机样品分析中的应用[J]. 江苏环境科技, 1997, 1:31-33, 36.

[60] HJ/T 374—2007. 总悬浮颗粒物采样器技术要求及检测方法[S]. 北京:中国环境科学出版社, 2008.

[61] 贾金平, 何翊, 黄骏雄. 固相微萃取技术与环境样品前处理[J]. 化学进展, 1998, 10(1): 74-84.

[62] 康春莉, 徐自力, 冯小凡. 环境化学实验[M]. 长春:吉林大学出版社, 2000.

[63] 孔志明. 现代环境生物学实验技术与方法[M]. 北京:中国环境科学出版社, 2005.

[64] 李核, 李攻科, 张展霞. 微波辅助萃取技术的进展[J]. 分析化学, 2003,31(10):1261-1268.

[65] 李丽. 不同级分腐殖酸的分子结构特征及其对菲的吸附行为的影响[D]. 广州:中国科学院广州地球化学研究所, 2003.

[66] 刘川生, 王平, 王立飞, 等. 微波萃取技术在天然药物提取中的研究进展[J]. 中国天然药物, 2003, 1

（3）：187-188.

[67] 刘恩莲, 王方华. 济南市环境空气中多环芳烃的来源识别和解析[J]. 中国环境监测, 2007, 23（1）：58-62.

[68] 林治华, 徐红, 刘树深, 等. 多氯联苯（PCBs）分配系数的估算和预测[J]. 计算机与应用化学, 2000, 17（2）：189.

[69] 卢桂宁, 陈晓鹏, 陶雪琴, 等. 有机磷农药氯过氧化物酶反应活性的定量构效研究[J]. 农业环境科学学报, 2006, 25（4）：997-1000.

[70] 卢迎红. 环境空气中多环芳烃类测定方法研究[J]. 中国环境监测, 2006, 6：19-21.

[71] 聂麦茜. 环境监测与分析实验教程[M]. 北京：化学工业出版社, 2003.

[72] 孔令仁. 环境化学实验[M]. 南京：南京大学出版社, 1990.

[73] 曲红梅, 牛静萍. 兰州市大气中 PM2.5 对大鼠肺毒性的研究[J]. 中国公共卫生, 2006, 5：38-41.

[74] 史建君, 陈晖, 王寿祥, 等. 水体中 ^{141}Ce 的行为和水生植物对其富集效应[J]. 中国环境科学, 2002, 22（2）：105-108.

[75] 宋玉芬, 区自清, 孙铁珩. 土壤、植物样品中多环芳烃（PAHs）分析方法研究[J]. 应用生态学报, 1995, 6（1）：92-96.

[76] 孙成. 环境监测实验[M]. 北京：科学出版社, 2003.

[77] 谭卫霖, 邵芸. 遥感技术在环境污染监测中的应用[J]. 遥感技术与应用, 2000, 15（4）：246-251.

[78] 陶雪琴, 卢桂宁. 定量构效关系研究方法及其在环境科学中的应用[J]. 仲恺农业技术学院学报, 2008, 21（1）：65-70.

[79] 汪军霞, 李攻科. 微波辅助萃取装置的研究进展[J]. 化学通报, 2006, 69：1-9.

[80] 王黎明. 表面活性剂 SDBS、SDS 和 CTMAB 对土壤酸性磷酸酶的影响及机理研究[D]. 杭州：浙江大学, 2004.

[81] 王平利, 张成江. 农业生态系统中同位素示踪技术及发展趋势[J]. 生态环境, 2003, 12（4）：512-515.

[82] 汪正范. 色谱联用技术[M]. 北京：化学工业出版社, 2007.

[83] 王晓蓉. 环境化学[M]. 南京：南京大学出版社, 1993.

[84] 韦进宝, 钱沙华. 环境分析化学[M]. 北京：化学工业出版社, 2002.

[85] 肖琳. 环境微生物实验技术[M]. 北京：中国环境科学出版社, 2004.

[86] 肖忠柏, 吴继梅, 余训民. 多氯联苯类化合物（PCBs）溶解度和分配系数的 QSPR 研究[J]. 江汉大学学报：自然科学版, 2006, 34（2）：21-24.

[87] 熊国华, 梁今明, 邹世春, 等. 微波萃取土壤中 PAHs 的研究[J]. 高等学校化学学报, 1998, 19（10）：1560-1565.

[88] 徐圣友, 陈英旭, 林琦, 等. 玉米对土壤中菲芘修复作用的初步研究[J]. 土壤学报, 2006, 43（2）：226-231.

[89] 叶常明. 多介质环境污染研究[M]. 北京：科学出版社, 1997.

[90] 游静, 陈云霞, 王国俊. 超临界流体萃取用于水中有机污染物的富集[J]. 分析化学, 1999, 27（3）：337-341.

[91] 张卫强, 邓宇. 微波辐射技术在天然物活性成分萃取中的应用[J]. 化学工业与工程技术, 2001, 22（6）：1-2.

[92] 张子丰, 董德建, 胡忠林, 等. 拟除虫菊类农药结构-急性毒性的三维定量构效关系研究[J]. 吉林农业大学学报, 1999, 21（2）：40-42.

[93] 张延青. 青岛市近岸大气气溶胶中多环芳烃的分布及其相关分析[J]. 青岛海洋大学学报, 2007, 3：475-480.

[94] 张逸. 北京市不同区域采暖期大气颗粒物中多环芳烃的分布特征[J]. 环境化学, 2004, 6：681-685.

［95］ 赵东胜，刘桂敏，吴兆亮. 超临界流体萃取技术研究与应用进展［J］. 天津化工，2007，21（3）：10-12.

［96］ 赵瑶兴，孙祥玉. 有机分子结构光谱鉴定［M］. 北京：科学出版社，2003.

［97］ 郑平. 环境微生物学实验指指导［M］. 杭州：浙江大学出版社，2006.

［98］ 中国标准出版社第二编辑室. 中国环境保护标准汇编［M］. 北京：中国标准出版社，2000.

［99］ 中国科学院南京土壤研究所微生物室. 土壤微生物研究法［M］. 北京：科学出版社，1985.

［100］ 朱赖民，张海生，陈立奇. 错稳定同位素在示踪环境污染中的应用［J］. 环境科学研究，2002，15（1）：27-30.

［101］ 周霞，余刚. 北京东南郊化工区土壤和植物中氯苯类有机物的残留及分布特征［J］. 环境科学，2007，2：24-254.

［102］ 邹建卫，蒋勇军，胡桂香，等. 多氯联苯的定量结构-性质（活性）关系［J］. 物理化学学报，2005，21（3）：267-272.